Parte de la felicidad que traes

Joan Cañete Bayle

Parte de la felicidad que traes

HarperCollins *Español*

Parte de la felicidad que traes
© 2016 por Joan Cañete Bayle
Publicado mediante acuerdo con Viclit Agencia Literaria.
© 2017, edición HarperCollins Ibérica, S.A.
Esta edición ha sido publicada con autorización de HarperCollins Ibérica, S.A.
© 2019, edición HarperCollins Español, Estados Unidos de América.

Diseño de cubierta: lookatcia.com
Ilustración: © Julia Gaspar

Editora-en-Jefe: *Graciela Lelli*

ISBN: 978-1-41859-904-1

Impreso en Estados Unidos de América
19 20 21 22 23 LSC 7 6 5 4 3 2 1

Welcome to my house. Come freely. Go safely; and leave something of the happiness you bring!

Bram Stoker, *Dracula*

A Martina, Tomás y Mati
A Juan Cañete Méndez, in memoriam

LAS MAMÁS DE LA UCI

1

URGENCIAS

TE ESPERO EN URGENCIAS. Ante la puerta automática, Oriol fuma. Anda a grandes zancadas arriba y abajo por la rampa de acceso de las ambulancias, consulta cada poco la pantalla del móvil, escudriña las sombras. Oriol fuma de forma compulsiva, se desprende del cigarro a medias, lo aplasta con la suela del zapato, de inmediato enciende otro. Carmen ve a su esposo a lo lejos, arriba y abajo, el puntito naranja del cigarro destaca en el rostro velado. Carmen se muerde el labio, si sigue así se lo hará sangrar, ha tenido que apearse dos calles antes porque no soportaba permanecer ni un segundo más dentro del taxi, el taxista no conocía la ciudad, el GPS indicaba la ruta más larga, los semáforos conspiraban contra ella, la locutora nocturna hablaba en la radio de amores imposibles, le faltaba el aire, le palpitaban las sienes y las muñecas, la blusa empapada se le adhería a la espalda y las axilas. Y ahora ve a Oriol allí, arriba y abajo en la puerta de Urgencias, que fuma y mira el móvil en lugar de estar junto a Sira, lo cual significa que la niña está sola, rodeada de extraños, ¿no se le ha ocurrido pensar que su hija puede asustarse al verse en la cama de un hospital, sin su madre ni su padre junto a ella? ¿Y si pregunta por ellos? ¿Y si llora? Por supuesto que no, cómo va a pensar Oriol en ello, fumar

13

es más acuciante, sus necesidades siempre por delante de cualquier otra consideración.

Carmen y Oriol se saludan con un fugaz beso en los labios. Él la abraza, ella le deja hacer. Horas antes, se habían despedido también con un beso, pero entonces fue risueño, dos pares de labios que se buscan en territorio común. Ahora, en la puerta de Urgencias, son dos bocas que cumplen una formalidad. Antes, Sira estaba sentada en el sofá, absorta en la tableta, y sus padres se besaban porque mamá se va de cena con sus compañeras de la escuela, una velada de mujeres, qué bien, y papá se queda con Sira, una noche de padre e hija, nos divertiremos a lo grande. Oriol y Sira, papá y su niña, decidieron que bajarían al bar para ver el Barça, a Sira le encanta disfrutar o sufrir los partidos de fútbol en compañía, la alegría o la decepción compartidas, las niñas de hoy son muy futboleras, Carmen lo sabe muy bien porque en clase no es extraño verlas aparecer ataviadas con las camisetas de su equipo, las carpetas decoradas con las fotos de sus jugadores favoritos. Carmen recuerda que también besó a Sira, fue en la frente, la niña estaba concentrada en la tableta y no levantó la cabeza para acercarle la mejilla. Si Sira dijo adiós, Carmen no la oyó, once años ya, pronto llegará la adolescencia.

—Acaba de entrar en quirófano —la informa Oriol—. Será mejor que esperemos fuera. Ahí dentro…

Oriol deja danzar los puntos suspensivos, no encuentra la forma de explicar qué sucede ahí dentro, le agobian los hospitales, Carmen lo sabe muy bien, pero a quién no, ese no es motivo para dejar a Sira rodeada de extraños. Las grandes vidrieras del hospital aún están decoradas con motivos navideños, unas campanas, siluetas de Papá Noel, nieve de mentira, los adornos fuera de temporada se ven ridículos tantos días después de las fiestas. La puerta automática se abre cuando detecta la presencia de Carmen y se cierra unos segundos después. A Carmen le recuerda una frase que escuchó en una película: «Bienvenido a mi morada. Entre libremente por su propia voluntad y deje parte de la felicidad que trae».

14

Oriol la abraza de nuevo, Carmen le deja hacer. Su marido huele a fritanga y a tabaco. Le tiembla la voz al hablar. Oriol y Sira estaban en el bar, los acompañaba Jana, la hija del vecino, Sira y ella tienen la misma edad, van a la misma clase, son buenas amigas. Sira y Jana salieron a la calle en el descanso del partido a hablar de sus cosas, a su edad ya empiezan a dejar de jugar para charlar. Cinco minutos después, no pudieron ser más porque Oriol había pedido otra cerveza y el camarero aún no se la había traído, oyeron los gritos por encima del estruendo del bar. Unos niños pequeños jugaban al fútbol en el parque y el balón se les fue a la calzada. Sira fue a buscar la pelota, le gustan los niños pequeños, no tiene hermanos, siempre quiso uno, el semáforo estaba verde para los peatones, si se os escapa el balón nunca tenéis que ir a buscarlo a la calzada, de eso ya se encargará un mayor. Sira tiene once años, ya es mayor y su semáforo estaba verde, pero un coche se saltó el disco rojo a toda velocidad, la atropelló, frenó, se detuvo unos instantes, se supone que para ver qué había sucedido, y después arrancó. Aceleró. Se fue. Y Sira quedó tumbada en el asfalto, quebrada.

—Te llamé. Me saltaba el contestador —dice Oriol.

—En el restaurante no había cobertura.

Una vez al año, un sábado, las maestras de la escuela de Carmen salen a cenar. Solo ellas, solo una vez al año. Es la única noche que Carmen sale sin Oriol, Carmen no ha sido nunca una noctámbula ni ha llevado una vida social agitada, ni siquiera de joven. Oriol. Sira. Sus alumnos. Quince días en verano en un hotel cerca de la playa. Un vermut el domingo por la mañana. Una buena película en el cine de vez en cuando. Una novela en la mesita de noche. Carmen no necesita mucho para ser feliz, o al menos para sentirse contenta. Pero una vez al año, las maestras de la escuela, solo ellas, salen a cenar. Hay que ponerse guapa, esas son las reglas. Hay que estrenar un pintalabios. Hay que arreglarse. Hay que beber un poquito. Hay que flirtear con algún camarero. Hay que reírse. Hay que elevar la voz. Hay que criticar al director. Hay que bromear sobre el nuevo profesor de música y su flauta. Carmen no escuchó ni leyó los

15

mensajes hasta que salieron del local de después del restaurante, donde los bailes. Sara, la más joven, la de Infantil que es nueva de este curso, se había quitado los zapatos y andaba descalza por la calle mientras farfullaba una canción de moda. A Carmen le pareció graciosísimo, extrajo el móvil del bolso para hacerle una foto, y fue entonces cuando vio las decenas de llamadas perdidas y las docenas de notificaciones de mensajes. *Te espero en Urgencias*, decía el primer mensaje, que en realidad era el último.

—Vamos adentro —dice Carmen.

—Se está mejor aquí fuera, allí dentro…

Los puntos suspensivos. A Carmen ya le sangra el labio.

—Yo voy adentro.

Con mi hija, piensa. Pero no lo dice. La puerta automática se abre al detectar su presencia. Carmen vacila. Bienvenido a mi morada, entre libremente por su propia voluntad y deje parte de la felicidad que trae.

Carmen entra en el hospital.

2

ROJO Y AZUL

JUNTO A LA ENTRADA del hospital hay un jardincito, cerca de la parada de taxis. Dos árboles. Un parterre con flores. Un banco descolorido que fue verde. Desde ahí se divisa la entrada de Urgencias. Desde ahí Tere observa a Carmen y Oriol. Tere es una mujer grande, excesiva, lenguaraz, de esas que roban a los demás escenas de su propia vida. A pesar del frío, viste una camiseta de tirantes verde militar que se le prende al estómago y que deja a la vista sus gruesos brazos. En los hombros luce tatuajes. En el derecho, Elmo. En el izquierdo, el Monstruo de las Galletas. Rojo y azul.

Acompaña a Tere una mujer delgada, media melena, gafas de pasta, vestida con un chándal de marca y zapatillas de *running* con franjas fluorescentes, resulta llamativo el contraste entre ambas, una tan grande, la otra tan menuda, una tan estentórea, la otra tan discreta. La segunda mujer se llama Anna, fuma sentada en el banco, una pierna encima de la otra, recogida sobre sí misma, a su lado ha dejado un paquete de tabaco, un encendedor y dos móviles, cada uno protegido con una funda de un color diferente. Roja y azul.

El hijo de Anna, Nil, está ingresado en la UCI pediátrica del hospital con neumonía. Nil padece frecuentes y graves problemas respiratorios causados por deformidades en la pared torácica, gran parte de los otoños y los inviernos de su vida los ha pasado en el hospital, en planta en los casos moderados, en la UCI pediátrica en los casos más severos. La hija de Tere, Lucía, también se encuentra en la UCI, le pasa lo de siempre, todo y nada al mismo tiempo. Las dos mujeres han bajado a la calle a tomar el aire, a despejarse, a estirar las piernas, a que Anna consulte si tiene mensajes en alguno de sus dos móviles, al azul la llama el marido al que acaba de dejar, al rojo le escribe mensajes su examante. A Tere le ha dado esta noche por hablar de muertos, de funerales y de cementerios. Cuando ve llegar a Carmen, el maquillaje agotado, el temblor en la mandíbula, el nudo en el pecho, el labio que le sangra, estaba contándole a Anna una anécdota que había sucedido en el pueblo de su madre y de su tía, años atrás. Resulta, Anna, que el patriarca de una familia de las de toda la vida murió, y la viuda decidió enterrarlo sin escatimar gastos, que es en las bodas, los bautizos, las comuniones y los entierros donde deben notarse los posibles. Con ese propósito, eligió el ataúd más caro del catálogo, el de madera más maciza, el de adornos más barrocos, el de la cruz dorada más pesada. El día del entierro, el cortejo fúnebre llegó al cementerio. Allí los aguardaban los operarios, un cigarrito con la espalda apoyada en los nichos, se han retrasado casi media hora, que no tenemos todo el día. Puedes imaginarte la escena, Anna: el mono azul de trabajo, el lápiz mordisqueado en la oreja, el nicho a cuatro metros de altura, la grúa, la caja de herramientas, la argamasa. El hijo mayor hizo un gesto, y los operarios se pusieron manos a la obra. Dos de ellos subieron con la grúa, y, *toc, toc, toc,* a martillazos rompieron el cemento que sellaba la entrada del nicho. Una vez abierto un acceso, uno de los operarios introdujo medio cuerpo y extrajo una bolsa que contenía los huesos de los parientes que habían fallecido años atrás. Depositaron la bolsa en la plataforma de la grúa y procedieron a subir el majestuoso ataúd. Colocar el féretro encima de la plataforma no fue sencillo, pesaba literalmente como un muerto, los operarios resoplaron, sus rostros enrojecieron, alguno blasfemó. La grúa chirriaba en su lento ascenso, parecía que iba a ceder bajo el peso. A la altura del nicho, los operarios maniobraron para introducir el ataúd. La madre cogió la mano del hijo mayor, el mediano le pasó el brazo por el hombro, la hija menor aguantó la respiración, los operarios movieron el ataúd hacia el nicho... y se quedó atascado. ¡El ataúd no cabía en el nicho, era demasiado alto!

Tere calla. Ve a Carmen vacilar ante la puerta automática del hospital. Ve a Oriol observarla. Los dos están muy cerca, uno detrás del otro, ni un palmo media entre ellos, pero ya se les nota. Tere, que sabe mirar, se da cuenta de que el hombre no sabe cómo cubrir el pequeño trecho que lo separa de su esposa, que lo suyo se ha tornado un abismo, es tan corto el amor y es tan largo el olvido.

—¿Y qué sucedió después? —pregunta Anna.

Tere intuye lo que siente Carmen, lo ha visto muchas veces antes, lo verá muchas otras: el nudo en el estómago, el corazón acelerado, el olor a hospital, el andar entre algodones, las miles de agujas en los ojos y la garganta, el dolor, la incomprensión, la indefensión. Carmen, Tere lo sabe muy bien, desconoce que vive en un tiempo prestado, que se mueve en los últimos coletazos de una vida que ya no es, que cuando cruce la puerta del hospital se introducirá en un túnel del que saldrá siendo otra, no sabes que has muerto hasta que alguien te lo dice.

—¿Tere?

—Los operarios intentaron introducir el féretro por la fuerza, pero cada vez que lo intentaban la cruz golpeaba la parte superior del nicho, *clong, clong, clong* —reemprende Tere la narración, ya sin músculo humorístico, con ánimo funcionarial—. En uno de los empujones, la grúa se balanceó y cayó al suelo la bolsa con los huesos de los antepasados, que quedaron esparcidos a la vista de todos, la tibia del padre del muerto por aquí, un brazo de la abuela por allá. Algunos asistentes exclamaron con horror, la viuda ocultó la cabeza en el pecho del hijo mediano, el mayor ordenó a los operarios que bajaran, discutieron varios minutos hasta que tomaron una decisión: con el martillo, destrozaron la cruz dorada y volvieron a intentarlo. Esta vez, aunque muy justo, el féretro cupo en el nicho.

Anna apaga el cigarro en la suela de su zapatilla deportiva.

—Estas historias te las inventas, ¿no?

Tere no responde. Se imagina a Carmen camino de la sala de espera de Urgencias, la vista fija en las flechas de colores del suelo que le sirven de guía mientras Oriol la sigue unos pasos por detrás. Se los figura en silencio, los ve sentarse en una silla, ella que recorre con la vista la sala, que se pregunta qué desgracia habrá llevado a Urgencias a las otras personas con las que comparte la estancia, él que consulta el móvil, que se lamenta de que anda escaso de batería, ¿no hay enchufes en este hospital? Tere chasquea la lengua, tanto por decirse y tan poco tiempo antes de que sea demasiado tarde, y lo único que se le ocurre a ese hombre es quejarse de que no puede cargar la batería del teléfono.

—¿Qué miras tan absorta? —pregunta Anna.

—A una de las nuestras, que acaba de llegar.

3

EPI, BLAS, COCO Y CAPONATA

LA DOCTORA que opera a Sira es una mujer bien entrada en la cincuentena. Pelo corto, canosa, delgada, fibrosa. Uniforme azul. Bolsas bajo los ojos. Habla muy rápido y usa abreviaturas que Carmen no asimila: RMN. TAC. TEC. Sira tiene un traumatismo craneoencefálico, dice, en estos casos el protocolo es inducir al paciente el coma mediante sedación, ya que así logramos reducir la presión intracraneal.

LA MADRUGADA da paso al amanecer, el amanecer a la mañana, esta al mediodía y a primera hora de la tarde trasladan a Sira a la UCI pediátrica. Oriol mal durmió tumbado encima de tres sillas de la sala de espera de Urgencias. Carmen se dedicó a observar su sueño agitado, cómo le subía y le bajaba el pecho, las manchas de sangre en la camisa, sangre de Sira. Carmen no entiende que Oriol sea capaz de conciliar el sueño, el simple hecho de cerrar los ojos a ella le trae imágenes de Sira, tumbada en el sofá, absorta en la tableta, once años ya, pronto llegará la adolescencia. Oriol bajó a la cafetería a desayunar y le subió un café con leche y un cruasán que ella apenas probó, Carmen no entiende que Oriol pueda tener apetito. A mediodía, Oriol sugirió que uno de los dos debería ir a casa, ducharse, cambiarse, llamar a la familia, avisar a las escuelas de que los próximos días ninguno de los dos acudirá al trabajo. Carmen no entiende que Oriol pueda pensar en alguien que no sea Sira, que se le pase por la cabeza irse del hospital, dejar a Sira sola otra vez, no pudieron ser más de cinco minutos porque había pedido otra cerveza y el camarero aún no me la había traído.

TRAUMATISMOS MÚLTIPLES. Fracturas en las costillas, la pelvis y la cadera. Le hemos hecho una intubación ortotraqueal para mejorar la saturación de oxígeno de los pulmones. Uno de los pulmones está muy dañado. Necesita por ahora respiración mecánica. Su estado es lo que llamamos estable dentro de la gravedad.

LAS ENFERMERAS le parecen a Carmen muy jóvenes. Al moverse transmiten una imagen de eficacia y profesionalidad. Llevan bata, gorro y calzas estériles en los pies. La bata está estampada con personajes infantiles: Epi, Blas, Coco y Caponata. Carmen también viste una de estas batas. Se escucha un llanto apagado, imposible saber si es un bebé, un niño o un adulto. No es Sira, en cualquier caso. Sira duerme. Sira está en coma. De Sira, a Carmen solo le queda su cuerpo. La camilla en la que han transportado a Sira desde la zona de quirófanos encaja con facilidad en el box asignado para ella en la UCI pediátrica, el número dos. Tres enfermeras conectan los múltiples tubos y sondas que salen del cuerpo de la niña a varios monitores y portasueros. Carmen desconoce qué mensaje transmite el cuerpo de Sira a través de los monitores, aunque sospecha que no tardará mucho en ser capaz de recitar de memoria las medicinas y sustancias que se introducen en su hija a través de varias agujas. Lo mismo sucederá con los fluidos que surgen de ella. Sira es un circuito cerrado de tubos y fluidos que entran y salen de su cuerpo mientras varios monitores informan de cómo va el trasiego.

***

Hay que trabajar en muchos frentes a la vez, ya que también debemos tratar las otras lesiones al margen de las neurológicas. Hay que realizar de forma paralela el reconocimiento de las complicaciones y su tratamiento.

Carmen no reconoce a Sira. Yeso y vendas le cubren el cuerpo, y un aparatoso vendaje le envuelve casi toda la cabeza allí donde impactó en el asfalto al caer. Lo que desgarra a Carmen no son los vendajes, ni los tubos ni las agujas ni los ojos cerrados ni las manitas frías, ella que es como su madre, que siempre tiene las manos calientes y los pies fríos. Lo que más le duele es que a Sira le han rasurado el pelo, su melena castaña que le llegaba hasta la cintura. Cuando Sira tenía tres años, una niña en la escuela le dijo que tenía el pelo corto. Se enfadó tanto que a esa edad tomó la determinación de dejárselo crecer, y nunca permitió a Carmen que lo cortara más de lo imprescindible. Fue, que recordara Carmen, la primera decisión de Sira, quiero tener el pelo largo, mamá. Carmen no logra recordar el nombre de aquella niña que tanto enfadó a su hija cuando tenía tres años. ¿Gisela? ¿Melisa? ¿Edurne? ¿Martina? ¿Mar?

Las próximas cuarenta y ocho o setenta y dos horas son claves para saber ante qué tipo de TEC nos encontramos. Entonces sabremos cómo ha afectado el golpe a su cerebro.

Carmen acaricia la frente de Sira con el dorso de la mano, allí donde la besó por última vez antes de salir de cena con las otras maestras de la escuela. Traumatismos múltiples. Intubación ortotraqueal. Respiración mecánica. Traumatismo craneoencefálico. Coma inducido. RMN. TAC. TEC.

4

TOC, TOC, TOC (1)

No HAY LUZ NATURAL en la UCI pediátrica, tan solo la iluminación blanca e impersonal de los hospitales. Una cortina corredera separa cada box de los demás. No hay mucho espacio, la cama del enfermo, los monitores y una silla para la única visita autorizada. Las enfermeras son cordiales, profesionales y hacendosas, siempre con una palabra amable y una sonrisa tranquilizadora, Epi, Blas, Coco y Caponata. Carmen no entabla conversación con ellas, tan solo emite gruñidos que pueden significar cualquier cosa, no está para charlas, qué os esperáis, Sira tiene un traumatismo craneoencefálico, en estos casos el protocolo es inducir al paciente el coma mediante sedación, ya que así logramos reducir la presión intracraneal.

Anochece cuando Oriol se va a casa. Carmen no entiende que se vaya tan temprano, cuando ni siquiera ha caído la noche, cuando aún no se han cumplido ni veinticuatro horas desde que un desalmado atropellase a Sira y después se diera a la fuga. En la soledad del box, a pesar suyo, los ojos se le cierran. Una enfermera le ha explicado que la silla tiene dos posiciones y que el respaldo es abatible, no es una cama pero es más cómodo estar en la posición dos que en la uno. Durante varios minutos Carmen pulsa botones y tira de una palanca de la silla, pero el respaldo no se mueve. Se exaspera, se irrita, se im-

24

pacienta, se lastima los dedos, *Te espero en Urgencias*, decía el primer mensaje. *¿Dónde estás?*, decía el segundo. En aquella madrugada sin fin Carmen aún no ha llorado, las lágrimas la traicionan cuando más las necesita. Traumatismos múltiples. Intubación ortotraqueal. Respiración mecánica. Traumatismo craneoencefálico. Coma inducido. Epi, Blas, Coco y Caponata. RMN. TAC. TEC.

—*Toc, toc, toc* —dice alguien al otro lado de la cortina.

Carmen no reconoce la voz. Las enfermeras no llaman antes de entrar.

—*Toc, toc, toc.* ¿Se puede, mamá?

Carmen descorre la cortina. Al otro lado hay una mujer muy grande, de gruesos brazos, piernas robustas, estómago prominente, mucho pecho, cabello cortado casi al cero. Sonríe, pero no es la sonrisa de las enfermeras, ni tampoco la de las personas con las que Carmen se ha cruzado en el camino entre la zona quirúrgica y la UCI pediátrica, un chico joven empujaba la camilla, Carmen y Oriol se esforzaban en seguir su ritmo, Carmen no entendía por qué Oriol se descolgaba varios metros por detrás de la camilla y no apretaba el paso para andar junto a Sira. Desde que cruzó la puerta automática de Urgencias, Carmen se ha encontrado con sonrisas de amabilidad forzada, profesionales, de circunstancias. Pero esa sonrisa es otra cosa, esa mujer es de las suyas.

—Disculpa. Me ha parecido oír que tenías problemas con la silla. Si quieres, puedo ayudarte.

Carmen susurra un agradecimiento, se separa de la silla. La mujer desplaza un poco la palanca y al mismo tiempo pulsa uno de los botones y el respaldo se mueve con un chasquido metálico. Así de fácil.

—Hay que saberse el truco de estas sillas, si no acabas con el culo más grande que el Coliseo de Roma. Soy Tere, tu vecina de la UCI.

5

SÉ TERE

VACABURRA, Tere, te llamó vacaburra. Y otras cosas. Marimacho, por ejemplo. Y carasobaco.

JUSTICIA PARA MI LUCÍA; *No hay pan para tanto chorizo; La dependencia es un derecho, no caridad; No se aceptan limosnas, Handouts are not accepted, Almosen werden nicht akzeptiert, Charité n'est pas accepté,* 配布資料は承っておりません, *Dispense non sono accettati, Раздаточные материалы не принимаются.* Semanas antes de coincidir con Carmen, una fría mañana de principios de diciembre, Tere llegó a la plaza de Sant Jaume y no reconoció lo que ella llamaba su zona de protesta, el punto medio entre el ayuntamiento y el palacio donde se manifestaba para exigir a la administración ayuda para su Lucía. Tere solía llegar allí cada día a primera hora de la mañana, la mochila negra en la espalda, el macuto de color militar colgado del hombro, en la mano derecha una silla plegable de esas que se usan para ir al campo. Meticulosa, desplegaba una alfombrilla y depositaba encima las fotos de Lucía, los recortes de periódicos, las fotocopias de las cartas oficiales de notificaciones oficiales con los sellos oficiales firmadas por cargos oficiales, los carteles escritos a mano en grandes letras mayúsculas: *Justicia para mi Lucía; No hay pan para tanto chorizo; La dependencia es un derecho, no caridad; No se aceptan limosnas.* Colocaba un paraguas en la silla, calculaba el ángulo correcto para que la protegiera del sol, se ponía la gorra y las gafas oscuras, se colgaba el móvil del cuello por si llaman Madre o la tía Manuela, se aplicaba crema solar en la cara, en los brazos y sobre el Monstruo de las Galletas. Llegaba a primera hora y a veces no se iba hasta caer el sol, quien quiera prosperar que empiece por madrugar.

Lo habitual era que solo presenciaran el ritual, como ella lo llamaba, los agentes de guardia en la plaza y algunos turistas madrugadores. Los extranjeros tomaban a Tere por algo así como una excentricidad local, al verla ralentizaban el paso, se rezagaban, dejaban sola a la guía, banderita en mano, la historia de la plaza en la boca, que si la iglesia antigua que fue destruida, que si epicentro político de la ciudad, que si el vetusto foro romano. Eran bastantes los turistas que querían fotografiarse con Tere, en ocasiones pedían permiso, en otras no, que si fotos de grupo, que si *selfies*. Al principio a Tere le molestaba, pero pronto le dio igual. Sí era inflexible, en cambio, con las limosnas, no quería caridad para su Lucía, lo que ella exigía era justicia social. La hija de una vecina, que estudia en el instituto, había traducido con un programa de Internet la frase *No se aceptan limosnas* al inglés, al francés, al alemán, al italiano, al ruso y al japonés, *Handouts are not accepted, Almosen werden nicht akzeptiert, Charité n'est pas accepté,* 配布資料は承っており ません, *Dispense non sono accettati, Раздаточные материалы не принимаются.* Durante varios días, Madre y la tía Manuela se habían esmerado en copiar las frases en extranjero en varios carteles, cartulina blanca, rotulador negro muy grueso, fundas para plastificar, el japonés y el ruso fueron los que más costaron, tuvieron que repetir esos carteles varias veces, en la papelería del barrio les regalaron unas cartulinas suplementarias después de que emborronaran las que habían comprado. Mi tía Manuela, que es una negada para el japonés, dijo Tere en la papelería, y las tres mujeres, la dueña, Tere y la tía Manuela, rieron, rio incluso la tía, que desde que se quedó viuda parece que reír le cueste dinero. Algún turista le había dicho que algunas de las traducciones eran erróneas: no puede ser, contestaba Tere en inglés, Internet no se equivoca nunca, quien hace lo que puede no está obligado a más.

Esa mañana de principios de diciembre, la mañana del que debía de ser el gran día de Tere, unas vallas separaban de la zona de protesta a los policías de guardia y a un grupo de turistas, cámaras prestas para fotografiar a cualquier famoso. Una docena de operarios se movían por el espacio acotado. Habían desplazado las cosas de sitio, separado la silla de Tere y desplegado otras dos, embusteras en su falsa sencillez, sin duda muy caras. Las fotos de Lucía las habían avanzado a primera fila y los carteles referentes a las limosnas habían sido colocados en un lugar tan discreto que en pantalla no se distinguirían. Tere vio dos cámaras, dos focos grandes, tres reflectores plateados, muchos cables que desembocaban en una furgoneta aparcada a pocos metros. Se adentró en el improvisado plató con aprensión, como quien acerca la mano a un enjambre, ya se sabe, a camino largo, paso corto, la estrella invitada era ella, ¿te lo puedes creer, Madre?

Tere saludó con un movimiento de cejas a Rika y Rafi, las periodistas con las que había trabajado las últimas semanas. Rika, de Federica, la productora, daba órdenes sin parar, llevaba un micrófono auricular que le daba el aspecto de diva, era ella quien manejaba los hilos de la función y el poder se le apreciaba en el ademán. Junto a ella, Rafi, de Rafaela, la cámara y hermana melliza de Rika, fumaba y estudiaba la plaza con aire de indiferencia profesional. Las dos mujeres se parecían pero no eran idénticas. Rafi era más corpulenta que Rika, pesaba unos cuantos kilos más, tenía el vientre más abultado que su hermana, las caderas más anchas y los brazos más musculados, tal vez el peso de la cámara era la causa de la disparidad, cada cosa tiene su belleza pero no todos pueden verla. Rafi masculló unas palabras que Tere no alcanzó a oír y su hermana asintió con esa sonrisita que era consustancial a ella, un rictus que venía a decir: estoy aquí porque los naipes se han repartido de esta forma, lo cual no significa ni que me guste ni que sea lo que mejor haga. Estoy aquí, significaba esa sonrisita cínica, pese a que estoy capacitada para tareas superiores, pese a que no tengo ningún interés en lo que hago ni en quienes estáis aquí, qué desgracia que me vea obligada a hacer cosas de este tipo, con mi potencial. Tere recibió la primera llamada de Rika antes del verano: soy productora de *A solas con Laura*, ¿conoces el programa? Tere lo conocía, cómo no, al igual que otros millones de personas, Madre se sentaba cada sábado ante el televisor para ver las entrevistas de Laura con «gente normal como tú y como yo» con «gente que habla de sus vidas y nos ilustra sobre las nuestras», con «ente que tiene una historia que contar, una historia que queremos escuchar, que necesitamos conocer». *A solas con Laura*, recitó Rika por teléfono, es una hora entera de televisión dedicada a una persona anónima como tú, a quien se le da tratamiento de estrella, con una entrevista y un reportaje sobre su vida. En *A solas con Laura* nos hemos enterado de tu cruzada, de tu protesta en solitario para exigir el pago de las ayudas sociales que mereces por tu hija, y tu historia nos parece muy interesante, reveladora de los tiempos que corren, y al mismo tiempo ejemplo de superación y de lucha, de la voluntad de no rendirse jamás ante las dificultades, por muy grandes que sean. Dime, ¿también haces huelga de hambre o te limitas a sentarte en la plaza?

Con un gesto, Rika envió a un propio a recibir a Tere, el mejor desprecio es no hacer aprecio. Camino de la furgoneta, los policías la saludaron y los turistas la fotografiaron, por fin había llegado la estrella. En el asiento del copiloto de la furgoneta, Laura, la famosa periodista, aguardaba a que su equipo acabara de montar el plató al aire libre. Sostenía una infusión muy caliente con ambas manos, la gruesa capa de maquillaje en su rostro la había tornado en una mujer de edad indefinida, inquietante de una forma vaga: sé tu misma, Tere, esto será grabado, podemos repetir siempre que sea necesario, sobre todo sé tú misma, sé la Tere graciosa, enérgica, apasionada, sé la madre que adora a su hija, sé la mujer que lucha por sus derechos, sé Tere y todo irá bien, no te beso porque se me arruinaría el maquillaje.

—Qué piel más bonita, qué cutis tan suave —le dijo a Tere la chica encargada del maquillaje—. ¿Qué te pones?

—Agua y jabón. Llevo once años a base de agua y jabón.

En la plaza, bajo los focos, Laura y Tere se sentaron en sus sillas. Dos técnicos les colocaron los micrófonos, tuvieron que hablar un poco para comprobar que el sonido entraba bien, hola, hola, aquí estamos, en la plaza, no sé qué más decir, Tere se sintió ridícula, por una vez sin palabras, si la vieran Madre y la tía Manuela. Los focos la cegaron, no podía ver más allá de Laura, los nervios la atenazaron, pensaba en Lucía, sintió a Jaime, su exmarido, detrás de ella, le besaba el cuello, le cogía los pechos con ambas manos, le mordisqueaba el lóbulo de la oreja, sus dedos se introducían por debajo de las bragas, su lengua le lamía la nuca.

—¿Empezamos? —dijo Laura, una sonrisa tranquilizadora, la mano encima de su rodilla.

—Sí —dijo Tere—. Continuemos.

Eso te lo has inventado, lo de carasobaco, eso lo dicen en el pueblo, pero no lo dicen en la ciudad, que eres una negada para el japonés, tía Manuela.

6

LAS NORMAS DE LA UCI

UNA ENFERMERA le entrega a Carmen un tríptico informativo y un formulario para que lo rellene. En el tríptico hay fotos de la UCI, de los boxes, del pasillo visto desde el mostrador. Hay una foto del equipo del hospital, una docena de personas, todas mujeres, vestidas con la bata de la UCI pediátrica: Epi, Blas, Coco y Caponata. No hay fotos de niños en el tríptico.

Querida madre/padre:

Tu hijo/a se encuentra en la Unidad de Cuidados Intensivos pediátrica/neonatal (UCI/UCIN). Nuestro equipo humano y nuestras instalaciones tienen como único objetivo el tratamiento de tu hijo/a hasta que el peligro inminente sobre su vida haya desaparecido y pueda ser trasladado a una sala de hospitalización convencional. Nuestro equipo está formado para tratar a pacientes de alto riesgo. Contamos para ello con personal especializado en medicina intensiva, enfermería y auxiliares de clínica durante las veinticuatro horas del día con un alto nivel de conocimientos y experiencia en el tratamiento del paciente crítico pediátrico. Además, contamos con el apoyo del resto de especialidades médicas y quirúrgicas del hospital.

***

31

En sus primeras horas en la UCI pediátrica, no pasan más de treinta minutos sin que Sira reciba una visita. Enfermeras. Médicos de neurología. De traumatología. De digestivo. De neumología. De neurología. De pediatría. Comprueban los monitores, le cambian las bolsas que cuelgan de los portasueros, garabatean notas en una carpeta, preguntan con educación a Carmen cómo se encuentra, si ella está bien, si Sira está bien. No, no estamos bien. *Te espero en Urgencias.* Desde que leyó el primer mensaje, que en realidad era el último, Carmen vive anestesiada, boquea en un bucle.

Para ayudar a los padres/madres en este difícil momento, tenemos a vuestra disposición un equipo de apoyo psicológico gratuito. Os animamos a utilizarlo, ya que vuestro bienestar es primordial para el tratamiento de vuestros hijos/hijas. Podéis pedir este servicio en el mostrador situado a la entrada de la Unidad.

Por la mañana, Oriol llega con una bolsa de cruasanes calientes. Huele a colonia, a limpio, parece descansado, trae un libro y dos periódicos bajo el brazo y dos peluches de Sira, un delfín que compraron en el zoo y una serpiente con un sombrero de copa. No se ha leído las normas de la UCI, para qué, piensa Carmen, así que se irrita cuando las enfermeras no le permiten introducir los peluches en la UCI. Oriol también ha traído ropa cómoda, la novela de encima de la mesita de noche de Carmen y los cargadores de los móviles. Ha hablado con la familia de Carmen, y con la suya, y ha llamado al director de la escuela de Carmen y al de su escuela, todo el mundo está consternado, manda besos y abrazos, se ofrece: que cualquier cosa, que lo que haga falta, que solo tenemos que pedirlo. Ha comido, ha dormido un poco, se ha duchado, se ha afeitado y se ha cambiado de ropa, la camisa manchada de sangre de Sira debe de estar en el cesto de la ropa sucia, junto a las blusas, los pantalones, las camisetas y la ropa interior de la niña. Alguien de la policía ha llamado a Oriol, tienen que pasarse por la comisaría para presentar denuncia, una agente le ha dicho que pillarán a ese hijo de puta. Lo ha dicho así, dice Oriol, hijo de puta, esas fueron las palabras textuales de la policía. Hijo de puta. Debe de ser madre, comenta Oriol, como si eso bastara para explicar la vehemencia de la agente, y Carmen no sabe ver la relación entre ser madre y considerar que el conductor que atropelló a Sira y después se dio a la fuga es un hijo de puta. ¿O acaso Oriol, que es padre, no piensa que el culpable de lo que le ha sucedido a Sira es un hijo de puta?

—Ve a casa —dice Oriol—. Ya me quedo yo aquí.

—No.

—Te hará bien ir a casa, ducharte y dormir un poco.

—Estoy bien, no estoy cansada.

—Ve a casa, necesitamos establecer un sistema de turnos, esto puede ir para largo.

—No pienso dejar sola a mi hija.

Otra vez, ni siquiera cinco minutos.

PARA QUE VUESTRA COLABORACIÓN *en la recuperación de vuestros hijos/hijas sea lo más eficaz posible, las siguientes normas son de obligado cumplimiento:*

—Solo dos personas al día pueden visitar al paciente. Es obligatorio que sean familiares directos. Debéis informar de los nombres en el mostrador de la entrada de la Unidad. No hay posibilidad de hacer cambios sobre la marcha.

—Estas dos personas deben llevar en todo momento la pulsera identificativa.

—Antes de entrar y salir de la Unidad, hay que lavarse las manos.

—Es obligatorio usar bata y calzas estériles para los pies, que encontraréis en la entrada de la Unidad.

—En el caso de los pacientes inmunodeprimidos, oncológicos y de enfermedades infectocontagiosas que requieran tratamiento en salas

de aislamiento, el acceso podrá ser restringido y será siempre obligatorio entrar con mascarilla.

ORIOL SE PONE LA BATA y las calzas, Epi, Blas, Coco y Caponata. Se lava las manos. Acaricia la mejilla de Carmen.

—Vaya pinta debo de tener —dice.

Carmen no entiende por qué a Oriol le importa su aspecto. Ni por qué le interesa lo que digan los periódicos. ¿Cómo ha sido capaz de dormir? ¿De dónde saca las fuerzas para descolgar el teléfono y hablar con parientes y compañeros de trabajo, contar lo sucedido como quien explica qué tal pasó el fin de semana, no pudieron ser más de cinco minutos, un balón que se les escapó a unos niños, un semáforo en verde, un semáforo en rojo, te lo puedes creer, no somos nadie?

Se despiden con un beso en la mejilla. Carmen se ve obligada a ir a casa. En el autobús se sienta junto a la ventana. Consulta el móvil. Llamadas y mensajes perdidos. Emoticonos llorones. Corazones rotos. Sus padres. Su hermana. Amigos comunes. Amigos de Oriol. Su director. El director de Oriol. Sus compañeras del colegio. Sara, la de Infantil. Compañeras del colegio de Oriol. Sus alumnos. El padre de Jana, la niña se ha pasado el fin de semana llorando y hoy no ha ido a clase. Carmen se muerde el labio hasta sangrar. ¿Por qué llora Jana? Ella está ilesa. Fue Sira la que cruzó la calle con el semáforo en verde, quien cogió la pelota, quien salió disparada varios metros hacia arriba y hacia delante, quien dio casi un giro completo en el aire, quien cayó de cabeza contra el asfalto. Fue Sira, no Jana, Jana fue la testigo, Sira la víctima, y ahora Jana se pasa el fin de semana llorando y nadie ha visto llorar a Sira.

El autobús la deja a unos metros de casa, pero Carmen enfila en sentido contrario. No lleva gafas de sol, nadie sale con las gafas de sol en el bolso a cenar con las compañeras de la escuela, solo ellas, solo una vez al año. La claridad le lastima los ojos pero no basta para detenerla. El bar está cerrado. Hay dos manchas oscuras en el asfalto. Tal vez sea sangre de Sira. O tal vez sean restos de aceite o de gasolina de un coche, quizás el del hijo de puta. Carmen mira hacia el parque. Unos abuelos juegan con su nieta, debe de tener un año, no más, se mueve con el andar dubitativo de los bebés que acaban de aprender a caminar. Carmen mira hacia el bar, no pudieron ser más de cinco minutos porque había pedido otra cerveza y el camarero aún no me la había traído. El dolor, la incomprensión, la indefensión. Si Tere la viera, movería la cabeza con fatalismo, harta de tener siempre razón.

—Está prohibido *tocar los monitores o las incubadoras. Su uso es potestad exclusiva del personal especializado.*

—*No podrán acceder a la Unidad menores de 14 años.*

—*No está permitida la entrada con objetos ajenos a la Unidad, bolsos o mochilas de cualquier tipo, aparatos electrónicos (teléfonos móviles, ordenadores, tabletas) o juguetes, salvo expresa autorización. Todos los objetos personales deben depositarse en las taquillas de la entrada.*

—*No está permitido realizar ningún tipo de fotografía ni vídeo dentro de la Unidad.*

—*La información médica solo se dará a padres y/o tutores.*

En casa, la tableta está encima de la mesilla del salón. Ya no hay ropa en la cesta de la ropa sucia, Oriol ha puesto una lavadora, a Carmen le cuesta entender cómo puede pensar Oriol en lavar la ropa mientras su hija lucha por su vida. La puerta de la habitación de Sira está entreabierta. Carmen la mira de reojo, no se atreve a entrar, bienvenido a mi morada, entre libremente por su propia voluntad y deje parte de la felicidad que trae. Se desnuda. Se ducha. Se seca. Se pone el pijama. Ahora sí, entra en la habitación de Sira. Se tumba en la cama. La almohada y las sábanas huelen a ella. En el hospital, el cuerpo de Sira ya no huele a Sira, ¿quién puede ser tan desalmado de robarle su olor a una chiquilla? En la estantería faltan los dos peluches que Oriol ha llevado a la UCI, el delfín que compraron en el zoo y la serpiente con un sombrero de copa. Carmen siente zumbar el móvil. No le hace caso. Baja la persiana. Cierra la puerta. Se sume en la oscuridad. Los párpados descienden. Traumatismos múltiples. Intubación ortotraqueal. Respiración mecánica. Traumatismo craneoencefálico. Coma inducido. Epi, Blas, Coco y Caponata. RMN. TAC. TEC.

—No se dará información por teléfono.
  —*No está autorizado comer en la Unidad y beber otras bebidas que no sean agua.*
  —*Es obligatorio que nos faciliten un teléfono de contacto para poder localizarlos en cualquier momento.*

Golpes en la puerta. Carmen se levanta, apenas ha dormido, está desorientada. Anda descalza por el pasillo, las baldosas están frías. Mira por la mirilla. Es el padre de Jana. Tiene la mirada fija en la puerta, como si supiera que Carmen está al otro lado, mirándole a los ojos, la mano en la boca. Los vecinos son buena gente. Él es comercial químico. Ella está en el paro y da clases particulares de inglés, para ir tirando. Tienen una hija mayor que ha empezado Secundaria, una vez Carmen se la encontró en el portal besándose con un chico. Jana y Sira son muy buenas amigas, algunos sábados Jana duerme abajo, otros Sira duerme arriba. Carmen se deja caer en silencio, desliza la espalda por la puerta. Esconde la cabeza entre las rodillas. El padre de Jana vuelve a llamar. Una vez. Dos veces. Tres veces. Primero con los nudillos, después con la palma de la mano. Miles de agujas en los ojos y la garganta, una opresión insoportable en el pecho. El dolor. La incomprensión. La indefensión.

***

A DIFERENCIA DE OTROS HOSPITALES, *en nuestra Unidad tu papel en el tratamiento de tu hijo/a es primordial. Por eso, no están limitadas las horas de visita salvo expresa orden médica. Nuestro objetivo es hacer partícipe a la familia del tratamiento y mantenerla cerca del paciente para que los niños/niñas sientan que la Unidad es tan cómoda como su hogar. El ambiente, la decoración, los diseños y los colores pretenden ser lo más amables posibles para los pacientes.*

CARMEN SE PONE la bata y las calzas. Epi, Blas, Coco y Caponata. Hace solo cuatro horas que se marchó. Pasa por el mostrador de la entrada. Desde allí ve a Oriol sentado junto a Sira, absorto en un crucigrama. Carmen rellena los datos del formulario que le ha entregado la enfermera. Como número de contacto apunta solo su móvil. ¿Cómo puede ser que Oriol sea capaz de distraerse con un crucigrama junto a la cama de su hija?

—No me han dejado colocar los peluches —dice Oriol—. No se puede entrar con juguetes, son las normas, me han dicho, ¿te lo puedes creer?

Hace ya tiempo que Sira no presta atención a los peluches, los mantiene en un estante de la habitación por costumbre e indolencia, donde acumulan polvo. Carmen lo sabe, ¿cómo es posible que Oriol no lo sepa?

37

7

LAS OTRAS NORMAS DE LA UCI

DEBO DE TENER EL RÉCORD DEL MUNDO de estancia en un hospital. Mi Lucía ha regresado de la muerte treinta y siete veces. Cuando nació pasó dos meses en la UCIN y hemos tenido que ingresarla, sin contar esta vez, sesenta y seis veces, cuarenta y una en planta, veinticinco en la UCI pediátrica. Sé sobre las enfermedades de mi Lucía más que cualquier médico, conozco a las enfermeras como si fueran mis hermanas. Sé a cuál le gusta su trabajo y a cuál no, cuál cuida bien a los niños y cuál cumple con el expediente y poco más. Conozco a sus novios y a sus novias, a sus amantes y a sus maridos, cuál ha cambiado el turno y por qué. Al principio de estar aquí, te hablo de hace doce años, la edad de mi Lucía, estaba prohibido que las madres estuviéramos con los niños más de un par de horas al día. Monté un pollo, hice huelga de hambre, salí en los periódicos, organizamos una manifestación en la puerta del hospital, mi Lucía y yo y algunas mamás más. Al final lo logramos, me costó unos cuantos años pero lo conseguimos, esos médicos encorbatados en sus despachos se bajaron los pantalones y desde entonces las madres podemos estar con nuestras niñas todo el día. Ahora sacan pecho, dicen que fue idea suya para hacernos a las madres partícipes del tratamiento de los niños y no sé qué tonterías más, pero lo cierto es que fui yo quien lo logró, yo y mi Lucía, manifestándonos abajo, saliendo en la tele, protestando. Porque en este mundo si no protestas no logras nada. Pero no me malinterpretes, este es un buen hospital, si no lo fuera mi Lucía no estaría aquí. La Castells es un poco estirada, lo sé, pero es buena mujer y buena profesional, de lo mejorcito, créeme, sé de lo que hablo, es la tercera jefa de planta que conozco en esta UCI pediátrica y es la mejor. A las enfermeras no les gusta trabajar aquí con nosotras, dicen que es uno de los peores destinos. Ya sé lo que me dirás: que son profesionales, que les pagan por esto. Pero no les pagan tan bien, créeme, y ver según qué, hacer según qué, soportar según qué, no hay bastante dinero en el mundo que te lo compense, todos esos chiquillos, nuestras niñas y nuestros niños, tan enfermos y tan jodidos, los de cáncer con el pelo rapado, los inmunos en su sala de aislamiento, que solo se les puede visitar con la mascarilla puesta… No debe de ser fácil para ellas, a pesar de que la mayoría son eficientes, son duras, son fuertes. Pero aun así. Yo las he visto llorar a todas, incluso a la Castells, yo he visto llorar a la Castells y yo la he abrazado y ha llorado aquí, en mi hombro, porque una niñita con cáncer, preciosa, un cielo, valiente como ella sola, calvita, delgadita, las piernas como alambres, se le murió en sus brazos. Si te fijas, en el mostrador de la entrada verás que hay un dibujo de unas enfermeras con la cabeza muy grande y un sol y unas nubes. Lo dibujó esa niñita para la Castells y después la niñita se murió… Bueno, con solo decirte que la Castells se pidió la baja por estrés, imagínate, la Castells, que es una roca, la jodida, fuerte como una puta roca. Yo la quiero mucho, pero no se lo digas, a la Castells la incomodan las demostraciones de sentimientos, no es muy efusiva ni cariñosa. Yo creo que fue por eso que la dejó el marido, aunque ella diga que fueron los horarios, las guardias y toda esta mierda, yo creo que sí, que vale, que no debe de ser fácil convivir con estos horarios y con la mochila que cada día estas mujeres se llevan a su casa, que eso debe de afectar a cualquiera, pero es que además la Castells es *desaboría* como ella sola, seca como la mojama. Que yo la quiero, pero sonreír de vez en cuando no le haría ningún mal, al contrario. Bueno, el caso es que si necesitas ducharte, o cambiarte de ropa, o tumbarte un rato un par de horas en una cama y no en esa mierda de silla, dímelo y yo hablaré con la Castells. En el pasillo, al lado de la sala de espera, hay una cuartito que usan las enfermeras. Hay una ducha y un par de plegatines. Los pacientes en teoría no podemos entrar, pero cuando has estado aquí veinticinco veces, veintiséis contando esta, no hay secretos ni lugares prohibidos para ti, es como si estuvieras en nómina. Si te traes comida de casa, dímelo y yo les diré a las enfermeras que te la calienten en el microondas, así no hace falta que bajes al Templo Gastronómico si no quieres. Si necesitas una pastilla para dormir, pídemela, en mi mochila tengo de todo. Si no quieres que dejen entrar a tu marido, me lo dices también… Es broma, tonta, no pongas esa cara. Aunque por lo que veo tú eres de las nuestras, eres como yo y como Anna, no hay Cristo que te separe de tu niña. Eso está bien. Los hombres no están hechos para este sufrimiento, para esta paciencia, para los hospitales. A la media hora se remueven en la silla, a la hora y media les duele el culo, a las dos horas se imaginan cosas con las enfermeras, no pueden evitarlo, a las tres horas se buscan excusas para bajar al Templo Gastronómico, que si se están meando, que si tienen hambre, que si ha venido a visitarlos un amigo imaginario, yo qué sé. Los que no fuman vuelven a fumar, los que no andan se vuelven andarines, los que no leen diarios se chiflan por las noticias… Simplemente no soportan estar sentados aquí sin hacer nada. Eso es lo que piensan, pobres, que estar aquí es no hacer nada. ¿Qué sabrán ellos? Son hombres, no entienden nada, no seremos nosotras las que los cambiaremos a estas alturas, ¿no? Por cierto, sé lo que te ha pasado, sé lo que ese hijo de puta le hizo a tu niña. No te diré que espero que lo pillen. Lo que de verdad deseo es que se empotre contra un tráiler y muera atrapado entre los hierros del coche, que no pierda la conciencia y note que se le escapa la vida a pedacitos, segundo a segundo, mientras los bomberos intentan llegar a él y no lo consiguen, venga a darle con el soldador y no hay manera, entre tanto hierro torcido, entre tanto amasijo. Eso es lo que le deseo a ese hijo de puta, que crea que se va a salvar y en realidad está condenado a desangrarse como un cerdo entre los hierros carbonizados que es todo lo que queda de su coche. Si creyera en alguien o en algo, rezaría por eso.

8

FEMINIZA

TORTILLERA. BOLLERA. FOCA. Tijeritas. Y feminiza.

EL DESAGRADO MUTUO entre Tere y Rika se hizo evidente muy pronto, la sonrisita, los suspiros, el cinismo, la desconfianza, el tercer día de rodaje los *por favor* y los *gracias* ya se habían convertido en un bien escaso, el verdadero huérfano es el que no ha recibido educación. Tras los contactos telefónicos, Tere y Rika se citaron por primera vez en el bar del Perico, conocido por este nombre porque el Perico era su propietario hasta que lo vendió para jubilarse. Desde entonces lo regentaba la china del bar del Perico, Meiling se llamaba, una jovencita procedente de la provincia china de Liaoning que en nada había cambiado el local: las fotos de plantillas del Betis de los años 70 y 80, el aroma a serrín, el estruendo a tragaperras, las patatas bravas, la política de fiar de vez en cuando un bocadillo al vecino a quien el fin de mes no le llega nunca, cuando bebas agua, recuerda la fuente. Al menos Meiling había mantenido el negocio, no había convertido el bar del Perico en un locutorio o una tienda de sombreros mexicanos y camisetas falsificadas de equipos de fútbol, alguien que me quiere mucho me ha traído este recuerdo de Barcelona.

Rika mostraba mucho los dientes cuando sonreía, tenía la costumbre de dejar el móvil muy cerca de ella encima de la mesa, picoteaba la comida y nunca terminaba el plato, solía vestir tejanos y camisetas de esas que Madre tildaba de modernas con mueca de disgusto: estrechas, llamativas, cortas, reveladoras. Rika hablaba muy rápido con una voz ligeramente gangosa y trufaba su discurso de palabras en inglés: *no way*, así *no way*, repetía cada vez que sucedía algo que no le gustaba, hay tres cosas que nunca vuelven atrás, la palabra pronunciada, la flecha lanzada y la oportunidad perdida. El día de su primer encuentro, Rika arrugó la nariz al entrar en el bar del Perico, cuando aún no había visto a Tere, pero ella, sentada en una mesa junto a la ventana, sí había visto a Rika. La periodista entró en el bar, lo recorrió con la vista, arrugó la nariz, reconoció a Tere, mostró su dentadura, la besó mejilla con mejilla, ósculos al aire, se sentó, estudió si la mesa estaba limpia, depositó el móvil, miró de reojo el tatuaje del Monstruo de las Galletas, ensanchó su sonrisa: estoy encantada de conocerte por fin en persona, Laura me dice que te salude de su parte, está deseando hacer el programa contigo, está *on fire* con tu historia, le indigna esta crisis que es una estafa y su falsa recuperación, dice que tu caso es uno de los más escandalosos que ha visto jamás, que Laura es una de las grandes, que Laura ha visto muchas cosas, que Laura es una de esas periodistas que siempre están a pie de calle con gente como tú, en bares como este, que es donde hay que estar, para mí solo un botellín de agua, gracias, no, no hace falta vaso, gracias, no se puede ser y no ser algo al mismo tiempo y bajo el mismo aspecto.

Rika detalló las peticiones de *A solas con Laura*: *full access* a Tere y a su entorno, el cual incluía, por supuesto, a Lucía y su parálisis cerebral, su escoliosis, su neumonía, su anemia, su diplejía y su disartria. Los papeles del pleito legal con las administraciones. Los papeles médicos de Lucía. Fotos y vídeos antiguos de la familia. Una lista de parientes y amigos a los que entrevistar. Varias jornadas de rodaje. Varias entrevistas previas con Tere. Una entrevista personal con Laura. No hablar con otros medios hasta que el programa se emita por Navidades. Disponibilidad total, una hora de tele es un mundo.

—Pues empecemos ya. ¿Quieres conocer a Lucía? —propuso Tere.

Rika titubeó en la entrada del piso, asaltada por la mezcolanza de olores del hogar de Tere: la vejez y la enfermedad, las tuberías vetustas, el gas butano, los cocidos, las infusiones, el incienso, mira las estrellas pero no te olvides de encender la lumbre del hogar. Madre se había instalado con la silla de ruedas entre el balcón y el altar, ensimismada en la lectura de *La isla misteriosa* de Julio Verne, la mantita encima de las rodillas, el móvil en la mesita, las gafas en la punta de la nariz. Al oírlas entrar colocó el punto de lectura entre las páginas, dejó el libro en su regazo, sonrió con amabilidad, usted debe de ser la chica de la tele, ¿quiere un café o una Coca-Cola? La tía Manuela saludó desde la puerta de la cocina. El piso es muy pequeño y muy antiguo, un salón que es también recibidor y distribuidor, una cocina, un patio diminuto, un baño y dos habitaciones, en una duermen Madre y la tía Manuela, en la otra Tere y Lucía, ¿se quedará a comer, señorita?, la urbanidad es como el agua corriente, que allana y pule las piedras más duras.

Tere guio a Rika hasta la habitación de Lucía: el comportamiento autolesivo, la porción extragástrica, la porción intraparietal y la porción intragástrica. El olor de la habitación era más intenso y desagradable que en el resto de la casa. Lucía vestía un pijama naranja, dormía conectada a una botella de oxígeno en la única cama del cuarto. La habitación recordaba a la de un hospital: el monitor, el respirador, el oxígeno, la mesilla con instrumental, el orinal, la palangana, las esponjas, las toallas, los paquetes de pañales, las correas para alzar a la niña y sujetarla. Los muebles dificultaban los pasos, un colchón en el suelo, una estantería con material médico, un armario ropero con un gran espejo que cubría la puerta entera, un par de sillas y un peluche polvoriento y descolorido del Monstruo de las Galletas olvidado en un rincón. Las paredes eran un libro de autoayuda, de ellas colgaban decenas de postales y folios de color pastel: *Para enseñar a los demás primero has de enderezarte a ti mismo; Quita poder a todo aquello que te perturba, si no existe en tu mente tampoco existirá en tu vida; No hay árbol al que el viento no haya sacudido.* Tere vio a Rika observar con detenimiento a Lucía, la forma con la que el cuerpo de la niña se retorcía, el ruido de su respiración, las babas que le resbalaban por la comisura de los labios y manchaban la almohada. Tere le vio crecer el colmillo, se dio cuenta de que imaginaba planos, de que montaba la iluminación, de que visualizaba a Laura sentada junto al lecho de Lucía, la mano de la niña en la suya, tal vez alguna lágrima en la mejilla de la famosa periodista, que Laura está *on fire*, que Laura dice que después de la emisión del programa tu vida cambiará.

Tere secó la boca de Lucía con una toallita, le tocó el pañal, está mojada, ¿te importa ayudarme? Tere se puso unos guantes de látex y le pasó otro par a Rika. Dispuso en una mesita un pañal limpio, útiles de aseo, esponjas, una toalla y loción hidratante. Giró a Lucía hasta colocarla boca arriba, levantó la bata, desató el pañal, lo enrolló por debajo de la entrepierna, movió a la niña hasta dejarla de perfil, sujétala, por favor, que no se mueva, aprovecharé que estás aquí para lavarla bien. El hedor de las heces de Lucía se esparció con rapidez por la habitación. Tere colocó una toalla debajo del cuerpo de la niña, salió del cuarto, regresó poco después con una jofaina con agua y jabón, mojó una esponja, frotó las nalgas y los genitales de Lucía. Rika evitaba mirar, se concentraba en los mensajes de la pared: *El corazón en paz ve una fiesta en todas las aldeas; El que no duda nada sabe; Los objetos externos son incapaces de dar plena felicidad al corazón del hombre,* «ni al de la mujer», había garabateado Tere a mano. Tere depositó el pañal limpio debajo de la cadera de Lucía, la giró, le lavó de nuevo los genitales, le aplicó crema hidratante, giró a Lucía hacia el otro lado, extrajo la toalla manchada de mierda y el pañal sucio, se lo dio a Rika, por favor, sujeta esto. Estaba caliente, pesaba, hedía. Lucía se despertó, emitió unos sonidos guturales, Tere le sonrió, mi niña, mi amor, Lucía hizo un gesto como si quisiera tocar el rostro de su madre, era un espasmo mentiroso, puro descontrol del cuerpo, un reflejo antinatural. Tere acarició la frente de Lucía, la besó, la peinó con las manos, mamá está aquí, duerme, princesa, duerme, mi reina. La niña emitió un sonido parecido al ronroneo de un gato, Tere roció la habitación con un ambientador, el aroma a banana exótica se mezcló con el hedor de las heces, el paquete en la mano de Rika se enfriaba y parecía ganar peso: por favor, llévaselo a la cocina a la tía Manuela, ella lo tirará. Rika titubeó, Rika había palidecido, Rika tenía mal cuerpo.

—*Full access* —dijo Tere, mientras perfumaba a Lucía, dos gotitas en las muñecas, otras tres en la frente, así tres veces al día.

¿Feminiza, tía Manuela? ¿Estás segura? ¿No sería *feminazi*?

—Qué sé yo de las palabras modernas, es como cuando voy al mercado y pido un kilo de windows, ¿me entienden, no? Feminiza o *feminazi*, da igual, no sonaba bien. Pero eso no fue lo peor que te llamó.

9

PARÉNTESIS

Veinticuatro, treinta y seis, cuarenta y ocho horas en observación. El box de Sira linda con los de los hijos de Tere y Anna, la mujer del chándal de marca y zapatillas de *running* con franjas fluorescentes. Carmen oye a Anna cantarle canciones a su hijo, melodías que no le resultan familiares, letras que a pesar de la cercanía no alcanza a percibir porque Anna las canta bajito, casi al oído de su hijo, estas canciones son para ti, Nil, solo para ti. Tere le habla a su Lucía como si la niña pudiera entenderla: me ha llamado tu abuela, dice que reza por ti a los santos de su altar, esta tarde vendrá la tía Manuela a verte, seguro que te trae una tontería de la tienda de la hermana de Meiling, yo le he dicho que no hace falta, pero ya conoces a la tía, es una negada para el japonés. Encima de las camas hay una pequeña repisa. Allí es donde Oriol quería colocar el delfín que compraron en el zoo y la serpiente con el sombrero de copa. A Tere las enfermeras sí le permiten poner cosas: un oso de peluche y lo que ella llama su altar portátil, una libreta de espiral con frases escritas a mano, pegatinas de corazones de un rojo que fue chillón, pósit con frases de autoayuda: *¿Me preguntas por qué compro arroz y flores? Compro arroz para vivir y flores para tener algo por lo que vivir; Si lloras por lo que no tienes, no podrás sonreír por lo que te*

47

rodea; El fracaso consiste en no persistir, en desanimarse después de un error, en no levantarse después de caerse. En la UCI, a madres e hijos los envuelve un silencio que no es tal, en realidad es un compendio de los sonidos de las máquinas y los goteos, el roce de las calzas en el suelo, las conversaciones de las enfermeras, las órdenes de los médicos, las palabras de consuelo, los lamentos de dolor. Es un silencio que solo escuchan las madres, un silencio que solo a fuer de interior puede ser aliento.

EL SILENCIO DE LA CASA VACÍA es lo que martiriza a Oriol. Lo soporta peor que el insomnio, la incertidumbre, la ausencia. La primera mañana después del accidente, Oriol despierta en el silencio de una casa sin Sira, en una cama sin arrugas en la sábana del lado en el que duerme Carmen. A través de la ventana le llega el sonido lejano del tráfico, las protestas de los niños que llegan tarde a la escuela, el fragor de los camiones que descargan el género. La vida continúa allí afuera mientras su hija se debate entre la vida y la muerte, un semáforo en verde, un semáforo en rojo y fumarte un paquete entero en la puerta de Urgencias mientras esperas a tu esposa, que está de fiesta con las compañeras de trabajo, ¿tan difícil es escuchar los avisos del móvil?

LA TEORÍA DE LA RELATIVIDAD, según Tere: la UCI es un paréntesis del que saldrás siendo otra, bienvenido a mi morada, entre libremente por su propia voluntad y deje parte de la felicidad que trae. Esta semana Carmen planeaba hablar con Oriol de las vacaciones de Semana Santa, este año a lo mejor podríamos escaparnos a algún lado, un viaje a París o Londres no debe de ser tan caro, nos lo podemos permitir. Había quedado con Marina, su cuñada, para acompañarla a comprar ropa de premamá. Tenía reuniones programadas con varios padres y madres de alumnos. Había una película que Oriol quería ver antes de que desapareciera de la cartele-

48

ra. Sira la atosigaba con su disfraz de Carnaval, ya eres mayor, hija, hazte uno tú solita. Tenía que pasarse por el banco para arreglar un problema con una factura del agua de quince meses atrás, pero le daba pereza, siempre encontraba excusas para demorarlo. Estaba a punto de terminar una novela, apenas le quedaban una treintena de páginas, y tenía que elegir cuál iba a leer a continuación. La UCI pediátrica es un paréntesis, le había dicho Tere, cuando entras en ella tu vida queda en suspenso, nada importa ni existe que no sea tu niña, míranos a Anna y a mí, nuestra vida entera es un paréntesis.

NO PERDER LA PERSPECTIVA. Agarrarte a la rutina. No dejarte llevar por las emociones, por el sentimiento de pérdida y de culpa, por el dolor, por el sufrimiento. Frenar el miedo. Estar allí, porque Carmen te necesita. Ser fuerte, porque si tú te hundes, ella se derrumbará. No permitir que la tragedia te anegue. Sigue yendo a la compra. Lava la ropa. Organiza los turnos. Hay que dormir en casa, evita levantar el campamento base en el hospital. Hay que seguir adelante, no abandonarse, tenemos que crear asideros a los que agarrarnos. Oriol se corta el pelo. Desayuna con música de fondo. Comenta los titulares del día con el quiosquero. Compra en el metro revistas de crucigramas como si volviera a tener veinte años. Antes de subir a la UCI se encierra en un lavabo, se frota las sienes, respira hondo, se alisa la camisa, ensaya el punto justo de la sonrisa, ni muy jovial, que esto no es una fiesta, ni muy cenizo, que esto no es un funeral, se toma unas pastillas, desde el día del accidente sufre una jaqueca que lo está matando, venga, va, vamos, que Sira y Carmen te necesitan, que no permitiremos que un hijo de puta nos arruine la vida.

CARMEN ALISA LAS SÁBANAS DE SIRA. Apoya la cabeza en el hueco entre su cuerpo y el borde de la cama. Cierra los ojos. Reposa.

Solo en esa postura incómoda es capaz de conciliar algo parecido al sueño. No dura mucho tiempo, pues el silencio preñado de sonidos de la UCI la desvela con facilidad. A veces Carmen coge la mano de Sira, en otras ocasiones coloca las suyas encima de su cuerpo. No habían estado en un hospital desde el nacimiento de Sira. Fue un parto largo, doce horas, natural, sin epidural. Carmen lloró cuando la enfermera la depositó encima de sus pechos, recién nacida, los ojos cerrados, un feo gorro en la cabecita. Le costó que le subiera la leche, llevó tiempo aprender a alimentarla, las primeras semanas fueron duras: los puntos, la falta de sueño, las nuevas rutinas, el dolor en los pezones, los cólicos. Pero también fueron días de descubrimientos: el eructo de después, el baño, el pañal, el paseo con el cochecito, los peluches, los sonajeros. Sira buscaba a Carmen con la boca en las mejillas y en el cuello, la succionaba, la mordía sin dientes, la besaba, quería devorarla porque la quería, y la amaba porque quería comérsela. Sira olía a la leche de Carmen y Carmen olía a la leche de Sira. Piel con piel. Saliva mezclada, aromas enredados, dos vidas, un único ser. Mamá y su niña.

ORIOL AGUARDA A CARMEN en la sala de espera de la UCI pediátrica, donde hay un televisor que siempre emite dibujos animados y en cuyas paredes cuelgan dibujos infantiles: *A todo el personal de la UCI, gracias, Silvia; A los ángeles de la UCI, ¿dónde escondéis las alas? El papá de Andrés.* El parto de Sira impresionó a Oriol, ese momento en que se vislumbra la coronilla del bebé, ese instante en que Carmen se convirtió en un puro mamífero, empujar, gritar y respirar, la cama manchada de sangre, líquido amniótico, sudor y restos de heces. Lo impactó y lo aturdió, para disimularlo se refugió en la cámara fotográfica, ver el nacimiento de su hija a través del objetivo le sirvió para deshacer el nudo en la garganta, documentar el parto fue la única forma de arrogarse un papel en la obra. Su fotografía favorita captó el monitor que mostraba las constantes vitales de madre e hija y, en primer plano, la mano crispada de Carmen sujeta a la barra de la cama, los nudillos blancos, la pura imagen de una contracción, un instante robado a la naturaleza. Nunca había amado a Carmen de la manera en que la quiso cuando nació Sira. Era otro tipo de amor. Os cuidaré a las dos, le dijo a Carmen cuando la enfermera depositó a Sira encima de su pecho. Carmen asintió, entre lágrimas. Amor de madre. Amor de padre.

CARMEN ABANDONA LA UCI PEDIÁTRICA, Epi, Blas, Coco y Caponata. Ve a Oriol en la sala de espera, no pudieron ser más de cinco minutos porque había pedido otra cerveza y el camarero aún no me la había traído.

ORIOL VE LLEGAR A CARMEN de la UCI pediátrica, traumatismos múltiples, intubación ortotraqueal, respiración mecánica, traumatismo craneoencefálico, *Te espero en Urgencias*, decía el primer mensaje, que en realidad era el último.

—SESENTA Y SEIS INGRESOS hospitalarios en doce años… —comentó Laura.

—Así es. Los tengo todos guardados aquí, en mi cabeza. Fecha, causas, tiempo de estancia —replicó Tere.

—¿Puedes explicarnos uno?

—¿Una vez que fui al hospital?

—Sí.

—No sé… El primer ataque de epilepsia, por ejemplo.

—¿Cuándo fue?

—Un cuatro de diciembre, a las nueve y veinticinco de la noche. Lucía tenía ocho meses. Era solo un bebé, era de noche, yo estaba en el salón cuando de repente empezó a gritar, nunca la había oído berrear de esa forma. Corrí a la cuna, vi que sus piernas y sus brazos se convulsionaban con mucha fuerza, en realidad todo su cuerpo se estremecía, las sacudidas musculares asustaban, parecía que mi niña iba a romperse en cualquier momento.

—¿Qué sucedió? ¿Qué te dijo el médico?

—Los médicos. A Lucía la ha visto un ejército de médicos: neurólogos infantiles, pediatras, especialistas en genética del desarrollo, oftalmólogos, audiólogos, fisiatras, neumólogos, terapeutas físicos, terapeutas ocupacionales, patólogos del lenguaje, psicólogos, trabajadores sociales… Antes de la epilepsia ya se veía que su tono muscular no era el normal, que no se desarrollaba como debía. Le hicieron muchas pruebas, exámenes físicos, exámenes neurológicos, tomografías computarizadas, resonancias magnéticas, radiografías, análisis de sangre, estudios genéticos, estudios metabólicos… De todo.

—Impresiona oírte recitar así, de corrido, palabras tan complejas.

—Conocer palabras como estas y su significado es la parte sencilla de mi vida.

—Dinos, Tere, ¿qué tiene Lucía, médicamente hablando?

—Parálisis cerebral. Nació prematura, tuvo una hemorragia intraventricular, con el tiempo desarrolló escoliosis, lo cual la hace muy propensa a sufrir neumonías y bronquitis… Tiene discapacidad mental, comportamiento autolesivo y hábitos atípicos y repetitivos, no controla esfínteres, no puede deglutir, no sabe comunicarse, de vez en cuando sufre episodios de epilepsia… No sé, podríamos seguir, es una larga lista.

—¿Es curable?

—¿El qué, de todo?

—Lo más grave.

—No, casi nada de lo que tiene es curable.

—Y, dentro del mundo de las parálisis cerebrales, ¿la de Lucía es normal, es leve, es severa…?

—Lucía lo tiene todo: tiene espasticidad, tiene atetosis, tiene problemas para coordinar los movimientos musculares necesarios para el habla… Lo tiene todo.

—Hablas como un médico.

—Hablo como una madre. Nadie en el mundo sabe mejor que yo qué le sucede a mi niña.

—¿Ni los médicos?

—Ni los médicos. ¿Tú eres madre?

—No.

—Entonces, disculpa, pero no puedes entender de lo que hablo.

10

PRIORIDADES

CARMEN NECESITA AIRE FRESCO. Aprovecha el momento en que varias enfermeras trabajan al unísono con Sira, le cambian vendajes, le toman la temperatura, vacían bolsas de drenaje, comprueban sondas, apuntan las constantes vitales en su historial. Baja a la calle por las escaleras, no tiene paciencia para soportar las sonrisas de compromiso de los extraños en el ascensor, a uno le han operado de cataratas a la mujer, a otra se le muere la abuela de una enfermedad cruel, al marido de aquella otra le han hecho una artroscopia en el menisco, a esa mujer, pobrecita, se le muere la hija, la vi en Urgencias, me han dicho que un desalmado atropelló a la niña y después se dio a la fuga. Hijo de puta. Pobrecitas, las dos, la madre y la hija. En el jardincito junto a la entrada del hospital, Carmen ve a Anna. Fuma sentada en el banco descolorido que fue verde, las piernas cruzadas, recogida sobre sí misma, a su lado el paquete de tabaco, el móvil de funda azul, el móvil de la funda roja. Carmen vacila. Anna la ve. La invita a sentarse con un gesto. Carmen se sienta a su lado. Anna le ofrece un cigarro.

—No, gracias. No fumo.

—Yo tampoco.

Carmen sonríe. Coge un cigarro. Anna lo prende. Es un gesto

íntimo, cómplice, que en otras circunstancias hubiese parecido inapropiado entre dos desconocidas, pero que allí se antoja natural, *toc, toc, toc*, son vecinas de la UCI. Carmen tose tras la primera calada, hace tanto que no fuma.

—Neumonía —dice Anna.

—¿Perdón?

—Neumonía. Mi hijo, Nil, tiene neumonía. Por eso estoy aquí.

—¿Está muy grave?

Anna apaga el cigarro con la suela de sus zapatillas de *running* y guarda la colilla entre el plástico y el cartón del paquete de tabaco.

—Nil siempre está grave. Tiene una enfermedad que se llama osteogénesis imperfecta. Los problemas respiratorios son consecuencia de esa enfermedad. Se ha pasado media vida en la UCI.

—¿Qué enfermedad es esa?

Su hijo tiene los huesos de cristal, les dijo el doctor a Anna y su marido cuando ordenó el ingreso de Nil, recién nacido, en la UCIN. La enfermedad de los huesos de cristal, el mal de los huesos frágiles, los niños de cristal… Muy pronto Anna odió las metáforas que aspiraban a explicar a Nil.

—Es una de esas enfermedades raras.

Nil puede sufrir fracturas casi por respirar, les dijo el doctor. Nil es un caso entre quince mil, puede ser por la herencia de un gen de uno de los padres o por una mutación. Nil siempre requerirá cuidados constantes, vuestra vida girará a partir de ahora alrededor de la osteogénesis imperfecta, la enfermedad autosómica dominante, la escoliosis y el colágeno tipo 1, bienvenidos al paréntesis. Anna empezó a entender lo que esas palabras implicaban en la misma UCIN, cuando intentó abrazar a Nil y la enfermera Castells se lo impidió: a Nil no se le puede coger como a cualquier otro bebé, nunca hay que levantarlo por las axilas, al cambiarle el pañal incorpóralo por las nalgas, jamás por los tobillos. A Milagros, la mujer dominicana que les echaba una mano en casa, una vez las prisas la aturullaron, una sopa que hervía en los fogones de la cocina, una cagada de esas de los bebés que la mierda les supura por el cuello de la camiseta, y lo levantó de la cuna de un solo gesto, como había hecho siempre con sus seis hijos. Las consecuencias fueron dos fracturas de tobillo y un disgusto del que la cuidadora jamás se recuperaría. Para cogerlo, Anna apoyaba a Nil en el hombro mientras le sujetaba con una mano la cabeza y con la otra, las nalgas, los dedos extendidos para cubrir mucha superficie con la menor presión. Lo fundamental es hacerlo sin temor ni vacilaciones, con confianza, tal y como les enseñó la enfermera Castells en la UCIN esos primeros días de dolor, incomprensión, asimilación, muchas preguntas, pocas respuestas y un amor doloroso en su intensidad. Al mirar a Nil e imaginar cómo sería su vida, a Anna le costaba tanto respirar que a menudo no podía acabar las canciones que empezó a cantarle en susurros desde el mismo día de su nacimiento.

—Debe de ser duro recibir una noticia así acabada de parir —musita Carmen.

—Te cambia la vida entera. Llegas al hospital con la ilusión y la excitación del parto y el golpe es terrible. Pero es tu hijo, y lo quieres como a nadie en el mundo.

Cuando Anna y su marido compraron el piso, la idea inicial era que el cuarto que acabó ocupando Nil fuera la habitación de matrimonio. Para el niño estaba reservada otra habitación, más pequeña. Durante el embarazo, Anna y Jesús decoraron el cuarto con la ilusión con la que solo se planea la llegada del primer hijo. Una cuna de esas que después se convierte en cama. El cambiador. Una butaca. Una alfombra para cuando Nil aprendiera a gatear. Peluches, decenas de ellos. Pintaron la habitación de naranja y colgaron del techo aviones de cartón y recortables del sistema solar. Una noche de llantos y legañas, Anna se disponía a darle el biberón a Nil en la butaca cuando tropezó con un cajón mal cerrado del armario y golpeó al niño en un brazo. Fractura por dos lados, y un sentimiento de culpabilidad insoportable. Decidieron intercambiar los cuartos. Para evitar caídas, en la nueva habitación de Nil no había más mue-

56

bles que la cama con los barrotes protectores y la butaca. En el otro cuarto, a duras penas cupo una cama de matrimonio. Jesús dormía enganchado a la pared, sin mesita de noche, una cama para cariñosos, ideal para nosotros, Anna, ¿a que sí? El cuarto aún estaba pintado de naranja, según como entrara la luz por las mañanas se podían ver en el techo las marcas de los recortables que acabaron en una caja en el altillo.

—El niño es tu prioridad. Tú pasas al último lugar de la lista. Y entonces es cuando la cagas —murmura Anna.

Uno de sus móviles zumba. Anna le dedica una mirada torcida. Lo deja vibrar sin descolgar. Es el de la funda azul.

—Aquí estáis.

Tere aparece en el jardincito, la camiseta de tirantes pese al frío, Elmo en el hombro derecho, el Monstruo de las Galletas en el izquierdo. Rojo y azul. Anna le ofrece el paquete de tabaco y el mechero. Tere enciende un cigarro. Un médico la ve, se acerca, la saluda, se enfrascan en una conversación.

—¿Hace mucho que conoces a Tere? —pregunta Carmen.

—Desde el primer día, en la UCIN. Entonces las madres todavía no podíamos estar dentro con los niños, Tere aún no lo había logrado. Yo estaba en la puerta de la Unidad, gorda, hinchada, con una bata de hospital, llevaba el culo al aire, todo me daba igual. Supongo que estaba en estado de *shock*, no sé, no entendía nada de lo que sucedía. Lo único que quería era ver a mi niño, me esforzaba por mirar a través de la ventanilla de la puerta por si era capaz de identificarlo. No sé dónde estaba Jesús, debía de haber salido por algún motivo, el caso es que estaba sola y muy débil, no tendría que haberme levantado de la cama. Me mareé, perdí el equilibrio, me desplomé, me hubiera hecho mucho daño si Tere no me hubiese cogido. Alertó a las enfermeras. Ellas me introdujeron en la UCIN, me tumbaron en una cama. Al rato la Castells me trajo a Nil. Como decía Alice, una mamá inglesa que conocimos, Tere es la jodida reina de Inglaterra de la UCI.

Anna se refiere con cariño a esa mujer inglesa, Alice: hace mucho tiempo que no la veo, hablaba español con mucho acento, mezclaba palabras, su vocabulario estaba lleno de falsos amigos, cambiaba el orden lógico del adjetivo y el sustantivo, era muy bajita, pelirroja, pecosa, muy delgada, su hija tenía cáncer. Cuando Alice le puso el apodo, Tere al principio remoloneó, decía que prefería la puta ama de la UCI, que sonaba más castizo, pero en el fondo el sobrenombre le gustó desde el principio, la jodida reina de Inglaterra de la UCI, cómo lloraba Alice el día del entierro de su hija, cómo lloraba.

—¿Y os veis fuera de aquí?

—A veces hemos coincidido en algún entierro.

—¿Os podéis creer que el doctor me ha reñido por fumar, él, que después de cada operación sube a la azotea a fumarse unos puros así de grandes? —dice Tere, de regreso con ellas.

Ríen. Vibra de nuevo el teléfono de Anna. Esta vez es el rojo. Anna lo mira, descuelga, se separa unos metros.

—Es su examante —comenta Tere, con ese tono de voz que indica que todo el mundo lo sabe pero que nadie habla de ello—. ¿Quieres que te cuente cómo se enteró su marido?

11

ANNAESTESIA

UN MÓVIL CON UNA FUNDA AZUL, un móvil con una funda roja.
Anna es mujer de muchas virtudes, una de ellas es el orden: un
cajón para la ropa interior, otro para las camisetas, la parte izquierda del armario para las camisas, la central para los pantalones, la derecha para las chaquetas, el teléfono azul para las llamadas
y mensajes de Jesús, aún su marido, el rojo para las llamadas y
mensajes de Miquel, su examante: *Lo confieso, abogada, sufro Annaestesia, ataques agudos de Annaestesia que me sobrevienen cuando
menos lo espero a pesar de que paso el día entero esperándote.* Todo
en su sitio, todo en su esfera, todo bien guardado en su cajón,
Anna es una mujer que por instinto desconfía de las interseccio-
nes, cada objeto y cada persona pertenecen a una esfera de su
vida, nada bueno suele suceder cuando los planos se superponen,
cuando las rectas se cortan, cuando las curvas se unen por un
punto. Para Anna, las circunferencias, o bien concéntricas o bien
exteriores, las interiores simplemente las tolera. Pero las tangentes
y las secantes la ponen nerviosa, esos puntos en común, esos ángulos inesperados. Cómo te definirías, le preguntaron una vez en
una entrevista de trabajo, hace años, antes que Jesús, antes que
Nil, por supuesto antes que Miquel, y respondió: como una de

59

esas muñecas rusas, como una matrioshka. Frivolidades geométricas, las justas.

Miquel no es así. Miquel improvisa, Miquel es expansivo, Miquel es arriesgado. En la web de contactos, Anna eligió como foto de su avatar *Retrato de Marguerite dormida*, de Matisse, a Anna le gustaba verse a sí misma tan misteriosa como Marguerite: ¿Soñará? ¿Con qué? ¿Con quién? Miquel se presentaba en la web de contactos con una fotografía de Han Solo. Miquel es impetuoso, impaciente, en ocasiones atolondrado, ese tipo de hombres que se mueven por instinto, que piensan después de actuar, que fían a su indudable encanto la tarea de reparar lo que a veces sus impulsos estropean. Si por Miquel fuera, se cogerían de la mano, correrían descalzos por la playa, se besarían en el parque. Miquel es riesgo, y por tanto es diversión, nadie lo diría de un gerente de una empresa farmacéutica instalado en la cincuentena, cuando Anna lo leyó en su perfil arrugó la nariz, ¿un gerente de una empresa farmacéutica que se identifica como Han Solo? Síndrome de Peter Pan a la vista. Pero Miquel conocía el retrato de Matisse, *¿Sueña Marguerite? Y si es así, ¿con quién?*, escribió como presentación, así, sin decir hola ni otras zarandajas: *¿Sueña Marguerite? Y si es así, ¿con quién?* Esa fue la primera frase que intercambiaron, y después de dudar durante varios días Anna le respondió, qué otra cosa podía hacer, ella que es de las que creen que Marguerite sueña con el amor pero no lo dice porque no le gusta que la tomen por una tonta romántica. Y tras la conversación sobre la Adriana de Moravia de la primera cita se convirtieron en amantes y unos meses después del primer beso, la primera caricia y el primer orgasmo una mañana de septiembre llegó a su oficina un ramo de rosas, blancas y rojas, recién cortadas de algún jardín prohibido, gotitas de agua aún en los pétalos, se las entregó un taxista entre azorado y divertido, no, señorita, no sé el nombre del señor, pero felicidades, es un hermoso ramo. Prendida entre las espinas, Anna halló una carta manuscrita en estos tiempos en los que ya nadie escribe a mano, un detalle tan de Miquel: *Lo confieso, abogada, sufro Annaestesia, ataques agudos de Annaestesia que me sobrevienen cuando menos lo espero* *a pesar de que paso el día entero esperándote.* Si alguien le preguntara a Anna cuándo se jodió todo, ella respondería que fue en el mismo instante en que rasgó el sobre y empezó a leer la carta de Miquel, *la Annaestesia siempre está ahí, latente, agazapada. No sé qué hacer, porque ya no puedo vivir así, pero tampoco puedo seguir viviendo sin ella, sin ti.* Esa carta que incluso ahora, en el hospital, varios meses después, sería capaz de recitar de memoria: *Paseo por el barrio una bonita mañana dominical, y la Annaestesia me invade, qué no daría porque Anna estuviera ahora de mi brazo, mis domingos son martes sin Anna. La Annaestesia arruina mi gusto por la música, porque deseo que todas mis canciones sean tus canciones, porque quisiera besarte como te canta Solomon,* Everybody needs somebody to love. *Incluso tú, sobre todo tú.*

Días después de recibir el ramo y la carta, Anna y Miquel quedaron en la cafetería del centro donde solían citarse. El encuentro se regía por las excitantes normas de lo furtivo: desde la puerta, sin entrar, Anna lo saludaba con la mirada, Miquel salía y ella lo seguía hasta el garaje. Allí se permitían compartir una sonrisa, una fugaz caricia en la mano, nada más, nunca se sabe con quién te puedes encontrar en un aparcamiento del centro de la ciudad, nada bueno suele suceder cuando los planos se superponen, cuando las rectas se cortan, cuando las curvas se unen por un punto. Subían al coche, él conducía, ella se acomodaba en el asiento. Hablaban de nimiedades, Anna evitaba mirarlo, se concentraba en observar el tráfico a través de la ventanilla, nunca se sabe con quién puedes compartir semáforo. Ya fuera de la ciudad, Miquel detenía el coche en una estación de servicio, en un lugar discreto entre dos árboles. Allí se buscaban, se besaban, se tocaban, se sobaban, se magreaban, se arañaban, se lamían, si por Miquel fuera harían el amor allí mismo, Anna se negaba por pudor, pero en el fondo la idea le resultaba excitante, esos puntos en común, esos ángulos inesperados: *Por la Annaestesia ya no voy al cine, porque es Anna la única protagonista de la película de mi vida, y la Annaestesia me ha convertido en un interiorista impetuoso y disparatado que en casa a arrebatos cambia de sitio muebles, cuadros, figuritas y libros.*

Jesús de vez en cuando la llamaba al trabajo, buenos días, cómo estás, yo bien, mañana lenta, unos chavales que querían fotocopiar apuntes y poco más, *la Annaestesia es un disparate económico que ha hecho de mí un comprador compulsivo, este champú le gustará a Anna, esta camisa le encantará, estos calzoncillos tan feos me los quitará rápido.* En esos momentos Anna cerraba los ojos y visualizaba a Jesús en la tienda, rodeado de *pen drives* de dos, cuatro, ocho, dieciséis, treinta y dos, sesenta y cuatro y ciento veintiocho *megabytes*, recambios de tinta y paquetes de quinientos folios DIN-A4. En cambio, cuando cerraba los ojos y pensaba en Miquel lo veía desnudo en el porche con vistas a la noche de su casa, su lengua en su clítoris, *la Annaestesia me obliga a cambiar el mapa de la ciudad, ya no puedes volver a ese restaurante que frecuentas con Anna porque el menú solo me sabe a ti, ya no puedes sentarte en ese banquito en la placita porque lo vandalizaré grabando en la madera tu nombre, el mío y corazoncitos atravesados por flechas, y uno ya tiene una edad y cierto sentido del ridículo.*

Tras amarse en la estación de servicio, Miquel arrancaba, Anna se alisaba la ropa, se repasaba los labios con la ayuda del espejo de cortesía, limpiaba con un pañuelo de papel rastros de carmín en el cuello de su amante. Miquel ponía música en el coche, Solomon Burke, su canción, *Everybody needs somebody to love*, incluso tú, sobre todo tú. Miquel vivía fuera de la ciudad, una magnífica casa de dos plantas con vistas a Collserola, Miquel se ganaba bien la vida. En ocasiones conducían sin más dilación hasta su casa, un porche estrellado en verano, una chimenea en invierno; otras veces les apetecía ser una pareja, Miquel conocía varios restaurantes de confianza lo bastante lejos de la ciudad, siempre había un reservado para ellos. En el restaurante Miquel disponía, recomendaba: carne o pescado, los espárragos a la brasa me encantan, el *carpaccio* de ternera es magnífico, ya elijo yo el vino, seguro que te va a encantar, *la Annaestesia, claro, me anestesia, y mi mundo se mueve más despacio, he perdido los colores, he perdido los olores, mira esa chica, su vestido se parece al de Anna, mira a esa otra, sus sandalias son como las que Anna vio en ese escaparate, mira a aquella de allá, sus labios son casi tan apetitosos como los de Anna.*

La tienda de Jesús y el bufete de Anna están en el mismo barrio, diez minutos a pie, en ocasiones Jesús la llamaba a media mañana y le proponía comer juntos. Anna nunca disponía de más de media hora, siempre estaba muy ocupada, a Anna le gustaba comer en la oficina, un bocadillo rápido junto a sus socias, así podía salir antes, esta costumbre tan española de dedicar a la comida una hora u hora y media es de locos, con media hora basta, un bocadillo o una ensalada y a trabajar, y así Anna podía estar con Nil por la tarde, ayudar a Milagros a bañarlo y darle la cena. Pero a menudo Jesús llamaba y le proponía comer juntos, media hora es todo lo que necesito para saciar mi necesidad de ti hasta que llegue la noche. Pero nunca era media hora, entre que el camarero toma nota y te sirve ya nos vamos a los tres cuartos de hora, son diez minutos para ir, diez minutos para volver, y de esta forma pasa una hora entera, o incluso más, y aunque parezca mentira esos treinta minutos de más importan, y después es ella, y no Jesús, quien tiene que ir con la lengua fuera el resto de la tarde o pasar menos tiempo con Nil. Por eso hacía tiempo que no comían juntos, ya nos vemos bastante en casa, *la Annaestesia, disculpa, es una metomentodo, siempre opina, siempre compara, siempre está allí para decirme si a Anna le interesaría esta noticia, si a Anna le gustaría este bar, si Anna hubiera aprobado esta corbata, si Anna te regalaría esta colonia.*

En el porche de la casa de Miquel, desnudos los dos bajo una manta, los pies les sobresalían por debajo, dedos largos él, uñas pintadas de rojo ella. Al principio a Anna le apuraba mentir a Jesús, después se acostumbró. Empezaron a abundar las cenas de trabajo, los clientes pesados que la requerían a horas intempestivas, una fiesta aburridísima que organizaba algún bufete recién inaugurado, lo siento, Jesús, es sin parejas, es un coñazo, yo misma me aburro hasta decir basta, decenas de abogados hablando sin parar sobre temas de abogados que solo interesan a abogados. A Anna el remordimiento solo la embargaba cuando llegaba a casa y se encontraba a Nil dormido y no podía cantarle al oído en la butaca y Jesús había preparado una cena que se había enfriado: trabajas demasiado, abogada, en casa te echamos de menos, *la Annaestesia es una vidente impostora que siempre augura la llamada que no llega, el mensaje que no aparece, el correo que no parpadea, y sin embargo nunca acierta cuando finalmente te materializas en la pantalla del móvil.*

A Jesús le gusta hacer cosas con las manos. Jesús tiene unas manos muy grandes, proporcionadas a sus brazos musculados de exdescargador de mudanzas, las que corresponden a su cuerpo fibroso de antiguo empleado de seguridad. Jesús apenas lee, los libros que hay en casa pertenecen a Anna, y le pone nervioso ver según qué películas, las subtituladas no las soporta, y resulta que Anna detesta el doblaje. Jesús regenta la tienda. Jesús esculpe su cuerpo en el gimnasio. Jesús ama a Anna. Jesús cuida a Nil. Cuando Nil era bebé y Jesús lo arrullaba, su cuerpecito se perdía en esa gran cueva que forman su pecho y sus brazos. Cuando Anna y Jesús estaban enamorados, a ella le gustaba quedarse dormida encima de él, dejarse ir en una sensación atávica de protección, el macho y la hembra en el bosque. Cuando Nil aún no había nacido y nunca habían oído hablar de la osteogénesis imperfecta, Anna solía acariciar las piernas de Jesús con los dedos de sus pies, recorrer las pantorrillas y subir hasta sus muslos, admirarse de la tensión y la dureza que sentía bajo las uñas pintadas de rojo, *la Annaestesia coloca un filtro en tus sentidos, y solo huelo tu perfume en la cola del supermercado, solo oigo tu voz por el balcón en las noches en vela, solo se eriza el vello de mis brazos si recuerdo tu tacto.*

En el porche de la casa de Miquel, desnudos los dos bajo una manta, Anna sentía el frío subirle por los dedos de los pies, aún no lo sabían pero todo había empezado a joderse unos días atrás, cuando el ramo de rosas recién cortadas y la carta manuscrita, no, señorita, no sé el nombre del señor, pero felicidades, es un hermoso ramo, no tiene aspecto de haber sido comprado en una floristería, qué detallazo. La cena de esa noche no había sido sofisticada, pan con tomate, embutido y unas ensaladas, un vinilo de John Coltrane y Thelonius Monk, otro de Caetano Veloso. Picotearon en la conversación sin acabar de decidirse por un tema: que si el trabajo de Anna, que si el de Miquel, que si un poco de política, que si conoces la obra de Coltrane, que si la música no es mi fuerte. Era una estampa casi doméstica, era un vino viejo que Anna saboreaba, *la Annaestesia me ha encerrado en un mundo en que todo es Anna menos Anna, en el que Anna siempre está conmigo y apenas está a mi lado.* Hicieron el amor en el sofá del salón, en la cama y en el porche con vistas a la noche, el teléfono rojo olvidado en el bolso, el teléfono azul al alcance por si sucede alguna emergencia con Nil.

—Tenemos que hablar —dijo Miquel.

—Suena a amenaza —dijo Anna. No bromeaba, la carta manuscrita de Miquel terminaba: *Sálvame, abogada, porque ya no sé qué hacer, excepto alguna bobada, alguna locura, no sé, declarar mi amor en YouTube, retirarme a un convento, escribir una carta a los diarios, empapelar con tu foto las farolas del barrio, llevarte a cenar, contratar a cuatro chinos disfrazados de mexicanos para que te canten una serenata de madrugada, arrodillarme, cogerte la mano y preguntarte con ojos de merluzo: ¿quieres casarte conmigo?*

En el porche de la casa de Miquel, desnudos los dos bajo una manta, su amante besaba de vez en cuando el hombro de Anna mientras le hablaba: tengo más de cincuenta y menos de sesenta, mis hijos ya vuelan solos, mi carrera profesional se cuenta más por lo que he hecho que por lo que haré, no tengo perro ni pienso tenerlo, y estoy enamorado de ti. Sí, ya sé que ese no era el plan, que no es lo que habíamos hablado, pero ¿qué quieres que le haga? No soy un niño, no me gusta perder el tiempo y cada día que paso lejos de ti me mortifica. No eres un polvo más. Lo siento, sé que dije que no te haría algo así y sé que corro el riesgo de que te levantes, te vistas, cojas tus cosas, salgas por esa puerta, tires el teléfono rojo a la papelera y que jamás vuelva a verte. Pero no puedo continuar así, no estoy hecho para ser el Otro, tengo que decirte lo que siento: te amo

65

y quiero que dejes a tu marido, cojas a tu hijo y te vengas aquí conmigo. Disculpa el arrebato posesivo, pero te quiero solo para mí, no soporto la idea de tus uñas pintadas de rojo recorriendo las pantorrillas de él, *lo confieso, abogada, sufro Annaestesia, ataques agudos de Annaestesia que me sobrevienen cuando menos lo espero a pesar de que paso el día entero esperándote.*

Es una pena, pensó Anna, acurrucada en el pecho de su amante, es una pena que no estés hecho para ser el Otro, todo en su sitio, todo en su esfera, todo bien guardado en su cajón.

12

CRANEOTOMÍA DESCOMPRESIVA

No hubo un pitido, ni un fundido a negro en un monitor, ni una línea horizontal demasiado prolongada en una pantalla. Sira no se convulsionó, un rictus de dolor no atravesó su rostro, su manita no se crispó dentro de la de su madre. Carmen dormía, y apareció una enfermera, le comprobó la temperatura, miró las pantallas y las esferas con números, y poco después llegó otra enfermera, y al instante otra más, y una de ellas pulsó un timbre, y se personó un médico, muy joven, muy puesto, muy dormido, que consultó unas notas, escuchó lo que se le tenía que decir, dijo unas cuantas palabras que Carmen no entendió, repartió unas cuantas órdenes y se fue por donde había venido. Al poco apareció un camillero y se afanó en desacoplar a Sira de su box.

—¿Qué ocurre? —preguntó Carmen a una enfermera.

—Se llevan a Sira al quirófano. Es urgente, ahora hablarán contigo los médicos.

En la zona de quirófanos. La misma doctora del pelo corto y las bolsas bajo los ojos del primer día. El mismo uniforme azul. Sira sufre un hematoma en el tejido cerebral, un sangrado, y como consecuencia se le ha inflamado el cerebro, lo que puede causarle graves daños, algo llamado isquemia. O edema cerebral. Hay que hacerle de urgencia a tu niña una craneotomía descompresiva. Hay que darle aire al cerebro. Hay que proporcionarle espacio, si no se aplastará contra las paredes del cráneo y tu pequeña morirá. Es una complicación grave. Es una emergencia.

Carmen asiente. Consiente. Firma papeles. Besa a Sira en la frente. La ve desaparecer por unas puertas que se balancean a su paso, acompañada por los médicos, impulsada por el camillero. Un reloj de pared marca la hora: las dos menos veinte de la madrugada. Carmen se sienta en una silla de la sala de espera de cirugía, se muerde el labio, mueve de forma casi imperceptible la cabeza, Sira, Sira, Sira, Sira, dice una y otra vez en voz muy baja, muy para sí.

EL DESPERTADOR DE LA MESILLA DE NOCHE de Carmen marca las dos y media pasadas de la madrugada. Silencio en casa que es ausencia. Oriol se gira, el frío de la sábana en la parte vacía de la cama le cala el ánimo. Dormir nunca ha sido un problema para él. Hasta ahora. Se levanta para beber agua. Orina. Ensaya cómo abordar a Carmen. *Tenemos que hablar.* No, demasiado brusco. *Me preocupas, no es normal que no hayamos hablado desde el accidente.* No, parece que la culpe a ella de lo sucedido, y el único culpable es el hijo de puta que atropelló a Sira y se dio a la fuga. *Me da la sensación de que has levantado un muro y de que reprimes tus sentimientos.* No, suena a que ella ha tomado una decisión premeditada. *Apenas duermes ni comes, te pasas el día en el hospital, de nada le sirve a Sira si un día de estos su madre se derrumba por agotamiento.* No, suena a riña de un padre. *Esto por desgracia será un maratón, no un esprint, y es necesario organizarse, permanecer fuertes. Por Sira. Por nosotros.* No, ella sabe muy bien dónde estamos, no hace falta recordárselo. *Esta es una prueba muy dura y aún no te he visto llorar.* Sí, tal vez esta sea una buena forma de abordarla. O algo parecido. El despertador marca las cuatro y cuarto de la madrugada. La sábana no se calienta bajo su cuerpo. Regresa a su lado de la cama.

***

La doctora del pelo corto y las bolsas bajo los ojos. Hay daños neurológicos. Sira necesita respiración asistida hasta que mejore su estado de conciencia o hasta que la presión intracraneana regrese a los valores normales durante cuarenta y ocho horas consecutivas. Entonces le retiraremos progresivamente la respiración asistida, poco a poco la sacaremos del coma inducido. Necesitamos hacerlo para averiguar qué actividad cerebral tiene, si es que tiene alguna. En el mejor de los casos, la recuperación se alarga durante años y es muy dura. Sira puede haber sufrido daños neurológicos irreparables que ahora desconocemos. De hecho, es muy probable que haya sido así.

—Sira está muy grave. Debe usted saber que un porcentaje considerable de pacientes con trauma craneoencefálico grave no sobrevive más de un año.

Carmen se despide de la doctora. Se sienta en la silla. Cierra los ojos. Cuando los vuelve a abrir el reloj de pared marca las ocho y cinco de la mañana. Tere está junto a ella, le ofrece un café con leche en un vaso de plástico.

—Tu marido está en la sala de espera de la UCI. No sabe dónde estáis ni tú ni la niña —dice Tere.

Con una bolsa de cruasanes calientes y un libro y dos periódicos bajo el brazo. Recién duchado, huele a colonia, se ha afeitado, no se le notan las ojeras. Oriol espera a Carmen en la sala de espera de la UCI pediátrica, *A la enfermera Castells, tres besos, tres abrazos y tres mimitos, Elisenda; A las enfermeras y médicos de la UCI, ¿qué haríamos sin vosotros? Una mamá agradecida.* Un reloj colgado encima del televisor que siempre emite dibujos animados marca las nueve menos cinco cuando aparece Carmen.

—Me olvidé el móvil en la UCI —dice Carmen, un beso que lastima la mejilla.

—Tenemos que hablar —dice Oriol, una caricia en el brazo que se queda a medio camino.

***

EN LA CAFETERÍA, Oriol pide una cerveza, Carmen un café con leche. Templo Gastronómico, llama Tere a la cafetería. Menú asequible de comida y de cena, de lunes a domingo. Una veintena de mesas. Carros para dejar las bandejas. *Self service*. Dos cajas registradoras. Fotografías de paisajes de ensueño en las paredes. Luz artificial, eco reprimido de conversaciones de circunstancias. Los empleados visten camisa a rayas blancas y rojas y pantalones oscuros. Hay clientes con batas blancas. Hay clientes con monos azules. Hay clientes con la mirada perdida. Hay clientes que no pueden concentrarse en el libro y otros que dejan la comida a medias. Hay clientes con gafas de sol. Hay clientes a quienes les tiembla la mandíbula. Hay una niña de unos dos años que deambula por las mesas, lo toca todo, se ríe sola como solo se ríen las niñas de dos años. Carmen no puede apartar la mirada de ella. Hace poco que el camillero ha vuelto a conectar a Sira en su box de la UCI. Se la han devuelto con las manos más frías y un vendaje en la cabeza más aparatoso que el anterior. Quiero tener el pelo largo, mamá, Carmen mira a Oriol y no logra recordar el nombre de aquella niña que tanto había enfadado a Sira cuando tenía tres años. ¿Gisela? ¿Melisa? ¿Edurne? Quiero tener el pelo largo, mamá, su melena castaña le llegaba hasta la cintura. ¿Martina? ¿Mar?

—Me preocupas —dice Oriol—. No es normal que no hayamos hablado desde el accidente.

Oriol llama accidente a que un desalmado, un hijo de puta, se saltara el semáforo en rojo, atropellara a Sira y después se diera a la fuga. A Carmen le parece inconcebible que lo llame accidente, porque es una canallada, un crimen, una putada, una mierda, un desastre, una tragedia, cualquier cosa menos un accidente.

—Me da la sensación de que reprimes tus sentimientos. No puede ser bueno, apenas duermes ni comes, te pasas el día en el hospital. Casi no me hablas, de nada le sirve a Sira si un día de estos su madre se derrumba por agotamiento. Esto por desgracia será un maratón, no un esprint, y es necesario organizarse, permanecer fuertes. Por Sira. Por nosotros.

Carmen echa azúcar al café con leche. Lo remueve con la cuchara. Se moja los labios. Está muy caliente. Oriol le acaricia la mano. Carmen mira los dedos de su marido, regordetes, un poco de vello en los nudillos. Oriol suena voluntarioso: no es que no haya motivos para estar tristes, claro que los hay, pero tenemos que sacar fuerzas de donde sea, mantenernos positivos, no perder la esperanza, no derrumbarnos, no alejarnos el uno del otro, porque ahora solo nos tenemos a nosotros. El café con leche de Carmen no se enfría nunca, la caricia de Oriol le lastima la mano, Carmen no entiende nada de lo que su marido dice, y Sira está sola. Otra vez.

—Esta es una prueba muy dura y aún no te he visto llorar.

Carmen susurra alguna obviedad, hace un amago de levantarse, el café con leche intacto en la mesa, media palabra en la boca de Oriol. Su marido la retiene de la muñeca, una leve presión.

—¿Por qué no me llamaste? —pregunta Oriol.

Daños neurológicos, ha dicho la doctora.

—¿Cómo es posible que no me llamaras cuando se llevaron a Sira al quirófano? ¿Cómo puede ser que te olvidaras el móvil en la UCI y que no fueras a buscarlo?

Traumatismo craneoencefálico grave.

—No me hablas, no me miras, no me tocas, no dejas que te toque.

Sira está muy grave.

—Te has encerrado tras un muro, me tratas como si fuera un extraño, bastante difícil y duro y jodido es lo que nos ha sucedido como para que lo afrontemos solos.

Un porcentaje considerable de pacientes con trauma craneoencefálico grave no sobrevive más de un año

—Te necesito, como tú me necesitas a mí. Te quiero, como tú me quieres a mí.

¿Cómo se llamaba esa niña? ¿Gisela? ¿Melisa? ¿Edurne?

—Joder, Carmen, no solo sufres tú, no estás sola en esto. Yo también padezco, yo también estoy roto, yo también estoy hecho una mierda, que no me arrastre por las esquinas como tú, que no me pase el día entero en la UCI, que no adopte tu pose de mártir no significa que no esté hecho polvo. Joder, que Sira también es mi hija, hostia.

No, es imposible que Oriol recuerde cómo se llamaba esa niña, es absurdo preguntárselo, Carmen descubre que Oriol es de los que confunde tacos con sinceridad, tantos años junto a una persona y aún hay espacio para la sorpresa.

—Háblame, dime algo, no te quedes callada mirándome.

Carmen siente ganas de fumar. Oriol fumaba ante la puerta de Urgencias, ella había tenido que andar dos manzanas porque ya no soportaba permanecer un segundo más en aquel taxi y Oriol fumaba en la puerta de Urgencias, andaba a grandes zancadas arriba y abajo por la rampa de acceso de las ambulancias, consultaba cada dos segundos la pantalla del móvil. *Te espero en Urgencias*, decía el primer mensaje, que en realidad era el último. *¿Dónde estás?*, decía el segundo, que en realidad era el penúltimo.

—¿Dónde estabas? ¿Por qué no estabas con Sira? —murmura Carmen.

13

HAPPY, HAPPY

QUÉ BIEN, YA ESTAMOS TODAS JUNTAS. Llega a Urgencias una niña algo mayor que Sira, se llama Susana, no tiene madre ni padre, la cuida su hermana, su nombre es Clara. Tere y Anna la apodan *Happy Happy* Clara. Se cruzan por casualidad en recepción: qué haces aquí, problemas respiratorios, joder, como Nil, estamos todas igual, ¿y tu Lucía?, lo de siempre, todo y nada al mismo tiempo. Las tres mujeres se abrazan y se besan, son viejas amigas, han perdido la cuenta de las veces que han coincidido en la UCI, al verlas cualquiera podría pensar que tanta casualidad es motivo de alegría, qué bien, ya estamos todas juntas, dice Tere; mira que eres bruta, le afea Anna.

Carmen y *Happy Happy* Clara se miran, Carmen se da cuenta de que la muchacha la reconoce, las miles de agujas en los ojos y la garganta, el dolor, la incomprensión, la indefensión. Tere hace las presentaciones, es Carmen, es una de las nuestras, un hijo de puta atropelló a su hija y se dio a la fuga, ¿puedes creértelo? *Happy Happy* Clara la besa, murmura clichés de consuelo, es una chica joven, en la primera parte de la treintena, luce un *piercing* muy discreto en la nariz y el pelo muy corto, muy rubio, muy teñido.

En el jardincito junto a la entrada del hospital, Anna se lo

73

cuenta a Carmen: que una mañana, cuando *Happy Happy* Clara tenía veinte años, su madre la invitó a tomar un café y le dio la noticia a bocajarro: vas a ser hermana. Veinteañera de libro, Clara no ocultó su fastidio: no pienso ser la canguro de guardia en esta casa, yo solo soy su hermana, ¿cómo puedes llamar despiste a algo tan importante como tener un hijo a los cuarenta y cinco? Susana no había cumplido ni un año cuando su padre le pidió a Clara que se quedara a cargo de su hermana el fin de semana, unos amigos organizan una fiesta de cumpleaños en una casa rural, a tu madre le sentará bien alejarse unas horas de Susana, esto de la maternidad pasados los cuarenta cuesta más de lo que nos imaginábamos. *Happy Happy* Clara sonrió con suficiencia, ya os lo advertí, a quién se le ocurre tener un resbalón a vuestra edad. Se lo puso difícil a su padre, regateó, al final acordó que se quedaría con Susana el sábado pero que el domingo a las nueve de la mañana tenían que estar de regreso en casa, que ella había quedado. *Happy Happy* Clara aún no lo sabía, pero las cosas no siempre salen como una las planea, cómo iba a saberlo, apenas tenía veinte años.

A las siete de la mañana del domingo, harta de los llantos de Susana, vaya nochecita me has dado, señorita, preparó su desayuno y un biberón. A las ocho menos cuarto se aseó en el baño, se puso el bikini, se aplicó protector solar, qué ojeras, voy a quedarme dormida en la playa. A las ocho y media consultó la hora. A las nueve menos cuarto preparó la bolsa: la toalla, el iPod, una muda completa, el tabaco, las otras sandalias, el pareo, el bocadillo del mediodía. A las nueve menos cinco consultó la hora. A las nueve y dos minutos jugó un rato con Susana, pedorretas en la barriga y cosquillas en la planta de los pies. A las nueve y diez llamó al móvil de su padre pero le saltó el contestador. A las nueve y cuarto Susana rompió a llorar. A las nueve y veintitrés le preparó a Susana otro biberón. A las nueve y media, otra vez el contestador en el móvil de su padre. A las diez menos cuarto se subía por las paredes. A las diez menos diez llamó al amigo con el que había quedado para decir que no iba a llegar a tiempo, que su padre la había dejado tirada, hay que joderse. A las diez menos cinco le cambió el pañal a Susana. A las diez se desahogó en el contestador. A las diez y cuarto gritó de rabia. A las diez y veintisiete llamó al móvil de su madre, por pura desesperación, y le volvió a saltar el contestador. A las diez y treinta y ocho llamaron a la puerta: una pareja de policías, hombre y mujer, ¿es usted *Happy Happy* Clara? Queríamos decírselo en persona, no por teléfono. Decirme ¿qué? ¿No ven que llevo el bikini y huelo a protector solar? Así no se reciben malas noticias, enfadada, agobiada, con el bikini puesto, así, no, por favor. Inmisericorde, el policía le dijo que un coche en contradirección y que un impacto frontal al final de una curva. Que fue instantáneo, que sus padres no sufrieron, que es muy probable que ni siquiera lo vieran venir, que sospechaban que el hijo de puta iba borracho, que la policía necesitaba que alguien identificara los cadáveres.

—Y seis años después, a la hermana le diagnosticaron leucemia.

Un sábado de invierno a Susana el cuerpo se le llenó de hematomas. Tenía seis años, llevaba ya varios días con fiebre, fueron a Urgencias, ese domingo habían planeado ir de pícnic al monte y acabaron en la UCI pediátrica, el cuerpo entubado de Susana recibía transfusiones de sangre como la arena de la playa se empapa de agua. Fueron años de leucemia linfoblástica aguda, quimioterapia, *port-a-cath*, punciones, analíticas, radiografías, resonancias, cámara de aislamiento, recuperación, controles periódicos, la posibilidad de recaída se calculaba en porcentajes y estadísticas que Clara prefería no saber, así no se reciben malas noticias, con el bikini puesto y oliendo a protector solar, así, no. Cinco años después, cuando Susana tenía once, su doctor las invitó a sentarse en las butacas de la consulta, resopló, dejó caer las gafas encima del expediente, una gruesa carpeta gris a rebosar de papeles con el nombre de la niña, *Susana*, escrito en la cubierta con un rotulador grueso, negro, en mayúsculas. El doctor hizo un gesto con las manos, se frotó los ojos, tengo malas noticias, hay recaída, la quimioterapia esta vez no bastará, vamos a necesitar un trasplante. Esa tarde había entrenamiento del equipo de baloncesto de Susana, hacía ya tiempo que no podía entrenar con ellas, la entrenadora ordenó formar un corro, Susana y sus compañeras juntaron las manos en el centro, gritaron el nombre del equipo varias veces, con rabia, con lágrimas en las mejillas, las niñas, once años ya, pronto llegará la adolescencia, se abrazaron, lloraron, rieron, se conjuraron, te compraremos los pañuelos más bonitos para la cabeza, este partido lo vamos a ganar.

Lo ganaron. Hubo donante. Y trasplante, y todo fue muy bien, aunque toda victoria tiene un precio, una bronquiolitis crónica, una vida entera en el hospital, ese sonreír mucho con la boca, muy poco, casi nada, con los ojos.

—Me preocupa Clara —dice Tere, la camiseta de tirantes, Elmo en el hombro derecho, el Monstruo de las Galletas en el izquierdo—. Algo no va bien.

—Tiene a su hermana en Urgencias. Es normal que esté agobiada y preocupada —dice Anna.

—No es solo eso.

—Hacía tiempo que no coincidíamos, pero yo la he visto risueña como siempre, dadas las circunstancias.

Tere niega con vehemencia con la cabeza.

—No. Una madre sabe, algo le sucede. Ya hablaré con ella.

—Clara no es madre, Susana es su hermana.

—No te equivoques, Clara es una de las nuestras.

14

ANTEROPOSTERIOR, LATERAL, OBLICUAS
Y PLANO AXIAL

En el Templo Gastronómico, en una mesa junto al ventanal. Las bandejas encima de la mesa. Carmen no tiene hambre. Traumatismos múltiples. Intubación ortotraqueal. Respiración mecánica. Traumatismo craneoencefálico. Coma inducido. RMN. TAC. TEC. Craneotomía descompresiva.

Tere: El otro día, en la tele, en uno de esos programas de variedades, apareció un cómico y contó varios chistes de hospitales, de médicos y enfermeras. Por ejemplo: Un electricista va a la unidad de curas intensivas de un hospital, mira a los pacientes conectados a diversos tipos de aparatos y les dice: aguanten la respiración, que voy a cambiar un par de fusibles.

Anna: No tiene puñetera gracia.

Clara: Pues a mí sí me parece gracioso…

A Tere le gusta mucho contar chistes. Al hacerlo, gesticula aún más de lo que ya suele de por sí. Su registro de muecas parece no tener fin, mueve sin cesar los brazos arriba y abajo, a izquierda y derecha. A veces, Carmen tiene la sensación de que Elmo y el Monstruo de las Galletas la observan.

Tere: Escuchad este, que es mejor: Cinco enfermeras de la

UCI pediátrica se reúnen en el Templo Gastronómico de un conocido hospital de Barcelona. Ninguna de ellas es la Castells, aclaro. Una dice, mientras picotea con languidez los exquisitos manjares del lugar: anoche creo que me acosté con un anestesista. ¿Por qué lo crees?, le preguntan. Porque no sentí nada de nada, responde.

Veinticuatro, treinta y seis, cuarenta y ocho horas, ¿cómo se da cuenta una madre de que la presión intracraneana de su hija regresa a los valores normales? Cuando Carmen accede a que Oriol la releve, Tere se queda en la UCI. Cuando Carmen regresa, Tere sigue en la UCI. Tere parece que nunca se va. A Tere nadie la ayuda. A Tere nadie la aparta de su Lucía más que para comer, lavarse, ir al baño, aclararse la cabeza, airearse un poco de vez en cuando. A Anna tampoco la relevan, prefiere no ir a casa, a veces parece que haya encontrado refugio en el hospital. Cuando comen, el móvil azul y el rojo descansan sobre la mesa. De vez en cuando uno de los dos, o ambos al mismo tiempo, cobran vida. En modo vibración, se mueven por la mesa como un reptil. Anna no descuelga. Carmen suele quedarse dormida con la cabeza apoyada en la cama de Sira, su manita fría entre las suyas, ella que es como su madre, que siempre tiene las manos calientes y los pies fríos. Tere cada mañana peina a su Lucía, le pone colonia, dos gotitas en las muñecas, otras tres en la frente, le dice que es una niña grande y guapa, que pronto tendrá que ayudar a su pobre madre que se está haciendo vieja.

Tere: Yo me acosté con el director, dice otra. Se pasó la noche dando órdenes y todo el trabajo tuve que hacerlo yo.

A Carmen le parece que el hospital es un continuo trajín de niños, nunca antes había pensado en ello. Hay niños que sanan, hay niños que enferman, hay niños a los que golpea la vida. Dos mamás cuyos hijos estaban en planta han abandonado el hospital y han pasado a saludar al equipo de la UCI. Se han ido sonrientes, bolsas de deportes que cuelgan del hombro de papá, peluches en las manos de mamá. Bajarán a la calle, subirán al coche, regresarán a casa, a sus vidas. Las madres se despiden con un cordial movimiento de cabeza, algunas se abrazan con otras madres. Se intercambian teléfonos, se desean suerte, agradecen a las enfermeras su profesionalidad y dedicación. Los padres esperan en la puerta de la UCI, miran el reloj, juguetean con las llaves del coche: confiaba en poder ir hoy al trabajo aunque fuera tarde, pasarme al menos un rato, ponerme al día, los papeles del alta parece que nunca acaban de firmarse, me muero por perder de vista la bata, las calzas y a Epi, Blas, Coco y Caponata, hasta la coronilla de esa iconografía infantil tan cursi.

Tere: En cambio, dice la tercera enfermera, el mío era un encanto, un médico residente, jovencito, que se pasó todo el tiempo preguntando: ¿Va todo bien? ¿Es así como se hace?

Han ingresado dos niñas nuevas en la UCI pediátrica. La mayor ha sufrido un accidente de tráfico. Tiene diez años. Está grave, suerte que le habían puesto el cinturón de seguridad, porque de lo contrario estaría muerta. Su madre lleva el brazo derecho en cabestrillo y una venda en la cabeza. Su rostro está magullado, con moratones y arañazos. Tere explica que una enfermera le ha dicho que el padre murió en el accidente. La mujer tiene los ojos hinchados, rojos.

Tere: Yo tuve mala suerte, dice la cuarta enfermera, me lie con el jefe de mantenimiento. Y cuando me vio desnuda en la cama, empezó a mover la cabeza y dijo: No puede ser, esto es mucho trabajo para mí, voy a buscar a un ayudante para que me eche una mano…

La segunda niña es más pequeña, ocho años, la atropelló una moto. Carmen ha coincidido con la madre en el pequeño cambiador de la entrada. La mujer ha dicho buenos días de forma educada, ha doblado la chaqueta con esmero, se ha puesto con meticulosidad las calzas, la bata y el gorro, ha besado a su marido, lo ha abrazado, en voz muy baja ha intercambiado con él breves palabras de consuelo, ha sostenido la puerta para dejar entrar a Carmen.

Tere: La quinta enfermera escucha a sus compañeras con una sonrisa de satisfacción. Las otras le preguntan: ¿Y tú? ¿Con quién te acostaste? Con el de Rayos X, responde. El mejor: lo hizo en anteroposterior, lateral, ambas oblicuas y en el plano axial. Y cuando terminó me dijo: oh, vaya, te moviste, habrá que repetirlo…

Risas. Anna gesticula, su aspaviento dice que Tere es incorregible, pero no puede evitar una sonrisa. *Happy Happy* Clara ríe abiertamente, con ganas, cualquiera diría que es sincera. Al final, la bronquiolitis de su hermana no es tan grave como para que la niña se quede en la UCI. Está en planta, en la habitación 832. Carmen la observa y piensa que no entiende lo de *Happy Happy*: Clara se le antoja una de esas mujeres que sonríen mucho con la boca, muy poco, casi nada, con los ojos.

TERE: Igual una de las enfermeras sí era la Castells. La del jefe de mantenimiento. Eso explicaría muchas cosas…

CLARA: Mira que eres bruta…

Más risas. Carmen reconoce esas risas. Esas mujeres son de las suyas.

—*TOC, TOC, TOC.* ¿Se puede, mamá? —dice Tere junto a la cortina del box de la mujer que lleva el brazo en cabestrillo, la de la venda en la cabeza, la del rostro magullado, la de los moratones y los arañazos, la de los ojos hinchados y rojos, la del marido muerto en la carretera, la de la hija agonizante—. Disculpa, ¿necesitas ayuda con esa silla? Hay que saberse el truco con estas sillas, si no acabas con el culo más grande que el Coliseo de Roma…

MUJERES INVISIBLES

1

EN LA PIEL DE CLARA

DENTRO DEL CEÑIDO VESTIDO VERDE DE SU MEJOR AMIGA, *Happy Happy* Clara se sentía a disgusto en su propia piel. No estaba acostumbrada a los tacones tan altos, de vértigo, como dicen en los programas de televisión, el tanga la incomodaba entre las nalgas y, al andar, los bajos del vestido le molestaban por encima de las rodillas. Mientras bajaba de forma dubitativa las escaleras de la estación del metro, Clara sentía que ojos de extraños se posaban en su trasero, cubierto por el largo abrigo del que no pensaba despojarse a pesar del calor del subterráneo. Era un animado anochecer justo antes de Navidad, noche de cenas de empresa y de karaokes a rebosar, y en ambos andenes de la estación del metro se repartían decenas de personas ocupadas en su propia existencia. Con aprensión, Clara escrutó los andenes por si veía a algún conocido, un vecino, una clienta habitual del súper, una mamá de la escuela de Susana. Mentalmente repasaba el saludo que había practicado con Núria: *Hello my name is Bijou, you are Jiro, right?* Enseña los dientes al sonreír, que tienes una sonrisa preciosa por la que muchos pagarían lo que no tienen, le había recomendado Núria. Es cierto, y sin embargo también lo es que la primera impresión de Carmen es la buena: *Happy Happy* Clara es de esas mujeres que sonríen mucho con la boca, muy poco, casi nada, con los ojos. *Happy Happy* Clara es contradicción, puro embuste sin mala intención, una máscara en un baile de disfraces.

En el vagón, la vida encapsulada, Clara se sentó con las rodillas muy juntas. El vestido se le subió a la altura de los muslos, el profesor de Matemáticas de Secundaria sentado frente a ella la repasó y desvió con rapidez la mirada, azorado, aunque no lograba evitar que sus ojos regresaran a las piernas de ella cada pocos segundos. En cambio, el abogado que viajaba a pie con un catálogo de juguetes bajo el brazo miraba sin disimulo el reflejo de su cuerpo en el cristal. Núria, su compañera de piso, su cómplice, su mejor y única amiga, una hermana, en realidad, tuvo que retocar el vestido para que Clara pudiera llevarlo, le venía estrecho, sobre todo de pecho, tú tienes más curvas y volumen, ha sido así desde que íbamos al instituto: tú la guapa, yo la simpática; tú la mosquita muerta, yo la lanzada, los chicos venían a por ti y se encontraban conmigo. Núria era la presencia constante en la vida de Clara, su tabla de salvación, el motivo por el cual estaba sentada en el metro, las rodillas muy juntas, los taconazos de vértigo, el tanga incómodo entre la nalgas, las medias negras que se le antojaban transparentes: es dinero rápido y fácil, Clara, con suerte pasas un buen rato sin complicaciones y, si no, hasta luego y ya está; no te llames a engaño, Núria, no existe tal cosa, no hay dinero rápido y sin complicaciones.

Una noche de otra vida, en la playa, los peinados ya arruinados, los maquillajes exhaustos, habían salido, habían bailado, los pies bañados por el mar, las sandalias en la arena: ¿te lo puedes creer, Núria? ¿Cómo puedes tener un resbalón a los cuarenta y cinco años? ¿Cómo puedes llamar despiste a algo tan importante como tener un hijo? Ya les he dicho que no pienso ser la canguro de guardia en esa casa, yo solo seré su hermana. Núria se quedó mirando a Clara, el porro en una mano, una sonrisa indescifrable en los labios. ¿Qué?, dijo Clara. ¿Qué de qué?, replicó Núria. ¿En qué piensas, por qué me miras así? Núria propinó una calada al porro, siempre juntas, tú y yo, siempre amigas, pase lo que pase nos tendremos siempre la una a la otra. Segundos de silencio, el fragor de las olas, y un estallido de carcajadas, a ti la maría te pone cursi, ahora lo que toca es acabar la carrera y largarnos a vivir a Londres.

Otra noche, ya en la vida real, al llegar a casa tras el funeral de sus padres, Clara se quitó los zapatos negros y se frotó los pies por encima de las medias, también negras. Inesperada dueña de una casa demasiado grande con una hipoteca demasiado alta, se había servido una cerveza, le ofreció otra a Núria, bebían las dos despacio de la botella sentadas en la cocina. Susana dormía en el cochecito, los puños cerrados, debía de tener el pañal mojado, hacía mucho que su hermana no la cambiaba, ¿se daría cuenta de la ausencia de su madre, tan pequeñita? Clara no había llorado ni en el tanatorio ni en el cementerio, y tampoco lo haría en casa, olía demasiado a protector solar para eso. ¿Qué?, dijo Clara. ¿Qué de qué?, replicó Núria. ¿En qué piensas, por qué me miras así? Núria sorbió un trago de cerveza, siempre juntas, tú y yo, siempre amigas, pase lo que pase nos tendremos siempre la una a la otra. Y se abrazaron muy fuerte y durante mucho tiempo, hasta que Susana rompió a llorar, debe de tener hambre, dijo Núria, supongo, qué sé yo, respondió Clara.

A partir de esa noche, a *Happy Happy* Clara, a la que desde niña todo el mundo le decía que era positiva, optimista y alegre, la vida se le convirtió en pedalear, pedalear y pedalear: primero huérfana con un bebé a cargo, después la leucemia linfoblástica aguda de Susana recién cumplidos los seis años. Dejó la universidad, empalmó trabajos mal pagados, aprendió a renunciar y a conformarse, se hizo adulta. Cuando sus amigas se quejaban de los trabajos de mierda, del aburrimiento y de que dónde están los hombres como Dios manda, Clara las borraba de la agenda y de su vida. Hasta que se quedó sin amigas que borrar, sin agenda y sin vida.

Quien siempre permaneció a su lado fue Núria. Cuando un anochecer de invierno el cuerpo de Susana empezó a recibir transfusiones como la arena de la playa se empapa de agua, en el jardincito junto a la entrada del hospital Clara ocultó el rostro en el hombro de Núria y esa vez sí que lloró lo que hasta entonces no había llorado: apenas tiene glóbulos rojos, casi no tiene leucocitos ni plaquetas, es leucemia, ¿qué voy a hacer yo sola, con mi hermana y la enfermedad? No estarás sola, le replicó Núria. Durante los años de la leucemia, Núria acompañó a Clara al médico, ayudaba en casa, le presentaba a amigos de sus novios, se quedaba algunas tardes con Susana para que su amiga fuera al cine, aunque sea sola eso es mejor que nada. Al día siguiente del primer día de leucemia, Núria se presentó en la UCI pediátrica con un canguro de madera. Ya sé que estos enfermos no pueden tener peluches por el polvo que acumulan, pero lléveselo a Susana, por favor, es un amuleto de parte de la tía Núria, ¿qué daño puede hacer un canguro de madera en la UCI? La Castells, entonces una enfermera rasa, accedió. El canguro tenía un compartimento secreto en la barriga, imperceptible a simple vista. Allí Núria introducía de contrabando chocolatinas y chucherías.

Pronto Clara empezó a guardar dentro del canguro los cuentos que escribía para su hermana, esas narraciones que una vez constituyeron el material del que se nutría su sueño, *Happy Happy* Clara es una gran escritora, el único problema es que el resto de la humanidad aún no lo sabe, que suele decir Tere. Ser mamá a la fuerza a los veinte años, la quimioterapia, el *port-a-cath*, la cámara de aislamiento, la recaída, la espera para un donante, el trasplante, la victoria y la bronquiolitis crónica como secuela es una forma de contar la vida de *Happy Happy* Clara. La otra es la despedida forzosa de la universidad, la indemnización ridícula de la aseguradora, las deudas de papá y mamá, los sueldos precarios, los apuros para llegar a fin de mes, el arroz y la ropa que recogía en la parroquia del barrio, que si la hipoteca, que si la ropa de Susana, que si los libros de texto, que si las medicinas. El último trabajo de Clara antes de enfundarse en el ceñido vestido verde de Núria fue en un supermercado. El encargado la citó en su despacho, una oficina muy pequeña al lado de una de las cámaras frigoríficas, sin ventanas, junto al ves-

86

tuario, con dos sillas renqueantes y un escritorio diminuto en cuya superficie no cabía ni un papel más. El encargado se balanceó en la silla, se puso las manos tras la nuca, la observó en silencio. Clara, la espalda muy recta, las manos en el regazo, se sintió desnuda. El encargado era más joven que Clara, con los empleados era un pequeño déspota, pero con ella en cambio solía ser cortés y atento, ¿quieres que te acompañe a casa al final del turno? En lugar de regañarla en el trabajo la aconsejaba, las cuentas claras en tu cabeza, Clara, en la caja tienes que saber en todo momento a cuánto asciende la transacción, cuánto te han dado, cuánto has dado. El encargado se inclinó un poco hacia ella: las cosas están muy mal en la empresa, se avecinan cambios, este país se va a la mierda, la palabra *mierda* en su boca tenía textura y olor. En la central no han planeado despidos aún, pero sí habrá reestructuraciones de forma inmediata: cambios de turno, de tareas y de contratos, si todos ponemos un poco de nuestra parte no será necesario despedir a nadie. El encargado se inclinó aún más, invadió el espacio vital de Clara, sus piernas casi se tocaban: no todas las cajeras pasarán a tiempo parcial, algunas mantendrán su contrato de cuarenta horas, las mejores, las que cumplen con sus obligaciones. El encargado anunció a Clara que tenía que presentar una lista con una propuesta en una semana, quedó muy claro que él era el único responsable de elegir los nombres que formarían esa lista. Su mano se posó en la pierna de Clara por encima de la rodilla, sus dedos la masajearon con suavidad, será mi decisión, Clara, ¿te gustaría salir a cenar conmigo alguna noche? No, a Clara no le gustaría, apartó con delicadeza la mano del encargado, se levantó de la silla, se fue sin dirigirle ni una palabra, salió a paso vivo a la calle, a dos manzanas del súper se lastimó una mano al golpear una pared. Dos semanas después, la despidieron por burofax.

Y allí estaba Núria, la noche del burofax. Se enfrascaron las dos en una de sus partidas interminables de Trivial, su terapia particular. Clara hablaba sin parar, echaba pestes del encargado, de los hombres y de la vida, Núria escuchaba, así solía ser entre ellas.

Clara, siempre positiva, optimista y alegre, necesitaba a su amiga para desahogarse. Núria, tan extravertida, tan libro abierto, en realidad solía sufrir sola y en silencio sus males: su mal ojo para los hombres, su mala pata con las relaciones, su mala cabeza con los trabajos, su mala sangre con su propia familia, sus rachas de mala vida, de mal humor, de malas noches, de malas andanzas, de mala suerte y de malas ideas. La misma noche del burofax, Núria propuso que compartieran piso, total, ya paso casi más tiempo en tu casa que en la mía, no entiendo cómo no lo hemos hecho antes. Las dos amigas estaban sentadas en la mesa del salón, bebían un *gin-tonic*: estaría encantada de tenerte en casa, cómo no, pero me sorprende tu oferta, tú eres muy independiente y adoras tu piso, ¿tienes problemas de dinero? Núria sorbió la bebida, cogió la mano de Clara por encima de la mesa, el dado del Trivial cayó al suelo: no tengo problemas de dinero, al contrario, gano más del que puedo gastar, hace tiempo que quería decírtelo pero no encontraba el momento, me daba miedo, supongo, fíjate, tantos años hace que nos conocemos y me asustaba decírtelo, ese crucifijo tuyo en el cuello impone, así ningún vampiro se atreverá a morderte. Desde hace algo más de un año ejerzo de *escort*, ya está, ya te lo he dicho, trabajo de acompañante selecta para hombres, hago de prostituta de alto *standing*. Y me gano muy bien la vida, puedo pagarme mi piso y mucho más, pero a ti un dinero extra te irá bien. A cambio yo dejo de vivir sola, estoy harta de tanta soledad, Susana y tú sois mi única familia, qué quieres que te diga, que os quiero, y sé que vosotras me queréis, y ya no soporto ver cómo se me acumulan las hojas arrancadas del calendario en las baldosas de la cocina.

—¿*Escort*? ¿Has dicho *escort*?

En el metro, *Happy Happy* Clara sacó del bolso un espejo y ensayó la sonrisa, esa por la que muchos pagarían lo que no tienen, *Hello my name is Bijou, you are Jiro, right?* No la satisfizo, es certera la intuición de Carmen, no hay manera de que Clara sonría con los ojos. Clara sintió que la espalda se le mojaba de sudor, pero no iba a despojarse del abrigo, el escote del vestido verde no era para profesores de Matemáticas. Para realzarlo, Clara había tenido que gastarse demasiado dinero en un sujetador nuevo, tómatelo como una inversión que recuperarás con creces, había dicho Núria, arrodillada, mientras clavaba alfileres en el vestido.

—Perdonen ustedes que les venga a molestar. No tengo nada para cenar y quisiera pedirles una ayuda…

Una mujer vestida con harapos recorría los asientos del vagón. Mostraba a los pasajeros la base recortada de una botella de dos litros de refresco con unas cuantas monedas en su interior. En el brazo izquierdo sostenía un perrito adormilado. Renqueaba. De vez en cuando tosía. Los pasajeros evitaban mirarla, carraspeaban, fijaban la vista en un punto indeterminado del vagón, cuchicheaban algo al oído de su acompañante, se concentraban en su pantalla, en el metro los mendigos son invisibles.

—¿No puedes darme nada? Si no para mí, al menos dame algo para mi perro.

La mendiga se plantó ante Clara, extendió la mano y la miró a los ojos como si la retara a no darle unas monedas. *Happy Happy* vio el botín que hasta el momento había reunido: dos monedas de cincuenta céntimos, una de veinte, cuatro de diez, tres de cinco, dos de uno, no existe tal cosa, no hay dinero rápido y sin complicaciones. Clara negó con la cabeza, durante unos segundos interminables la mendiga le aguantó la mirada, movió un poco la botella de refresco recortada, las monedas tintinearon, las cuentas claras en tu cabeza, tienes que saber en todo momento a cuánto asciende la transacción, cuánto te han dado, cuánto has dado. Cuando la mendiga se fue, el profesor de Matemáticas se atrevió a compartir una mirada de complicidad, una sonrisa que era una expedición, un por qué no, cosas más raras se han visto: atufan, marean, estos mendigos del metro, ¿no? No, pensó Clara, no voy a quitarme el abrigo, no voy a enseñarte mi escote, no voy a dedicarte una sonrisa, si quieres verme, paga.

2

UN PEDAZO DE MADERA QUE FLOTA

¿CÓMO SE DA CUENTA UNA MADRE de que la presión intracraneana de su hija regresa a los valores normales? En el box de Sira, Carmen espera. Sira necesita respiración asistida hasta que mejore su estado de conciencia o hasta que la presión intracraneana regrese a los valores normales durante cuarenta y ocho horas consecutivas, había dicho la doctora de las bolsas bajo los ojos. Entonces le retirarán poco a poco la respiración asistida, la sacarán poco a poco del coma inducido. Hay que esperar, por tanto, pero Carmen no sabe exactamente a qué. Se sienta en la silla y observa los monitores, las máquinas, las bolsas y los tubos de los que pende la vida de Sira como si pudieran darle una respuesta: respirador, monitorización, bombas de perfusión, drenaje torácico para el pulmón dañado, sonda nasogástrica y sonda vesical. Los médicos y las enfermeras se suceden en una coreografía desordenada. Neurología. Traumatología. Digestivo. Neumología. Neurología. Pediatría. Hola, mamá, ¿cómo estamos hoy?, preguntan de forma rutinaria las enfermeras cuando descorren las cortinas. Carmen responde muy bajito, muy para ella: bien, gracias, y todos saben que ese *bien* significa *mal*, entre libremente por su propia voluntad y deje parte de la felicidad que trae. Los médicos le dicen a Carmen que aún es pronto, que no hay que perder la esperanza; la enfermera Castells le ha dicho que los médicos de este hospital son muy buenos, que confíe en ellos. Pero Carmen ya no confía en nadie, ni en los médicos, ni en los científicos de la policía que analizan restos de la chapa del coche en la ropa de Sira, ni en los semáforos ni en los padres que piden otra cerveza mientras su hija sale a la calle a charlar con una amiga. En el box de Sira, a Carmen las horas se le pasan entre palabras indescifrables y sentimientos impronunciables. A veces logra cerrar los ojos, incluso duerme unos minutos, el cuerpo inclinado en una postura incómoda, la cabeza apoyada en un huequecito entre el borde de la cama y el cuerpo de Sira. Entonces sueña, casi siempre alguno de esos sueños que agotan más que alivian, escaleras de caracol, caídas sin fin, persecuciones que nunca terminan, una viscosidad oscura y vacía. Ahora sueña con Jana, la mejor amiga de su hija: luce una espléndida cabellera más allá de la cintura, más larga que la de Sira. Carmen sueña que peina a Jana con un cepillo muy grande, muy negro, muy pesado, hasta que el cepillo se rompe y a Carmen le entra en su sueño una angustia tan grande que despierta con un gemido de dolor.

—*Toc, toc, toc,* ¿se puede, mamá? —dice Tere, que descorre la cortina sin esperar respuesta—. ¿Estás bien?

—Sí.

—Por supuesto que no estás bien —replica Tere, y regresa a su Lucía, dos gotitas de colonia en las muñecas, otras tres en la frente, así tres veces al día.

Carmen camina anestesiada por el hospital, el dolor por su hija no le deja más sentimiento libre que el odio a un hijo de puta al que no puede poner rostro. Por las noches, cuando Lucía duerme, Tere se sienta junto a Carmen, vela su escaso sueño, acaricia la manita de Sira, tan fría, ella que es como su madre, manos calientes y pies fríos. Tere obliga a Carmen a comer, la insta a ir a su casa, a tumbarse en una cama de verdad, a ducharse como Dios manda. Tere distrae a Carmen, le cuenta historias absurdas, anécdotas exageradas, conversaciones que no sucedieron, ridículos que nadie sufrió.

Tere le habla de Lucía, de su amor por ella, de su historial médico, de sus estancias en el hospital, de sus noches en vela. También le explica su protesta en la plaza, su cruzada con la administración: *Justicia para mi Lucía; No hay pan para tanto chorizo; La dependencia es un derecho, no caridad; No se aceptan limosnas,* ¿sabes que mi tía Manuela es una negada para el japonés? Tere recuerda para Carmen historias de Anna y de Clara, aquella vez que hicieron eso, o esa otra en la que sucedió aquello otro. Tere consuela a Carmen, y le promete que ocurra lo que ocurra ella estará allí, en el box junto al de ella, en la UCI pediátrica: las madres solo nos tenemos a nosotras, nadie que no haya estado en una UCI pediátrica con su hija intubada en plena batalla nos entiende ni sabe lo que es esto, ahí fuera no hay más que peces que están convencidos de que la pecera es lo que queda al otro lado del cristal, pobres insensatos.

A veces Carmen trata de ponerse en la piel de Tere, Anna y Clara para que vivir en la suya le resulte más soportable, tantos años de paréntesis, tanta UCI, tanto hospital y tanta enfermedad, el andar entre algodones, el zumbido lejano que nunca abandona los oídos, las miles de agujas en los ojos y la garganta, el dolor, la incomprensión, la indefensión. Comparado con lo de ellas, lo suyo no es nada, se dice. A los tres meses de edad, y de eso hace más de una década, la hija de Tere no mantenía erguida la cabeza cuando su madre la alzaba. En brazos, Lucía cruzaba en forma de tijera las piernas, que siempre tenía agarrotadas. A los seis meses empezó a ser obvio que algo le sucedía a la niña, parálisis cerebral, escoliosis, estereotipias, hipotonía e hipertonía: en el suelo no se sentaba por sí misma sin ayuda ni era capaz de coger los objetos que le llamaban la atención. A los ocho meses, después del ataque de epilepsia, después de las pruebas, el examen físico, el examen neurológico, la tomografía computarizada, la resonancia magnética, la radiografía, el análisis de sangre, los estudios genéticos y los estudios metabólicos, lo único indiscutible es que Lucía no estaba bien. A los once meses, el padre de Lucía, el exmarido de Tere, se fue para no volver. No fue un arrebato, Jaime, así se llama, no es un hombre de impulsos: los días previos había sacado el dinero de las cuentas conjuntas del banco, la víspera de su partida llevó a cenar a Tere a un restaurante caro junto al mar e hicieron el amor como solían desde el nacimiento de Lucía, las luces de la habitación encendidas, las de los cuerpos apagadas. El último recuerdo de Tere de su vida de casada eran los pequeños ronquidos de Jaime, el contraste entre la placidez con la que el hombre se quedó dormido tras el orgasmo y la congoja que acompañaba el insomnio de ella. A la mañana siguiente, mientras Tere se duchaba, Jaime salió sin despedirse. No se llevó ropa, vació el joyero de Tere y dejó el libro de fábulas de La Fontaine junto a la cuna de la niña, dos calcetines desparejados en la lavadora y unos calzoncillos sucios en el parqué. ¿Besó a Lucía antes de marcharse?, se preguntaba Tere desde que se hizo innegable que Jaime se había ido para no volver, a veces soy tan tonta que es para darme así, con toda la mano extendida.

A Anna, el grito de Nil cuando se fractura la ayerma. Al principio, recién nacido, pronto hará cinco años, Nil no dejaba que nadie lo tocara, una simple caricia le provocaba un dolor desgarrador. Nil lloraba y lloraba, y Anna también lloraba y lloraba, su depresión posparto fue sideral, su marido, Jesús, fue paciente, siempre estuvo ahí, fue la gran cueva en la que Anna y Nil encontraron cobijo: vamos a ser felices, no dejaremos que nos arruine la vida una enfermedad de la que nunca habíamos oído hablar hasta hace unos días. Al cabo de unas semanas descubrieron que solo la voz de Anna calmaba a Nil, algo había en su tono que serenaba al niño incluso en los peores momentos de dolor. Anna cogió la costumbre de inventar canciones sobre la marcha, melodías improvisadas, letras, sonidos y onomatopeyas que adaptaba a la realidad del niño, la nana del príncipe Nil, la copla del niño del corazón irrompible. Es miedo, les decían los médicos, muchas veces no llora por dolor sino por temor al dolor, hay que ganarse su confianza. Cuando Nil era bebé, Anna se acostaba desnuda en la cama, Nil entre sus pechos, la mano de Jesús en su costado, su marido no se atrevía a tocar al bebé con sus manazas. Durante el embarazo Anna se había imaginado muchas veces esa misma escena, los tres desnudos en la cama, las caricias, los besos, piel con piel, saliva mezclada, aromas enredados, tres vidas, mamá, papá y su bebé. Pero en sus ensoñaciones no había escayolas, ni miedo ni llanto. Cuando creció un poco, Nil tomó la costumbre de acurrucarse en el hueco entre el cuello y el hombro de su madre, un espacio que le pertenecía. A Nil le gustaba refugiarse allí mientras su madre le acariciaba la espalda, pegaba los labios a su oreja y le cantaba en voz muy baja, la oda de Nil sin miedo, el poema de mamá y su pequeño hombrecito. Muchas noches de lágrimas y escayolas transcurrieron en una butaca en la habitación de Nil, Anna que cantaba en duermevela, Nil que se removía y rezongaba como un gatito herido, el balanceo que acunaba y amodorraba a madre e hijo. Cada poco, Jesús aparecía en el quicio de la puerta, despeinado, en pijama, un vaso de agua en la mano, el biberón en la otra, ya es la hora de que Nil coma. Jesús se mojaba el dorso de la mano con un chorro del biberón y lo lamía: perfecto, ni muy frío ni muy caliente, me encanta veros así a los dos, mamá y su niño. Y Anna se desgarraba de remordimiento, porque si el grito de Nil cuando se fractura la ayerma, la ciega y fiel dedicación de Jesús la agobia, la osteogénesis es una gran secante, la madre de todas las tangentes.

Durante los años de la leucemia linfoblástica aguda, *Happy Happy* Clara pasó noches enteras en vela en el hospital, en las incómodas butacas de las habitaciones en planta y en la sala de espera de la UCI pediátrica, *A las enfermeras de la UCI, habéis salvado a mi chiquitín, María Luisa y la pequeña Neus; A la enfermera Castells, sé que lo intentaste, seguro que ella nos ve y nos ama allí donde esté, Irene.* Cuando las lágrimas la apremiaban, cogía papel y bolígrafo y escribía alguna aventura de Pepa Llacuna, la periodista metomentodo que había ideado. Solo Tere, Susana y Núria habían leído esos cuentos, *Happy Happy* Clara es una gran escritora, el único problema es que el resto de la humanidad aún no lo sabe, que suele decir Tere. Durante los años de tratamiento y aislamiento Clara guardaba los cuentos en el compartimento secreto del canguro que Núria le había regalado a Susana. Los escribía a mano en cuartillas que doblaba una y otra vez para que cupieran cuantas más mejor, *Pepa Llacuna y la entrevista a la rata que le puso el cascabel al gato, Pepa Llacuna y la historia oculta de Ricitos de Oro, Pepa Llacuna y el combate de acertijos entre Don Quijote y el Alcalde de Toledo.* Durante las largas fases de aislamiento, Susana abría la barriga del canguro y leía los cuentos que le escribía la hermana que le hacía de mamá. A partir del accidente, Clara guardó su vida en un cajón: dejó de frecuentar sus tiendas, sus bares y sus museos, olvidó sus aspiraciones, sus aficiones y sus diversiones, nunca más se puso un bikini. La veinteañera Clara tuvo que aprenderlo todo sobre bebés e hipotecas, y cuando pensaba que ya más o menos le había cogido el truco a la maternidad aparecieron primero la leucemia y después la recaída y tuvo que aprender otras cosas: a descifrar la letra de los médicos, a vigilar con frecuencia el peso de Susana, su tensión arterial y su temperatura, a controlar la cantidad, color, sedimentos y grumos de su orina. Clara se aplicó en lavar las verduras, la fruta y los huevos con lejía y agua, tres gotas por litro, y en mantener limpias las uñas de Susana sin llegar a cortarle la cutícula, no queremos infecciones, sobre todo no queremos infecciones. Se acostumbró a separarlo todo: cepillo de dientes, peine, toalla y esponja en el baño; cubiertos, vasos y platos en la cocina. Se esforzó en entender los prospectos de los medicamentos, en controlar su dosis, nombre y horario, en dividir el día por la frecuencia de la medicación, un reloj de pulsera con alarma programada, una alarma en el salón y otra en el dormitorio. Los pocos instantes que le permitían estar con Susana en la UCI se erigieron en los mejores momentos de la vida de Clara. Allí, mecida por la respiración dificultosa de la niña, los ojos se le cerraban, y Clara agradecía el amparo que le proporcionaba la oscuridad y ese silencio de la UCI que no es tal. Fundida a negro, Epi, Blas, Coco y Caponata, podía ser de nuevo tan solo una veinteañera asustada, echar de menos a mamá y a papá, encerrarse en una habitación abrazada a sus piernas y con la cabeza entre las rodillas, ser una niña que sabe que tarde o temprano acabará siendo rescatada de las fauces del mundo de los adultos.

El tiempo en la UCI es un pedazo de madera en el océano: flota medio anegado, en apariencia intacto, en realidad carcomido sin remedio. A Anna le han dicho que a Nil aún le falta para ser trasladado a planta. Los médicos dicen que la afectación pulmonar es grave, que se le han encharcado los pulmones, que el pronóstico es reservado, que no hay que apresurarse, que no se asuste, que pueden permitirse ser optimistas pero siempre desde la prudencia. Anna y Tere están box con box, a veces descorren la cortina y se sientan juntas. Qué quieres que te digamos, le han dicho los médicos a Tere: sesenta y seis ingresos, cuarenta y uno en planta, veinticinco en la UCI pediátrica, treinta y siete veces ha regresado tu Lucía de la muerte. Los médicos dicen que no saben cuánto tiempo estará Lucía en la UCI, es imposible hacer una estimación, hacemos lo que podemos. Tere les palmea el brazo, parece que sea ella quien los consuela a ellos: no se preocupe, doctor, no te apures, enfermera, yo sé que mi Lucía de esta sale, yo soy su madre y estas cosas las madres las sabemos.

Carmen se adapta con naturalidad a la rutina de la vida dentro del paréntesis. Oriol aparece por las mañanas en la UCI, con sus cruasanes calientes, sus libros, sus dos periódicos, su aspecto limpio y descansado. Él y Carmen se cruzan pocas palabras, Carmen le da el parte, hay que seguir esperando. Hablan de cosas prácticas de la casa: dónde están las toallas limpias, hay que poner una lavadora, he ido al súper a hacer la compra porque la nevera estaba vacía, ha llamado el director de tu escuela, dice que tienes siempre el móvil apagado, solo quiere saber cómo estamos, cómo está Sira, cómo estás tú, pregunta si tus compañeros pueden venir a verte al hospital. Carmen procura no mirarlo a los ojos ni ponerse al alcance de la yema de sus dedos. Carmen no entiende por qué, pero Oriol quiere tocarla, y Carmen tampoco comprende que Oriol no entienda que ella no quiere que la toque, que no quiere sus abrazos, sus besos ni su consuelo, que no quiere que permanezca fuerte por ella ni compartir con él su dolor, que no quiere hablar de Sira ni de lo que ha sucedido, que no quiere un cruasán ni leer las putas noticias en un puto diario, ¿tan difícil le resulta entender que una madre que espera a que la presión intracraneana de su hija de once años regrese a los valores normales solo quiere que la dejen en paz, abrazada a sus piernas y con la cabeza entre las rodillas? ¿Tan difícil le resulta comprender tantas palabras indescifrables, tantos sentimientos impronunciables?

3

CARI

—¿Y ESTO CÓMO SE PONE? —exclama Marina.

Oriol se encoge de hombros. Su hermana Marina sostiene un sujetador de lactancia por el cierre del tirante: formas y materiales diseñados hasta el último detalle para sujetar el pecho sin oprimir, cierre regulado en cuatro posiciones, copas que se abren para permitir una lactancia fácil y confortable para la mamá y el bebé, disponible en tallas de la treinta y seis a la cuarenta y seis en blanco, negro y beis.

—Admitámoslo: no es el sujetador más sexi del mundo, ¿verdad? Pero no es esa su función... —interviene una dependienta de la tienda, una chica joven que aún no otea la treintena, pelo recogido, labios muy rojos, sonrisa de oreja a oreja, uniforme de El Zoco De Las Mamás, así, en mayúsculas—. ¿Puedo ayudaros en algo?

—No buscaba nada en particular. Curioseaba, no falta mucho para el parto... —dice la hermana de Oriol.

—Razón de más para que lo dejes todo listo. Si mi experiencia te sirve de algo, debes tener en cuenta que cuando estás embarazada el tiempo fluye de otra forma, no sé si me entiendes. Para algunas cosas va muy rápido, pero para otras va lentísimo, ¡total y absolutamente lentísimo!

—¿Cuántos hijos tienes?

—Ninguno, mi novio dice que aún es pronto, y yo le digo que, o nos damos prisa, o se nos pasará el arroz. Se me pasará el arroz a mí, en realidad, que a los hombres eso les da igual, ¡pero no hay manera! Ya lo convenceré, ya sabes cómo son los hombres, les da pánico la idea de que ya no podrán quedar con los amigos para ver el fútbol, mejorando lo presente, por supuesto…

—No es su caso. Mi cari detesta el fútbol —dice Marina, y le dedica una sonrisa juguetona a su hermano mayor.

—¡Qué suerte la tuya, hija! Si te cansas de él, pásame su teléfono —ríe la dependienta, así, en gorgoritos. Y prosigue—: De todas formas, aquí en la tienda he visto a centenares de mamás, soy una experta en estas cosas de la maternidad, créeme, y nunca sobra el tiempo para asegurarse de que todo sea perfecto. Cuanta más antelación, mejor, son muchas las cosas que hay que tener en cuenta, muchas las decisiones que hay que tomar. ¿Quieres que te enseñe algo de ropa de premamá? Hay unos modelitos que son un encanto, casi te entran ganas de embarazarte solo para ponértelos…

—Vamos a ver esos modelitos, cari —dice Marina, cogiendo de la mano a Oriol.

Marina es así: traviesa, encantadora, una lianta. Marina es una de esas personas con las que se establece de inmediato una corriente de simpatía: es muy expresiva, una voz muy dulce, cejas que parece que hablen, un gran repertorio de muecas y mohínes. Marina contagia ensueños, te coge de la mano y te lleva a dar un paseo por la rambla un sábado de principios de mayo, Marina es la chica de los ojos marrones de la canción de Van Morrison, *sha la lala*. Marina es la debilidad de Oriol, se llevan más de una década, hasta que nació Sira siempre fue su pequeña, su consentida. Tan solo a Marina se le puede ocurrir llevar a una tienda premamá a un padre a cuya hija ha atropellado un hijo de puta, solo a Marina le permite Oriol algo así. Pronto Marina se convertirá en una madre soltera, solo Oriol sabe cómo se quedó embarazada, no se lo ha dicho ni siquiera a Carmen, desde la primera vez que Marina

99

se metió en un lío con su madre los dos hermanos se encubren, se defienden, se ayudan, intercambian confidencias. Su vínculo es inquebrantable.

—En premamá —dice la dependienta— nos acaba de llegar una colección monísima. Ya no es esa ropa horrible que llevaban nuestras madres, ahora las mejores marcas dedican esfuerzos a diseñar modelos modernos y al mismo tiempo funcionales. Es por la oferta y la demanda, ya sabes, ¡es que en nuestra generación nos hemos puesto todas a parir al mismo tiempo! Bueno, yo no, qué más quisiera, con el pesado de mi novio, pero ya me entiendes, ¿no? Tú y yo debemos de ser de la misma edad, ¿no?

—Es nuestro segundo —dice Marina, poniendo la mano de Oriol en su barriga.

—¡¿En serio?! La verdad es que no se te nota nada, pero nada, que ya has tenido un bebé, me tienes que contar cómo lo has hecho, pero no me digas que gimnasio, gimnasio y más gimnasio, que no puedo con los *steps*, las abdominales y el pilates.

Acompáñame, le había dicho Marina a Oriol en el hospital, necesitas largarte de aquí, ven conmigo de tiendas, ¿qué vas a hacer en casa tú solo? Oriol se había dejado llevar por su hermana, el libro bajo el brazo, los dos periódicos abandonados en la cafetería del hospital por si alguien quiere leerlos, Carmen en el box de Sira con su dolor y sus reproches, ¿por qué no estabas con Sira? En su turno con Sira, el tiempo a Oriol se le antoja interminable. El libro que lleva consigo a la UCI es una versión en inglés de *Moby Dick*, más un reto que una diversión, ha leído la versión en español dos veces, la novela es una de sus favoritas. Pese a ello, la lectura se le atraganta, no reconoce a los personajes tan queridos, no se zambulle en la trama que tanto le apasiona, navega a trompicones por las páginas. A Oriol lo incomodan la silla y los ruidos de la UCI, los sonidos de las máquinas y los goteos, el roce de las calzas en el suelo, las conversaciones de las enfermeras, las órdenes de los médicos, las palabras de consuelo, los lamentos de dolor. Con frecuencia va al lavabo, baja a tomarse un café o a fumar un cigarro.

Cada vez que abandona la UCI se imagina las miradas de desaprobación de las otras madres clavadas en su espalda. Apenas hay hombres en la UCI. Oriol a menudo se siente un extraño con su propia hija.

—¿Quieres empezar a ver cosas para después del parto? —propone la dependienta de El Zoco De Las Mamás—. Supongo que ya tendrás muchas cosas del mayor, pero igual necesitas algo nuevo. Yo soy la pequeña de cuatro hermanas, imagínate, mi pobre padre, un santo. Como la benjamina de la casa, siempre he estado en contra de que el hermano pequeño lo herede todo de los mayores. ¡Al final nunca estrenas nada! Ya imagino que la decoración de la habitación o el tipo de cuna quieres elegirlo con calma con tu marido, novio o pareja, que hoy nunca se sabe cómo llamarlos, que yo lo respeto, eh, que cada uno haga lo que quiera, eso es la democracia. Es normal que quieras hablarlo tranquilamente con él, aunque la verdad es que los hombres, mejorando lo presente de nuevo, nunca encuentran tiempo para elegir estas cosas, siempre somos nosotras las que insistimos y ellos acaban viniendo a la tienda, pero arrastrando los pies y con ganas de decidirlo todo en cinco minutos, como si fuera tan fácil. Y también está lo de los colores, claro, hasta que no sepas si es niño o niña no puedes elegir según qué… Pero si quieres, aprovechando que papá está aquí contigo y que no sabrás cuándo volverás a estar con él en la tienda, podemos empezar a ver cochecitos, ¿qué te parece?

La dependienta guía a Marina y Oriol a un expositor que contiene una docena de diferentes cochecitos de bebé. Los hay de plegado en forma de libro, en paraguas y telescópico, pero lo importante, alecciona la dependienta, es el peso y el tamaño. La solícita dependienta les muestra diferentes modalidades de capazos y sillitas y les adelanta las múltiples decisiones que deben tomar: qué tipo de manillar (de barra o de empuñadura, ideales para colgar bolsas, pero más difíciles de manejar), las ruedas (con cámara o sin, crucial si se va a viajar en avión, ya que con el cambio de presión los neumáticos pueden estallar), los frenos, los arneses, los accesorios (sombrillas, copas, bolsa, mosquitera, plástico contra la lluvia…).

—Lo que te recomiendo es que leas este manual. ¡Es gratis! —dice la dependienta, así, sin mala intención, mientras le entrega a Marina una voluminosa guía de casi un centenar de páginas titulada *Todo lo que debe saber una mamá para elegir el mejor carrito para su bebé.*

—Parece que los papás no tenéis necesidad de saber nada para elegir el mejor carrito para vuestro bebé… —susurra Marina a Oriol.

Marina lleva al cambiador una docena de prendas. Allí extrae una cámara de fotos del bolso y retrata a su hermano sin previo aviso. Marina es una artista, es fotógrafa. Allí donde va lleva una cámara consigo, en la calle, en el metro, a las casas a las que ha sido invitada y a las que no. Le gusta mirar la vida a través del objetivo, le gusta paralizar el ajetreo. Ir a fotografiar la vida, lo llama.

—La expresión misma del agobio masculino —comenta Marina, entre risas—. Ya sabes lo que decía el abuelo: lo único que sabemos hacer las fotógrafas es atrapar sentimientos.

—Muy graciosa.

En el box de la UCI, a veces Oriol acaricia la frente de su hija. No se ha atrevido a besarla desde el accidente, teme que su piel esté fría. Oriol ve a Sira tumbada en la cama, conectada a esos cables, tubos y monitores cuyos nombres sabe que jamás aprenderá, y se siente perdido entre palabras indescifrables. Carmen vive en un bucle, repite como un mantra lo que le han dicho los médicos: traumatismos múltiples, intubación ortotraqueal, respiración mecánica, traumatismo craneoencefálico. Para Oriol es mucho más sencillo: vivir o morir. Y él está convencido de que Sira vivirá porque, de lo contrario, solo le quedará el silencio de la casa vacía. Y la simple idea se le hace insoportable.

—Carmen no me habla, no me mira, no me toca, no deja que la toque.

Marina descorre la cortina. Lleva unas mallas enceradas con banda ancha de punto para el vientre y unos vaqueros efecto gastado. Oriol niega con la cabeza. Ella asiente.

—Se ha encerrado tras un muro, me trata como si fuera un extraño. Parece que solo sufra ella. Y yo también estoy hecho una mierda, que no me pase el día entero en la UCI no significa que no esté hecho polvo, que Sira también es mi hija, hostia.

—Y ella es su madre.

Oriol pasa por encima de la cortina un par de jerséis tipo túnica, una sudadera premamá con cremallera y dos camisetas con graciosos estampados de fantasía.

—¿Qué quieres decir?

—Que ella cumple su papel y tú cumples el tuyo.

Vestidos tipo jersey con cuello drapeado o de punto vaporoso, pijamas suaves y cómodos pensados para acompañar a la mamá durante el embarazo y la lactancia.

—¿La estás defendiendo?

—No. Solo describo la situación, no mates al mensajero. Hay un vínculo natural entre nosotras, las madres, y los niños. Natural, animal, llámalo como quieras.

—Tú aún no eres madre.

—Mi bebé ya está dentro de mí, y estoy construyendo ese vínculo con él. Esto no significa que los hombres no queráis a vuestros hijos. Al contrario, los queréis mucho. Pero una cosa es quererlos y otra que hayan salido de tu interior. Querer es un sentimiento; parir es naturaleza pura. Eso había oído decir siempre, y ahora que llevo a un bebé dentro de mí empiezo a entenderlo. Un día tendrías que acompañarme.

—¿Adónde?

—Estoy en un proyecto artístico. Lo empecé cuando me embaracé, lo llamo *Las manos de una madre*.

—¿Como el retrato de la abuela en casa?

Una fotografía en blanco y negro de la madre de Oriol y Marina con apenas unos días de vida, a medio despojar de un pañal que se ve antiguo, de aquellos que se lavaban y se reusaban decenas de veces, el ombligo aún con restos de cordón umbilical, los puñitos cerca de la cara, los pies elevados, las fontanelas visibles. Unas manos jóvenes, las manos de la abuela, trabajan encima del bebé, que mira con la boca entreabierta a su madre mientras ella permanece fuera de campo. *Las manos de mamá*, tituló la fotografía el abuelo.

—Sí, esa es la inspiración. Las manos de las madres son las manos que cuidan, son las manos que guían, son las manos que educan, son las manos que curan, ser madre es tener una vida entre las manos. Esa es la idea, la pillas, ¿no? Tomo fotos de manos de madres y les pido que me definan la maternidad en pocas palabras. El otro día me crucé con una mujer en la cola del supermercado, es madre de mellizos de ocho años. Le fotografié las manos en el carro de la compra. ¿Sabes qué palabra me dijo? *No*. Ser madre es decir *no* decenas de veces al día, me explicó.

Medias premamá sin pies de cintura elástica, una prenda de la que Oriol jamás ha oído hablar que se llama *diadema stretch*.

—Ser padre es lo mismo, ¿no?

—No, no lo es. Es otra cosa.

—De acuerdo, aceptemos que tal vez no sea lo mismo, lo cual ya es mucho aceptar, pero bueno. Aun así, yo quiero a Sira, y ser su madre no le da derecho a Carmen a que esto parezca un asunto solo entre ellas dos.

—Es verdad. Solo digo que es natural, que no le des tanta importancia, que aceptes tu papel y lo ejerzas. Con el tiempo, todo volverá a su cauce.

—No lo sé.

—¿A qué viene ese pesimismo?

Unos pantalones de vestir anchos y de pitillo y unas bragas premamá idénticas a las fajas de las abuelas que la dependienta llama braguitas, así, en diminutivo.

—Porque en el fondo creo que el problema es que me culpa a mí de lo sucedido.

—¿Te lo ha dicho así?

—Más o menos.

—Es natural buscar culpables en situaciones así, todo el mundo lo sabe, forma parte del trauma. Carmen sufre un estrés postraumático de libro. Necesita tu ayuda, no tus reproches.

—Yo no la culpo a ella.

—¿Seguro?

Te espero en Urgencias, decía el primer mensaje, que en realidad era el último. *¿Dónde estás?*, decía el segundo, que en realidad era el penúltimo. Marina abandona el cambiador. Al final no compra ninguna de la ropa que se ha probado. Los dos hermanos abandonan El Zoco De Las Mamás, así, en mayúsculas, ella se cuelga del brazo de él, vamos, cari, que todo el mundo nos mira con cara de qué buena pareja que hacen esos dos.

—¿Y tú? —pregunta Marina.

—¿Yo, qué?

—¿Te culpas a ti mismo de lo de Sira?

Cómo explicarlo, no pudieron ser más de cinco minutos.

—Yo solo sé que necesito de forma urgente una cerveza y discutir si fue penalti o fuera de juego.

Marina ríe, Marina es un ataque inesperado de risa histérica con las amigas en el paseo marítimo.

—¡Qué tonto que llega a ser mi hermano mayor!

—Te defines como madre, ¿verdad, Tere?

—Sí.

—¿Por qué?

—Porque eso es lo que soy, no hago otra cosa, no quiero hacer otra cosa, no quiero ser otra cosa.

—¿Solo madre?

—¿Te parece poco?

—Yo no he dicho eso.

—Hay una frase que dice: «Se necesita a alguien muy valiente para ser madre, alguien fuerte para criar a un niño y alguien especial para amar a alguien más que a una misma». Y hay otra que dice: «Nunca supe cuánto amor mi corazón podía contener hasta que alguien me dijo mamá».

—¿Y los padres?

—¿Qué pasa con ellos?

—¿No quieren a sus hijos?

—Sí, pero es otra cosa. Las madres nos reconocemos y nos ayudamos entre nosotras, cuando dos madres se encuentran en el metro con un niño revoltoso cada una mira a la otra y se entienden al instante, saben lo que sucede, lo que piensa y lo que hace la otra. Dos padres en la misma situación se rehuyen la mirada, porque un hombre no está para eso, para atender a niños revoltosos, por favor, eso es cosa de mujeres. Las madres tenemos un territorio delimitado en el que solo estamos nosotras con unas reglas que solo entendemos nosotras.

—¿Puedes ponernos un ejemplo?

—El colegio. Sí, los padres llevan a sus hijos a la escuela y se preocupan por su educación, incluso participan en actividades de la asociación de padres. Pero ¿quién sabe el nombre de las maestras? ¿Quién está en el grupo de WhatsApp de mamás? ¿Quién tiene en la cabeza el calendario, los días de fiesta, el menú del comedor? ¿Quién sabe cuál es la dosis de medicina que les corresponde a los niños según su peso? ¿Quién sabe que este sábado hay que ir a comprar zapatos nuevos porque los que lleva la niña ya se han roto?

—Madres como tú.

—Madres como yo.

—¿Crees que a veces, con tu discurso sobre la maternidad, haces de la necesidad virtud?

—No te entiendo.

—No es fácil ser Tere, yo no podría, no tengo tu entereza, tu fuerza, tu desprendimiento, tu capacidad de amar sin recibir nada a cambio. Reafirmarte en todo momento como madre, dividir el mundo entre quién es madre y quién no lo es: ¿es una manera de tirar adelante con tu vida, de soportarla?

—No lo creo, nunca he pensado en eso, soy así y ya está.

—¿De verdad eres madre a tiempo completo? Por las noches, cuando estás sola en la cama, ¿en qué piensas? ¿En qué sueñas?

—En Lucía, en cómo está, en si tengo que cambiarle el pañal. Aunque lo más normal es que me duerma en seguida, de puro agotamiento.

—¿Siempre? ¿No tienes proyectos, no fantaseas, no te ves de otra forma? ¿Nunca flaqueas?

—No puedo permitirme ese lujo. Duermo en la misma habitación que Lucía, tengo que estar pendiente de ella durante la noche.

4

LLORAR, SI YO NO ESTOY AQUÍ

En el Templo Gastronómico, en una mesa junto al ventanal. Las bandejas encima de la mesa. Carmen no tiene hambre. Traumatismos múltiples. Intubación ortotraqueal. Respiración mecánica. Traumatismo craneoencefálico. Coma inducido. RMN. TAC. TEC. Craneotomía descompresiva. El tiempo en la UCI es un pedazo de madera en el océano.

Clara: ¿Visteis la entrevista a Tere en la tele?

Anna: Sí. Fue brutal. *Madre y limpiadora de casas,* así la presentaron en el rótulo.

Clara: ¿Y lo que dijo de su exmarido? ¿Y lo de las manchas de garbanzos en la camisa?

Anna: Fue muy duro.

Clara: A mí me pareció triste. Y me hizo pensar, me di cuenta de que en los años que hace que la conozco apenas me ha hablado de su ex. Es extraño, ¿no?

Anna: Nunca habla de él. Yo solo sé que ya no están juntos.

Clara: Y, en cambio, sí habló de él en la tele, ante millones de personas…

Lo único que Anna y Clara saben del exmarido de Tere es que desapareció sin rastro y que no le pasa ninguna pensión por Lucía.

También saben que Tere vive con su madre y su tía, que su padre murió de un infarto antes de que naciera Lucía, que su madre tuvo un ictus y que desde entonces le cuesta andar y se le va un poco la cabeza. Nada saben de la casa, del olor a tristeza, a tuberías vetustas y a gas butano, de los cocidos, las infusiones y el incienso. Desconocen que, para cuidar a Lucía, Tere dejó un trabajo a jornada completa como responsable de *marketing* de una multinacional, que malvendió el piso y apenas si pudo cubrir la hipoteca restante, que un año después de la marcha de su ex se mudó a la casa que compartían Madre y la tía Manuela: aquí sí te queremos, Tere, le dijo su tía al verla en el quicio de la puerta con dos maletas y el carrito de Lucía. Ignoran Anna y Clara que las cuatro viven de las pensiones de las dos ancianas, de las casas que Tere limpia, de las ayudas públicas que recibía Lucía y de la añeja solidaridad de toda la vida de aquella parte del barrio que aún no había sido conquistada por las tazas de desayuno *I love Barcelona*: el tendero paquistaní que a partir del día veinte permite que le paguen a principios de mes, Meiling la del bar del Perico que la invita de vez en cuando a un café, Cristina la de la farmacia que le fía los pañales, la crema hidratante, los pañuelos de papel y las toallitas húmedas. No les había dicho apenas nada acerca de la cruzada que decidió emprender cuando la ayuda de Lucía empezó a bajar, de quinientos veinte euros a cuatrocientos cuarenta y dos, de cuatrocientos cuarenta y dos a trescientos ochenta y dos, *Justicia para mi Lucía; No hay pan para tanto chorizo; La dependencia es un derecho, no caridad*, no tienes que conformarte con lo que necesitas, tienes que luchar por lo que te mereces.

CARMEN: No debe de ser fácil ser Tere. La situación de su hija es terrible. El otro día me dijo cuántas veces la han ingresado en el hospital.

CLARA Y ANNA (LA INTERRUMPEN AL UNÍSONO): Sesenta y seis veces, cuarenta y una en planta, veinticinco en la UCI pediátrica.

Todas ríen. Carmen reconoce esas risas. Esas mujeres son de las suyas.

ANNA: Tienes razón, no debe de ser fácil ser Tere.

CLARA: ¿Quién debe de ser la Tere de Tere?

ANNA: ¿Qué quieres decir?

CLARA: Quién la ayuda, quién esta allí cuando lo necesita igual que ella lo está por nosotras aquí en la UCI.

ANNA: Ella nunca pide ayuda.

CLARA: Lo cual no significa que no la necesite, a saber qué se le pasa por el corazón cuando está sola.

ANNA: ¿Chistes malos?

Lo hizo en anteroposterior, lateral, ambas oblicuas y en el plano axial. Todas ríen.

CLARA: Puedes preguntárselo a ella, ahí viene.

A pesar del frío, Tere viene de la calle vestida solo con la camiseta de tirantes, que deja a la vista los tatuajes de sus rollizos hombros. Elmo. El Monstruo de las Galletas. Se frota los brazos con vigor.

TERE: Hace frío hoy. ¿Ya te has comido el flan?

CARMEN: Se lo he dado a Clara.

TERE: ¿De qué estabais hablando?

ANNA: De hombres.

TERE: Por supuesto. ¿Es que existe otro tema?

ANNA: Sí. Los hijos.

TERE: Mentirosas. Estabais hablando de mi entrevista en la tele. ¿O es que queréis hacerme creer que fuisteis las únicas de todo el hospital que no la visteis?

Todas ríen.

TERE: Una de las periodistas del programa me contó uno de los mejores chistes que he oído nunca.

ANNA: Otro chiste de enfermeras no, por favor.

TERE: No es de enfermeras, es de hombres y mujeres.

ANNA: Por Dios… Un clásico.

CLARA: ¿Machista o feminista?

TERE: Ni una cosa ni la otra. A veces un chiste es un chiste y ya está.

ANNA: No lo creo, si lo cuentas tú seguro que será *feminazi*.

TERE (MOLESTA): ¿Qué quieres decir? Yo no soy *feminazi*. Ni bizarra. ¿Por qué me llamas eso?

ANNA: Yo no te he llamado bizarra. Pero tienes que admitir que para ti los hombres están a la altura del betún, a veces tu feminismo es extremo.

TERE: ¿Puedes aclararme qué hay de radical en defender la igualdad de derechos y oportunidades?

CLARA: Anda, Tere, cuéntanos ya el chiste...

TERE: ¿De verdad crees que soy una *feminazi*?

ANNA: Tere, el chiste...

TERE: Por favor, acláramelo.

ANNA (SUSPIRA): No hablas solo de derechos. Tu discurso sobre las madres y los padres en la UCI, por ejemplo. Oyéndote, parece que solo haya madres en la UCI.

TERE: Es que es verdad. La UCI es un territorio de madres. ¿Dónde están los padres?

ANNA: Sí hay padres, no seas injusta. Mi marido. El de Carmen. Que tú estés sola no significa que todas lo estemos.

Sí hay padres en la UCI pediátrica, piensa Carmen. Son como Oriol, analizan los monitores como si entendieran lo que leen. Intercambian información con las madres, se abrazan, ponen gestos adustos, que no se note que también lloran: soy yo quien te permite llorar, soy yo el que se ocupa de los detalles domésticos, tan nimios y al mismo tiempo tan necesarios para seguir adelante, poner la lavadora, ir a la compra, ir al trabajo, hacer de portavoz ante familia y amigos. Soy yo el que te permite derrumbarte, encerrarte en tu mundo, concentrarte en tu dolor. Soy el gran hombre que hay detrás de toda madre, soy el muro que permite que exista la mujer sufriente, ¿cómo podrías permitirte el lujo de llorar si yo no estuviera aquí?

TERE (IRÓNICA): Es verdad, tú no estás sola como yo, tú estás muy bien acompañada con tus dos móviles.

Anna enrojece. Anna se enfada. Clara susurra el nombre de Tere, como si eso lo dijera todo. Anna se levanta.

ANNA (DOLIDA, EN VOZ MUY BAJA): Vete a la mierda.

Anna se va. El silencio se impone en la mesa. Carmen lo aprovecha y se deja ir, conectarse a la vida requiere esfuerzo, es más sencillo regresar a cuando Sira la buscaba con la boca en las mejillas y en el cuello, la succionaba, la comía, la mordía sin dientes, la besaba, piel con piel, saliva mezclada, aromas enredados, dos vidas, un único ser. Mamá y su niña, Carmen no entiende por qué Oriol no lo entiende.

TERE (TRAS VARIOS MINUTOS EN SILENCIO): El chiste que os decía. Un anuncio en la prensa: Hombre transparente busca a mujer invisible para hacer cosas jamás vistas.

Nadie ríe.

5

EL CAMINO DEL ARCO IRIS

LAS FLECHAS DE COLORES pintadas en el suelo, migas de pan en el bosque, bienvenido a mi morada, entre libremente por su propia voluntad y deje parte de la felicidad que trae. La flecha roja conduce a Urgencias. La amarilla primero va a los Consultorios y después se ramifica en Rehabilitación. La verde, a Diagnóstico por la Imagen. La azul, a Hospitalización, Cafetería y Hospital de Día. La naranja, a Quirófanos. En ocasiones varias flechas coinciden al mismo tiempo, un camino lleva a varios lugares a la vez, en otro estado de ánimo Carmen pensaría que anda sobre un camino de arco iris. A Sira, en la guardería, le enseñaron una canción en inglés sobre el arco iris, *red, yellow, pink and green, purple, orange and blue, that rainbow, that rainbow,* la cantaba a todas horas, Carmen de vez en cuando aún la tararea.

Al final de uno de los caminos del arco iris Carmen encuentra a Anna. Está sentada en recepción, con su chándal de marca y las zapatillas de *running* con franjas fluorescentes, ropa cómoda que no moleste al dormir, el uniforme de la mamá de la UCI. Hay una mesita frente a ella, ha puesto encima sus dos móviles. Anna saluda a Carmen, Carmen se sienta a su lado, en realidad no iba a ninguna parte, solo pretendía relajar los ojos agotados de tanto mirar a Sira.

—Si salgo fuera, fumo. Aquí, como no se puede, me reprimo —dice Anna.

Ya anochece, la noche prematura del invierno, esa hora en que se empieza a pensar en recogerse. A través de la vidriera del hospital Carmen observa a la gente, el tráfico nervioso, el devenir cotidiano, Carmen es el pez que está convencido de que la pecera es lo que queda al otro lado del cristal.

—¿Eres feliz en tu matrimonio? —pregunta Anna.

Carmen calla. Se mira la punta de las zapatillas deportivas. Juguetea con sus propias manos. Anna se disculpa de inmediato, perdona, qué pregunta tan indiscreta, no sé lo que me pasa, por Dios, estoy desquiciada, pasamos tanto tiempo juntas aquí dentro que parece que nos conozcamos de toda la vida. Pero a Carmen no le ha incomodado la pregunta, al contrario, reflexiona sobre ella, los despertares sin besos, el aburrimiento a mediodía, el hartazgo de las pequeñas cosas. Busca una respuesta, en ocasiones es más fácil abrirse a extraños que a cercanos a los que atan vínculos sentimentales, la relación es una hoja en blanco a la espera de que se escriban las normas que la regirán.

—No lo sé. ¿Y tú?

Anna señala los móviles con el mentón.

—Es obvio que no.

A Miquel, su examante enfermo de Annaestesia, Anna empezó a conocerlo en la parada de autobús cercana al hospital. En la marquesina, una web de contactos se anunciaba como el lugar ideal para mantener aventuras discretas con gente casada. A Anna, exhausta tras pasar un día entero en la UCI con Nil, la publicidad le llamó la atención, todo en su sitio, todo en su esfera, todo bien guardado en su cajón. La foto de la marquesina mostraba a un hombre y a una mujer vestidos de noche, los rostros ocultos tras unas elaboradas máscaras. Dos semanas permaneció Nil en el hospital por una neumonía, y durante esas dos semanas Anna vio a diario la publicidad antes de coger el autobús de regreso a casa. La mujer era una modelo alta, de abundante melena morena y largas piernas que lucía gracias a una apertura en el vestido dorado. Su pareja era de similar estatura, traje oscuro, corbata azul, mandíbula cuadrada. La máscara de ella era muy fina y elaborada, verdosa, le cubría solo la parte superior del rostro. La de él era la clásica máscara veneciana. Por curiosidad, Anna entró en la web, y allí vio otra versión de la fotografía del anuncio. La protagonizaba la misma pareja, pero en la web aparecían sentados en un diván elegante y sofisticado. Él se había despojado de la máscara y se disponía a besar a la mujer en el cuello; ella, el rostro aún oculto, miraba fijamente a Anna. Anna creó su perfil en un impulso, solo es un coqueteo, un juego, una válvula de escape, un pecadillo infantil, un secretito sin importancia, una diversión, puro e inocente escapismo: Marguerite, abogada de Barcelona, treinta y dos años, la edad era una mentirijilla, Marguerite vivía en un mundo de diminutivos.

—Al principio crees que lo tienes controlado. El adulterio, quiero decir. Ya sabes: la doble vida, el engaño, la compartimentación emocional, una cosa son los sentimientos y otra el deseo, esa clase de argumentos. Es una cana al aire, me encanta esa expresión, una cana al aire, implica que ya tienes canas, que ya tienes una edad pero que aún quieres vivir, tal vez por última vez, antes de que tengas muchas canas y ya apenas te quede aire. Y te dices: la presión a la que estás sometida, el trabajo, Nil y lo que rodea su enfermedad, la erosión del tiempo, mereces un respiro, una recompensa, un poco de vértigo, un poco de alegría, así no puedes seguir… Y bajas las defensas, no te das cuenta pero poco a poco lo haces, te cargas de razones, por así decirlo. La primera vez la idea te parece inconcebible pero poco a poco la modelas, va creciendo y al final el único motivo que te queda para no hacerlo es el temor a hacerlo. Cuando llegas a ese punto, el adulterio ya está hecho aunque nadie te haya tocado un pelo. Y luego viene la puta vida y te jode bien jodida, que es lo que me ha sucedido a mí.

Encerrada en el baño una noche después de una cena con Jesús que acabó en bronca, Anna decidió dar el paso, siempre hay un segundo en que se puede decir *no* en lugar de *sí*, *sí* en lugar de *no*: decidió responder al primer mensaje de Miquel. Días atrás, Han Solo había asaltado a Marguerite: *¿Sueña Marguerite? Y si es así, ¿con quién?* Anna estuvo varios días sin saber si contestar, no puede decirse que su viaje a las estrellas fuera un impulso: *Sueño con alguien que me lleve a las estrellas, pero no se lo digas a nadie, por el qué dirán*, acabó respondiendo encerrada en el baño de su casa. En la primera cita con Miquel hablaron de Italia, de Florencia y de *La Romana* de Moravia, de si lo de Astarita por Adriana se puede considerar amor verdadero u obsesión. En la segunda cita, él le habló de sus viajes y de su vida, soy un gerente de una empresa farmacéutica, tengo más de cincuenta años y tengo dos hijos, un chico y una chica, mayores de edad, soy viudo, no tengo perro y me gusta escaparme los fines de semana a las estrellas. En la tercera cita hicieron el amor sin parar, sin hablar. En la cuarta, ella le habló mucho de Nil y un poco de Jesús, Miquel no preguntaba por su marido, a Anna no le gustaba hablar de él. Y después, de forma audaz e inesperada, hubo una quinta cita, apresurada, urgente, feroz: hola, cómo estás, conozco un lugar discreto, abogada. Fue en un hotel en el centro, a mediodía, el olor de semen impregnado en la piel le duró hasta el baño de la noche con Nil, su hijo le frotó la espalda con la esponja y Jesús los aguardaba fuera de la bañera con dos grandes toallas que olían a suavizante.

—Es complicado sentirte viva cuando todas las conversaciones van sobre enfermedad y muerte, cuando paseas por la calle y ves a la gente normal haciendo cosas normales que, sin embargo, están lejos de tu alcance. Jesús es muy buena persona, se desvive por Nil y por mí. Lo amo, igual que quiero a mi hijo, pero con ese amor no basta. Es una cuestión de esferas: Jesús, por muy bueno que sea, forma parte de esta esfera de hospital, medicinas, enfermedad y chándales, y yo necesito cambiar de mundo.

Antes de nacer Nil, a Jesús también le gustaba sorprender a Anna con citas inesperadas. La aguardaba en la puerta del trabajo y la abordaba por la espalda: hola, cómo estás, adónde me vas a llevar a cenar esta noche, abogada. Jesús es un hombre fácil, se adapta a todo, la iniciativa no es para él, le gusta todo tipo de comida, la italiana, las tapas, la verde, una buena hamburguesa, un bocadillo de chistorra como el que Anna comía en los sanfermines cuando se conocieron, ella de Barcelona, él de Cáceres: lo dejaré todo por ti, catalana; cállate, estás borracho de calimocho. Era cierto, Jesús estaba borracho de calimocho, pero también lo es que había sucedido como cuentan en las novelas: que se había enamorado de ella en el mismo instante en que la vio, camiseta de tirantes blanca, pañuelo rojo, un cubalitro de plástico en una mano, el bocadillo de chistorra en la otra, las amigas bebidas, sanfermines en Pamplona. Y sí, Jesús lo dejó todo por ella, tan joven, hace tanto tiempo ya, créeme Anna, no me he arrepentido jamás ni un segundo. Jesús es un hombre de pocas palabras, el cachas de tu novio, le decían a Anna sus amigas, ese marido tuyo, lo solía llamar su madre, el mismo mensaje en ambos casos: no tiene estudios, trabaja con las manos, tú eres inteligente y harás carrera, folla una temporada si quieres pero no vayas más allá, una vida no se levanta sobre un capricho. Y sí, es cierto, Anna dispone, carne o pescado, ya elijo yo el vino, y a Jesús todo le va bien, lo que tú quieras, mientras sea contigo. En su vida con Jesús, Anna elige restaurante, propone dónde ir de vacaciones, prepara la lista de la compra, decora la casa, elige la ropa, decide qué se ve en la tele y qué música es la mejor para acompañar el aperitivo del domingo. Jesús es un hombre fácil, se adapta a todo, Anna lo viste, lo asesora en sus trabajos, se encarga de la declaración de renta y de contratar el mejor paquete de televisión, teléfono e Internet. Y Anna es también la que discute con los médicos de Nil, la que se dio de alta en la asociación de familiares de enfermos de osteogénesis, la que va a la escuela a hablar con los profesores, la que bregó para que construyeran en el colegio la rampa de acceso para la silla de ruedas, la que participa en campañas de recogida de dinero para enfermedades raras, la que le explicó a Jesús lo que era una enfermedad autosómica dominante y los bifosfonatos. Con Miquel, en cambio, Anna no tenía que preocuparse ni por el postre ni de comprar los preservativos.

—No voy a comparar, Jesús es un gran hombre, pero él está aquí y en ocasiones necesito ir allí, si no me muero. Y Jesús no puede estar allí porque allí no hay padres maravillosos que se vuelcan con sus hijos enfermos. Allí solo hay cenas galantes y la adrenalina de lo furtivo y el subidón del sexo prohibido. Aquí hay planes para salir adelante en la puta realidad; allí hay fantasías que sabes que no sucederán, maletas que no haremos y aviones que no cogeremos. Pero aun así coqueteas con las fantasías, es como la lotería, no es tanto que te toque el premio como los días que pasas entre que compras el número y el día del sorteo. Compras ilusión, en realidad. Aquí es vivir siempre el día del sorteo, cuando sabes que no te ha tocado.

Desde que nació Nil, Jesús poco a poco dejó de sorprender a Anna con citas inesperadas. La improvisación cedió paso a la planificación, es la única forma de que esto funcione, Nil lo necesita, hay que tenerlo todo bajo control, calcio para el crecimiento óseo, fósforo para disminuir la excreción de calcio por la orina, magnesio y vitamina C para favorecer la formación de colágeno, zinc para impulsar el crecimiento de las células óseas, vitamina D para ayudar a la absorción del calcio. Durante el embarazo los dos se prometieron que sus vidas no cambiarían. Se reían de los amigos, los Compensas los llamaban, que acababan sus parrafadas de quejas sobre la paternidad con la adversativa culpable: pero compensa. Sí, no dormimos, no salimos, no vamos al cine, no hacemos el amor, no vemos a los amigos, no hay tiempo para nosotros, no hacemos nada de lo que nos gustaba, nuestra vida se ha convertido en una mierda, pero compensa. Y Anna y Jesús se reían, convencidos de que ellos no se convertirían en unos Compensas. Pero llegó Nil, y la osteogénesis, y empezaron a usar palabras como escoliosis, escleróticas y planificación, y todo cambió, por supuesto que cambió. Jesús es una roca, Jesús es una gran cueva en la que caben Anna y Nil, Jesús es el macho en el bosque, Jesús es el amor en la enfermedad, Jesús es el punto de apoyo sobre el que Anna mueve el mundo, Jesús es el mejor socio que una mamá de un niño con osteogénesis imperfecta pueda necesitar, unas pantorrillas que recorrer con las uñas de los pies pintadas de rojo. Cuando, encerrada en el baño después de la cena y la bronca con su marido, Anna respondió al mensaje de Miquel, Jesús se quedó dormido mientras jugaba al Candy Crush en la cama: *Sueño con alguien que me lleve a las estrellas, pero no se lo digas a nadie, por el qué dirán*, escribió Anna. Después, besó en la frente a Jesús, guardó la tableta, cogió el libro que tenía en la mesilla de noche, se puso las gafas y leyó un rato. A los diez minutos, apagó la luz y se dispuso a dormir. Antes de la ruptura, había noches que a ella y Miquel se les iban sin sexo, y aún así eran memorables. Con Jesús, antes de la ruptura ni siquiera el sexo podía evitar que ya no hubiera noches para recordar.

6

DEJAR CAER LOS PLATOS

EL TELÉFONO ROJO vibra encima de la mesa. Anna lo deja zumbar sin descolgarlo: qué pesado es Miquel, no quiero hablar con él, ¿por qué no lo entiende?

—Debes de pensar que soy una histérica… —musita.

—En absoluto —responde Carmen.

—No lo soy, en serio, suelo ser muy racional, muy calmada. Pero esta vez admito que estoy superada… Lo siento, te estoy calentando la cabeza, bastante tienes tú con lo tuyo como para aguantarme a mí…

Lo suyo. Hay una parte de Carmen que entiende muy bien qué es lo suyo: el *shock*, tal vez incluso estrés postraumático, el andar entre algodones, el zumbido lejano que nunca abandona los oídos, las miles de agujas en los ojos y la garganta, el dolor, la incomprensión, la indefensión. Esa parte de Carmen es consciente de que ha soltado amarras con Oriol, que preferiría que fuera él y no Sira quien hubiese ido a recoger ese balón, me siento horrible al pensarlo, pero así es, no tengo por qué no ser sincera contigo, Anna, al fin y al cabo fuera de aquí somos unas extrañas.

—Pero es que estoy muy jodida, Carmen. Nil está aquí metido otra vez y no me soporto ni a mí misma, la he fastidiado, con Nil y

120

con Jesús, y con Miquel, la he jodido con los tres, y no sé qué voy a hacer cuando salgamos del hospital.

Oriol no estaba con Sira, ¿sabes, Anna? Eso sí es joderla a lo grande. Oriol estaba dentro del bar, esperaba a que el camarero le sirviera una cerveza. De forma racional sé que no es culpa suya, sé que el culpable es el hijo de puta que conducía el coche, pero a ese hijo de puta no lo conozco ni él me conoce a mí, no sabe el dolor que me ha infligido ni que al quebrar a mi hija me ha roto a mí, y en cambio Oriol sí lo sabe. Es que, si lo piensas bien, sí fue culpa de Oriol: él estaba dentro del bar, y no estaba en la calle ni le había dicho a Sira que se quedara con él. Vivo en un mundo de condicionales que me devoran: si Oriol no hubiera dejado a Sira salir, si Oriol la hubiese acompañado, si Oriol hubiera ido a buscar el balón. Sí, admito que también hay otro condicional: si yo no hubiese ido a cenar con mis compañeras de trabajo… Pero yo no estaba allí, Oriol sí, y sé que es irracional y que pensarlo tal vez me convierta en una mala persona, pero allí estaban mi marido y mi hija, y la que fue atropellada fue Sira, y no es justo, solo es una niña, puestos a elegir entre dos injusticias Oriol hubiera sido menos injusto, ¿no crees? Así que sí es culpa suya, porque de los dos fue Sira a la que atropelló ese hijo de puta mientras Oriol esperaba a que el camarero le trajera una cerveza. Es culpa suya que no sea a él a quien yo y su hija estemos llorando.

—Me siento como una malabarista fracasada —dice Anna—. He puesto los platos a girar encima de los palos y durante mucho tiempo he corrido de uno a otro para darles impulso y evitar que cayeran al suelo. Pero tuve un momento de flaqueza, dejé caer uno, y fue el desastre: tras él cayeron los demás, ya no fui capaz de llegar a tiempo a girarlos, se rompieron todos los platos de mi vida y ahora solo piso restos de vajilla al andar, no sé si me entiendes, cómo vas a hacerlo, si no me entiendo ni yo…

Carmen la entiende muy bien, cómo no voy a comprender lo que dices, Anna, si las últimas explosiones de alegría en mi matrimonio que logro recordar están relacionadas de forma exclusiva con Sira. A Oriol, Carmen lo vincula a una rutina confortable, ni en los momentos más álgidos de la relación su marido fue esa felicidad que reta a alcanzarla y obliga a cerrar los ojos. Oriol es un buen tipo, así es como lo define todo el mundo. Es paciente, buen conversador, sabe escuchar, buena persona, un amante considerado y tierno, un pelín romántico, demasiado formal en ocasiones, con escaso sentido del humor, hipocondríaco, reservado, le suelen agobiar las cosas pequeñas y cotidianas, es muy buen maestro, vocacional, adora a los chicos, alopécico incipiente, cada vez más conservador, le gustan las excursiones por la montaña, el bricolaje, el fútbol, el pan con tomate y la butifarra con *seques* que cocina Carmen. Es tres años mayor que ella, cuarenta y ocho y cuarenta y cinco, se conocieron de jóvenes en unas jornadas pedagógicas, se gustaron, se buscaron, salieron juntos una temporada, se separaron una temporada más larga, se reencontraron, se casaron muy rápido, él había conocido a otras mujeres, ella había conocido a otros hombres pero ningún otro amor como el suyo, para qué esperar, tuvieron a Sira, no pudieron ser más de cinco minutos porque había pedido otra cerveza y el camarero aún no se la había traído. Un buen tipo, sí.

—¿Sabes? Sé perfectamente el momento en que se jodió todo. Rememoro cada detalle varias veces al día. Fue después del verano, llegó un ramo de flores a mi oficina con una carta manuscrita en su interior, ¿te lo puedes creer, hoy en día, una carta manuscrita? Pues así es Miquel, imagínate. Empezaba así: *Lo confieso, abogada, sufro Annaestesia, ataques agudos de Annaestesia que me sobrevienen cuando menos lo espero a pesar de que paso el día entero esperándote.* Puedo recitarla de memoria, ¿qué te parece? Parezco una adolescente, a mi edad, con mi vida.

Carmen no puede precisar el momento en que se jodió todo. No fue cuando el semáforo de Sira se puso en verde, ni cuando leyó el primer mensaje que en realidad era el último, ni cuando vio a Oriol andar a grandes zancadas y fumar ante la puerta automática de Urgencias. ¿Cuándo se les agotaron los temas de conversación?

¿Cuándo pasaron a ser compañeros y dejaron de ser amantes? ¿Cuándo cayó en el olvido el beso de buenas noches y la caricia del qué tal tu día? ¿Cuándo pasaron a comunicarse con silencios y gruñidos? No me hablas, no me miras, no me tocas, no dejas que te toque. ¿Desde cuándo? ¿Fue la maternidad? ¿Fue la rutina? ¿Qué es el desgaste sino un eufemismo, un antónimo de pasión, una manera de decir ya no me excitas, ya no me ilusionas, ya no me aceleras, ya me resultas indiferente, a lo máximo que llego es a interesarme por cómo te van las cosas? Dime, Anna: ¿crees que es el *shock* el que habla? ¿De verdad lo que me sucede es culpa del hijo de puta o lo único que han hecho el semáforo en verde y el semáforo en rojo es ponerme ante el espejo?

Qué tentación, dejar caer los platos.

7

TEATRILLO

¿Y QUÉ FUE LO PEOR que me llamó, tía Manuela?

TERE APARECE al otro extremo del camino del arco iris. Se cruza con ella la mujer con el brazo derecho en cabestrillo y una venda en la cabeza, la del rostro magullado, la que ha perdido el marido y lucha por su hija en la UCI. Anda con la vista fija en el suelo, agarrada al bolso, un boxeador noqueado, un guardameta goleado, un pasajero que ve alejarse su tren con el billete en la mano, una mujer que tiene que enterrar al marido mientras su hija pelea. Carmen las ve desde donde está sentada con Anna, baja la vista, mirar a esa mujer se le hace insoportable, es un fantasma del futuro, bienvenido a mi morada, entre libremente por su propia voluntad y deje parte de la felicidad que trae. Tere interpela a la mujer, le habla, se interesa, le acaricia el hombro. Anna suspira al ver a Tere, lo que me faltaba.

—Entiéndeme, yo quiero mucho a esa mujer, me ha ayudado mucho, hemos coincidido muchas veces aquí con los pequeños, con Clara también, aunque por suerte ella ya hacía tiempo que no venía. Y también hemos coincidido con otras madres que espero no volver a ver nunca porque eso significa que, o bien sus hijos, o bien el mío están sanos. Pero ahora lo último que necesito es que Tere me busque las cosquillas, siento el espectáculo de la cafetería.

—No necesitas disculparte.

—Es que Tere es así, ¿sabes? Una vez hizo llorar a Clara, le dijo que en realidad la muerte de sus padres era lo mejor que le había sucedido porque había sacado a la auténtica mujer que tenía en su interior, y no sé qué más tonterías de esas de autoayuda que ella lee. No sabes nunca si Tere habla en serio o en broma, pero hurga, hurga y hurga, y te va royendo, y cuando te das cuenta te ha desnudado ante los demás pero sobre todo ante ti. Y lo jodido es que suele tener razón en lo que te dice en sus psicoanálisis, ella los llama así, sus psicoanálisis. Pero yo ahora no necesito que Tere me psicoanalice. Y, además, joder, lo que necesita es psicoanalizarse a ella misma, si no me crees busca en Internet la entrevista que le hicieron en la tele. Es brutal lo de las manchas de garbanzo en la camisa.

El rodaje para montar el reportaje que acompañaba la entrevista para *A solas con Laura,* el teatrillo como lo llamaba Rika, resultó incómodo para toda la familia de Tere. Tuvieron que cambiar muebles, cuadros y fotos de sitio, reorganizar la habitación de Lucía, cambiarle el pijama porque el color del que vestía no daba bien en cámara. Las rutinas del día, eso era lo que le interesaba a Rika, su sonrisita cínica, su atención centrada en la pantalla del móvil: qué hacéis desde que os levantáis hasta que os acostáis, desde el desayuno hasta la cena, cómo os organizáis en el cuidado continuo de una niña dependiente como Lucía y al mismo tiempo seguís con vuestras vidas. Yo hago siempre lo mismo, masculló enfurruñada la tía Manuela; yo leo *La isla misteriosa* y rezo por todas nosotras, dijo Madre, excitada como una chiquilla, si deseas ser feliz, tienes que desear ver a otros felices también. Rodar las rutinas del día implicó dinamitarlas mientras duró el rodaje. Rika quiso ponerle un babero a Lucía por su efecto dramático, Tere se negó. La del babero fue la primera gran discusión; Rika insistía: con el babero quedará mejor en pantalla, con más fuerza; Tere se negaba: cuánta fuerza, cuánto dramatismo más necesitas, respirador, aspirador de secreciones, monitores de respiración nocturna.

Así, *no way*. Lo decía tantas veces Rika que Madre la acabó bautizando como Nogüei.

ESCENA I DEL TEATRILLO: ALIMENTAR A LUCÍA. En la cocina, Rafi grabó a la tía Manuela mientras hervía las verduras: calabacín, patata, puerro y zanahoria. Después, la trituraba y vertía el puré humeante en un bol. A la tía Manuela se la veía brusca y tosca en los gestos, no le gustaba la idea de salir en la tele, de hecho no le gustaba la tele, ni siquiera la veía, tampoco leía, cuando no cocinaba o limpiaba o iba a la compra o cuidaba a Madre y a Lucía, la tía Manuela vivía en sus recuerdos, cualesquiera que fueran, preguntar por ellos era vano, la tía no hablaba de ella, era como si se considerara a sí misma una actriz secundaria de su propia vida. No era modestia, era a partes iguales rencor y conformismo y una pizca, creciente con la edad, de indiferencia. Tere mojó el dedo en el puré, lo chupó: te ha quedado muy rico, tía, muchas veces los purés le salen tan buenos a la tía Manuela que las tres comemos lo mismo que Lucía, sobre todo para cenar. Tere impregnó el émbolo de una gran jeringa con un poco de aceite de oliva, la introdujo en el puré, la llenó.

—Como Lucía no puede deglutir la alimentamos a través del botón gástrico. Es una sonda que llega al estómago a través del abdomen, hay que ir con mucho cuidado de que el puré no esté ni muy frío ni muy caliente —explicó Tere a cámara.

En su habitación, Tere incorporó a Lucía, introdujo la jeringa en la sonda del abdomen de la niña, le hablaba mientras la alimentaba: mi niña, mi princesa, cualquier día de estos nos vamos tú y yo de compras, señorita, que creces tanto y tan rápido que la ropa se te queda pequeña en un plis plas. Cuando terminó de alimentar a la niña Tere mojó una gasa en agua tibia y jabón, la frotó alrededor de la sonda en el abdomen con movimientos circulares de dentro hacia afuera, secó la zona con un bastoncito de algodón: hay que limpiar y secar cada día muy bien el botón gástrico, estar muy atentas a que no se enrojezca o se inflame.

—Tú dejaste un buen trabajo para cuidar a Lucía, ¿no? —preguntó Rafi, cuando dos hermanos trabajan juntos las montañas se convierten en oro.

—No tuve más remedio, Lucía requiere atención durante las veinticuatro horas del día.

—Eras economista, ¿no? En una multinacional.

—Responsable de *marketing* de su sede principal en España.

—Un muy buen trabajo.

—Solo era un trabajo.

—¿Tú estás en el paro?

—No, ya lo he agotado. Limpio casas.

—¿Buscas otro trabajo?

—No, una relación laboral normal me impediría cuidar a Lucía, bastante hacen ya Madre y la tía Manuela. Además, ¿quién va a contratar a una mujer de mi edad con un panorama como el que tengo con Lucía?

—¿Y el padre de Lucía?

—¿Qué pasa con él?

—¿Te pasa alguna pensión?

—Jaime no es asunto vuestro.

ESCENA 2 DEL TEATRILLO: EL ALTAR DE MADRE. Rafi grababa primeros planos de las fotos enmarcadas que reposaban en el mueble del salón: Madre el día de su boda; la tía Manuela y Madre en una cena de Nochebuena; Padre sentado en la cabecera de la mesa; Tere y Lucía cuando la niña tenía tres años y su madre aún podía cogerla en brazos. Rafi dedicó mucho tiempo a grabar figurita a figurita el altar de Madre: seis estantes apoyados contra la pared en forma de escalera cubiertos por elaboradas mantillas de ganchillo bordadas a mano. El altar era un gran expositor de imaginería católica. Ocupaban los estantes una treintena de figuritas de vírgenes y santos, cruces y medallas. Encantada con la atención que generaba el altar, Madre explicó a cámara que la Sagrada Cruz presidía el sexto escalón y que de ella colgaban medallitas de oro y recuerdos de comunión de sobrinas y primos lejanos, de padres y abuelos ya fallecidos. En los otros escalones se repartían las figuras de san Antonio (con el niño en brazos), santa Bárbara, san Paciano, san Cristóbal con el niño Jesús subido a los hombros, san Isidro Labrador, santa Rita y santa Elena con la cruz en una mano y las tenazas con las que sacó los clavos a Jesús en la otra. Las Vírgenes del altar eran la Purísima, la de Fátima, la de Lourdes, la del Pilar, la de los Desamparados, la Moreneta, Nuestra Señora de Guadalupe con san Dimas, la de Covadonga, la de la Candelaria y la del Rosario. Además, en efigie o en pintura, el altar incluía seis representaciones del niño Jesús, otras dos de Jesús adulto, la Cruz de Calatrava, el Sagrado Corazón de la Virgen y el Sagrado Corazón de Jesús. La pieza favorita de Madre era un retrato de Jesús al que se le iluminaba la cara gracias a una bombilla situada en su parte trasera. Cada pieza tenía una historia: esta es de un viaje a Lourdes que hicimos Manuela y yo; esta me la trajo mi yerno de un viaje; esta otra me la compró Tere durante su luna de miel en México, ¿creéis que podré explicarle a Laura qué significa cada pieza del altar? *No way*, si te dieras cuenta de cuán poderosos son los pensamientos, nunca los tendrías negativos.

Mientras su hermana grababa, Rika se pasaba horas sentada en un taburete en la cocina junto a una minúscula salida de aire, el único lugar de la casa donde Tere permitía fumar. En el suelo, apilados, una docena de álbumes fotográficos que le había prestado Madre: las fotos antiguas quedan muy bien en los reportajes, estaría muy bien usar fotos de Tere de cuando era niña, en blanco y negro el día de su comunión, tirabuzones y manos cruzadas a la altura del pecho, también alguna de Madre y de la tía Manuela de jóvenes, y algunas de Lucía, su papá y su mamá cuando la niña era bebé, cuando la pesadilla aún no había empezado. Tere observaba a Rika, las rodillas muy juntas, un álbum encima de ellas, el cigarrillo entre los dedos de la mano izquierda, la sonrisita cínica más evidente cuando se creía a sus anchas, y se preguntaba qué fotos quedarían mejor en cámara: la de las manchas de cocido de garbanzos con chorizo en las camisas de Padre, las de la docilidad de Madre con su marido, las de las peleas de la tía Manuela con su cuñado, las de los chistes que dejaron de ser picantes décadas atrás, las de la vergüenza de Tere, nunca una amiga suya pisó su casa, jamás un novio fue invitado a cenar, Jaime y Padre tardaron apenas un mes en dejar de dirigirse la palabra, yo no vuelvo a pisar esa casa, lo siento, Tere, pero no me pidas que vuelva a compartir mesa con tu padre A todo el mundo, solía filosofar el padre de Tere, le huelen bien sus pedos y le apestan los de los demás.

—¿No hay fotos del padre de Lucía en el altar? —preguntó Rafi.

Tere no respondió, los ríos hondos corren en silencio, los arroyos son ruidosos.

ESCENA 3 DEL TEATRILLO: EL RITUAL NOCTURNO DE LUCÍA. Rafi y Rika se quedaron una noche hasta tarde para grabar el ritual nocturno: la palangana con agua caliente, el jabón, el champú, la esponja roja, la esponja verde, la toalla azul, la toalla rosa, la crema hidratante, el recipiente especial para lavar el cabello sin mojar las sábanas. La tía Manuela sostenía a Lucía, ronroneante como solía. Tere empezaba por el rostro y bajaba hasta los pies, frotaba con suavidad con la esponja roja, inspeccionaba la piel de Lucía, en busca de llagas y enrojecimientos, sobre todo en los pliegues. La secaba con la toalla azul, la volteaba y repetía el proceso por la espalda. Cuando terminaba, le lavaba los genitales y las nalgas con la esponja verde, siempre de adelante hacia atrás, y la secaba con la toalla rosa.

—Desvía la cámara o, mejor, apágala, no quiero que mi niña salga desnuda en la tele.

—No te preocupes, por supuesto que no.

—Sí, vale, pero apaga el trasto.

Tere aplicó la crema hidratante con palmaditas que enrojecieron la piel de Lucía y la perfumó. Rafi grababa a distancia, se movía a su alrededor con agilidad de bailarina. La tía Manuela inclinó a Lucía hacia delante, la forzó a abrir la boca, Tere le cepilló los dientes, la niña protestó: puesto que no come, explicó Tere para la cámara, hay que cuidar mucho su higiene bucal, cepillar con agua, no usar pasta dentífrica, aplicarle cada mes un antiséptico. Acabada la higiene, Tere se sentó junto a Lucía, le cogió la mano, tarareó unas nanas, desafinaba: *Duérmete niña, duérmete ya, Arro ro ron, Sueño de príncipe azul.* De vez en cuando le acariciaba el brazo y la besaba en la frente, Tere nunca le narra cuentos a Lucía, no se le da bien, no le gustan, la cansan, aburrirse es besar a la muerte.

Rafi apagó la cámara, ha quedado muy bien, voy a fumar un cigarro. Tere se quedó en la habitación, le acarició la mejilla a Lucía, ¿te besó tu padre antes de irse? En la penumbra, su propio reflejo en el gran espejo del armario ropero no era más que una sombra cuyos trazos se mezclaban con los de la silueta de Lucía, dos vidas, un único ser, mamá y su niña. Rika entró sin llamar, musitó algo que tal vez fuera una disculpa, preguntó si podía prestarle algunas fotos del padre de Lucía: son para insertarlas durante la entrevista, es que no hay ninguna en los álbumes que me ha dado tu madre ni en la casa, si tuvierais algún vídeo sería incluso mejor, da igual el formato, nosotros lo convertimos, luego si quieres te podemos dar la copia en un DVD. Tere se incorporó de la cama, cubrió con la manta a Lucía, se rascó el tatuaje del Monstruo de las Galletas, se tomó su tiempo, canse tu paciencia a la maldad: *No way*, el padre de Lucía no está, no cuenta, no es que esté ausente, es que no existe, de él no queda ni un calcetín desparejado en la lavadora ni unos calzoncillos en el parqué, el padre de Lucía, para que me entiendas, es *off limits*.

—Necesitamos hablar del padre de Lucía, la audiencia se preguntará quién es, dónde está, por qué se fue… —insistió Rika.

—Veo por dónde vas, y será mejor que te detengas. No voy a contestar a ninguna pregunta sobre él. Accedí a participar en ese programa para presionar por las ayudas a la dependencia de Lucía, no para psicoanalizarme. Y si estáis pensando en organizarme un encuentro sorpresa con el padre de Lucía, lo mejor será que os lo quitéis de la cabeza, porque el espectáculo que montaré hará historia en la televisión de este país.

—Nosotras no hacemos ese tipo de programa.

—No, vosotras solo hurgáis, hurgáis y hurgáis.

Tere se sienta en la mesilla frente a Anna y Carmen, casi tira uno de los móviles al suelo, Carmen teme que la mesa se rompa: la camiseta de tirantes que se le engancha al estómago, los gruesos brazos. Tere mira a Anna, le sonríe, la besa en la frente.

—Esa mujer, la del brazo en cabestrillo, ¿sabéis de quién hablo? —dice.

Las dos asienten.

—Creo que la hija de esa mujer no pasará de esta noche. Tengo un pálpito.

Silencio. ¿Y qué hay de Sira, Tere? ¿No tienes un pálpito con ella? ¿Qué te dice el olfato, qué te dice tu condición de jodida reina de Inglaterra de la UCI? El silencio es un filo doble, a veces consuela, a veces rasga.

—¿Aún estás enfadada conmigo? —dice Tere, imitando una mueca infantil.

—Eres odiosa —responde Anna.

Tere le muestra el hombro.

—No me has dicho nada aún de mi tatuaje nuevo de Elmo. ¿Te gusta?

—Yo soy más del Monstruo de las Galletas.

—Ya nadie lo llama Triqui. ¿Te acuerdas de que al principio el Monstruo de las Galletas se llamaba Triqui?

—No lo recuerdo.

Tere simula unos pucheros, deja caer la cabeza en el regazo de Anna.

—¿Si te cuento por qué me he hecho el tatuaje de Elmo me perdonarás y volveremos a ser amigas?

Bizarra. Te llamó bizarra, Tere.

8

OTRA FASE

EN EL DESPACHO DE LA DOCTORA de las bolsas bajo los ojos. Oriol y Carmen se sientan en unos sillones negros, muy incómodos. Todos los asientos en el hospital parecen ser incómodos. Hay otros médicos. Neurología. Traumatología. Digestivo. Neumología. Neurología. Pediatría. Llevan batas blancas y carpetas llenas de papeles, notas tomadas a mano, gráficos, tablas con cifras y radiografías. En una de las carpetas Carmen ve el nombre de su hija, *SIRA*, escrito en mayúsculas con un rotulador grueso y negro en la cubierta roja. La vida cabe dentro de una carpeta, *SIRA*, en mayúsculas. Intubación ortotraqueal. Respiración mecánica. Traumatismo craneoencefálico. Coma inducido. RMN. TAC. TEC. Craneotomía descompresiva.

Los doctores hablan por turnos, cada uno sobre su especialidad: tenemos que trabajar en muchos frentes a la vez ya que también debemos tratar las otras lesiones al margen de las neurológicas, hay que realizar de forma paralela el reconocimiento de las complicaciones y su tratamiento. Usan palabras raras, muchas siglas, recurren a cifras en unidades de medida que Carmen desconoce. Oriol le coge la mano. Oriol asiente. Carmen no entiende por qué Oriol asiente si comprende tan poco como ella la información que les proporcionan los médicos. Sira evoluciona bien en algunos aspectos, no tanto en otros, este mensaje sí lo transmiten de forma clara los médicos, Sira está muy grave. Oriol acaricia con el pulgar la mano de Carmen. Carmen se aparta de él.

—Creemos que ha llegado el momento de retirar poco a poco a Sira del coma inducido —dice la doctora de las bolsas bajo los ojos.

Oriol se remueve en la silla. Mira a Carmen. Carmen no habla, la mirada fija en la carpeta roja en cuya cubierta alguien ha escrito en mayúsculas la palabra *SIRA* con un rotulador grueso y negro; las esperanzas, las dudas, los miedos y la ilusión depositados en la carpeta roja que contiene la vida de su hija.

—Como ya les expliqué, necesitamos hacerlo para ver qué grado de actividad cerebral tiene su hija…

—¿No es muy pronto aún? —pregunta Oriol.

—Podemos esperar un poco más, pero ya ha transcurrido el tiempo de observación.

—¿Qué implica retirarla del coma inducido?

Carmen cierra los ojos. Carmen no entiende por qué Oriol interrumpe a la doctora. Carmen no entiende tanta vehemencia.

—Bueno, implica muchas cosas…

—¿Como qué?

Despertarla, piensa Carmen. Despertarla para saber si puede despertarse. Ver si hay actividad cerebral. Le mirarán los ojos con una lucecita y le examinarán sus reflejos. Toca cambiar de fase, pasar de pantalla, afrontar la realidad tal como es, descubrir lo que queda de su hija, once años ya, pronto iba a llegar la adolescencia.

—Reducir de forma paulatina la medicación. Retirarle progresivamente la ventilación. Cuando se despierta a una persona inducida con un traumatismo craneal severo y después de una craneotomía se le hace una valoración neurológica para comprobar si conecta o no con el medio, su orientación espacio-tiempo. La actividad cerebral se analiza mediante una prueba complementaria de encefalograma.

A Sira le costó echar a andar, era perezosa, a gatas llegaba a todas partes, para qué andar, no le veía ningún beneficio, durante una buena temporada se movía agarrándose a cualquier asidero que pudiera encontrar: muebles, sillas, mesas, manos de adultos. Sira se incorporaba con sus piernecitas torcidas y el pañal que le colgaba y casi rozaba el suelo, y se sujetaba al borde de la mesilla del salón. Sira estuvo así mucho tiempo, sin atreverse a dar el paso definitivo, si en su avance no hallaba ningún asidero se dejaba caer. No lloraba, no protestaba, solo se desplomaba, si le apetecía echaba a gatear, si no se quedaba donde estaba, sentada encima del pañal.

—Queremos comprobar si respira por sí misma, si su cerebro tiene algún control sobre su organismo.

¿Quién le ofrecerá ahora una mano cuando llegue al borde de la mesilla y no vea asideros a su alrededor? ¿Quién la cogerá de su manita, la animará a andar con sus piernecitas ligeramente dobladas, quién le dirá: no, Sira, gatear no, andar es lo que tienes que hacer, ella que era tan perezosa, que a gatas llegaba a todas partes?

—¿Y si no respira por sí misma? —pregunta Oriol, y Carmen no entiende por qué pregunta lo que ya sabe, por qué pide respuestas que no quiere oír.

—Creo que ya hablamos sobre este tema un poco, al menos con su mujer.

Carmen siente la mirada de Oriol. Carmen se esfuerza por no girarse. Carmen no quiere cruzar su mirada con la de él. Carmen no entiende por qué Oriol no entiende.

—Un porcentaje considerable de pacientes con trauma craneoencefálico grave no sobrevive más de un año —prosigue la doctora de las bolsas bajo los ojos.

Sira está muy grave.

—En el mejor de los casos, la recuperación se alarga durante años y es muy dura. Sira puede haber sufrido daños neurológicos que ahora desconocemos y que sean irreparables.

¿Qué haréis los dos, papá y su niña?

—Hay muchas probabilidades de que sea esto lo que ha sucedido.

No pudieron ser más de cinco minutos porque había pedido otra cerveza y el camarero aún no me la había traído.

—Y sí, puede ser que la desconectemos de la ventilación y no pueda respirar por sí misma.

Eso es lo que le deseo a ese cabrón, que crea que se va a salvar y en realidad está condenado a desangrarse como un cerdo entre los hierros carbonizados que es todo lo que queda de su coche.

—O puede que sí, que Sira respire por sí misma, pero eso no significa que vaya a despertar de inmediato. Tal vez no lo haga nunca.

Te espero en Urgencias.

—O tal vez despierte y entremos en un proceso por completo diferente. Siento no poder ofrecerles alguna certeza. Habrá que esperar y ver cómo evoluciona Sira.

Sira. ¿Quién puede llegar allí donde Sira está, donde solo Sira puede habitar?

9

LA FAMILIA DE SIRA

EN EL TEMPLO GASTRONÓMICO, en una mesa junto al ventanal. Las bandejas encima de la mesa. Cafés con leche. Cruasanes. Un donut de chocolate. Eulalia, la madre de Carmen, juguetea con un sobre de azúcar. A Blanca, la hermana menor de Carmen, se le mueren las palabras en la punta de la lengua. Roberto, el cuñado de Carmen, consulta de vez en cuando el móvil. Carmen no tiene hambre. Traumatismos múltiples. Intubación ortotraqueal. Respiración mecánica. Traumatismo craneoencefálico. Coma inducido. RMN. TAC. TEC. Craneotomía descompresiva.

—Oh, Dios, necesitamos buenas noticias. Dios sabe que nos merecemos buenas noticias —exclama la abuela de Sira.

Que los médicos vayan a retirarle la respiración asistida a Sira es recibido como una buena noticia. Así lo piensan Oriol y su familia, su madre y su hermana embarazada. También se lo toma de esta forma la familia de Carmen. Ella, sin embargo, mueve la comida en el plato con un tenedor como si fuera una niña, el apetito es un lujo cuando los médicos dicen que ha llegado el momento de retirar poco a poco a Sira del coma inducido. Para Carmen, las palabras de la doctora son otro bucle, queremos comprobar si respira por sí misma, si su cerebro tiene algún control sobre su orga-

137

nismo. Los doctores nunca afirman, se mecen en una fina línea de probabilidades en la que Carmen se pierde, un porcentaje considerable de pacientes con trauma craneoencefálico grave no sobrevive más de un año. Las palabras de la doctora son angustia y son esperanza, puede que sí, que Sira respire por sí misma, pero eso no significa que vaya a despertar de inmediato, tal vez no lo haga nunca. Las palabras de la doctora son una espiral emocional que abruma a Carmen.

—Cuando despierte, ¿te han dicho los médicos cuánto tiempo se quedará en la UCI? —pregunta la abuela de Sira.

—Aún es muy pronto para eso, mamá.

Cómo contarle que en la rutina radica el reposo dentro del paréntesis. Hay en la ignorancia un refugio, hay en la espera un recogimiento, una suspensión, una cabaña en el bosque en la que refugiarse del viento. Hay en la inactividad un consuelo, hay en la inmutabilidad una razón, un impulso: puede que sí, que Sira respire por sí misma, pero eso no significa que despierte de inmediato, tal vez no lo haga nunca, ¿no lo entendéis? Hay incluso en el peor de los dolores el consuelo de lo conocido, el antídoto al vértigo, hay en todo desenlace el miedo al movimiento, a la inevitabilidad, la palabra dicha no puede regresar, la puerta cruzada abre caminos pero destruye el que hemos dejado atrás, tal vez despierte y entremos en un proceso por completo diferente: siento no poder ofrecerles alguna certeza, habrá que esperar y ver cómo evoluciona Sira. Carmen no entiende por qué la incertidumbre es una buena noticia, por qué lo que suceda después de que los médicos retiren la respiración asistida a Sira tiene que ser a la fuerza positivo. Carmen está asustada, y nadie parece entenderlo excepto las otras mamás de la UCI, ellas sí saben de la espiral y del vértigo, ellas comprenden el miedo, ellas han estado en la cabaña: ser madre es tener miedo en todo momento, dice Tere; está bien ser realista, comprender lo que implica cada paso, dice Anna; es bueno prepararse para lo peor por si acaso no sucede lo mejor, dice Clara.

—¿Necesitáis ayuda con la casa? ¿Alguien que friegue, que os planche la ropa? —pregunta la abuela de Sira.

—Ya sabes que cualquier cosa que necesitéis tú y Oriol solo tenéis que pedirlo —se ofrece la tía de Sira.

No me hablas, no me miras, no me tocas, no dejas que te toque.

—Gracias, pero nos apañamos.

Te has encerrado tras un muro, me tratas como si fuera un extraño, bastante difícil y duro y jodido es lo que nos ha sucedido como para que lo afrontemos solos.

—Oriol es un buen hombre —dice la suegra de Oriol.

—Y un buen marido —dice la cuñada de Oriol.

—Y un buen padre —dice el cuñado de Oriol.

Cuánta sutileza, piensa Carmen, cuánto tacto, si supierais que no pudieron ser más de cinco minutos porque vuestro Oriol había pedido otra cerveza y el camarero aún no se la había traído. El ímpetu de la conversación languidece. Silencio. La tía de Sira mira a la abuela de Sira.

—Estamos preocupados —dice la cuñada de Oriol, elige las palabras con mucho cuidado—. Por ti. Por Oriol. Todo el mundo sabe que situaciones como estas generan una gran presión sobre el matrimonio.

En la mesa más cercana, dos mujeres de mediana edad mueven una cucharilla dentro del café y evitan mirarse. A la izquierda de Carmen, un camarero vestido con la camisa a rayas blancas y rojas y los pantalones oscuros limpia mesas y carga de bandejas uno de los carros, hay que ver cómo es la gente, qué les costará dejar las bandejas en el carro antes de irse. Detrás de la abuela de Sira, cuatro enfermeras en su pausa del almuerzo hablan muy bajo y ríen muy alto en la mesa que comparten, yo lo hice con el de Rayos X, el mejor, lo hizo en anteroposterior, lateral, ambas oblicuas y en el plano axial.

—Sí, estamos preocupadas —se suma la suegra de Oriol—. No es lo mismo, pero cuando vuestro padre enfermó yo me encerré en mí misma, y aquello repercutió en mi relación con vosotras, ¿os acordáis? Es normal que sea así, solo ves tu dolor y tu sufrimiento, no caes en la cuenta de que a tu alrededor también hay otras personas que sufren.

Al otro lado del ventanal, un adolescente en bicicleta esquiva los coches, una mujer mira el cielo y cierra el paraguas, los semáforos se ponen rojo, amarillo y verde, un chico sentado en una silla de ruedas fuma. En el respaldo de la silla alguien ha escrito en grandes letras blancas: *ONCO*. Así, en mayúsculas, como el nombre de Sira en la cubierta de una carpeta roja, Carmen es el pez que está convencido de que la pecera es lo que queda al otro lado del cristal.

—Las mujeres podemos ser muy egoístas en nuestro dolor —prosigue la abuela de Sira, la suegra de Oriol—. Y no hay que serlo, el egoísmo no es bueno aunque las razones lo sean. Tendemos a pensar que el dolor nos pertenece solo a nosotras y que solo nosotras sufrimos, cuando la realidad es que nuestros hombres también lo pasan mal, lo que sucede es que a ellos les cuesta más expresarlo, ¿no es así, Roberto?

El marido de la hermana de Carmen, el tío de Sira, el yerno de Eulalia, levanta la cabeza del móvil, las mira a las tres, no sabe qué le ha preguntado su suegra, no prestaba atención, la duda en el rostro, el apuro en los ojos, Roberto estaba en otro lugar, lejos, los hombres no están hechos para los hospitales, los que no fuman vuelven a fumar, los que no andan se vuelven andarines, los que no leen diarios se chiflan por las noticias.

—Tienes razón, suegra, no sé por qué pero es así —dice Roberto.

—Os cuesta —le ayuda la abuela de Sira.

—Nos cuesta —le da la razón el tío de Sira.

—Les cuesta —corrobora la tía de Sira.

Roberto siempre llama suegra a la abuela de Sira. Roberto siempre da la razón a la abuela de Sira. Roberto se chifla por las albóndigas con salsa que cocina la abuela de Sira, y le gusta sentarse con los pies encima de la mesilla del salón de la casa de la abuela de Sira, en la butaca donde solía sentarse en vida el abuelo de Sira. A la abuela de Sira le gusta Roberto, le cayó bien desde el día en que lo conoció, es un buen muchacho, ella fue la única que lo disculpó cuando le fue infiel a su hija, ella fue la primera que lo abrazó cuando su hija lo perdonó, ella fue la que dijo: los hombres siempre serán hombres, no seremos nosotras quienes logremos cambiarlos.

—Los hombres también sufren, pero los hombres siempre serán hombres, no seremos nosotras quienes logremos cambiarlos. A ellos les cuesta expresar sus sentimientos, por eso debemos tener paciencia con ellos. Ayudarlos. Dejarlos que nos ayuden. En tu parto, Blanca, tu padre, con todo lo que era vuestro padre, no dijo nada, ni una palabra, no cambió la expresión de su rostro ni un ápice en todo el tiempo que duró, se mantuvo siempre fuerte y entero, de una pieza. Y lo hizo por mí. Pero después, cuando tú ya habías nacido, mi padre se lo encontró en el baño: vuestro padre estaba llorando como un bebé, lo sé porque mi padre se lo dijo a mi madre y mi madre me lo dijo a mí. Los hombres también sufren, aunque no lo digan para no preocuparnos, aunque mantengan la apariencia de ser fuertes porque saben que los necesitamos así para no derrumbarnos nosotras aún más. Oriol también lo está pasando muy mal, hija.

No pudieron ser más de cinco minutos porque había pedido otra cerveza y el camarero aún no me la había traído.

—¿Has hablado con Oriol? ¿Habéis hablado de lo que ha sucedido, de cómo os sentís, de qué pensáis? —pregunta la tía de Sira.

¿Cómo es posible que no me llamaras? ¿Cómo es posible que te olvidaras el móvil en la UCI y que no fueras a buscarlo para llamarme?

—Esto va para largo, deberíais tomaros una noche libre, estar juntos, cuidaros, dejar que Oriol te cuide, no pasará nada si una noche no duermes aquí, ¿no crees? —propone la abuela de Sira.

Te has encerrado tras un muro, me tratas como si fuera un extraño, bastante difícil y duro y jodido es lo que nos ha sucedido como para que lo afrontemos solos.

—Tu marido te necesita, hija.

¿Dónde estabas? ¿Por qué no estabas con ella?

—Tenéis que hablar, todo se soluciona hablando. Esto es lo que hacíamos vuestro padre y yo, hablar todo el tiempo de todos los temas. Hablar es la clave de un matrimonio que funciona.

Carmen asiente. Intercambia una mirada con su cuñado.

10

EL MAR QUE MOJA LOS PIES

En el autobús Carmen se pone las gafas de sol. Se sienta junto a la ventana. Consulta el móvil. Llamadas y mensajes perdidos. Sus padres. Su hermana. Amigos comunes. Amigos de Oriol. Su director. El director de Oriol. Sus compañeras del colegio. Sara, la más joven, la de Infantil. Compañeras del colegio de Oriol. Sus alumnos. El padre de Jana. Carmen se muerde el labio hasta sangrar. En un arrebato baja en la primera parada. Anda un par de manzanas y entra en una estación del metro. En el vagón, la vida encapsulada, Carmen no entiende por qué la gente está tan ocupada con su propia existencia. Conversan, repasan apuntes, leen, juegan con el móvil, se intercambian mensajes, ríen, discuten, miran por la ventanilla, consultan la hora, ojean una guía turística, escuchan música, se hurgan la nariz, comen algo rápido, se ignoran, se estudian, se critican, se gustan, se frotan los ojos, se rascan la barbilla, se alisan la falda, se masajean las cervicales, echan una cabezadita, tan solo un minuto entre estación y estación, no estoy durmiendo, solo he cerrado los ojos. Carmen no entiende que no les importe lo que ella ha descubierto: que un balón se le puede escapar a unos chiquillos, que un semáforo puede ponerse en verde, que un coche puede saltarse un semáforo en rojo.

143

***

En el box de Sira, *Moby Dick* se le resiste a Oriol. Consulta el reloj cada poco, el tiempo no pasa, a Oriol le gustaría que retirasen ya a su hija del coma inducido, verla abrir los ojos, que empiece el largo camino hacia el olvido del semáforo en verde y del semáforo en rojo. Le embarga la incomodidad de la esperanza, apenas hace diez minutos que ha relevado a Carmen, le da apuro bajar tan pronto a la calle a fumar un cigarro, las miradas de desaprobación de las otras madres clavadas en su espalda. La noche anterior Marina lo ha llevado a cenar y a tomar algo: por fin buenas noticias, vamos a remojarlas, cerveza tú, un san francisco para mí, su hermana lo llevó a un chiringuito en la playa, con el frío que hace, ya no tengo edad para esto. Regresó a casa de madrugada, y aun así lo aguardaban el insomnio al acostarse y el silencio de la casa vacía al despertar, unos operarios de la compañía del gas que levantaban la acera, el repicar de los vendedores de butano, ¿cómo quieres que me divierta, Marina, si no pudieron ser más de cinco minutos?

Carmen se apea en una estación cercana a la playa. Hace frío, pero el día es espléndido, un radiante día de invierno. En el paseo marítimo algunos jubilados practican gimnasia, la brisa es gélida y sabe a sal. En el horizonte se ven barcos. En el cielo vuelan gaviotas. Empleados del ayuntamiento limpian la arena. Sira nació en un hospital con vistas al mar, Sira nació en el Mediterráneo. Carmen baja a la arena, se descalza, siente un escalofrío cuando los dedos de sus pies se mezclan con la arena. Carmen lleva los zapatos en la mano, el abrigo puesto y en el corazón una pena tan grande que podría hundirla en el mar como un fardo. En la orilla, Carmen deja que el inmenso mar le moje los pies.

Oriol está ilusionado, y no entiende por qué Carmen no lo está. Es el *shock* el que habla, se dice, debe de ser estrés postraumático, esta mujer que anda entre algodones no es Carmen. Sira nació en un hospital con vistas al mar, y cuando les dieron el alta los tres bajaron a la playa. Se descalzaron, movieron los dedos encima de la arena, Oriol llenó un pequeño cubo infantil con agua, Carmen se mojó las manos y humedeció las piernas de Sira con el agua del mar, como quien besa la planta de los pies.

En la orilla, Carmen cierra las puertas de la cabaña del bosque. Ahí fuera el viento sopla demasiado fuerte y es demasiado frío. Tengo miedo, pero no es temor a que le pueda suceder algo malo a Sira, qué ironía, algo malo ya le ha sucedido. Tengo miedo de mi deseo y de mi esperanza, de confiar en que cuando se le retire el coma inducido se dejará ir y romperá a correr hacia mí. Me asusta convencerme de que algo bueno sucederá y que al final no ocurra, y me aterra que si no deseo que algo bueno suceda, no ocurrirá. Pero si lo deseo, si me dejo llevar por la esperanza y al final no sucede, ¿qué haré? Tengo miedo de lo que dice de mí este miedo.

En el box, Oriol acaricia la frente de Sira. Abre el libro en las rodillas, se acomoda en la silla, sonríe por primera vez desde que pidiera otra cerveza. Es una sonrisa nueva, como también son nuevos los besos y los abrazos y la nueva frase: todo saldrá bien, ahora estoy seguro de que todo saldrá bien. *Call me Ishmael,* empieza a leer Oriol en voz alta a su hija.

11

EL GRAN MÉNDEZ

DURANTE LA ESPERA, Carmen vaga por el camino del arco iris, un boxeador noqueado, un guardameta goleado, un pasajero que ve alejarse su tren con el billete en la mano, una mujer cuya hija pelea y cuyo marido ya no sabe cómo comunicarse con ella. La flecha roja la lleva hasta Urgencias, *Te espero en Urgencias,* decía el primer mensaje, que en realidad era el último. La flecha amarilla la conduce a los Consultorios, varias plantas en las que decenas de personas sentadas muy juntas y con un papelito en la mano guardan turno, esperan a que en una pantalla aparezca su combinación de números y letras, buenos días, dicen de forma educada al llegar, cuánta gente hay hoy, comentan por lo bajo. La flecha amarilla se ramifica hacia Rehabilitación. Otro camino, otro trayecto, la puerta cruzada abre caminos, pero destruye el que se deja atrás. Carmen decide no seguir la flecha naranja, la que lleva a Quirófanos, conoce el camino, ya ha cruzado esa puerta, no se puede rehacer el camino ya trillado. Opta por la flecha verde, Diagnóstico por la Imagen, un pasillo muy largo, sin ventanas, una cueva, qué apropiado, una caverna a oscuras para ver el cuerpo humano por dentro, toda magia precisa de sus rituales. Carmen deja que sus pies la guíen, cualquier cosa menos salir a la calle, cualquier camino es preferible a

146

sumergirse en la pecera que hay más allá de las puertas de hospital, pobres insensatos. La flecha azul la lleva a Hospitalización, Cafetería y Hospital de Día, se convierte en tres caminos, después en dos, al final en solo uno que serpentea por pasillos y recodos, sube por una escalera, se introduce en plantas enteras, ese debe de ser el camino que lleva a alguna parte. En un descansillo –una puerta entreabierta, tres ascensores con flechas rojas intermitentes– Carmen oye una voz familiar. *Planta ocho, Ala infantil*, dice un cartel. Carmen jadea, no está acostumbrada a subir escaleras, los pulmones le arden. Carmen cruza la puerta entreabierta, a la derecha hay una sala de espera, es la voz de *Happy Happy* Clara. Está sentada en una silla, la rodean una docena de niños en círculo. Visten pijama, algunos tienen la cabeza rapada, otros llevan escayola, hay un par en sillas de ruedas, otros caminan con un portasueros. También hay madres, abuelas y un padre. Clara gesticula, Clara narra un cuento, las andanzas de una periodista que entrevista a seres de lo más variopinto, las otras aventuras del flautista de Hamelín, las confesiones del soldadito de plomo al que aterra el fuego. Son los cuentos que Clara escribe: *Las aventuras de Pepa Llacuna. Periodista.* Clara es una gran escritora, el único problema es que el resto de la humanidad aún no lo sabe, que suele decir Tere.

Carmen se sienta en el suelo, las piernas cruzadas, como solía cuando daba clase a los más pequeños. Clara la saluda con un guiño, sentada en esa silla rodeada de niños que escuchan embelesados las aventuras de Pepa Llacuna podría liar a cualquiera, siempre positiva, optimista y alegre. Pero, a Carmen, Clara no la engaña, Carmen sabe que Clara es una de esas mujeres que sonríen mucho con la boca, muy poco, casi nada, con los ojos. En principio, los médicos han descartado una recaída de la leucemia de Susana, pero aun así le tienen que hacer pruebas para asegurarse, no hay por qué apresurarse, tras recorrer un camino tan largo no merece la pena arriesgarse por una afección pulmonar de invierno. Susana lo lleva bien, ya estoy en casa, dijo cuando el camillero la dejó en la habitación 832. A Clara, sin embargo, la enferman la luz, el olor, las batas

147

blancas, los zuecos, las visitas nocturnas de las enfermeras para comprobar la temperatura de su hermana.

—Y ahora, tengo el placer de presentaros al Gran Méndez —dice Clara con voz de redoble de tambores.

Por la puerta entra un hombre bien entrado en los setenta. Viste unos pantalones amarillo chillón, una camisa verde a topos y una bata hospitalaria que por detrás deja a la vista una gran sonrisa dibujada en su trasero. Su rostro es una máscara de maquillaje; su boca, una risueña mueca roja que le alcanza casi hasta las orejas. Lleva en la mano tres bolas de goma, en la cara una nariz de payaso rojísima. Su entrada no puede ser más grandiosa: enreda sus zapatones naranjas en un portasueros, trastabilla, casi pierde el equilibrio, lo recupera, vuelve a tropezar, se rehace de nuevo, y al final logra, mientras hace malabarismos apoyado tan solo en una pierna, que ninguna de las bolas se le caiga. Los niños explotan en risas y aplausos, el payaso hace una reverencia, se le cae el sombrero, intenta recogerlo y los niños ven la sonrisa en su trasero, más risas, más jolgorio, más jarana infantil.

El Gran Méndez pide silencio. Levanta el dedo izquierdo hasta colocarlo de forma vertical delante de la boca, repite el gesto con el derecho, palmea dos veces y vuelve a empezar, dedo izquierdo, dedo derecho, dos palmadas: *Shhh, Shhh, Plas, Plas. Shhh, Shhh, Plas, Plas.* El ritmo se contagia, los niños se unen al Gran Méndez. *Shhh, Shhh, Plas, Plas. Shhh, Shhh, Plas, Plas.* Clara y Carmen y el resto de adultos también se suman, los mayores siempre a rebufo de los pequeños, cuando se pierde la inocencia se impone el aburrimiento. *Shhh, Shhh, Plas, Plas. Shhh, Shhh, Plas, Plas.* Ya no se oye más que las palmadas y el siseo. *Shhh, Shhh, Plas, Plas. Shhh, Shhh, Plas, Plas.* Conseguido el milagro del silencio, el Gran Méndez se presenta, su voz es chillona, de vez en cuando tose, algunas gotas de sudor le abren surcos en el maquillaje, su actuación es un éxito fenomenal, los niños lo adoran.

Clara hace las presentaciones al terminar la función. El Gran Méndez se llama Juan, desde que se jubiló siempre que puede se

148

pasa por el hospital para entretener a los niños, ya sean enfermos o visitantes. Antes de ser un payaso voluntario, cuenta Clara, el Gran Méndez fue marino mercante, propietario de un bar, oficinista a desgana y cantante de *hits* en una orquesta de fiesta mayor, aunque lo mío de verdad, jovencitas, es la copla, hay quien dice que me podría haber ganado la vida con ella, pero el destino me tendió unas cuantas celadas, *¡Ay, pena, penita, pena, pena de mi corazón, que me corre por las venas con la fuerza de un ciclón!* El Gran Méndez habla con palabras pasadas de moda y sus gracias son blancas e inofensivas. Quizá por ese motivo su éxito en el hospital es mayúsculo, tanto entre los niños como entre sus madres, en realidad, jovencitas, yo hago el payaso para ligar con las mamás, que uno aún no se ha retirado de según qué lides.

Happy Happy Clara conoció al Gran Méndez hace años. Cuando Susana se encuentra en el hospital, Clara a veces acompaña al payaso en sus actuaciones, le hace de telonera, narra un par de cuentos de Pepa Llacuna y da pie a su entrada triunfal, redoble de tambores. Durante las actuaciones, *Shhh, Shhh, Plas, Plas. Shhh, Shhh, Plas, Plas, Happy Happy* Clara jalea a los niños que se rezagan en sus risas. A través del juego, había leído Clara en un libro, los niños potencian su capacidad de relacionarse con los demás y entender lo que les sucede a ellos y al mundo que los rodea. Madre a la fuerza a los veinte años, sin abuelas que pudieran ayudarla, a Clara solo se le ocurrió una salida para convertirse en la mejor hermana de Susana: los libros. Así, Clara leyó todo lo que pudo encontrar en Internet y en la biblioteca: manuales prácticos, estudios sobre el desarrollo del cuerpo y del cerebro, técnicas de sueño, consejos educativos, recomendaciones psicológicas, cómo ayudarles a controlar sus ímpetus, cómo comunicarse con ellos, qué hacer si no duermen, qué hacer si duermen demasiado, cómo alimentarlos, cómo lograr que coman sin ayuda, cómo conseguir que jueguen solos, cómo y a qué jugar con ellos, cómo hacer del niño una persona feliz, cómo estimular su pensamiento creativo, su lado musical, su desarrollo matemático y lingüístico y sus capacidades motrices, cómo lidiar con los estereotipos sexistas, cómo evitar reprimir su personalidad, cómo incentivarlo a que construya su identidad, cómo ayudarle a madurar sin figura paterna, cómo ayudarle a que crezca con la ausencia de la madre, qué hacer si a medianoche tu hermana pequeña en tratamiento de quimioterapia por una leucemia linfoblástica acude a tu cama porque no quiere dormir sola, el único lugar donde un niño duerme solo es en la cama del hospital. En los libros halló Clara muchas respuestas, y sin embargo no encontró ningún texto que la ayudara a ella a desarrollar su capacidad de entender lo que había sucedido en su propia vida y en el mundo que la rodeaba, la pareja de policías en la puerta, ¿no ven que huelo a protector solar?

—¿Nos acompañas a Materno-Infantil? Allí hay muchos hermanos mayores con sus abuelas, un buen mercado para mí —bromea el Gran Méndez.

Carmen no quiere regresar a la soledad del box. Poco antes se ha quedado dormida con la cabeza apoyada en un huequecito entre el borde de la cama y el cuerpo de Sira. En su sueño, Carmen se ha visto con Sira en el salón de casa antes de que cambiaran los muebles, tal como era cuando Sira era un bebé. Estaba allí, Sira, sujeta a la mesilla del salón, pero no era un bebé, tenía once años ya, y buscaba a su alrededor un asidero, un mueble, una silla, una mesa, a su madre. Sira extendía una mano, la otra estaba agarrada al borde de la mesilla, los nudillos emblanquecidos de puro terror a dejarse ir. Sira se agarraba allí donde solo ella puede habitar, ella también tenía miedo, como su madre, cómo no va a estar asustada, si le costó echar a andar, a gatas iba a todas partes. Carmen sabe que a su hija le sería mucho más sencillo dejarse caer, tumbarse en el suelo, no levantarse, piel con piel, saliva mezclada, aromas enredados, dos vidas, un único ser, mamá y su niña, cuánta razón tiene Tere: ser madre es tener miedo en todo momento.

Unos niños gritan y señalan hacia el Gran Méndez cuando lo ven acercarse a la sala de juegos infantiles del área Materno-Infantil. Dos abuelas ríen y cierran las revistas que leen. El Gran Méndez canturrea por lo bajo, *Ojos verdes, verdes como la albahaca, verdes como el trigo verde, y el verde, verde limón.* Carmen se fija en las enfermeras, se le antojan más relajadas que las de la UCI pediátrica, ve algunas sonrisas y conversaciones animadas por teléfono, escucha risas infantiles, se da cuenta de que su presencia es un error, de que no tiene cuerpo ni para el *Shhh* ni para el *Plas,* de que Sira está sola. Otra vez.

El Gran Méndez se ha sentado en una butaca, le regala a Carmen una nariz de payaso, ten, para ti, tienes aspecto de necesitar una. Carmen la mira con aprensión, como si fuera a morderla. *Happy Happy* Clara le retoca el maquillaje al payaso, blanco en el rostro, rojo en la sonrisa.

—La mentira del maquillaje —comenta el Gran Méndez—. Un poco de color y *voilà*: ya soy feliz.

12

SIEMPRE HAY UN INSTANTE

Retocar el maquillaje en el metro le produjo a Clara una extraña sensación de protección, el escote de vértigo y el vestido de noche verde a la altura de los muslos ya no atraían las miradas, el resto de los pasajeros, en un rapto de pudor, no se atrevían a observar a una mujer que se maquillaba, al parecer desnudarla con la mirada era lícito, mirar cómo se pintaba, no. La primera vez que Clara se maquilló fue en casa de Núria, tenían las dos catorce años. Núria alardeó de que lo había hecho montones de veces, Clara confesó que ella no se había maquillado nunca, a su madre no le gustaba demasiado. No es a las madres a quienes les gusta maquillarse, tonta, son los padres quienes se chiflan por las madres que se maquillan, aleccionó Núria a Clara, dos adolescentes en el mismo espejo, espinillas en la frente, rasgos aún por decidir qué serán de mayores. No, a la madre de Clara no le gustaba maquillarse, y sin embargo uno de los últimos recuerdos que tenía de ella en vida era ese: Clara se pintaba los labios en el espejo del baño, su madre, el embarazo ya visible, se le acercó y se hizo espacio con un leve movimiento de cadera. Reflejadas las dos en el espejo mientras se maquillaban, el parecido era innegable. La madre de Clara estaba de muy buen humor, parecía disfrutar de cada minuto de su embarazo, guapa, vocalizó sin hablar, un guiño, un beso al aire para su hija mayor. Se fue como una exhalación, llegaba tarde a la ecografía de las veinte semanas, cómo puedes tener un resbalón a los cuarenta y cinco años, cómo puedes llamar despiste a algo tan importante como tener un hijo.

A Clara le costaba visualizar a sus padres, a veces tenía que mirar fotos antiguas para acordarse de sus rostros, no es que los hubiera olvidado, es que en sus recuerdos no los veía con claridad, se le aparecían desenfocados. Y sin embargo Clara pensaba a menudo en esa mañana, madre e hija en el espejo, los labios ahuecados, el buen humor, la sonrisa. Después vino lo demás: el accidente, el bebé a su cargo, la leucemia, el trasplante, la hipoteca, los sueños enterrados, los trabajos de mierda y ese viaje en metro hacia ese hotel, *Hello my name is Bijou, you are Jiro, right?* En el vagón, maquillándose para protegerse de los mirones, solo el rostro de Clara ocupaba la superficie del pequeño espejo circular, ¿qué diría mamá si me viera ahora?

Y, sin embargo, en el espejo Clara se veía joven y se sentía guapa, la mentira del maquillaje. Desentonaba, eso sí, el crucifijo que le colgaba del cuello: si siempre llevas ese crucifijo encima ningún vampiro se atreverá a morderte, solía bromear Núria. Lo que Núria, siempre amigas, siempre juntas, no sabía es que el crucifijo había pertenecido a su madre, era de oro, cuando la despidieron del supermercado, en una tienda de compra y venta de joyas le dijeron que podía lograr un buen dinero por él. Estuvo tentada de decir que sí, pero al final decidió que no. Algo surgiría. Clara se retocó la línea de los ojos y afianzó los labios, color frambuesa, hidrata sin colorantes, aromatizantes ni conservantes sintéticos, sienta bien a casi todos los tipos de piel y labios. Guardó el espejito, el lápiz de ojos y el pintalabios en el pequeño bolso que sostenía encima de las piernas, regalo de Núria: es pequeño y elegante, el negro conjunta con todo, y no tiene correa, que tú eres capaz de llevarlo a la bandolera. Los dedos de Clara juguetearon en su interior: las llaves, la documentación, el móvil, los pañuelos, los preservativos, el espray de defensa personal, el espejo, el lápiz de ojos, el pintalabios, el maquillaje, el algodoncito. En un arrebato, se quitó el crucifijo del cuello y lo guardó en el bolso. Se sintió expuesta y acalorada, pero se resistía a quitarse el abrigo. Enseña carne, solía decirle Núria, tú que puedes, lúcela, no te la quedes solo para ti y tu espejo.

Un bofetón de frío recibió a Clara al salir por la boca del metro. El sudor se le congeló en la espalda, la piel se le tornó de naranja. El trajín del centro de la ciudad la engulló con facilidad: los taconazos de vértigo, el vestido de noche verde, el tanga que ya no le incomodaba entre las nalgas al andar. Clara consultó el reloj, tenía tiempo que malgastar. Entró en un café. Pidió un agua con gas, la calefacción del local pronto la hizo sudar, el abrigo le pesaba en los hombros, fue al lavabo, se lo quitó, en un espejo sucio se dio cuenta de que el sudor de las axilas había manchado el vestido, lamparones oscuros que la avergonzaban, qué tonta llegas a ser. Se sentó en la taza, suspiró, se contorneó para colocar las axilas debajo del secador de manos eléctrico, se dobló un tobillo, a punto estuvo de romperse un taconazo, volvió a sentarse en la taza, costaba lo de ser siempre positiva, optimista y alegre. Salió con el abrigo en el brazo, pagó, regresó a la calle, se sentó, muy quieta, en un banco cerca del tráfico. Tiritaba de frío, esperaba a que el sudor se le secase y las manchas desapareciesen, algunos transeúntes la miraban, escote de vértigo, vestido a la altura de los muslos, las rodillas muy juntas, el abrigo mal doblado en el banco, en algún momento temió que algún caballero le ofreciera su chaqueta para cubrirle los hombros desnudos, ¿cuánto tiempo tarda en evaporarse el sudor de un vestido en un anochecer de invierno? En el salón de casa, las manos entrelazadas alrededor del *gin-tonic*, Núria había hablado muy flojito, muy para ella, evitando la mirada de Clara: *escort*, eso es lo que he dicho, *escort*, acompañante selecta para hombres, ejerzo de prostituta de alto *standing*. Me gano la vida muy bien, puedo pagarme mi piso y mucho más, gano dinero de sobra, dinero rápido y sin complicaciones. Estaba harta, Clara, de acumular trabajos en los que me pagaban una mierda, estaba hasta aquí de jefes que me querían follar, que elogiaban mi trabajo, eran simpáticos y hasta me daban oportunidades profesionales solo porque me querían llevar a la cama, hombres con poder que a cambio de una mamada de rodillas debajo de la mesa de su despacho puede que me hubieran subido el sueldo o me hubieran ampliado el contrato. Estaba hasta el coño de un mundo de hombres que me perjudicaba, así que decidí que iba a beneficiarme de este mundo de hombres, que si estas son las reglas, que si las pollas y el dinero van juntos, pues que había que empezar a bajar pantalones y lograr lo uno y lo otro, que ya está bien: economista con dos másteres y nunca en mi vida he logrado un trabajo en que me paguen lo mismo que cobra un hombre.

—¿Prostituta, Núria?

Clara se encaminó hacia el hotel donde la esperaba su cliente. Era un paseo de tres manzanas pero no se puso el abrigo, no quería volver a sudar. Mientras andaba sentía clavadas en su culo, en sus piernas y en sus pechos las miradas de los hombres con los que se cruzaba: enseña carne, tú que puedes, lúcela, no te la quedes solo para ti y tu espejo. Se detuvo ante el escaparate de una tienda de lujo junto al hotel, bolsos por tres mil euros y cinturones por mil. Se retocó el peinado, extrajo el espejo del bolso, reforzó la línea de los labios, hizo el amago de besar a su propio reflejo: Clara, siempre positiva, optimista y alegre, ¿qué diría mamá si me viera? ¿Y Susana?

Ante la puerta giratoria del hotel, titubeó. Abrigo en el brazo, el frío la impulsaba a buscar el cobijo de la recepción y el reloj la apremiaba, la puntualidad era una virtud que su madre le había inculcado, una muestra de respeto hacia una misma y los demás. Y aun así sus pies no se movían, estaban anclados en el suelo, palpitaban: ¿Estás segura? ¿De verdad quieres cruzar esta puerta giratoria, entrar en la recepción de este hotel de cinco estrellas y buscar con la mirada a tu cliente desconocido? Los pies, congelados dentro de las medias y de los taconazos de vértigo, se resistían a moverse: siempre hay un instante en que todo puede cambiar, por mucho que las decisiones se antojen inevitables porque no se ve alternativa siempre hay un segundo en que se puede decir *no* en lugar de *sí*, *sí* en lugar de *no*, darle la espalda a la puerta giratoria de un hotel de cinco estrellas o cruzarla con el abrigo en el brazo. En el salón de casa, las manos entrelazadas alrededor del *gin-tonic*, Clara intentaba cazar la mirada huidiza de Núria: ¿alto *standing*? Núria le contó que había leído en el diario que cada vez más mujeres se ven abocadas a prostituirse, que muchas jóvenes universitarias se pagan la carrera así, que las mujeres de mediana edad como ellas, treinta y tantos, cuarenta y pocos, están muy solicitadas porque tienen experiencia, al parecer a muchos hombres les da morbo saber que las mujeres a las que han contratado no son profesionales del sexo, que de día se dedican a otra cosa, que tienen otras vidas tan cotidianas y aburridas como las suyas, parece que los excita eso de currante de día y puta de noche, los hombres son así de simples. Núria se informó de cuestiones legales y sanitarias. Se puso en contacto con un par de profesionales que se anuncian en Internet: mujeres como tú y como yo, Clara, de niña nadie quiere ser puta de mayor, no tiene por qué ser sórdido ni denigrante, se trata de ofrecer un servicio completo, conversación, compañía y sexo, y alguien lo compra, alguien paga por ello, sin intermediarios, sin explotación, sin mafias, sin chulos. Núria puso un anuncio: unas fotos sexis, un nombre artístico, Jewel, trescientos euros la hora, tarifa plana de dos mil euros para un fin de semana entero, picó alto, soy de alto *standing*, tengo un perfil que pone a muchos hombres, si me quieren que paguen lo que valgo. En dos horas Núria recibió cinco peticiones, se lo pensó durante un día entero, *sí* o *no*, al final fue *sí*, la primera vez fue la peor y ahora no me arrepiento, en un mes gano el doble de lo que he ganado jamás en cualquier otro curro.

—¿Trescientos euros?

En la parroquia del barrio, un par de sábados al mes Clara solía ayudar al padre Agustín a guardar la ropa que después se repartiría entre los sin techo que malviven en plazas, solares y naves industriales. Una docena de mujeres echaban una mano como voluntarias, Clara era la más joven. Al principio de su voluntariado, la mayoría de los beneficiarios eran extranjeros, mujeres en su gran mayoría, los hombres casi nunca acudían a recibir pañales, un kilo de arroz o un paquete con ropa de niño. Los hombres se concentraban en las puertas de los bares o en los bancos de los parques a fumar y a hablar en voz baja, o acudían al servicio de empleo, o se ofrecían por los comercios a hacer chapuzas en negro por días o por horas, lo que haga falta, lo que sea, que ya sabes que soy un buen trabajador y responsable, joder. Los hombres maldecían y fumaban y bebían y ofrecían sus músculos, su sudor y sus manos mientras sus mujeres limpiaban casas y colgaban papelitos con su teléfono en las farolas y en la fachada de las escuelas para ofrecerse a cuidar a niños y ancianos. Y si nada surgía, eran las mujeres las que se acercaban a fin de mes a la parroquia. Pero poco a poco, a primera o a última hora, empezaron a aparecer en la parroquia vecinas del barrio de toda la vida, algunas incluso llamaban a la puerta de noche y sacaban al padre Agustín de la cama, que nadie las vea, la vergüenza de la pobreza: disculpe que venga a estas horas, pero ¿no tendrá usted, padre, un paquete de arroz, o unos pantalones para las niñas, o un cartón de leche, que estamos pasando una mala racha que hace dos años que dura, que a mi marido le hicieron un ERE, que se le ha agotado el paro, que quién va a contratar con la que está cayendo a un operario de obra de cincuenta y dos años? Desde que se quedó en paro, los dedos del encargado masajeándole la pierna por encima de la rodilla, Clara pasó de ayudar al padre Agustín a llevarse comida de la iglesia a casa, qué diría mamá si me viera. En el salón de casa, las manos entrelazadas alrededor del *gin-tonic*, Clara aceptó la oferta de Núria de compartir piso pero no le permitió que pagara la hipoteca ni el material escolar de Susana, no puedo permitir que te prostituyas por mí y por mi hermana, para que te prostituyas tú me prostituyo yo, trescientos euros la hora.

Ante la puerta giratoria del hotel, Clara sucumbió al frío, se puso el abrigo, la ausencia del crucifijo le atormentaba el cuello. ¿Cuánto debía de costar una habitación en ese hotel? Sin duda más de trescientos euros la noche. Los pies de Clara, congelados dentro de las medias y de los taconazos de vértigo, palpitaban anclados en el asfalto, siempre hay un segundo en que se puede decir *no* en lugar de *sí*, *sí* en lugar de *no*.

PECES INSENSATOS

1

IR A FOTOGRAFIAR LA VIDA

En una cafetería en el centro, Marina aborda a una mujer que merienda con un niño de ocho años: un café con leche y cruasán para ella, Cacaolat y minibocadillo de queso para él. Soy fotógrafa, le dice, soy artista, tengo un proyecto sobre madres e hijos, me gustaría, si no te importa, fotografiar tus manos y las suyas, las manos de la madre, las manos del hijo, y que me respondieras a una pregunta: dime en pocas palabras qué es ser madre para ti, no te lo pienses, lo primero que se te ocurra. El niño de ocho años que merienda un Cacaolat y un minibocadillo de queso es adoptado, *esfuerzo*, dice la madre tras pensarlo, no, no, *amor*, rectifica, o sí, tal vez sea, *esfuerzo*, ay, no lo sé.

Ir a fotografiar la vida, así lo llama Marina, esta tarde me voy a buscar a madres para mi proyecto, acompáñame, Oriol, se te está poniendo cara de Epi, Blas, Coco y Caponata. Y Oriol acepta, *Moby Dick* en el bolsillo del abrigo, el móvil a mano, no sea que lo llamen del hospital, eres incapaz de negarle nada a tu hermana, suele decir Carmen. Y tiene razón, Marina es la debilidad de Oriol, se llevan más de una década, hasta que nació Sira siempre fue su pequeña, su consentida.

—Mira a esa, Oriol.

Marina señala hacia un banco donde una mujer se ha sentado a darle el pecho a un bebé. Con el objetivo la atrapa a lo lejos, desde que me he quedado embarazada, comenta mientras sus dedos trajinan con el *zoom*, no hago más que ver a madres por todas partes: madres jóvenes y de mediana edad, con aspecto de sueño y risueñas, cariñosas y distantes, madres que hablan con tono infantil a sus hijos y madres que los tratan con la dureza de los adultos, madres cómplices y madres severas, madres que son abuelas y abuelas que hacen de madres, madres trabajadoras y en paro, madres vocacionales y madres que arrastran los pies, madres en la consulta del ginecólogo y madres que curiosean en la librería. *Clic, clic,* para Marina el hecho de robar un instante de la vida de otro es un subidón de adrenalina, una aceleración del corazón, el placer infantil de sisar en el colmado o de colarse en el metro.

—Me he convertido en una cazadora de madres. ¡Mira a esa en la parada del bus! ¡Qué escena!

Una mujer trata de descender del autobús con un carrito infantil doble en el que duermen dos bebés. El carro es grande, a buen seguro muy pesado, de las empuñaduras del manillar cuelgan una mochila aparatosa y unas bolsas de unos grandes almacenes. La distancia entre el bus y la acera obliga a colocar el carro en una posición casi vertical para descender. La mujer no se fía, intenta alzar el carrito a pulso, pero se queda atascada. Las puertas hacen un amago de cerrarse, la mujer extiende en un gesto reflejo uno de sus brazos, como si así pudiera bloquearlas. Un par de chicos adolescentes, auriculares en los oídos, ropas deshilachadas con esmero, pasan junto a ella sin mirarla; unos hombres, mocasines en los pies, paquete de tabaco en el bolsillo de la camisa, la observan sentados en el banco de la parada. Son dos ancianas, manos arrugadas, melenas canas recogidas, las que la ayudan: entre las tres logran levantar el carrito y depositarlo en el andén.

Oriol se siente incómodo, *clic, clic,* le desasosiega la intimidad en la observación del otro a través del objetivo. A él no le gustaría que un instante de su vida fuera robado por alguien que le es desconocido, alguien que después verá ese momento y lo convertirá en algo suyo cuando en realidad pertenece a otro que ni siquiera sabe que se lo han hurtado. Por eso, de los dos hermanos, la fotógrafa es Marina y no Oriol. A su hermana, la pasión por cazar retazos de la vida de otros le viene de su abuelo, que había sido fotógrafo de estudio, de aquellos a quienes acudían las familias cuando querían una foto que colocar encima de la cómoda del salón, gente humilde vestida de domingo, como se decía entonces. En una vitrina cerrada con llave en su casa, la madre de Oriol y Marina conservaba varias cámaras antiguas que habían pertenecido al abuelo, piezas de anticuario. Cada jueves por la mañana, su madre extraía una a una las cámaras de la vitrina y las desempolvaba con un pequeño pincel. Entre todos los disgustos que Marina le había dado a su madre, no se contaba haber intentado coger alguna de esas cámaras, incluso para Marina, tan traviesa, tan lianta, una transgresión así hubiera sido excesiva.

—¿Cuándo retiran a Sira del coma inducido? —pregunta Marina.

—Pensábamos que lo harían esta mañana, pero los médicos no pasaron. Carmen dice que no lo harán por la tarde, así que supongo que mañana, no creo que se demoren más.

Llegan a un parque. Marina aborda a varias mujeres, fotografía sus manos, apunta en una libretita su nombre y la palabra con la que definen la maternidad. *Sueño*, dice la madre de cuatro niños de diecisiete a seis años, las manos fotografiadas ante el rostro, el cansancio disimulado. *Sufrimiento* dice la madre adolescente que ya es adulta, las manos entrelazadas en el vientre, el segundo llegará en primavera si todo va bien. *Ven acá pacá,* dice la madre de una niña de seis y un niño de cuatro, las manos fotografiadas encima de un banco. A las personas las conoces por las manos, solía decir el abuelo: por su cuidado, por la limpieza, por los callos, por las duricias, por el tamaño y el corte de las uñas, por la suavidad, por la rugosidad, por el olor, por la profundidad de los surcos de la palma. El abuelo era un orgulloso exponente de una generación que nunca se reconcilió con los *piercing*, un hombre que se cepillaba él mismo los zapatos cada sábado por la mañana, que creía en la urbanidad y que clasificaba a las personas por sus manos: confía en quien las tenga rudas, desconfía de los hombres de uñas muy cuidadas. A las personas las conoces por las manos, solía decir el abuelo, y los bebés conocen a sus madres por el olor de su cuerpo, por el sabor de su piel, por el timbre de su voz y por el tacto de sus manos. Por eso el abuelo fotografiaba manos: porque, solía decir, aún no ha nacido el fotógrafo que pueda capturar el olor, el sabor o el sonido, lo único que los fotógrafos sabemos hacer es atrapar sentimientos y crear nuevos.

Compensa, dice la madre casi cuarentona de un bebé que se sienta en el autobús junto a Oriol, las manos en la barra, los nudillos emblanquecidos. *Frustración*, dice la madre de un hijo único de trece años, las manos en el escaparate de una tienda de ajuar de dormitorio, cortinas, sábanas, mantas, colchas. El abuelo murió cuando Sira tenía un año, la primera bisnieta y apenas si la pudo disfrutar, qué jodida es a veces la vida. Fue una racha terrible, a veces sucede así, la muerte tiene cierta querencia por la coincidencia: el abuelo primero, el padre de Oriol y Marina poco después, cuando Sira aún no había cumplido los dos años. Oriol no es que echara de menos a su padre, es que echaba de más su ausencia, él, tan racional y pragmático a la hora de afrontar la vida, no lograba explicarse lo que sentía respecto a la muerte de su padre, cáncer de estómago fulminante, dos semanas de agonía final en el hospital, no había vuelto a pasar tanto tiempo allí desde entonces, abuelo y nieta agonizando en el mismo hospital, la misma incapacidad para verbalizar tanta palabra indescifrable, para lidiar con tanto sentimiento impronunciable, para soportar el peso de *Moby Dick* en el bolsillo del abrigo.

—Estoy segura de que todo saldrá bien con Sira —dice Marina.

—¿Y eso?

—Tengo un pálpito. Ya sabes que las mujeres, cuando estamos embarazadas, somos un poco brujas.

—Es la primera vez que oigo algo así.

—¿Carmen no es una bruja?

—No me líes, Marina.

Risa, dice la madre de dos niñas de once y siete años, las manos al volante del taxi que conduce. *Compartir*, dice la madre de una niña de cinco años, las manos entrelazadas en la melena de su niña. Carmen quería tener más hijos, tres era su cifra ideal. Oriol remoloneó un tiempo, arrastró los pies, cambiaba de tema cuando Carmen encadenaba suspiros, le llevó su tiempo pero logró hacer acopio de voluntad y lo dijo: él no quería más hijos, Sira tenía ya casi cuatro años, la paternidad lo agotaba y lo abrumaba, echaba de menos su vida y su espacio, añoro aburrirme sin nada que hacer. Después de casi un año sin sexo, de dormir espalda contra espalda y de zapear hasta la madrugada para evitar coincidir con ella despierto entre las sábanas, lo único que se le ocurrió tras mucho pensarlo fue decirle a Carmen que añoraba su propio aburrimiento: no fue tu mejor día, hermanito, le dijo Marina cuando se lo explicó, a veces los hombres es para daros así con toda la mano extendida. Tuvo que pasar algún tiempo, pero Carmen lo aceptó y se reconciliaron, o al menos dijo que lo aceptó, que los suspiros encadenados ya nunca se marcharon, que la que empezó a acostarse pasada la medianoche fue ella.

—Estoy segura de que, cuando Carmen vea una mejora en Sira, las cosas entre vosotros mejorarán.

—Eso espero. Ya la has visto en el hospital, parece que retirar a Sira del coma sea una condena, viéndola como alma en pena en la UCI al lado de esa friqui de los tatuajes nadie diría que es una buena noticia. Te prometo que aunque me esfuerzo no la entiendo.

—Es el trauma, Oriol.

—¿Y yo? ¿No me duele lo que le ha sucedido a Sira? ¿Yo no puedo estar traumatizado? ¿Tengo que ser yo el que vaya detrás de ella?

Dulce condena, dice la madre de un niño de siete años, ejecutiva, divorciada, las manos en el teléfono móvil. *Indecisión*, dice la madre de una niña de siete y un niño de nueve, las manos sujetando la gorra reglamentaria de la policía. *Hasta-aquí-arriba-de-cursiladas-con-la-maternidad*, dice una treintañera en las taquillas del metro, las manos en las mejillas de su hijo de dos años.

—Siéntate en el columpio —dice Marina.

Oriol mira a su alrededor, el parque está repleto de niños que corretean, hay muchas mujeres, solo dos hombres, son ellas las que se reducen la jornada, las que piden la excedencia, las que no comen a mediodía para llegar a tiempo a la hora en que salen del colegio y llevar a la pequeña a piscina y a la mayor al entrenamiento de baloncesto.

—¿Por qué?

—Tú siéntate, nadie te conoce, no te preocupes, tu sentido del ridículo está a salvo.

Oriol se sienta, eres incapaz de negarle nada a tu hermana. Sigue las instrucciones de Marina, agarra con fuerza la cadena del columpio, su hermana se acerca con la cámara, primer plano de sus manos, *clic, clic,* las manos de papá.

—Serás el único padre de mi proyecto. Dime, en pocas palabras, qué es para ti la paternidad.

Oriol frunce el ceño, un gesto muy suyo cuando piensa, muy al principio Carmen le besaba los ojos cuando lo hacía, él la dejaba hacer y le rodeaba la cintura con el brazo. Qué es la paternidad, el ceño fruncido, un ligero vaivén en el columpio, tanta palabra indescifrable, tanto sentimiento impronunciable. El tono de llamada del móvil acude a su rescate, Oriol contesta, se aleja del columpio, echa a andar, Marina lo sigue, su hermana comprende que se ha roto el hechizo, mientras Oriol habla y anda ella fotografía un maniquí desnudo en un escaparate a oscuras, una nevera de helados vacía, un papel encima del césped, gruesas gotas de lluvia en la superficie metálica del tobogán. Oriol cuelga, su rostro son dos buques de guerra en pleno combate en alta mar.

—Era la madre de Carmen. Han retirado a Sira del coma.

—¿Pero no te dijo Carmen que no lo harían esta tarde?

—Pues lo han hecho.

—¿Y cómo está Sira?

2

PERO

CARMEN SE MUERDE EL LABIO, abrazada a sí misma. En el box: Sira, ella, Epi, Blas, Coco y Caponata. La abuela de Sira, la tía de Sira y el tío de Sira esperan en la sala de espera de la UCI pediátrica, *Para la enfermera Castells, te quiero hasta el universo, Aure; A los médicos y enfermeras de la UCI, siempre seré vuestro amigo, Quim.* Carmen coloca la mano encima del pecho de Sira. Siente su corazón, percibe el pecho que sube y baja. Sira respira por sí misma sin ayuda del ventilador, oh, Dios, necesitamos buenas noticias, Dios sabe que nos merecemos buenas noticias. Alguien, supone Carmen, habrá llamado a Oriol.

Han desaparecido algunos tubos y una enfermera ha apagado un monitor. Sira sigue intubada –monitorización, bombas de perfusión, drenaje torácico para el pulmón dañado, sonda nasogástrica y sonda vesical–, los ojos cerrados, la cabeza rapada, casi todo el cuerpo enyesado y vendado, traumatismos múltiples, traumatismo craneoencefálico, coma vigil. Y es que Sira respira, no abre los ojos, pero respira. Carmen se muerde el labio, encima del cuerpo de Sira su mano sube y baja al ritmo de la respiración de la niña. Le duele ver a su hija sin su melena castaña que le llegaba hasta la cintura, pasan los días y sigue sin lograr recordar el nombre de aquella niña que tanto enfadó a Sira cuando tenía tres años, pero qué más da, Sira respira, no abre los ojos, pero respira.

—Era la única noche del año, solo nosotras, las maestras —susurra Carmen—. Tú me acompañaste a comprar el pintalabios, tú lo elegiste.

Beautiful Rouge. Un rojo tirando a granate. Es hidratante, las informó la dependienta. Está enriquecido con aceite de camelia. Dura seis horas. Sira quiso probarlo. Carmen dijo *no*. La dependienta sonrió. Sira insistió. Sira imploró. Carmen cedió: solo un poco, y cuando salgamos te limpias los labios. Sira se aplicó el pintalabios. Lanzó un beso al espejo, once años ya, pronto llegará la adolescencia. Y Sira respira, no abre los ojos, pero respira.

—Fuimos a un restaurante y después a tomar una copa. Llevaba el móvil en el bolso, pero no lo escuché, había mucho ruido en el restaurante, la música estaba muy alta.

Sara, la más joven, la de Infantil que es nueva de este curso, se quitó los zapatos, Sira, ¿puedes creértelo? Se quitó los zapatos y empezó a andar descalza por la calle mientras farfullaba una canción de moda. A mí me pareció graciosísimo, y extraje el móvil del bolso para hacerle una foto, y fue entonces cuando vi las decenas de llamadas perdidas y las docenas de notificaciones de mensajes. *Te espero en Urgencias*, decía el primer mensaje de tu padre, que en realidad era el último. *¿Dónde estás?*, decía el segundo, que en realidad era el penúltimo. Y ahora respiras, no abres los ojos, pero respiras.

—Tú lo hiciste todo bien, viste que la pelota salía hacia la calzada, ordenaste a los niños que se quedaran donde estaban, esperaste a que el semáforo se pusiera verde, tú no hiciste nada mal.

Sira lo hizo todo bien, pero un coche se saltó el semáforo en rojo a toda velocidad, la atropelló, se detuvo unos instantes, se supone que para ver qué había sucedido, y después arrancó. Aceleró. Se fue. Y Sira quedó tumbada en el asfalto, quebrada. Ahora hay dos manchas oscuras en el asfalto, Sira, y todos boqueamos en este bucle, estamos atrapados en este paréntesis. Tal vez las manchas sean de tu sangre. O tal vez sean restos de aceite o de gasolina de un coche, no lo sé, hija. Sí, lo hiciste todo bien, pero si un balón se escapa a la calzada es un adulto el que tiene que ir a buscarlo. Y ahora Sira respira, no abre los ojos, pero respira.

—Lo siento, Sira. Lo siento.

No tendría que haber salido esa noche, no tendría que haberte dejado sola con tu padre, tendría que haberme quedado contigo, tendría que haber escuchado los mensajes, tendría que haber puesto el móvil encima de la mesa del restaurante, tendría que haber llamado para ver qué tal iba todo, tendría que haberte quitado la tableta en la que estabas tan concentrada y haberte besado cuando me fui de casa. Y ahora respiras, no abres los ojos, pero respiras.

—Perdóname.

Dame la mano, yo te ayudo, no gatees, andemos las dos juntas, dime cómo puedo ir adonde tú estás y guiarte de regreso, dímelo, por favor, yo sola no sé ir, la manita tan fría, tú, que eres como yo, manos calientes y pies fríos.

—No me escuchas, ¿verdad?

Carmen se muerde el labio, abrazada a sí misma. Junto a un monitor brilla la nariz de payaso que le regaló el Gran Méndez, Carmen siente que tiene vida propia y que se abalanzará sobre ella en cualquier momento. Abandona el box. En el cambiador de la entrada se cruza con Tere mientras ella se cambia de ropa, la bata, las calzas y el gorro, Epi, Blas, Coco y Caponata. Lleva el pelo mojado, una toalla le cuelga del cuello, un botecito de champú en la mano, parece que hayan coincidido en la recepción de un hotel, la jodida reina de Inglaterra de la UCI.

—Respira. No abre los ojos, pero respira.

Tere abraza y besa a Carmen. Carmen se deja hacer. Se despide con un apretón de manos, sin palabras. Abandona la UCI. Se dirige a la sala de espera, donde el televisor que siempre emite dibujos animados, donde los dibujos cuelgan de las paredes: *Espero que este castillo os guste mucho, os quiero, Ricard; A la enfermera Castells, ella hubiera querido que lo tuvieras tú, Pati.* Oriol, la abuela de Sira, la tía de Sira y el tío de Sira están allí. Seguro que han hablado de Carmen: que se ha cerrado, que no parece ella, que sufre mucho, que entre todos tenemos que ayudarla, que hay que recuperarla, que esto va para largo y necesitamos a nuestra Carmen de siempre. Se levantan al verla entrar. Carmen se muerde el labio. Se abraza a sí misma.

—No abre los ojos. Respira, pero no abre los ojos.

Y se sienta antes de que Oriol la abrace. ¿Es que no lo entiende? Traumatismos múltiples, traumatismo craneoencefálico, coma vigil.

—Te gusta mucho contar chistes...

—Sí, me viene de mi padre.

—¿Nos cuentas uno?

—¿Ahora?

—A estas alturas de la entrevista no creo que nadie piense que seas tímida...

—No se me ocurre ninguno...

—Alguno de hombres.

—¿De qué tipo?

—Como los machistas que ellos cuentan de nosotras, pero al revés.

—¿Qué son dos neuronas en el cerebro de un hombre?

—No lo sé.

—*Okupas.*

—Ja, ja, ja, ja.

—¿En qué se parecen los hombres a mi perro?

—¿En qué?

—En nada, afortunadamente para mi pobre perro.

—Ja, ja, ja, ja.

—(...)

—Tienes gracia, Tere.

—Gracias.

—¿Crees que los hombres son así?

—¿Cómo?

—Desconsiderados con las mujeres, machistas, niños grandes alérgicos a la responsabilidad.

—Habrá de todo.

—Según tu experiencia.

—Según mi experiencia, hay un chiste que explica muy bien la diferencia entre padres y madres.

—¿Cuál?

—Hombre transparente busca a mujer invisible para hacer cosas nunca vistas.

—Ja, ja, ja, ja.

—(…)

—¿Por qué dices que este chiste explica bien la diferencia entre padres y madres?

—Los hombres pueden querer mucho a sus hijos, eso está fuera de discusión. Pero como padres solo juegan y riñen, eso es lo que creo. No educan ni forman. Diversión y disciplina, eso es lo suyo, la crianza los supera, en eso, como en tantas otras cosas, son muy transparentes, son obvios, no engañan a nadie. Es la mujer, invisible, la que sostiene el tinglado.

—¿Ese fue tu caso? Con tu padre, quiero decir. Y con el padre de Lucía.

3

DEPREDADORA DE HISTORIAS

¿TÚ SABES LO QUE SIGNIFICA BIZARRA, tía Manuela?

—ESTO SON DOS AMIGAS que se encuentran y una le dice a la otra: ¿Y a ti cómo te va con la crisis, cómo lo llevas? La verdad, responde, es que ahora gracias a la crisis duermo como un bebé. ¿De verdad? Sí, me despierto cada tres horas llorando.

Cogida del brazo de Tere, Laura, la famosa periodista, reía los chistes de la invitada de su programa. Vistas una al lado de la otra, las dos mujeres eran mar y montaña. Tere: alta, gruesa, ancha, el cabello rapado, la camiseta holgada, la chaqueta tejana descolorida y remendada en los codos, los tejanos amplios, las zapatillas deportivas, la mochila negra a la espalda, las gruesas gafas de montura barata. Laura: ni delgada ni obesa, bajita, la larga cabellera rubia natural, el traje de chaqueta, las medias negras, el abrigo por debajo de las rodillas, la bufanda roja, el gorrito de lana azul marino, el bolso de tienda de lujo, las lentillas bajo las gafas de sol a la última. El día que ambas se conocieron fue una jornada de trabajo, de teatrillo: muéstrame dónde y cómo vives, pidió la famosa periodista, tu geografía sentimental, tu mapa vital, las tiendas, la farmacia que te fía, el bar que aún es el del Perico, el tendero paquistaní que a partir del día veinte permite que le pagues a principios de mes, los comercios que han sido sustituidos por locutorios y tiendas de recuerdos para turistas, posavasos de cerámica con el dibujo del dragón de Gaudí, estatuillas de la Sagrada Familia. Cristina, la de la farmacia, no reconoció a Laura; Meiling, la del bar del Perico, casi le vertió encima el té por los nervios; la tía Manuela las vio a lo lejos, Tere y Laura del brazo, las mellizas improbables detrás a una distancia prudente, Rika fumaba y tecleaba en el móvil mientras andaba, Rafi grababa a las dos protagonistas, de vez en cuando echaba una carrera y las cogía de frente, otras veces de perfil, la mayor parte del tiempo de espaldas, mar y montaña. La tía Manuela las vio a lo lejos y cambió de acera, agachó la cabeza, aceleró el paso, se atrincheró tras el carrito de la compra, nadie reparó en ella excepto Tere, que simuló no conocerla, que eres una negada para el japonés, tía Manuela.

—Una amiga encuentra a otra en la calle y le dice: ¡María, qué alegría! ¿Cómo te va la vida? ¿Ya tienes trabajo? No, contesta la otra, llevo cinco años en el paro. ¿Y no buscas nada? Qué dices, solo me faltaría eso, perder la antigüedad acumulada.

Laura saludó a Madre con dos besos en la mejilla, qué marido tan apuesto que fue el suyo, ya no se hacen hombres así, qué casa tan bien cuidada. La tía Manuela se había pasado todo el día anterior con la escoba, la fregona y un trapo húmedo, el que construye y cuida una casa es construido por ella. Laura escuchó con atención las historias de los santos y Vírgenes del altar: san Isidro Labrador, santa Rita y santa Elena con la cruz en una mano y en la otra las tenazas con las que sacó los clavos a Jesús. Cuando regresó de la compra, la tía Manuela saludó a Laura con un apretón de manos, esta al menos da un apretón como Dios manda, no es como la Nogüei, que saludarla es como coger una rama de perejil empapada. En la habitación de Lucía, Laura se llevó la mano al cuello como si quisiera protegérselo, mi niña, mi ángel. La periodista acarició la frente de Lucía y le cogió la mano, Lucía alargó el brazo, agarró un mechón de la melena rubia de Laura y tiró de él con fuerza, para cuidar a Lucía hay que llevar el pelo corto porque no puede controlar sus espasmos, la porción extragástrica, la porción intraparietal y la porción intragástrica.

Laura se sentó a los pies de la cama de Lucía. Bajo la luz roja intermitente de la cámara de Rafi, leyó en voz alta algunas de las frases que colgaban de la pared: *Caerse está permitido, levantarse es obligatorio*; *Si aprendes a cambiar tu actitud habrás creado el mejor hábito que puede ayudarte en la vida*; *¿Por qué te tienes que conformar con ser luciérnaga pudiendo ser estrella?* Laura ayudó a Tere a cambiar el pañal, lo sostuvo, estaba caliente, pesaba, hedía. Cogió el libro de fábulas de La Fontaine y leyó un par, cantó una nana que Tere jamás había escuchado: no sé cuál es su origen, me la cantaba mi madre pero nunca la he oído en ningún otro sitio, un día la busqué en Internet y no la encontré, ¿te lo puedes creer? *Palomita blanca de mayo, dime la verdad soledad, yo te la diré, reina mía, yo te la diré, ven acá.*

—¿Puedo hacerte una pregunta?

Lucía se había dormido, Rafi había salido de la habitación, Tere masajeaba los pies y brazos de su hija con cuidado para no despertarla.

—Eres periodista, eso es lo que hacéis, preguntar.

—¿De dónde sacas las fuerzas?

Tere se encogió de hombros: los naipes se han repartido así, hay que aceptarlo sin lamentos estériles, siempre he sido una fatalista, yo soy su madre, ella es mi hija, que el coraje sea mayor que tu miedo. En la distancia corta la famosa periodista era una buena conversadora, de vez en cuando asentía, nunca interrumpía, tenía la facilidad de hacer que su interlocutora se sintiera cómoda y le apeteciera hablar, que se olvidara de que estaba ante una periodista, cazadores de palabras, depredadores de historias, me dice Rika que no quieres que hablemos del padre de Lucía en el programa.

—¿Puedo preguntarte por qué?

—No está en nuestras vidas, creo que eso basta como explicación.

—Respetaremos tus deseos, por supuesto, no somos ese tipo de programa que tiende trampas, lo nuestro es la denuncia, explicar las historias de gente normal, como tú y como yo. Pero debo confesarte que me puede la curiosidad: ¿qué pasó con el padre de Lucía?

Quebró la empresa, vacío las cuentas del banco y mi joyero, dejó las fábulas de La Fontaine junto a la cuna de Lucía, un calcetín desparejado en la lavadora y los calzoncillos en el parqué y se fue sin despedirse mientras yo me duchaba. Me abandonó a mí y a su hija. Era alto y moreno, el pelo muy lacio, la nariz aguileña, tenía una elegancia natural como pocos, ya no se hacen hombres así. Estaba casado cuando nos conocimos, lo seduje yo, antes del Monstruo de las Galletas, antes de las zapatillas deportivas y antes de las camisetas holgadas, cuando solía viajar por Europa y a menudo mantenía reuniones de trabajo que duraban hasta bien entrada la madrugada. Lo amé, y me gustaría pensar que él me amó, el sexo era bueno e imaginativo, a veces muy bueno y muy imaginativo. Los negocios de él iban bien, yo tenía un buen trabajo, vivíamos en un buen apartamento, conducíamos un coche potente y disfrutábamos de buen arte en las paredes, de vinos de calidad en la pequeña bodega y de ocasionales fiestas extravagantes. Era una buena vida, pero faltaba un niño o dos, siempre me había visto a mí misma como madre de al menos dos criaturas. Jaime, en cambio, no quería tener hijos, lo dijo muy pronto, que quedara claro desde el principio, no me veo a mí mismo como padre. Ya cambiará, auguraba Madre, todos los hombres son iguales, ya verás como cuando Jaime coja en brazos al bebé se le transformará la cara, se derretirá, sobre todo si es una niña, los hombres se pirran por las pequeñas, ellas lo saben y hacen lo que quieren con sus padres, como tú con el tuyo, ¿a que sí, Manuela? ¿A que Tere hacía con su padre lo que le daba la real gana?

—Me engañó, me dejó, me robó y abandonó a su hija.

Y después, el descenso, tan rápido que no dio tiempo ni al vértigo: la tía Manuela en el quicio de la puerta, dos maletas, una azul y otra roja, apoyadas en la pared, Lucía en el cochecito, el piso de Madre mucho más pequeño, oscuro, ruidoso y caluroso de lo que Tere recordaba de su niñez, un abrazo y un beso, bienvenida, aquí sí te queremos, Tere. Malvender el piso y el coche y los muebles y el televisor y el equipo de música dio para arreglar papeles y cubrir mejor o peor las deudas que Jaime había dejado atrás junto al calcetín desparejado en la lavadora y los calzoncillos sucios en el parqué. Malvender los cuadros, la cerámica, la colección de vinilos y los libros de la biblioteca apenas dio para comprar una semana de alcohol barato y tatuarse en el hombro el Monstruo de las Galletas, tan azul.

—¿Puedes decir eso durante la entrevista y zanjamos así el tema? La audiencia se preguntará dónde está el padre de Lucía. Yo te lo pregunto y tú contestas lo que me acabas de decir, ni una palabra más: me engañó, me dejó, me robó y abandonó a su hija. Con esas palabras ya está la historia contada. ¿Crees que podemos hacer algo así?

Tere dedicó una sonrisa torcida a Laura, un esfuerzo total es una victoria completa, eso al menos se lo concedía.

—Es hora de peinar a Madre y leerle su novela.

Lunes, miércoles, viernes y domingos, Tere le lavaba a Madre el pelo, blanquísimo, lo cepillaba y le arreglaba las puntas, cómo me gustaría a mí llegar a tu edad con una cabellera tan hermosa como la tuya. Se sentaban las dos en el baño y Tere la lavaba con la misma dedicación con la que cuidaba de Lucía. Madre ya no tenía fuerzas para entrar sola en la bañera, pero las tres mujeres no podían permitirse el coste de instalar un plato de ducha. La tía Manuela, que está hecha una mula, fuerte y tozuda como ella sola, ayudaba a Madre a bañarse los martes, los jueves y los sábados: tres días a la semana es suficiente, sentada en la silla no se ensucia, es como un pajarito. Cuando veía a la tía Manuela ayudar a su hermana a entrar en la bañera, mano apoyada en la pica, rostro contrahecho por el esfuerzo, Tere pensaba que era la tía la que en realidad necesitaba asistencia, el día menos pensado le fallarán las fuerzas y acabará con la cadera fracturada y una brecha en la frente. Alguna vez que Tere le había insinuado a la tía Manuela que debía cuidarse, la anciana había refunfuñado por lo bajo: déjame en paz y ocúpate de la niña, que las viejas nos encargamos de nosotras.

—¿Por dónde vas? —preguntó Tere a Madre.

Tras lavar el pelo, llegaba la hora de la lectura. Tere se acomodaba en la cama que compartían Madre y la tía Manuela, en el lado en el que en vida solía dormir Padre. De niña, desde su habitación Tere podía oír sin dificultad los gritos y los insultos: inútil, no sabes ni planchar una camisa, las dejas llenas de arrugas. No pasa nada, solía decir Madre, tu padre es ladrador pero no muerde, jamás me ha puesto la mano encima ni lo hará, él es así, grita y grita, pero nos quiere mucho a las dos. Algo de la enorme negatividad de aquel hombre persistía en la habitación, pensaba Tere, pese a que la tía Manuela había borrado de forma concienzuda cualquier rastro que delatara que allí su cuñado había campado por sus anchas. Las dos hermanas dormían juntas en esa cama desde el mismo día del entierro de Padre, de saberlo seguro que se retorcería en la tumba. La costumbre y el paso de los años habían erosionado las aristas y borrado la distancia que Padre había abierto entre ellas, las dos hermanas no se incordiaban con las pequeñas grandes tonterías de la convivencia, ya no protestaban porque la una roncaba o porque la otra se apoderaba del edredón las noches de invierno, que lo son todas cuando se llega a cierta edad. No es que con el tiempo se hubieran vuelto menos puntillosas, todo lo contrario, sino que entradas en la vejez habían superado un punto de no retorno, irritarse ya no tenía sentido cuando no había otro lugar adonde ir ni quedaba tiempo para nada que no fuera el día a día. Una compraba y cocinaba, la otra cuidaba de sus santos y vírgenes y leía *La isla misteriosa* junto a la ventana del salón, ambas seguían vivas y aguardaban en la antesala el último gran cambio. Los lamentos estaban fuera de lugar, los naipes se habían repartido de esta forma: dos hermanas viudas, sin más descendencia que Tere, toda la vida dedicada a sus hombres y sus hogares, sin ahorros, sin más red que la pensión de viudedad. La convivencia ni siquiera fue una opción, fue la única salida: otra vez juntas, dijo Madre tras el funeral, cuando el piso aún olía a las ventosidades de Padre, cuando todavía resonaban sus historias de discusiones imaginarias con vecinos y desconocidos en el bar en las que siempre se guardaba para sí la última palabra y la frase más redonda. Juntas pero no revueltas, puntualizó la tía Manuela.

—Ya lo he acabado, empieza por el principio.

Madre mentía, y su hija y su hermana callaban que sabían que mentía sobre la lectura interminable de *La Isla misteriosa* y sobre sus olvidos, sus despistes y sus miradas de angustia a través de la ventana cuando creía que nadie le prestaba atención, extraviada en su mente. La lectura interminable, los cubiertos guardados en los cajones equivocados, las vírgenes que aparecían en la lavadora, las conversaciones en voz baja con los espectros de la memoria, no eran más que una antesala, el aviso de que Madre se alejaba y se disponía a dejar atrás un cascarón arrugado, teme a la vejez pues nunca viene sola.

—*Primera parte: Los náufragos del aire. Capítulo uno* —empezó a leer Tere, la madre que no leía cuentos a su hija, la hija que leía una sola novela a su madre:

—*¿Subimos?*
—*¡No, al contrario, bajamos!*
—*Peor aún, señor Ciro, caemos.*
—*¡Por Dios, arrojad el lastre!*
—*Ya se ha vaciado el último saco.*
—*¿Sube el globo?*
—*No.*
—*Oigo un ruido como de rumor de olas.*
—*Tenemos el mar debajo.*
—*No estará ni a quinientos pies de nosotros.*

178

Una voz poderosa rasgó el aire y sonaron estas palabras:
—Tiremos todo lo que pese, todo, y a la buena de Dios.

—¿Me permites leer a mí? —preguntó Laura.

Tere asintió. La periodista cogió el libro, carraspeó, se le notaban las tablas de su profesión, en su boca las palabras deseaban ser pronunciadas, las frases ansiaban ser construidas, la historia anhelaba ser narrada, yo te lo pregunto, tú contestas lo que me acabas de decir, ni una palabra más: me engañó, me dejó, me robó y abandonó a su hija. Cazadora de palabras, depredadora de historias.

—*Estaban, así, perdidos. Efectivamente, lo que se extendía debajo de ellos no era un continente, ni siquiera una isla. El espacio no ofrecía un solo punto en que poder tomar tierra, ni una superficie sólida en que pudiera morder el ancla. No había más que un inmenso mar, cuyas olas chocaban entre sí con incontrastable violencia.*

No, NO SÉ LO QUE SIGNIFICA BIZARRA, pero seguro que no es bueno.

4

SENDEROS INTERIORES

HAY NIÑOS QUE SANAN; hay niños que enferman; hay niños a los que golpea la vida. Como había predicho Tere, a la mujer con el brazo derecho en cabestrillo y una venda en la cabeza, la del rostro magullado, la que perdió al marido en un accidente de tráfico, se le ha muerto la hija. No le sirvió de mucho el cinturón de seguridad, tan solo para despedirse de ella en la UCI y no en el arcén. Con la madre de la niña a la que atropelló una moto, Carmen no ha coincidido de nuevo en el pequeño cambiador de la entrada. La mujer no le ha vuelto a decir buenos días de forma educada, Carmen no la ha visto doblar la chaqueta con esmero ni ponerse las calzas y la bata y el gorro con meticulosidad, ni tampoco la ha oído intercambiar breves palabras de consuelo y ánimo con su marido. A las pocas horas de llegar a la UCI pediátrica, una hemorragia interna masiva acabó con la vida de la niña, nadie lo hubiera dicho, ocho añitos, a la chiquilla se la veía en buen estado, hablaba, reía, estaba de buen humor, todo parecía ir bien hasta que de repente un monitor zumbó y la niña cerró los ojos, se le fue la vida por senderos interiores.

Sira tampoco abre los ojos. Respira, pero no abre los ojos. Oriol releva a Carmen con ese libro bajo los brazos, ese olor a colonia, ese aspecto de recién duchado y esa sonrisa nueva en los labios que le dice sin palabras: Sira respira, no abre los ojos, pero respira. A la entrada de la UCI se saludan, intercambian información, nada nuevo en casa, ninguna novedad en la UCI, ¿quieres un café? No, a Carmen no le apetece un café ni hablar con su marido, pero Oriol insiste: comamos hoy, o mañana si ahora estás muy cansada, tenemos que hablar. Carmen asiente como quien cambia de acera en pleno chaparrón, con esa desgana, con esa resignación: no es optimismo, lo tuyo, Oriol, es necesidad, tú lo sabes y yo lo sé, para qué hablar.

La familia de Carmen, su madre, su hermana, su cuñado, comparten el optimismo de Oriol. También la familia de él, su hermana Marina, Carmen jamás ha entendido a su cuñada ni la especial relación de los dos hermanos, a saber cómo se habrá quedado embarazada, Marina es de esas mujeres que piensan que antes que ella nadie ha parido. Ha habido abrazos, besos, algún gesto de euforia, incluso alguna lágrima de alegría. Carmen no entiende que no vean lo que ella ve, que ahora que las palabras han sido dichas y la puerta se ha cruzado, el camino ya no puede rehacerse y la incertidumbre ya no es tal: Sira no abre los ojos, respira, pero no abre los ojos. Allí donde el resto encuentra motivos para la alegría, el optimismo y cierto reposo, Carmen tiene miedo. Pasa el tiempo, ese pedazo de madera carcomido, en el paréntesis de la UCI y el temor permanece, invariable: miedo de lo que vaya a suceder a partir de ahora, miedo de que Sira no abra los ojos y miedo de que los abra, porque no sé qué va a ver con ellos, no sé si va a entender lo que ve. Lo noto, soy su madre, mi niña ya no está. Sí, respira, pero eso solo significa que sus pulmones están ahí, no ella. Sus manitas están frías todo el tiempo, y ella no es así, ella es igual que yo, siempre tiene las manos calientes y los pies fríos. ¿Y si no abre los ojos? ¿Qué haremos? ¿Se pasará años tumbada en la cama esperando a no sé qué? ¿Y si los abre pero no es ella? ¿Y si quien regresa es otra persona, un vegetal? ¿Qué haremos entonces? Sira, teme Carmen, ya se ha extraviado por sus senderos interiores.

Hay niños que sanan; hay niños que enferman; hay niños a los

181

que golpea la vida. Una niñita con la cabeza rapada, enferma de cáncer, llega en camilla, intubada, inconsciente, con el padre a su lado, Epi, Blas, Coco y Caponata, ni rastro de la madre, tal vez no la haya, tal vez esté de viaje, tal vez haya bajado los brazos; eso es imposible, una madre jamás se rinde ni abandona a su niña, dice Tere, tiene que haber otra explicación. Las otras madres de la UCI asienten, le dan la razón a Tere, las madres entienden, cómo no van a hacerlo, ven lo mismo que Carmen, esas manitas tan frías, esos ojos cerrados. En el tanatorio, una década atrás, en el entierro de su anterior vida, *Happy Happy* Clara sentía que varios días después del accidente aún olía a protector solar, que el bikini se le transparentaba por debajo de la falda negra y la camisa blanca. Núria sostenía en brazos a Susana, que lloraba a pleno pulmón, a cada berrido de Susana, Clara sentía que las miradas de conmiseración de amigos de toda la vida y parientes lejanos la asaeteaban. Buscó refugio en la pequeña estancia anexa donde los cadáveres de sus padres aguardaban la incineración. El cuarto mareaba por el olor a flores de muerte, *No te olvidaremos, Mercè, tus compañeros de trabajo*; *Descansa en paz, Adrián, la Agrupación de Gigantes.* A través del cristal, Clara observó los cadáveres, las vecinas decían que a su madre la habían pintado muy bien: está muy guapa, casi no se nota; él no tanto, pobrecito, se llevó la peor parte del impacto. Yo cuidaré de Susana, susurró Clara, y tantos años después aún no sabe por qué lo dijo, quizás por el cliché del momento, tal vez fue por el olor a protector solar, la necesidad de romper el silencio del cuarto, la reacción natural a lo que se esperaba de ella: Clara es de esas mujeres que sonríen mucho con la boca, muy poco, casi nada, con los ojos.

Id a la asociación de afectados, le recomendaron los médicos a Anna, Nil recién nacido, aún en la UCIN. Hablad con otros papás y otras mamás que estén en la misma situación, no os encerréis en casa, buscad a gente que sepa lo que significa enfermedad autosómica dominante, escoliosis y colágeno tipo 1. Anna se puso enseguida a ello, Anna es vitalista, no es de las que se quedan encerradas en casa: hablaron con otros padres, intercambiaron experiencias,

Nil es un caso entre quince mil, no hay muchos médicos que tengan experiencia con enfermos de este tipo, tendréis que contar la misma historia decenas de veces. En las charlas con otros padres entendieron que los huesos a Nil se le pueden romper sin más razón que su propia fragilidad, sin golpes ni presión; que Nil siempre tiene que llevar consigo una bolsa con analgésicos, tijeras para cortar la ropa, férulas, pañuelo y un cabestrillo; que no conviene mover a Nil cuando tiene una fractura, pero que si no hay más remedio existe una forma de hacerlo: una almohada en la espalda, girar la cabeza del bebé hacia un lado, colocar una segunda almohada sobre el pecho, una persona se coloca en la cabecera y otra a los pies para que las dos cojan las almohadas y las giren al mismo tiempo. Jesús compró en una juguetería una muñeca del mismo tamaño que Nil. Anna y él ensayaban cada noche. Con el tiempo y la práctica dejaron de hacerlo, pero esa muñeca que era Nil en sus ensayos seguía en la cómoda de la habitación, Anna sentía que los observaba cada noche antes de que apagaran las luces. Jesús se refugió en sus manos: vamos a ser felices, no dejaremos que una enfermedad de la que nunca habíamos oído hablar hasta hace unos días nos arruine la vida, Nil es como cualquier otro niño, tiene sus fuerzas y sus limitaciones, hay que potenciar unas y proteger las otras. Le hizo a Nil trajes de goma con chichoneras para que pudiera aprender a andar sin apenas riesgo de romperse, trajes de astronauta los llamaba. Después le construyó motos y cochecitos, sillas de ruedas en realidad, con asientos rellenos de espuma y protectores en la espalda, eran tan chulos que los otros niños en la calle querían subirse a ellos. Anna admiraba y amaba a Jesús por su desafío a la enfermedad, pero el grito de Nil cuando se fracturaba la ayermaba, no había nada que hacer, cómo no va a comprender Anna lo de cambiar de acera en pleno chaparrón. Y la desgana. Y la resignación.

Un niño con el estómago hinchado aparece de madrugada en la UCI. Tiene un color de muerte, fallo multiorgánico, susurra Tere, necesita uno o dos trasplantes, quién sabe cuántos, su cuerpe-

183

cito lo ha dejado tirado. El padre se instala en la sala de espera, simula que cierra los ojos, en realidad no los aparta de los dibujos que cuelgan de las paredes: *Para la enfermera Castells, de parte de Rocío: te quiero; Para las enfermeras de la UCI pediátrica, os llevaré siempre en mi corazón, Sofía*. La madre es de esas a las que se le han agotado las lágrimas, ¿cómo no va a entender el miedo de Carmen a que Sira no abra los ojos y el miedo a que los abra? Cuando Susana era pequeña, antes de la leucemia, el ritual nocturno con Clara siempre era el mismo: baño, cena, risas y juegos en la cama, alguna pregunta sobre cómo eran papá y mamá, las aventuras de Pepa Llacuna. Con la leucemia, llegaron las medicinas, la obsesión por la higiene, el lavado exhaustivo de manos y dientes, no queremos infecciones, sobre todo no queremos infecciones. Desaparecieron los peluches porque acumulan polvo, el oso panda Roberto, Carlota, la muñeca de rizos rubios y falda de vuelo. Llegaron los juguetes de plástico y de madera, muchas veces Clara se dormía antes de que Susana sucumbiera al cansancio, sus respiraciones acompasadas, los dedos de la niña envueltos entre los suyos, parecía que era la hermana pequeña la que cuidaba de la mayor. Después de la leucemia regresó el cabello de Susana. Clara se lo cepillaba cada noche sentada de perfil en la cama, Susana de espaldas, algunas veces charlaban, otras muchas no era necesario, durante las largas estancias en el hospital ambas se habían acostumbrado a prescindir de las palabras. Incluso ahora que Susana se alejaba de la niñez y Pepa Llacuna se había quedado anclada en la infancia, la noche acababa con cuento, la adicción a la melancolía empieza en la adolescencia: *Pepa Llacuna y la entrevista exclusiva a la gallina de los huevos de oro, Pepa Llacuna y las aventuras del león grafitero, Pepa Llacuna y el príncipe que había salido rana*.

Hasta que Nil aprendió a andar, Anna y Jesús se esforzaron en frecuentar a otras familias tan especiales como la suya, un caso entre quince mil. A Jesús le gustaba esa compañía, invitarlos a casa, visitar las suyas. A Anna pronto se le hicieron intolerables los clichés salvavidas de las madres —nuestros hijos son preciosos, son niños extremadamente valiosos, por eso se rompen fácilmente como el mejor cristal– y la actitud energética de los padres, los sentimientos escondidos detrás de las manos: construir y proteger mucho, ocupar el cuerpo y la mente, cualquier cosa para que no se note que a ellos el llanto de sus niños de cristal también los ayerma. Jesús discutía con ella: son buena gente, pasan por lo mismo que nosotros, a veces parece que te sientes superior al resto de la humanidad en virtud de no sé qué, que te solazas en una actitud condescendiente hacia los demás. Bueno, Jesús no dijo «solazas», Jesús no sabe que existe ese verbo, pero eso es lo que quería decir y era injusto, pensaba Anna, no se trataba de eso. La cuestión es que entre la osteogénesis imperfecta, la escoliosis y el colágeno tipo 1, Anna se había perdido a sí misma en los senderos interiores de Nil.

En la puerta de la UCIN, tantos años atrás, la Castells abrió un resquicio de la puerta: entra, que no me vea la jefa de planta. Tere la siguió hasta el box en el que se encontraba su bebé, Lucía la habían llamado en recuerdo de la madre de Jaime: hemorragia intraventricular, nacida la semana treinta de gestación, mil doscientos gramos de peso. De repente, una noche, en casa, Tere no sintió a su bebé. Se dio un baño, cenó un poco de queso y fruta, se quedó dormida en el salón frente al televisor y cuando despertó para acostarse no sintió a Lucía. Más que dolor, fue ausencia, como si se le hubiera ido su niña por sus senderos interiores. En el hospital, un día entero de pruebas, una cesárea, la UCIN, la hemorragia intraventricular de grado cuatro, la más jodida, cómo no, a partir de entonces a Lucía siempre le tocó la más jodida de las posibilidades: parálisis cerebral, escoliosis, neumonía, anemia, diplejía, disartria. Tras dos meses en la UCIN, tras la hidrocefalia, la transfusión de sangre para mejorar la presión arterial y la punción raquídea para drenar líquido y aliviar la presión en el cerebro, Tere se llevó a un rincón a la enfermera Castells: ¿Por qué las madres no podemos estar con nuestros bebés? No es justo, no es bueno, nada ni nadie debe separar a una madre de su hija. La enfermera Castells accedió a colarla en la UCIN, solo unos minutos, que no me vea la jefa de

185

planta. Dime, Tere, preguntó la Castells: ¿no tienes quién te releve? ¿No tienes quién te dé un poco de descanso? ¿No tienes marido? ¿No tiene Lucía padre? Jaime está muy ocupado, respondió Tere, tenemos un negocio, y las cosas nos van regular, pero creo que vendrá pronto, una mentira nunca vive hasta hacerse vieja, ¿cómo no va a comprender Tere a Carmen, los traumatismos múltiples, el traumatismo craneoencefálico y el coma vigil?

—*Toc, toc, toc.* ¿Se puede, mamá? —dice Tere junto a la cortina del box del papá de la niñita de la cabeza rapada, intubada, inconsciente—. Disculpa, ¿necesitas ayuda con esa silla? Hay que saberse el truco con estas sillas, si no acabas con el culo más grande que el Coliseo de Roma…

5

ESTE SILENCIO, ESTA LEJANÍA

¿Cómo definirías, en pocas palabras, lo que es ser madre para ti? No te lo pienses, Carmen, la primera palabra que se te ocurra.

El brazo de Oriol reposa en los hombros de Carmen, con su sonrisa nueva y sus besos nuevos y su nueva frase favorita: todo saldrá bien, ahora estoy seguro de que todo saldrá bien, el adverbio es la clave. Carmen anda con los brazos cruzados. Comamos hoy o mañana, había dicho Oriol, tenemos que hablar, nos damos el relevo y poco más, hay macarrones en la nevera, el padre de Jana pregunta si pueden venir a visitar a Sira, he dejado puesta una lavadora, intercambiamos palabras que no son nada, no me hablas, no me miras, no me tocas, no dejas que te toque. Oriol quería ir a la playa, a un restaurante junto al mar, uno de los favoritos de Carmen, los hombres no están hechos para este sufrimiento, para esta paciencia, para los hospitales, a la media hora se remueven en la silla, a la hora y media les duele el culo, a las dos horas se imaginan cosas con las enfermeras, no pueden evitarlo. Carmen no entiende cómo a Oriol se le puede ocurrir la idea de que vayan a comer a ese restaurante junto al mar: sirven comida mexicana, fajitas y frijoles, a Sira le encantaba enrollar la fajita muy llena hasta que se le rompía y después ir a la arena a buscar conchas, cómo no, un cubo infantil lleno de agua del Mediterráneo, recién nacida, Carmen se mojó las manos y humedeció las piernas de Sira con el agua del mar, como quien besa la planta de los pies.

Acaban en un restaurante a tres manzanas del hospital, doce euros el menú, es jueves, hay paella, el café no está incluido, cualquier bebida que no sea agua o vino de la casa, tampoco. Durante el primer plato, ensalada y rollitos de jamón york rellenos de ensaladilla rusa, Oriol habla: que si su escuela, que si el padre de ese alumno, que si una compañera suya se ha puesto enferma y no hay sustituta, que si el Gobierno está destruyendo la educación de este país, que no sé adónde iremos a parar. El camarero sirve el segundo plato, pescado a la plancha para los dos, Oriol pide limón, el camarero dice que no tienen, Oriol se enfada, doce euros por un menú y no tienen un limón. Habla de la degradación social, de la decadencia como país, de la pérdida de valores, de que sí, es verdad, los políticos tienen mucho que ver pero no toda la culpa es suya, ¿no crees? Carmen no opina, a ella le preocupan otras preguntas: ¿Y si no abre los ojos? ¿Qué haremos? ¿Se pasará años tumbada en la cama esperando a no sé qué? ¿Y si los abre pero no es ella? ¿Y si quien regresa es otra persona, un vegetal? Hora del postre, Carmen no quiere nada, Oriol pide un flan con nata: no está mal, pero ninguno como los de tu madre, esos grandes que hace en una olla garbancera y que después coloca en mitad de la mesa para que comamos directamente de allí con la cuchara sopera como si fuera una paella en Levante, ¿te acuerdas?

Carmen susurra que se acuerda, los monosílabos son su trinchera. Hasta que Oriol le pregunta: ¿cómo definirías, en pocas palabras, lo que es ser madre para ti? La pregunta le sienta como una bofetada, ¿qué le pasa por la cabeza a este hombre? Oriol se explica: es un proyecto de Marina, lo empezó cuando se embarazó, toma fotos de manos de madres y les pide que le definan la maternidad en pocas palabras, ser madre es tener una vida entre las manos, ¿no? Pero Carmen siente vértigo, definir en pocas palabras qué es ser madre para ella, *amor, dolor, alegría, siempre en vela.* No, todas estas palabras son unos zapatos estrechos. ¿Por qué Oriol le pregunta algo así? ¿Qué pretende?

Pagan la cuenta. Oriol propone tomar los cafés en otro lugar, le apetece pasear, los que no fuman vuelven a fumar, los que no andan se vuelven andarines, los que no leen diarios se chiflan por las noticias. Carmen mira el reloj, Oriol insiste: por favor, necesitamos tiempo para nosotros, hace tiempo que no hablamos. Pasean, el brazo de Oriol encima de su hombro, Carmen con los brazos cruzados. Él habla del tiempo, hace tres años nevaba por estas fechas, cómo olvidarlo, vaya jaleo se montó en la ciudad, es que aquí en el Mediterráneo no estamos acostumbrados a tanta nieve. A ella se le acumulan las palabras, *dedicación, devoción, cansancio, polvos de talco*, no puede evitarlo, la asaltan a pecho descubierto, no hay cuartel para Carmen. Se sientan en una terraza de un café de nombre italiano de los que hay decenas en la ciudad, con los mismos muebles de madera barnizada, con los mismos taburetes oscuros, con las mismas fotos colgadas de la pared. Carajillo de coñac para Oriol. Café con leche para Carmen.

—Esta mañana me han llamado de la policía —dice Oriol.

Carmen se moja los labios, el café con leche arde, deposita la taza en el platito con demasiada fuerza, se derrama un poco, Carmen lo detesta, ahora tendrá que coger al mismo tiempo platito y taza para no mancharse los pantalones, la idea del café con leche enfriándose en el platito le disgusta. *Risa. Sueño. Misión.*

—Me han dicho que creen que han identificado el coche.

Carmen centra su atención en Oriol para repeler el asalto de las palabras, *sangre, saliva, sudor, chocolate.* Se pregunta si quien ha llamado a Oriol es la misma policía que le dijo pillaremos a ese hijo de puta. Debe de ser madre, dijo Oriol, como si eso bastara para explicar la vehemencia de la agente, y Carmen sigue sin entender por qué Oriol dijo eso, aún no ve la relación entre ser madre y considerar que el conductor que atropelló a Sira y después se dio a la fuga es un hijo de puta. A menudo Carmen piensa en el hijo de puta. ¿Quién es? ¿Cómo es? ¿Será bajito, calvito, barrigudo? ¿Verá

189

la televisión en camiseta imperio? ¿Será de los que gritan piropos por la ventanilla a las adolescentes que cruzan por el paso de cebra: tengo los huevos cargaditos de amor, si estás así de verde, cómo estarás de madura? ¿O por el contrario será el hijo de puta alto, joven, apuesto, se había metido un tiro de cocaína o había bebido unos cuantos *slammers* antes de salir, como calentamiento de la noche, era sábado, la fiesta todavía no había empezado? ¿Tendrá el hijo de puta pareja o vivirá solo o con sus padres? ¿Tendrá demasiado pasado o un inmejorable futuro por delante? ¿Será humano?

—Por lo visto, un par de calles más tarde chocó contra un coche aparcado y solo por ese detalle a lo mejor son capaces de encontrarlo. Son buenas noticias, ¿no? Está bien tener buenas noticias, para variar.

Lo que de verdad deseo es que se empotre contra un tráiler y muera atrapado entre los hierros del coche, que se dé cuenta de que se le escapa la vida a pedacitos, segundo a segundo, mientras los bomberos intentan llegar a él y no lo consiguen, venga a darle con el soldador y no hay manera, entre tanto hierro torcido, entre tanto amasijo.

—Te echo de menos, Carmen.

Te has encerrado tras un muro, me tratas como si fuera un extraño, bastante difícil y duro y jodido es lo que nos ha sucedido como para que lo afrontemos solos.

—Yo no puedo seguir así, no soy capaz de afrontar esto ni superarlo solo, sin ti.

Te necesito, como tú me necesitas a mí. Te quiero, como tú me quieres a mí.

—¿Qué es lo que te sucede? ¿Me culpas a mí del accidente? ¿Es eso lo que querías decir cuando me preguntaste dónde estaba?

No pudieron ser más de cinco minutos porque había pedido otra cerveza y el camarero aún no me la había traído.

—Si es así, pégame, grítame, insúltame, dime lo que tengas que decirme, pero hazlo ya, no aguanto más esta situación. Este silencio, esta lejanía.

Háblame, dime algo, no te quedes callada mirándome, dime algo.

—Creo que necesitamos ayuda, me temo que nos queda mucho camino por delante, y es obvio que necesitamos ayuda para que esta mierda no arrase con nosotros, contigo y conmigo.

Tenéis que hablar, todo se soluciona hablando. Esto es lo que hacíamos vuestro padre y yo, hablar todo el tiempo de todos los temas. Hablar es la clave de un matrimonio que funciona.

—¿Dónde acaba el camino, Oriol?

Carmen bebe de un trago medio café con leche. Ya está templado. Ninguna gota le mancha los pantalones. Qué tentación, dejar caer los platos.

—No te entiendo. ¿A qué te refieres?

—Dices que queda mucho camino por recorrer. ¿Hasta dónde? ¿Cuál es el final de ese camino del que hablas? ¿Qué es lo que ahora estás convencido de que va a salir bien?

¿Quién le ofrecerá ahora una mano a Sira cuando llegue al borde de la mesilla y no vea asideros a su alrededor?

—La recuperación de Sira es el final del camino, ¿qué si no? Al menos parcial, la doctora dijo…

En el mejor de los casos, la recuperación se alarga durante años y es muy dura. Sira puede haber sufrido daños neurológicos que ahora desconocemos y que sean irreparables.

—Quieres hablar, dices, pero no dices nada.

Carmen apura el café con leche. Se limpia los labios con la punta de una servilleta. Los pantalones siguen limpios. Mira el platito con café con leche, ya frío. Consulta la hora. Se levanta.

—Me niego a pensar que crees en lo que has dicho. Es el dolor el que habla. Son la ira y la frustración. Estás cabreada conmigo, me culpas de lo que sucedió. No es tan extraño, suele suceder en casos así, tú no estabas allí y yo sí, por tanto yo soy el responsable de lo sucedido, necesitas alguien a quien culpar y el hijo de puta que conducía el coche no te sirve porque no puedes ponerle cara. Qué más da qué siento yo, no me lo has preguntado desde que sucedió, ¿te has dado cuenta? A quién le importa lo que sentí al oír a la gente gritar, cuando salí del bar y vi a Sira en el suelo, cuando vinimos al hospital, cuando te llamaba y tú no contestabas, no había manera de que descolgaras el puto teléfono, estabas de fiesta con tus amigas. A quién le importa lo que yo sentí entonces, a quién le importa lo que yo siento ahora. A ti, no. Que no me haya derrumbado, que no me vaya arrastrando como un fantasma por los pasillos, que no adopte la postura de la mamá destrozada, que me toque jugar el papel del papá fuerte que mantiene a flote la familia, todo esto no implica que no sienta nada, que no esté roto por dentro, que no eche de menos a mi niña, que no me pregunte continuamente y si, y si, y si: y si no hubiéramos ido a ver al partido al bar, y si nos hubiéramos quedado en casa, y si Carmen no hubiera tenido cena con sus compañeras de trabajo. Por las noches no duermo, ¿sabes? No, no lo sabes porque no me has preguntado ni una puta vez cómo estoy, qué hago en casa por las noches, solo, cuando tú estás en el hospital, o cuando me levanto por la mañana en medio del puto silencio. Nada de esto te importa, nada que no seas tú te importa. Pero da igual, estos son los papeles que jugamos: la mamá destrozada y el papá fuerte por su familia. Vale, esto es lo que hay, solo te pido que si por no sé qué desquiciada cadena de razonamientos me culpas a mí de que un hijo de puta se saltara el semáforo en rojo y atropellara a Sira, dímelo ya, no te pido nada más, tan solo que lo admitas, que te desahogues, porque hasta que no lo hagas no podremos volver a ser nosotros, y no podremos afrontar lo que nos queda para recuperar a Sira.

Allí estaba Oriol, en la puerta de Urgencias, fumaba y andaba a grandes zancadas arriba y abajo por la rampa de acceso de las ambulancias, consultaba cada dos segundos la pantalla del móvil, te llamaba y tú no contestabas, no había manera de que descolgaras el puto teléfono, estabas de fiesta con tus amigas, ¿y si Carmen no hubiera tenido cena con sus compañeras de trabajo? Bienvenido a mi morada, entre libremente por su propia voluntad y deje parte de la felicidad que trae.

—Es tarde. Sira me espera.

Ya nunca más estarás sola, le dijo la madre de Oriol en el hos-

192

pital el día siguiente del parto, la niña en brazos, Carmen rasgada e hinchada, la leche aún no había subido, el bebé lloraba, Oriol no dejaba de tomar fotos, *mentira*, ser madre es una mentira, Carmen jamás se había sentido tan sola como cuando camina de regreso al hospital, los hombros libres del peso del brazo de Oriol.

6

HABITACIÓN 832

En el Templo Gastronómico, Carmen no encuentra el consuelo del rostro conocido, ni Anna, ni Tere ni Clara están allí. El vértigo la maltrata, ¿cómo definirías, en pocas palabras, lo que es ser madre para ti? *Dolor de espalda. Desprendimiento. Desdoblamiento.* Carmen vaga por recepción, sigue la flecha azul del camino del arco iris casi por inercia. Serpentea por pasillos y recodos, sube por una escalera, llega a la planta ocho, ala infantil, habitación 832, la de *Happy Happy* Clara y su hermana. Clara la recibe con un beso y un abrazo, Susana saluda con un ligero movimiento de cabeza, ya es una adolescente, no como Sira, once años aún, y la adolescencia es eso: se pasa el día enganchada a la pantalla, juega, lee, conversa con sus amigos, intercambia mensajes con Núria, una hermana más que una amiga, una tía para la niña. Clara suele sentarse junto a Susana y escribe en una libreta ideas y escenas para una entrega nueva de las aventuras de Pepa Llacuna: *Pepa Llacuna y el niño que se llamaba Pardiez, Pepa Llacuna entrevista al dragón que escupía caramelos, Pepa Llacuna y el oso que se perdió y supo encontrar el camino de regreso a los brazos de su niña.* De vez en cuando Clara comenta alguna idea con su hermana, Susana entonces levanta la vista de la pantalla, se quita la máscara de oxígeno,

194

propone un diálogo, un giro argumental, un vestigio de surrealismo aún infantil.

Carmen ha estado antes en la habitación 832, cuando Oriol se sienta en su silla en el box de Sira, a Carmen le cuesta regresar a casa, afrontar ese silencio de la casa vacía que cada mañana atormenta a su marido al despertar. Vaga entonces por el hospital, charla con Tere en el Templo Gastronómico o acompaña a Anna mientras encadena cigarros en el banco descolorido que fue verde. A menudo acaba en la habitación 832, a veces coincide con una actuación del Gran Méndez, otras veces tan solo se sienta en una silla y cierra los ojos. *Happy Happy* Clara la recibe con esa sonrisa mentirosa tan suya, *Happy Happy* Clara comprende que Carmen no tiene fuerzas para ir a su hogar a enfrentarse a un mundo sin Sira, cómo no lo va a entender: dos policías en la puerta, el bikini puesto y el olor a protector solar.

Susana tiene de compañera de habitación a Saima, una niña de tres años que también sufre de bronquiolitis y necesita oxígeno. La madre de Saima viste vestidos de alegres colores y se cubre la cabeza con un pañuelo, se sienta junto a su hija y observa cómo respira a través de la mascarilla. A menudo aparecen en la habitación parientes de Saima, hermanos, tíos, primos. Saludan con educación, hablan en voz muy baja, no protestan cuando una enfermera les dice que no puede haber tanta gente en el cuarto, que esto es un hospital, que hay otra niña que necesita tranquilidad, que hay una mujer sentada en esa silla de allí al fondo a cuya hija atropelló un hijo de puta que se saltó el semáforo en rojo a toda velocidad y que necesita reposo, una mujer que, en lugar de ir a su casa a enfrentarse a la soledad sin Sira, ha seguido la flecha azul por pasillos y recodos y escaleras atraída por la entrevista de Pepa Llacuna al flautista de Hamelín. En la habitación 832, Carmen a veces cierra los ojos y logra dormir sin soñar; a veces se limita a dejar pasar el tiempo sentada, con la mirada fija en el canguro de madera que hay en la repisa encima de la cama de Susana.

—Mi marido me ha dicho que la policía cree haber identificado el coche del hijo de puta que atropelló a Sira —dice Carmen, necesitada de acallar el asalto de palabras, *meriendas con olor a Nocilla, polvos de talco, una vida en vela*—. ¿Tú conociste a la familia del conductor que mató a tus padres? ¿Sabes algo de él?

Happy Happy Clara deja caer sobre sus rodillas la libreta en la que escribe. Su hermana la mira desde la cama.

—Me dijeron el nombre y los apellidos, pero nunca traté de ir más allá.

Clara decidió olvidar los nombres. Obsesionarse con el culpable se le antojó una distracción de lo importante: el dolor, la ausencia, leer libros para convertirse en la mejor hermana.

—No creo que sirva de mucho que pienses en el tipo que atropelló a tu hija.

—¿Por qué?

—No encontrarás alivio en ello.

—¿Por qué no?

—Hay que seguir adelante, no perder de vista las prioridades. Mi hermana. Tu hija.

—Pero es que el hijo de puta que atropelló a Sira anda suelto por ahí. Podría ser cualquiera de esa gente que vemos a través de la ventana.

¿Piensa alguna vez el hijo de puta en la niña a la cual atropelló? ¿Se pregunta si vive o está muerta? ¿Se ha interesado por saber en qué hospital está? ¿Se ha acercado de incógnito presa de los remordimientos? ¿Me habré cruzado con él? ¿Puede el hijo de puta vivir sabiendo que en un instante destruyó una vida y arruinó otras dos? ¿O por el contrario vive su vida con la misma alegría o tristeza o indolencia o pasión de siempre? ¿Es capaz de guardar el semáforo en rojo en un cajón y olvidarse de Sira tumbada en el asfalto, quebrada?

—Me gustaría hacer como tú, pero vivo anestesiada, a veces pienso que yo morí con Sira esa noche.

—No, estás muy viva.

—No sé qué decirte…

—No sabes que has muerto hasta que alguien te lo dice.

—¿Qué significa esa frase?

—No lo sé —responde *Happy Happy* Clara, riéndose—. Se la escuché decir una vez a Tere y me gustó cómo sonaba. ¿A ti alguien te ha dicho que estás muerta?

Te espero en Urgencias, decía el primer mensaje, que en realidad era el último. *¿Dónde estás?*, decía el segundo, que en realidad era el penúltimo.

—Debe de ser una de las frases de autoayuda de Tere —murmura Carmen.

—Supongo.

Un par de niños aparecen en la puerta, uno va en silla de ruedas y otro arrastra un portasueros: ¿nos cuenta un cuento, señora? Uno de Pepa Llacuna, por favor, el de la reunión con la Anciana Bruja de Madagascar, el de la partida de ajedrez con el Oso Polar en Alaska, el de la entrevista a la princesa Sherezade en esa ciudad tan lejana que se llama Bagdad. Clara sonríe, son visitantes habituales de la habitación 832.

—Tengo la voz cansada. Pero mi amiga Carmen estará encantada de leeros alguno —dice Clara.

Antes de que Carmen reaccione, los niños se instalan ante ella y Saima hace saber que quiere escuchar el cuento de la entrevista a la princesa Sherezade. Clara le pasa a Carmen una libreta con una docena de cuentos, la caligrafía de Clara es como ella: bonita, positiva, optimista, alegre, una sonrisa ante la adversidad. Carmen titubea, Carmen nunca supo contar cuentos, ni inventárselos ni leerlos, no es lo mismo la crónica de la semana que Pepa Llacuna pasó a bordo del velero pirata del capitán Pepe contada por Clara que leída por Carmen. Pero los niños se conforman, sus grandes ojos devoran la historia, y Carmen, a la que las lágrimas han traicionado cuando más las necesita, se ve obligada a dejar de narrar el cuento al poco de empezar porque le falla la voz y los ojos se le nublan, es llegar al punto en el que Pepa Llacuna y el capitán Pepe se encuentran con los delfines Serafí, Serafó y Serafú y dolerle el pecho, faltarle el aire, en la estantería de la habitación de Sira faltan dos peluches: el delfín que compraron en el zoo y la serpiente con un sombrero de copa, a saber dónde los dejó Oriol cuando los llevó a casa de regreso del hospital.

—Lo siento. No debería haberte hecho esto —musita Clara.

—No pasa nada. Tengo que irme.

Los niños observan a Carmen con el susto con el que los pequeños presencian el desmoronamiento de los adultos. Clara acompaña a Carmen a la puerta, allí se besan, se abrazan, el cuerpo de Carmen tiembla, no hay cuartel para ella, *Perdonar, Guiar, Permanecer,* ¿y si no abre los ojos? ¿Y si quien regresa es otra persona, un vegetal?

—¿Puedo hacerte una pregunta? —dice, ya en el pasillo.

—Claro.

—¿Puedes definir qué es ser madre para ti, en pocas palabras?

—Yo no soy madre.

—Para Susana es como si lo fueras.

Happy Happy Clara no se toma demasiado tiempo para pensarlo.

—Qué diría mamá si me viera. Eso resume la maternidad para mí.

198

7

BIJOU

¿Qué diría mamá si me viera? Clara reconoció en seguida a su cliente, consultaba el móvil de pie en el centro de la recepción, vestía un traje azul, una corbata roja, un gran abrigo y una larga bufanda blanca, era alto, más joven de lo que Clara se había imaginado, en cierta forma apuesto, como una tonta se alegró de sus taconazos de vértigo como si en algo importara la diferencia de altura. Aquel hombre era un cliente sobrante de Núria, en esas fechas anteriores a la Navidad la ciudad bullía de cenas y fiestas corporativas y las *escorts* no daban abasto, el último polvo antes de la cena con el cuñado pesado, bromeaba Núria, que ya estaba comprometida con otro cliente para la noche en la que Jiro había solicitado sus servicios: por una vez vienen a por mí y se encuentran contigo. Es una fiesta de una gran multinacional, han ganado tanto dinero este año que los ejecutivos pasan una semana entera en Europa a todo lujo con todos los gastos pagados por la empresa, ¿te imaginas? París, Londres, Roma, empiezan por Barcelona, los japoneses tienen reputación de ser buenos clientes, está muy bien para ser tu primero, alto *standing*, de lo mejor que puedes encontrar.

—*Hello my name is Bijou, you are Jiro, right?*

—Buenas noches, eres más guapa al natural que en las fotos —respondió Jiro en un castellano roto—. El taxi nos espera.

La cogió con suavidad del brazo, no la besó en la mejilla, no la miró a los ojos, no jugaron a la dama y al caballero, los ejecutivos de élite, ya se sabe, no toman prisioneros cuando de negocios se trata, las cuentas siempre claras en tu cabeza, tienes que saber en todo momento a cuánto asciende la transacción, cuánto te han dado, cuánto has dado. A Clara, el cuello le palpitaba de pura desnudez, despojado de su crucifijo, víctima fácil para cualquier vampiro.

Dentro del taxi, Jiro pasó al inglés. A Clara se le había oxidado de no practicarlo, asentía sin entender gran parte de lo que Jiro le decía. En cada semáforo sentía a través del espejo retrovisor la mirada del taxista fija en su escote de vértigo, el juicio moral clavado en el vestido de noche verde que se le había subido a la altura de los muslos al entrar en el coche, por cuya radio un periodista, excitado, locutaba un partido de fútbol.

—¿Qué significa tu nombre? —preguntó Clara en castellano para acallar el fuera de juego que no había sido y la publicidad de casas de apuestas *on line*.

—Segundo hombre, segundo varón en una familia.

—¿Eres el segundo varón de tu familia?

—No. Soy el mayor. A veces los nombres no significan lo que deberían significar. Tú, por ejemplo, no creo que te llames Bijou, aunque es cierto que eres hermosa como una joya.

Clara sonrió ante el cliché. Jiro le cogió la mano. En el salón de casa, las manos entrelazadas alrededor del *gin-tonic*: ¿cómo puedes, Núria, hacerlo por dinero con un extraño? Con un extraño no es la primera vez, por dinero, sí. Es verdad que la primera vez fue la peor, estaba hecha un flan, tuve suerte, él estaba tan nervioso como yo, nunca antes lo había hecho pagando, no sabía cómo tratarme, yo no sabía cómo tratarle, me lo tomé como una cita con cronómetro… ¿Cómo puedes decir que fue como una cita? La prostitución no es una cita.

—Intentaré hablar en castellano, aunque lo hago muy mal, te lo advierto —dijo Jiro.

El taxi se detuvo ante un restaurante de apellidos catalanes y unas cuantas estrellas. Jiro saludó a algunos de los compañeros de su empresa, todos hombres y acompañados por mujeres vestidas de forma elegante, la estancia olía a perfume caro y a menú gastronómico a la última. Jiro guio a Clara hasta un corrillo dominado por un hombre próximo a los setenta, con toda seguridad el que pagaba la factura, que charlaba con otros tres ejecutivos que saludaron a Jiro como un igual, dos británicos y un francés a juzgar por su acentos. Acompañaba al hombre anciano una mujer bien entrada en la cuarentena, de porte elegante, maquillada de forma exquisita, el cabello peinado en un elegante recogido. Completaban el corrillo tres mujeres muy jóvenes que no intervenían en la conversación, solo sonreían: sonrisas blanquísimas en escotes de vértigo. Clara reconoció esas sonrisas. Se reconoció en ellas. Esas mujeres eran de las suyas.

En la mesa, Jiro llevó la voz cantante de la conversación a medida que se sucedían ante ellos los platos, lo mejor de la cocina de vanguardia catalana. En su castellano roto mezclado con palabras en inglés, Segundo Hombre habló de su trabajo, de Japón y de su pasión por Barcelona, Gaudí, el Barça y los cocineros catalanes. Los modales de Jiro en la mesa eran exquisitos y su conversación, amena e interesante. Clara asentía cuando se perdía en alguna frase. De vez en cuando, de las mesas cercanas llegaban estallidos de carcajadas, sobre todo femeninas, y Clara se preguntaba si Jiro se aburría con ella, si no debería mostrarse más activa. Escúchalo, le había recomendado Núria, deja que hable, dale conversación, juega a que eres una cita, se trata de ofrecer un servicio completo, conversación, compañía y sexo, los hombres quieren lucir a una mujer de bandera en fiestas y cenas corporativas, colgar de su brazo a una mujer guapa pero también inteligente y divertida, el punto justo de extravagancia y de vértigo, que por algo no eres su esposa. Durante varios días, Núria y Clara habían visto juntas en el ordenador vídeos pornográficos, se habían reído, habían simulado escandalizarse, Clara nunca antes había visto porno, a ratos le parecieron lecciones de anatomía y a ratos exhibiciones de gimnasia. Los vídeos eran tan burdos y tan centrados en el placer masculino que pronto la aburrieron: tómatelo como una lluvia de ideas, las fantasías sexuales de los hombres suelen ser películas porno con un guion muy simplón, ¿nunca le has hecho eso a un tío?

Clara vio el momento de involucrarse en la conversación cuando Jiro se refirió a su fascinación por la Sagrada Familia. Ella, Susana y Núria habían visitado el interior del templo en unas jornadas de puertas abiertas, madrugaron mucho, tuvieron que hacer una larga cola, pero valió la pena, tanta belleza, tantas formas que Clara desconocía que existían o que pudieran combinarse entre sí. Acabaron la visita las tres sentadas en un banco del parque, Núria compró almendras garrapiñadas, Susana ya se atrevía a dejar el pañuelo y el sombrero de paja en casa, Clara se sentó entre las dos y entrelazó sus manos con las de su amiga y su hermana. Recuerda, Clara, le había instruido Núria: nada debe suceder que tú no quieras que ocurra, tú eres la profesional, eres tú quien manda en la cama.

—La Sagrada Familia es la ofrenda de un genio a Dios —dijo Clara.

Jiro coincidió con ella; la Pedrera y el parque Güell eran obras extraordinarias pero nada era comparable con la magnificencia de la Sagrada Familia. Encontrar a Gaudí como terreno común de conversación contribuyó a relajar a Clara, el vino también ayudó, se olvidó de su escote de vértigo e incluso se permitió, protegida por el mantel, descalzarse debajo de la mesa, los taconazos la estaban matando. Una tarde que Susana salió con unas amigas, Núria le hizo las fotos para el anuncio en la web, las piernas que colgaban del sofá, los pechos apenas ocultos por las manos, el culo en la penumbra, insinuar, mostrar sin desvelar, hay que crear necesidad de ti en el mercado, esa es la clave del capitalismo, generar la necesidad de un producto y ser la única que lo ofrece; date prisa, Núria, que

202

le he dicho a Susana que la quería en casa a las nueve y ya son menos diez.

—Háblame de ti, Bijou. Pero dime algo que sea verdad.

Clara sintió que una oleada de calor le subía por los pies. Nunca hables de ti, le había aconsejado Núria, tú no eres Clara, eres Bijou, recuérdalo, al parecer a muchos hombres los excita eso de currante de día y puta de noche. En el proceso de tomar la decisión, en las largas conversaciones nocturnas que mantuvieron Núria y Clara cuando Susana ya dormía, Núria siempre argumentaba lo mismo: solo es sexo, es tu cuerpo, no eres tú, podrías pedir mucho dinero, eres muy guapa y culta, es dinero rápido y sin complicaciones, solo es sexo, no eres tú, eres otra, cuando trabajo yo no soy Núria, soy Jewel. En pijama, abrazada a las rodillas, Clara se mecía en un leve balanceo que la calmaba: no lo entiendes, el sexo no es solo sexo; no, Clara, quien no lo entiende eres tú.

—Háblame de ti —insistió Jiro.

Aturdida por la insistencia, Clara se refugió en una media sonrisa y varios segundos de silencio que, a su pesar, parecieron una forma de jugar con el interés del hombre. Su cliente le sirvió más vino, pidió otra botella.

—Deja que lo adivine, se me da bien imaginar la vida de la gente, es bueno para mis negocios. ¿Puedo intentarlo?

—Adelante.

—Eres una profesional liberal con formación académica, sin ataduras familiares.

La leucemia linfoblástica aguda. Y la quimioterapia, el *port-a-cath*, la cámara de aislamiento, la recaída, la espera para un donante, el trasplante, la victoria, la bronquiolitis crónica como secuela, y aún hemos tenido suerte, muchos no lo cuentan.

—Eres muy segura de ti misma, cuando quieres algo no sueles detenerte hasta que lo consigues, te gusta disfrutar de los placeres de la vida.

Y la otra cara del asunto: el entierro del sueño de ser escritora, la despedida forzosa de la universidad, la indemnización ridícula de la aseguradora, las deudas de papá y mamá, los trabajos de mierda, la mano del encargado del súper por encima de la rodilla, los apuros para llegar a fin de mes, que si la hipoteca, que si la ropa de Susana, que si los libros de texto, que si las medicinas, ¿no tendrá usted, padre, un paquete de arroz, o unos pantalones para las niñas, o un cartón de leche?

—¿Voy bien? ¿Me he acercado a la verdadera Bijou?

—Soy escritora de cuentos infantiles.

Pepa Llacuna y el ratón que quería ser Rey de la selva, Pepa Llacuna y el pavo real que quería ser piloto de avión, Pepa Llacuna y las aventuras de Rosaura la bruja buena. Clara es escritora, el único problema es que el resto de la humanidad aún no lo sabe. Cuartillas escritas a mano en su bonita caligrafía, dobladas una y otra vez para que cupieran en el compartimento oculto del canguro de madera que Núria le regaló a Susana, cuartillas muchas veces escritas en la sala de espera de la UCI, *To the nurse Castells, you are the best, Alice; Al equipo de la UCI pediátrica, gracias y gracias y gracias y gracias y gracias, Leticia.* El sonido de un cubierto que golpeaba una copa permitió a Clara esquivar la pregunta. El hombre que tenía aspecto de ser el que pagaba la factura se había levantado, la mano derecha en el bolsillo del pantalón. La elegante mujer que lo acompañaba era la que golpeaba la copa con la solemnidad con que se percute un gong. El hombre empezó a hablar, primero en inglés, después en japonés, Jiro siguió su intervención con mucha atención, era el primero en reír y el último en dejar de aplaudir. Clara no entendía las palabras del hombre poderoso, pero no necesitaba traductor para percatarse de que eran el dinero y el poder quienes hablaban.

Después del discurso la velada se tornó más informal, las mesas se disgregaron, el champán dio paso al alcohol de mayor graduación y las extravagancias dulces, las conversaciones se tornaron más ruidosas, una cantante y su banda interpretaron clásicos de *jazz*, Clara sonrió mucho, habló muy poco, bailó con Jiro una hermosa versión de *My way*. Jiro era un buen bailarín, Clara se dejó llevar, su escote muy cerca del rostro de su cliente, Jiro carga a la izquierda, *Regrets I've had a few, but then again too few to mention, I did what I had to do and saw it through without exemption.* En el taxi, Jiro la besó de improviso a dos manzanas del hotel. La lengua de su cliente era gruesa y rugosa, su aliento sabía a las salsas de la cena, a vino y a *whisky*, su mano se posó en su muslo por debajo del vestido. Clara lo apartó un poco, solo un poco, espera, quería decir el gesto, espera al hotel, la impaciencia te puede, qué diría mamá si me viera. En pijama, abrazada a las rodillas, inmersa en un leve balanceo que la calmaba, Clara evitó la mirada de Núria, la decisión tomada: es dinero rápido y sin complicaciones. Núria tecleaba en su ordenador nuevo, pulsaba teclas de su nueva cámara de fotos de mil euros: necesitarás un anuncio, y fotos, y un nombre artístico, ¿qué te parece Bijou? Jewel y Bijou, Bijou y Jewel, siempre amigas, tú y yo, siempre juntas, quién sabe, a lo mejor con el tiempo hasta podemos ofertar un trío.

¿Qué diría Susana si me viera?

8

JANA

LAS VISITAS DAN DOS ALEGRÍAS, cuando llegan y cuando se van. Jana, la hija de los vecinos, la mejor amiga de Sira, aguarda junto a su padre en recepción con la mochila a la espalda y la carpeta forrada con fotos de futbolistas. Su padre la coge de la mano con fuerza, como si tuviera miedo de que alguien se la llevara, la tumbara en una cama, la intubara, la pinchara, le rapara el pelo y la conectara a varios monitores, bienvenido a mi morada, entre libremente por su propia voluntad y deje parte de la felicidad que trae. Jana besa a Carmen en la mejilla. Huele a niña a media tarde, la colonia aún presente, el rastro de sudor todavía infantil, el aroma del fuagrás del bocadillo de la merienda, a Sira le gustaba merendar triángulos de Nocilla, de muy niña ya disfrutaba introduciendo el dedo en el frasco hasta donde le alcanzara su manita para después chuparlo. El padre de Jana abraza a Carmen, la besa una vez, dos veces, tres veces. Salen al jardincito junto a la entrada del hospital, se sientan en el banco descolorido que fue verde.

—Jana te ha traído algo.

Jana abre su mochila. Jana busca en su interior. Jana y Sira son buenas amigas, las dos tienen la misma edad, van a la misma escuela, Jana acompañaba a Sira cuando salieron del bar durante el descanso del partido de fútbol, querían hablar de sus cosas, a esta edad ya empiezan a dejar de jugar para charlar. Salieron las dos, pero fue Sira la que cruzó la calle para ir a buscar la pelota que se les había escapado a esos niños, fue Sira la que quedó quebrada sobre el asfalto.

—Lo hemos hecho en el colegio. Es para Sira —dice Jana, su voz un poco más aguda que la de Sira, su melena más oscura y más larga, Carmen recuerda su sueño: Jana, el cepillo muy grande y muy negro y muy pesado, la angustia cuando el cepillo se rompe, el gemido de dolor que es el despertar.

Jana le muestra un cuaderno escolar, en la cubierta roja está escrito en mayúsculas el nombre de su hija, *SIRA*, con un rotulador grueso y negro. Hay fotos de Sira, sola y con compañeros de clase, quién las habrá tomado, a los once años ya hay padres que dejan a sus hijos ir a clase con el móvil a pesar de que la escuela lo prohíbe. Hay fotos y frases de ánimo escritas con la emotividad preadolescente, muchos corazones rojo chillón, muchas *xxxx* y muchos *oooo*, muchos recupérate pronto, muchos te echamos de menos, muchos la escuela no es lo mismo sin ti. Hay fotos de Sira con compañeros de los que Carmen conoce los nombres, alumnos a los que ha dado clase: este es Ander, esta es Gisela, aquel es Hugo, aquella es Mar, ese de ahí es Genís y esa otra es Melisa. Hay dibujos de corazones y otros que no lo son: nubes, soles, flores, pájaros, árboles. Y Sira. Hay muchos retratos de Sira, algunos con talento, otros voluntariosos. En la última página, hay una foto del claustro de profesores, sostienen una foto enmarcada de Sira, una vez al año, un sábado, las maestras de la escuela salen a cenar, solo ellas, solo una vez al año. Carmen vive en un mundo de condicionales, ¿y si no hubiera salido a cenar con mis compañeros de trabajo? ¿Y si Oriol no hubiese pedido otra cerveza? ¿Y si Sira no hubiese salido a charlar contigo, Jana? El director de la escuela también aparece en la foto, y el nuevo profesor de música, sin su flauta, y Sara, la de Infantil, lleva los zapatos puestos y no hace cara de estar de humor para farfullar una canción de moda.

—Muchas gracias —susurra Carmen.

—¿Cómo estáis? —pregunta el padre de Jana con el tono de voz con el que se pretende llevar la conversación de lo trivial a lo importante. Junto a ellos, de espaldas a la entrada y de frente al tráfico, fuma el chico en silla de ruedas en cuyo respaldo alguien ha escrito en grandes letras blancas: *ONCO*. Tiene una melena larga, no está calvo, no parece sufrir cáncer, y aun así, míralo, moviéndose por el hospital en esa silla que pertenece al departamento de oncología y que ahora es suya, solo viste un pijama, el frío debe de ayudarle a sentirse vivo. Cómo estáis, pregunta el padre de Jana. ¿Cómo crees que está este chico? ¿Cómo crees que estamos nosotras?

—Vamos aguantando. Sira no abre los ojos, respira, pero no abre los ojos.

Tú también estabas allí, dentro del bar, mientras fuera Sira cruzaba el semáforo en verde y un coche se saltaba el semáforo en rojo, tal vez esperabas a que el camarero te sirviera otra cerveza. Tú también estabas allí, y estuviste en mi casa, llamaste a la puerta, una vez, dos veces, tres veces. Con la palma de la mano. O tal vez fue con el puño. Tú también estabas allí, pero no estuviste en la puerta de Urgencias, fumando, andando a grandes zancadas arriba y abajo por la rampa de acceso de las ambulancias, consultando cada dos segundos la pantalla del móvil. Estabas en la habitación de Jana, la abrazaste, la consolaste, le diste las gracias a quien fuera porque fue Sira y no Jana quien cruzó el semáforo en verde. Sé que diste las gracias porque yo hubiera hecho lo mismo, gracias porque los traumatismos múltiples, la intubación ortotraqueal, la respiración mecánica, el traumatismo craneoencefálico, el coma inducido, la craneotomía descompresiva y el coma vigil no le han sucedido a tu Jana, sino a mi Sira. Jana fue la testigo, Sira fue la víctima, y ahora Jana se pasa las noches llorando y nadie ha visto llorar a Sira.

—He escrito un poema para Sira —dice Jana.

La niña le enseña en qué parte de la libreta encontrar el poema. Es un soneto, se titula *SIRA*, así, en mayúsculas, catorce endecasílabos consonantes, dos cuartetos, dos tercetos. Han aprendido a escribir sonetos este año en clase, Sira también los escribía antes de las vacaciones de Navidad, le dedicó uno a mamá, otro a papá y otro a Messi. Los componía en la mesilla del salón, el lápiz le colgaba de los labios, la libreta garabateada, la tableta al lado, hay una aplicación que si pones una palabra te busca otras que riman con ella, ¿te lo puedes creer, mamá? *SIRA*, se titula el soneto de Jana, y palabras que riman con Sira se agolpan en el cerebro de Carmen: tira, pira, mira, gira, guajira, conspira, inspira, suspira, transpira, mentira, delira, respira, no abre los ojos, pero respira.

—Es para que se lo leas a Sira. ¿Tú crees que podrá oírte?

Traumatismos múltiples. Traumatismo craneoencefálico. Coma vigil. Repite conmigo, Jana: Traumatismos múltiples. Traumatismo craneoencefálico. Coma vigil. ¿Sabes que un porcentaje considerable de pacientes con trauma craneoencefálico grave no sobrevive más de un año? ¿Y que en el mejor de los casos la recuperación se alarga durante años y es muy dura? ¿Sabes que Sira puede haber sufrido daños neurológicos irreparables que ahora desconocemos? Con toda probabilidad esto es lo que le ha sucedido porque fue ella, y no tú, quien cruzó el semáforo en verde, porque fue ella, y no tú, quien fue a buscar el balón que se les había ido a la calzada a esos niños más pequeños que jugaban a fútbol en el parque. Porque fue ella, y no tú, hoy no está Sira aquí en este jardincito, con sus árboles, con su parterre con flores, con un cuaderno escolar con tu nombre, *JANA*, escrito en la cubierta roja con un rotulador grueso y negro. Porque fue ella, y no tú, la que quedó tumbada en el asfalto, Sira ya no huele a niña a media tarde, sino a vendas, yeso, yodo y plástico. Porque fue ella, y no tú a la que atropelló un coche que se saltó el semáforo en rojo a toda velocidad, Sira no ha escrito un soneto titulado *JANA*, catorce endecasílabos consonantes, dos cuartetos, dos tercetos, hay una aplicación que si pones una palabra te busca otras que riman con ella, ¿te lo puedes creer? Sana, truhana, gitana, diana, liana, grana, anciana, banana, campana, humana, guardiana, liviana, lozana, villana, charlatana, wagneriana, cirujana:

traumatismos múltiples, fracturas en las costillas, la pelvis y la cadera, su estado es lo que llamamos estable dentro de la gravedad, dijo la cirujana, que rima con Jana.

—Nadie sabe si Sira puede oír lo que se le dice. Pero estoy segura de que le encantaría tu soneto.

Carmen se levanta del banco descolorido que fue verde. Ya se lo he dicho a Oriol, dice el padre de Jana, lo que necesites, cualquier cosa, en cualquier momento, pensamos mucho en vosotros, besos en las mejillas. Padre e hija se van a su casa, o tal vez de compras, o a pasear, o al cine, ya nadie tumbará a Jana en una cama, la intubará, la pinchará, le rapará el pelo, la conectará a varios monitores. Carmen se dirige al ascensor del hospital, bienvenida a mi morada, entre libremente por su propia voluntad y deje parte de la felicidad que trae. Está sola, pulsa el botón de la planta de la UCI pediátrica, el ascensor huele a bocadillo de fuagrás, un cepillo muy grande, muy negro y muy pesado le duele en el pecho. Espalda en la pared, se desliza hasta llegar al suelo. Se abraza las rodillas. Se muerde el labio hasta sangrar. Una anciana en silla de ruedas entra en la planta cuarta, buenas tardes, susurra, muy educada, piedad en la mirada. No me merezco su consideración, piensa Carmen, soy una mala persona, pobre Jana, pobre chiquilla.

9

MALA MADRE

En el cambiador de la UCI, Carmen coincide con Anna, bajo a fumar, ¿me acompañas? De nuevo en el ascensor. El dolor. La incomprensión. La indefensión.

—¿Estás bien?

Carmen miente, Carmen asiente. De regreso al jardincito cerca de la parada de taxis. El chico de la silla de ruedas sigue allí, observa el tráfico, fuma con parsimonia. Anna ofrece un cigarro a Carmen. Carmen acepta.

—Me estoy convirtiendo en una mala persona —se desahoga Carmen—. Una niña acaba de venir a visitar a Sira y yo la odiaba y solo quería que se fuera, le ha escrito un poema a Sira y yo tan solo pensaba que ojalá fuera ella y no Sira la que está intubada en la UCI. Oriol, mi familia… todos piensan que lo de Sira es una buena noticia, y yo no lo creo, y me siento fatal, porque me gustaría tener su misma alegría, compartir su optimismo, te juro que me encantaría, pero no puedo porque Sira es mi hija y yo sé lo que ellos no saben, yo sé que no escucha y que ya no está. ¿Soy una mala persona por eso? Dímelo, ¿soy una mala madre?

Anna pasa un brazo alrededor de los hombros de Carmen. La besa en la mejilla. Carmen reposa su cabeza en el hueco entre el cuello y el hombro de Anna que pertenece a Nil, allí se está bien, Anna huele a protección.

—Mala persona, dices... Tú no eres mala persona, créeme —susurra Anna.

Vibra uno de los teléfonos de Anna. Carmen se separa. Es el rojo. Anna lo mira. Decide no descolgar. Propina una profunda calada a su cigarro. El teléfono vibra y vibra. Anna cierra los ojos.

—¿Sabes? Primero dejé a Miquel por Jesús.

En el porche de la casa de su amante, desnudos los dos bajo una manta, Miquel le dijo a Anna aquello de no estoy hecho para ser el Otro, *lo confieso, abogada, sufro Annaestesia, ataques agudos de Annaestesia que me sobrevienen cuando menos lo espero a pesar de que paso el día entero esperándote.* Y después, el frío ya impregnado en la piel compartida: voy a darte espacio, sé que es una decisión muy difícil, tómate el tiempo que necesites, no te llamaré, no te escribiré, sufriré la Annaestesia en solitario, esperaré lo que sea necesario, no quiero que te sientas agobiada, pero que te quede claro que te amo y quiero que dejes a tu marido, cojas a tu hijo y te vengas aquí conmigo, no soporto la idea de imaginar tus uñas pintadas de rojo recorriendo las pantorrillas de él.

Llegó el otoño del silencio. Asediada por tangentes y secantes, Anna se dolía: por qué no aceptaba Miquel seguir siendo el Otro, qué tiene de malo ser el Otro, he ido a toparme con el único tío al que solo el sexo no le basta, hasta para eso tengo ojo clínico, joder. En su bolso, Anna llevaba el teléfono rojo y nunca vibraba, Miquel no llamaba ni escribía, ella no se atrevía a llamarlo porque no se arriesgaba a hablar con él por el qué dirá, los estúpidos juegos de poder de los amantes. En esas semanas de silencio, nunca logró quitarse de la cabeza a Miquel, *la Annaestesia siempre está ahí, latente, agazapada. No sé qué hacer, porque ya no puedo vivir así, pero tampoco puedo seguir viviendo sin ella, sin ti.* En compañía de clientes, colegas y amigos, Anna se desconectaba de la conversación, ¿no os dais cuenta de que no me importan vuestros sentimientos desgarrados ni las fotos rotas a pedacitos ni el dolor de pies ni el olor a

212

café, sudor y moqueta que os impregna la blusa al final del día, cuando la arrojáis al cesto de la ropa sucia? ¿No veis que lo único que quiero saber es si lo de Astarita por Adriana en *La Romana* es amor verdadero? En la calle, Anna creía ver a Miquel en todas partes, en la esquina de su trabajo, sentado en una terraza, en la parada del autobús, apoyado en el portal. En casa, Anna la tomaba con Jesús por cualquier nimiedad, por supuesto, qué otra cosa podía hacer: se han acabado los cereales integrales que contienen calcio, magnesio, zinc y vitamina D, los que favorecen la absorción del calcio, el crecimiento de las células óseas y la formación del puto colágeno, dime qué coño va a desayunar hoy Nil. Jesús aguantaba cabizbajo los frecuentes chaparrones, se movía por la casa como quien anda descalzo bajo la lluvia, ese roce de sus chanclas en el parqué que tanto enervaba a Anna, cada paso era un ruido desquiciante imposible de encerrar en una onomatopeya. Jesús llevaba chanclas en casa en verano y en invierno, solo los días de mucho frío se ponía calcetines, y el roce en el parqué era el sonido del despertar minutos antes de las siete de la mañana. ¿Qué iba a decirle Anna? ¿Que iba a abandonarlos a él y a Nil porque estaba harta de que sus chanclas la despertasen cada domingo? No, no había cereales y Anna quería desayunar cereales: por qué soy yo la que siempre tiene que encargarse de todo en esta casa, por qué nadie es capaz de pensar por sí mismo, por qué cuando se están acabando los cereales nadie avisa, no, no quiero que bajes a la tienda a comprar cereales, desayunaré en el trabajo.

Y Nil, en tu conciencia.

Y el portazo, como manifiesto.

Mediado noviembre, Anna se citó con Miquel en el hotel de sus encuentros clandestinos, aquellos mediodías, aquellas tardes, aquel olor a semen impregnado en su piel que duraba hasta la noche: necesito verte, había escrito Marguerite, yo también, respondió Han Solo. Se sentaron frente a frente, un beso en la mejilla, ella con gafas de sol, él con la llave de la habitación 424 en el bolsillo del pantalón. El corazón se le aceleró a Anna, su cuerpo reaccionó al recuerdo de la puerta corredera, de la tapicería de los asientos de la recepción, del olor del ambientador de la habitación, del roce de las sábanas en sus pechos, *la Annaestesia me obliga a cambiar el mapa de la ciudad, ya no puedes volver a ese restaurante que frecuentas con Anna porque el menú solo me sabe a ti.* No puedo, dijo Anna, tanta fuerza de voluntad concentrada en dos palabras la desgarró. No puedo porque todo tiene que estar en su sitio, todo debe permanecer en su esfera, es una pena que no puedas ser el Otro. No puedo porque soy como una de esas muñecas rusas, frivolidades geométricas, las justas. No puedo porque el cachas de mi novio es ahora el padre de mi hijo. No puedo porque no me veo capaz de separar a Nil de Jesús, su cuerpecito se acurruca en la seguridad de esa gran cueva que forman el pecho y los brazos de su padre, el vals del niño más hermoso que el cristal, el *blues* del niño que será lo que él quiera ser.

Miquel no le dijo a Anna que en el bolsillo del pantalón llevaba la llave de la habitación 424. No habló del porche con vistas a la noche, desnudos los dos bajo una manta, ni de ese lugar discreto en la estación de servicio. No habló de buscarse, besarse, tocarse, sobarse, magrearse, arañarse y lamerse, de puntos en común, de ángulos inesperados. Sabía que esto podía suceder, eso es lo que dijo Miquel, sabía que corría el riesgo de que te levantaras, te vistieses, cogieras tus cosas, salieras por la puerta y tiraras el teléfono rojo a la papelera. Pero te amo, y no podía continuar así, tenía que intentarlo, he perdido y no sabes cuánto lo siento. Y se fue con un beso en la mejilla como despedida, sálvame, Han Solo, porque ya no sé qué hacer, excepto alguna bobada, alguna locura, alguna tontería, ¿acaso no escuchas a Marguerite llorar bajo la máscara de Anna?

—Y, no mucho después, dejé a Jesús por Miquel.

Poco antes de Navidad, llamaron de la escuela: Nil tiene fiebre. Anna pasó la tarde con él, que no sea neumonía, por favor, que no sea neumonía. En el balanceo de la butaca sintió cómo la temperatura del niño subía y subía, el sudor de Nil se mezcló con el suyo, las camisetas de ambos empapadas, Jesús traía cada cierto tiempo toallitas mojadas que colocaba en la frente del niño: ¿voy a por el coche? Aún no. En el balanceo de la butaca, Anna cantó al oído de Nil hasta quedarse ronca, el *rock* del niño fuerte como una roca, el vallenato de la fiebre tonta, la salsa del pequeño perejil. En el balanceo de la butaca, Anna se ahogaba, su cuerpo se dolía de tanta ausencia de Miquel, las chanclas de Jesús chirriaban por el pasillo, las tangentes inundaban su vida, las circunferencias concéntricas se desplomaban, los ángulos inesperados rasgaban la máscara y bajo ella Marguerite pugnaba por vivir soñando. ¿Por qué te has enfadado con papá? ¿Se ha portado mal?, preguntó Nil en el duermevela de la fiebre. No, papá no se ha portado mal, Jesús es Jesús, el problema es que Anna, aunque no lo diga porque no le gusta que la tomen por una tonta romántica, es de las que creen que Marguerite sueña con el amor. El problema es Solomon, *everybody needs somebody to love*, ese es el problema, Nil, no papá, *everybody needs somebody to love*, incluso yo. Es que la Annaestesia anestesia, Nil, y entonces el mundo se mueve más despacio, pierde los colores, pierde los olores. El problema, Nil, es que no sé si lo de Astarita por Adriana en *La Romana* es amor verdadero o enfermiza obsesión, ¿tú qué crees? Lo que sucede, Nil, seamos sinceros, las cartas encima de la mesa, es que tu grito cuando te fracturas me ayerma. Entrada la noche, Nil se durmió y se dejó acostar, apoyado en su hombro Anna le sujetaba con una mano la cabeza y con la otra, las nalgas, los dedos siempre extendidos para cubrir mucha superficie con la menor presión posible. La luz del salón lastimó los ojos de Anna, en la mesa la cena estaba lista, una ensalada a la que le faltaban los tomates, una tortilla que parecía un revoltillo, dos copas de vino, un jarroncito blanco con una rosa dentro: ¿quieres un masaje en los pies, Anna?

A medianoche, el llanto. A las cuatro y media de la madrugada, treinta y nueve grados de fiebre, vamos al hospital. Anna preparó una bolsa, la de siempre, una muda, un libro de cuentos, los peluches favoritos de Nil: Tobías, el elefante, Lluïsa, la perrita. Jesús se puso el chándal y fue a buscar el coche, despeinado rejuvenecía, recordaba al cachas del novio de Anna. Aparcó, subió a casa y cogió en brazos a Nil, lo protegió, lo cubrió en esa gran cueva que forman su pecho y sus brazos. Anna condujo, Nil gemía como un gatito herido, tosía de vez en cuando, las mejillas le ardían, Anna lo observaba a través del espejo retrovisor central, en los semáforos Jesús le acariciaba la mano que tamborileaba encima del pomo de la palanca del cambio de marchas. En el hospital no había ninguno de los doctores que ellos conocían. Un médico nuevo implicaba explicaciones viejas, Nil es un caso entre quince mil, no hay muchos médicos que tengan experiencia con estos enfermos: Nil tiene osteogénesis imperfecta, la enfermedad de los huesos de cristal, este es un informe de su médico habitual, las fracturas se las hace solo, nosotros no maltratamos a nuestro hijo. Más explicaciones, más justificaciones: Nil padece numerosos problemas respiratorios y neumonías debido a deformidades en la pared torácica, lleva dos días tosiendo, a media mañana nos llamaron de la escuela, tenía fiebre, unas décimas más de lo normal, pero por la noche se le ha disparado, ya sabe, doctor, o debería saberlo, enfermedad autosómica dominante, escoliosis y colágeno tipo 1.

Se llevaron a Nil a las entrañas del hospital, solo uno de los padres estaba autorizado a acompañar al niño, ve tú, Jesús, hoy no me siento con ánimos. Sentada en la sala de espera de Urgencias, Anna combatía al sueño. Cerca de la puerta automática, una anciana cocía moniatos y castañas envueltos en un cucurucho de papel de periódico. *Cucurucho* es una de esas palabras que solo tienen sentido pleno en el realme infantil, pensaba Anna mientras el sueño la vencía, como *chuchería*, como *golosina*, como *comba*, como *cumpleaños*, si tuviera que definir en pocas palabras qué es ser madre tal vez diría que es reencontrarte con palabras olvidadas, descubrirte en el lado equivocado del diccionario. Sucumbió Anna ante el sueño, y soñó con la casa de Miquel a los pies de la montaña, con el porche con vistas a la noche, con una cena sencilla, nada sofisticada, pan con tomate, embutido y unas ensaladas, un vinilo de John Coltrane y Thelonius Monk, otro de Caetano Veloso. Soñó

216

Anna con que Nil jugaba al fútbol en el jardín, su hijo se caía y se levantaba y no pasaba nada porque el portero era Miquel y las paraba todas, no había forma de marcarle un gol.

No era neumonía, era una otitis: en un par de días el niño estará bien, si no es así llevadlo al médico, controlad esa tos, y al menor indicio de problemas respiratorios, traedlo otra vez. La anciana entregó a Anna un cucurucho repleto de castañas. Anna le cedió el volante a Jesús y se las comió camino de casa, calientes, disfrutó de cada una igual que los niños se deleitan al pronunciar *cucurucho, chuchería, golosina.* Nil no fue a la escuela, Anna no acudió al trabajo, Jesús no abrió la tienda. Por la noche, Nil se durmió en seguida, Jesús se puso a jugar a Candy Crush, Anna se encerró en el baño, se lavó los dientes, se sentó en la taza, la tableta en el regazo. En la web de contactos, el avatar de Han Solo estaba iluminado de verde. Anna acarició la pantalla de la tableta con la yema del dedo. Se abrió un cuadro de diálogo: *¿Quieres enviarle un mensaje a Han Solo? ¿Quieres más información sobre Han Solo?* Después, se dio una ducha muy caliente y dejó que Jesús le hiciera un masaje en los pies. Durmieron hasta el mediodía, las uñas de los pies pintadas de rojo de Anna encima de las pantorrillas de Jesús, el roce de las chanclas de su marido en el parqué ya no la molestó porque ya no importaba, la decisión ya estaba tomada: cómo te definirías, le preguntaron una vez a Anna en una entrevista de trabajo, como una de esas muñecas rusas, respondió.

—Y después abandoné a mi hijo para regresar con mi amante.

Anna dejó pasar las fiestas, los banquetes en casa de su madre, los regalos, los buenos propósitos de Año Nuevo. Pasado Reyes, un viernes por la tarde, la maleta en la puerta, Jesús y Nil de paseo, Anna dejó encima de la mesa del salón una nota manuscrita en estos tiempos en los que ya nadie escribe a mano, un detalle tan de Miquel: *No es que me vaya, Jesús, es que ya me fui y nunca regresé.* En el metro, la vida encapsulada: un grupo de adolescentes compartían entre risotadas una botella de dos litros de refresco mezclado con alcohol, una pareja joven se miraba a los ojos, una maestra corregía exámenes, una universitaria repasaba apuntes, un desempleado calculaba mentalmente cuánto faltaba para llegar a fin de mes, un policía fuera de turno echaba de menos el peso de la pistola en la cintura, un bombero de baja laboral fantaseaba con la belleza indómita del fuego. Anna no tenía un plan, Anna tenía un impulso, qué tentación, dejar caer los platos. En el bolso, los dos teléfonos compartían espacio, el rojo llevaba semanas sin vibrar, el azul pronto empezaría a hacerlo. Dos estaciones antes de abandonar el metro para el transbordo, Anna lo apagó, *sálvame, abogada, porque ya no sé qué hacer, excepto alguna bobada, alguna locura, alguna tontería.*

En la red de túneles resonaban los pasos de decenas de personas, algunas miradas se cruzaban, algunos deseos convergían sin que los interesados lo sospecharan, las notas de los músicos ambulantes resbalaban inadvertidas por las paredes. Anna caminaba despacio, ensimismada, *te ruego, Jesús, que no me llames, necesito aclarar las ideas, necesito alejarme de casa.* En las paredes subterráneas, los carteles de los últimos estrenos compartían espacio con la publicidad de la web de contactos, el lugar ideal para mantener aventuras discretas con gente casada, todo en su sitio, todo en su esfera, todo bien guardado en su cajón. Anna tenía la sensación de que la pareja de modelos, acechantes tras sus máscaras, la observaba: eres tú, te conocemos, nadie más puede verlo, pero nosotros sabemos que, bajo tu blusa y tus tejanos y tus zapatillas deportivas, vas vestida de noche, que una elaborada máscara de Anna oculta tu verdadero rostro, Marguerite, que una apertura en tu hermoso vestido deja ver tu pierna y un zapato de tacón, negro, alto, sexual, *no me busques en casa de mi madre ni en la de Gemma, porque no estoy allí, estoy con alguien que te es desconocido, estoy con otro hombre.*

En el andén del tren de cercanías, el calor la sofocó, la blusa se le enganchó a la espalda. En el vagón, se sentó al lado de un hombre que cargaba un acordeón y olía a todo un día en el subsuelo. Contaba las monedas que llenaban una botella de plástico recortada por la mitad: de cincuenta céntimos, de veinte, alguna de un euro, no había ninguna de dos. Del acordeón colgaba un cartel: *Soy padre, canto boleros, ayúdame.* Anna buscó una moneda en su bolso, el hombre la miró, no estoy trabajando, ahora no, decía su mirada. Anna dejó caer la moneda, bajó los ojos, sintió que se sonrojaba, la vergüenza la abrumó, *sé que esta no es la mejor forma de decirte algo así, sé que soy una cobarde y que no te lo mereces, pero es la única forma de la que soy capaz de hacerlo, ya no puedo seguir así.*

Hacía más frío en el pueblo de Miquel que en Barcelona. A paso vivo Anna se alejó de la estación, el aliento le surgía a bocanadas. Cruzó un puente bajo el cual un río serpenteaba, raquítico. Grupos de niños corrían en los parques, el ayuntamiento aún no había retirado las luces navideñas. El corazón se le aceleraba a medida que se acercaba al porche con vistas a la noche. ¿Qué diría Miquel? ¿Le franquearía el paso? ¿Se alegraría de verla? ¿Estaría con otra? Tal vez tendría que haber llamado, cabía la posibilidad de que no estuviera en casa, ¿qué haría entonces? Pero si Anna hubiera tenido que llamar con antelación, le hubiera fallado la determinación, Marguerite sueña pero no actúa, Anna es la que tiene que tomar las decisiones, Anna es la mujer de acción, *yo te llamaré, sé que no estoy en disposición de pedirte nada, pero necesito tiempo, necesito aire.* Antes de pulsar el timbre, Anna se pintó los labios con la ayuda de un pequeño espejo, una barra de labios de nombre francés, el regalo navideño de su madre: amatista, hidratante, glamuroso y exquisito para la mujer muy mujer.

Anna, dijo Miquel, y eso fue todo, sus cuerpos tomaron las riendas de la conversación. Marguerite regresó a casa, Anna volvió al porche con vistas a la noche, desnudos los dos bajo una manta, sentados en un diván elegante y sofisticado, Han Solo le hizo el amor durante todo el fin de semana, Marguerite se despojó de la máscara de Anna, abandonada en un rincón, junto a la mochilita, el bolso y los móviles, el rojo y el azul, *no sé si esto es el principio o el final de algo, solo sé que si no vivo me muero.*

El domingo por la noche, en la bañera: agua caliente, mucha

espuma, sales, el cuerpo dolorido por tanto beso y tanta caricia y tanta saliva y tantos mordiscos y tanto arquearse y tanto dejarse ir, el vapor que empañaba el espejo, Miquel que preparaba la cena en la cocina. El domingo por la noche, Anna se atrevió a conectar el teléfono azul. Esperó a que el móvil recobrara la vida, aguardó a que encontrara la red y a que entraran los mensajes y los avisos de llamadas perdidas, las vibraciones, los pitidos, los reproches y el enfado de Jesús, sus amenazas y sus súplicas. Una llamada perdida, del viernes por la noche, a esa hora Miquel y ella fumaban en la cama. Un mensaje, de la madrugada del sábado, a esa hora Miquel dormía y Anna recorría con el dedo índice la curvatura de su espalda: *Estoy en Urgencias, Nil tiene cuarenta y uno de fiebre.* Otro mensaje, del sábado a media tarde, a esa hora estaban abrazados y desnudos bajo la manta, las uñas de sus pies pintadas de rojo encima de las pantorrillas de él, miraban en el televisor un simplón telefilme de sobremesa: *Estamos en la UCI. Neumonía. Ven cuando puedas.*

—Abandoné a mi marido con una nota encima de la mesa, estaba follando con mi amante cuando mi hijo ingresó en la UCI y después planté por segunda vez a mi amante porque estaba en la cama con él cuando mi hijo enfermó y necesitaba culpar a alguien.

Anna encendió otro cigarro.

—No creo que seas mala persona ni mala madre.

10

¿QUÉ HAREMOS?

EN EL DESPACHO DE LA DOCTORA de las bolsas bajo los ojos. Traumatismos múltiples. Traumatismo craneoencefálico. Coma vigil. Sira no abre los ojos, respira, pero no abre los ojos. Oriol y Carmen están sentados en los incómodos sillones negros de la oficina. También están los otros médicos, con sus batas blancas. Neurología. Traumatología. Digestivo. Neumología. Neurología. Pediatría. Han traído las carpetas llenas de papeles, notas tomadas a mano, gráficos, tablas con cifras, radiografías. *SIRA*, escrito en mayúsculas con un rotulador grueso y negro en la cubierta de una carpeta roja.

Los doctores se turnan para tomar la palabra, cada uno informa sobre su especialidad, de nuevo surgen palabras extrañas de sus labios, muchas siglas y unidades de medida que Carmen ya empieza a conocer. Oriol está a su lado, la mano izquierda sobre la rodilla, la mano derecha tamborilea en el reposabrazos del asiento. Esta mañana no ha traído una bolsa de cruasanes calientes ni un libro ni dos periódicos bajo el brazo. No se ha afeitado y parece agotado: por las noches no duermo, tomo pastillas, ¿sabes? Han almorzado juntos los tres, Carmen, Oriol y el móvil de Oriol. Su marido no le intenta coger la mano. Carmen lo entiende muy bien, tanto silencio, tanta lejanía, ¿cómo definiría Oriol la paternidad en pocas palabras?

—Pasado un prudencial periodo de observación, podemos afirmar que Sira respira por sí misma, lo cual significa que su cerebro tiene cierto control sobre su organismo —dice la doctora de las bolsas bajo los ojos.

Sira respira, no abre los ojos, pero respira.

—Sin embargo, no ha recobrado la conciencia —interviene Carmen.

Sira no abre los ojos, respira, pero no abre los ojos.

—Así es. Su estado de coma ahora no es inducido. Su actividad cerebral es muy baja.

Sira está muy grave.

—¿Pueden saber los daños neurológicos que ha sufrido? —pregunta Oriol.

—Estamos trabajando en ello, pero quiero advertirles de que todo indica que Sira ha sufrido daños que pueden ser irreparables e irreversibles.

Dame la mano, yo te ayudo, no gatees, andemos las dos juntas, dime cómo puedo ir adonde tú estás y guiarte de regreso, dímelo, por favor, yo sola no sé ir, la manita tan fría, tú, que eres como yo, manos calientes y pies fríos.

—¿Quiere decir que no va despertar nunca?

No pudieron ser más de cinco minutos porque había pedido otra cerveza y el camarero aún no me la había traído.

—Eso no podemos saberlo, nunca puede afirmarse algo así...

¿Y si no abre los ojos? ¿Qué haremos? ¿Se pasará años tumbada en la cama esperando a no sé qué?

—¿Entonces? ¿Qué sucede a partir de ahora?

Lo noto, soy su madre, mi niña ya no está.

—Haremos más pruebas, entraremos en otra fase de su recuperación...

¿Y si los abre pero no es ella? ¿Y si quien regresa es otra persona, un vegetal? ¿Qué haremos entonces?

—¿Qué quiere decir otra fase?

Que no me haya derrumbado, que no me vaya arrastrando como un fantasma por los pasillos, que no adopte la postura de la mamá destrozada, que me toque jugar el papel del papá fuerte que mantiene a flote la familia, todo esto no implica que no sienta nada, que no esté roto por dentro, que no eche de menos a mi niña.

—Si nada cambia y Sira evoluciona como hasta ahora, la cambiaremos de sala, dejará la UCI pediátrica y la llevaremos a planta. Para ustedes también será más cómodo.

Esto va para largo, deberíais tomaros una noche libre, estar juntos, cuidaros, dejar que Oriol te cuide, no pasará nada si una noche no duermes aquí, ¿no crees?

—Y empezaremos otra fase de la recuperación, ya les advertí de que este es un proceso muy complicado. Sira ha sufrido daños cerebrales, eso es seguro, y es muy probable, aunque no estamos seguros, que sean muy graves.

En el mejor de los casos, la recuperación se alarga durante años y es muy dura.

—Permítanme que sea clara: hay una posibilidad muy alta de que Sira no recobre la conciencia. Un porcentaje considerable de pacientes con trauma craneoencefálico grave no sobrevive más de un año.

Piel con piel. Saliva mezclada, aromas enredados, dos vidas, un único ser. Mamá y su niña.

—Pero también hay la posibilidad de que sí recobre la conciencia, ¿no? Quiero decir: no puede afirmar que no vaya a suceder, ¿no? Puede ocurrir que regrese, ¿no es así? —dice Oriol. Implora. Suplica.

A quién le importa lo que sentí al oír a la gente gritar, cuando salí del bar y vi a Sira en el suelo, cuando vinimos al hospital, cuando te llamaba y tú no contestabas, no había manera de que descolgaras el puto teléfono, estabas de fiesta con tus amigas.

—No son los términos médicos que usamos, pero es cierto que cuando hablamos de traumatismos craneoencefálicos como este, jamás puede afirmarse con un cien por cien de exactitud que *a* o *b* vayan a suceder sí o sí.

Sira está muy grave.

—Podemos, por tanto, mantener la esperanza, ¿no?

¿Quién puede llegar allí donde Sira está, donde solo ella puede habitar?

—Yo no les voy a prohibir que tengan esperanza.

¿Y si no abre los ojos? ¿Qué haremos?

—¿Cuál es el porcentaje de niñas que regresan sin secuelas de un traumatismo craneoencefálico? —pregunta Carmen.

La doctora los mira, un rictus en los labios, no va a contestar esa pregunta, los médicos nunca se mojan, no hagas preguntas cuyas respuestas no quieras conocer. Oriol alarga el brazo y coge la mano de Carmen. Carmen le deja hacer. Siente su propia mano helada, muy fría, ella que es como Sira, que siempre tiene las manos calientes y los pies fríos.

Valentía. Decidir. Saber cuándo dejar ir. ¿Cómo definiría Oriol la paternidad en pocas palabras?

11

PORCENTAJES

En el Templo Gastronómico, en una mesa junto al ventanal. Las bandejas encima de la mesa. Carmen no tiene hambre. Traumatismos múltiples. Traumatismo craneoencefálico. Coma vigil. Sira no abre los ojos, respira, pero no abre los ojos.

¿Cuál es el porcentaje de niñas que regresan sin secuelas de un traumatismo craneoencefálico? ¿Y si Sira no abre los ojos? ¿Y si los abre pero no es ella? ¿Y si quien regresa es otra persona, un vegetal? ¿Qué haremos entonces? Ninguno de los aparatos a los que Sira está intubada es capaz de responder a las preguntas de Carmen. ¿Para qué, pues, tanto cable, tanto monitor, tanto trasiego de fluidos, sustancias y medicinas? ¿Para qué, si Sira ya no está? El box de la UCI pediátrica es el inmenso mar, cuyas olas chocan entre sí con incontrastable violencia, y en pleno oleaje Carmen boquea en un bucle. Desde su box, Carmen escucha los monólogos que Tere mantiene con su hija, huele la colonia con la que la perfuma, dos gotitas en las muñecas, otras tres en la frente, ve a los médicos pasar y no quedarse más que unos minutos, qué quieres que te digamos. Un médico se ha quejado a la Castells del peluche y la libreta que Tere deja en la repisa del box de Lucía, y la jefa de planta le ha pedido que las retire. Tere no está de acuerdo, pero no quiere poner a la

Castells en un compromiso: estos médicos no saben tan bien como nosotras qué necesitan nuestras hijas. Anna, sin embargo, anuncia que los médicos le han dado buenas noticias: Nil deja la UCI, lo trasladan a la habitación 836, planta ocho, ala infantil. Todas se alegran, *Happy Happy* Clara se levanta y la besa en la mejilla: ahora seremos casi vecinas, yo estoy en la 832.

CLARA: Yo puedo contar cuentos y tú cantar canciones.

ANNA: Nos acabarán expulsando del hospital.

CLARA: Al contrario, la dirección del hospital debería contratarnos.

Tere se sienta en la mesa. La acompaña el padre de la niñita con la cabeza rapada, enferma de cáncer, que llegó en camilla, intubada, inconsciente, ni rastro de la madre. El padre se llama Alfonso, está en la cuarentena, tiene ojeras, barba de varios días, la camisa arrugada, no lleva anillo en el dedo, tal vez no hay madre, tal vez esté de viaje, tal vez haya bajado los brazos: eso es imposible, una madre jamás se rinde ni abandona a su niña, tiene que haber otra explicación. El padre mordisquea un bocadillo de jamón, sorbe cerveza en un vaso de plástico, sonrisa de compromiso, habla con monosílabos, la conversación languidece, ruido de cucharillas, rumor de carraspeos, conversaciones lejanas, se impone el silencio en la mesa, urge romperlo.

CLARA: He visto en la tele que a un matrimonio de Bélgica le ha tocado ciento veinte millones en un sorteo.

ANNA: Guau.

CLARA: ¿Cuál debe de ser el porcentaje de posibilidades de que te toque una fortuna así?

ANNA: No lo sé, muy pocos, supongo. Es pura suerte.

TERE: Dos de cada mil.

CLARA: ¿Cómo lo sabes?

TERE: Dos de cada mil nacidos vivos. La parálisis cerebral se presenta en esa proporción, dos de cada mil nacidos vivos. Y mi Lucía fue una de esos dos. Pensadlo bien: coged a mil niños, no caben en esta cafetería, probablemente. Coged a mil bebés y separad a dos. Uno de esos dos es mi Lucía.

ANNA: Estamos hablando de otro tema, Tere.

Sira nació en el Mediterráneo. Allí va a buscar consuelo y fuerzas Carmen cuando sus pies se niegan a llevarla al silencio de la casa vacía. En el metro, la vida encapsulada se le hace insoportable. A ese hombre que le mira las piernas a una quinceañera, minifalda tartán, calcetines hasta las rodillas. A esa mujer que se maquilla con la ayuda de la pantalla del móvil. A esa chica que viaja con un perro minúsculo en el regazo. A ese señor que canta un bolero con un acordeón, *Soy padre, canto boleros, ayúdame,* y pide al resto de viajeros unas monedas para alimentar a sus hijos: *Reloj, no marques las horas porque voy a enloquecer, ella se irá para siempre cuando amanezca otra vez.* A ese anciano al que le tiembla la mano y la mandíbula, que viste como vestía su padre cuando en el pueblo, magulladuras en las rodillas y potaje de lentejas, nadie sabía que existía en Barcelona una cosa que se llamaba metro. A esa viuda que se intercambia mensajes con un hombre casado, a ese chico que planea cómo romperle el corazón a su novia, a ese guardia de seguridad al que le duelen los pies, a esa cajera de supermercado que de adolescente escribía poemas, catorce endecasílabos consonantes, dos cuartetos, dos tercetos. A ellos, desconocidos que tienen la indecencia de vivir cuando a ella la vida se le ha hecho insoportable, Carmen les grita desde su silencio: no tenéis ni idea, no lo sabéis, no os lo podéis ni imaginar, un semáforo en verde, un semáforo en rojo y una carpeta en la que cabe toda una vida. Eso es todo lo que hace falta, y vosotros, pobres insensatos, vais por ahí creyendo que hay muy pocas posibilidades de que os toque el sorteo.

TERE: Sí estamos hablando de lo mismo, de la puta suerte. A nosotras ya nos ha tocado. Yo tengo más cifras, porcentajes y posibilidades, muchos más, los tengo para regalar: la epilepsia afecta a uno de cada tres niños. Lucía es una de ellos. O la escoliosis: tres de cada cien personas. Ahora bien, si una persona tiene parálisis cerebral, es una cuestión de cincuenta por ciento. Lucía, claro, es una de ellas. ¿Y a vosotras? ¿Qué lotería os tocó?

ANNA: Nil es un caso entre quince mil.

CLARA (RECITA DE MEMORIA COMO SI LEYERA): Cada año se diagnostican treinta nuevos casos de leucemia linfoblástica aguda por cada millón de habitantes.

ALFONSO: Rabdomiosarcoma.

Esa es la enfermedad de la niñita con la cabeza rapada, enferma de cáncer, que llegó en camilla, intubada, inconsciente, ni rastro de la madre, es un tumor maligno de origen musculoesquelético. Alfonso también lo sabe todo sobre la enfermedad de su niña, como ellas puede recitar de memoria estadísticas y palabras incomprensibles: el rabdomiosarcoma representa el siete por ciento de los tumores sólidos en niños de cero a catorce años, entre el treinta y cinco y el cuarenta por ciento aparece en la cabeza y el cuello, el veinte por ciento en el tracto genitourinario, entre el quince y el veinte por ciento en las extremidades, entre el diez y el quince por ciento en el tronco. El pronóstico no es malo, más del cincuenta por ciento de los pacientes llega a curarse, aunque todo depende, por supuesto, del estadio de la enfermedad en el momento del diagnóstico.

ALFONSO: Todo depende de en qué lado del cincuenta por ciento caigas. Si me disculpáis, por favor, necesito un poco de aire.

Ruido de cucharillas, rumor de carraspeos, conversaciones lejanas, se impone el silencio en la mesa hasta que la figura de Alfonso se pierde camino de los ascensores.

TERE: ¿Veis? Lo que yo digo.

ANNA: ¿El qué?

TERE: Que los hombres no están hechos para esto, que no saben qué hacer en un hospital, que son débiles.

Mi niña ya no está.

Soy su madre.

Lo noto.

Lo sé.

Mi niña ya no está.

ANNA (LEVANTA LA VOZ): ¿Cómo puedes decir eso? Ese pobre hombre está destrozado, su hija está muy grave, y por lo visto está solo, no hay una de tus madres a su lado para ayudarlo.

TERE: Tiene que haber alguna explicación, ya le preguntaré.

ANNA: No, no lo harás. Déjalo en paz.

TERE: ¿Qué te pasa a ti hoy?

ANNA: Nada, solo te pido que lo dejes en paz. A veces cuando te pones en estos términos sobre las madres y los padres, sobre el club de las mamás de la UCI y ese rollo eres un poco insoportable. Deja al pobre hombre en paz, aquí todos somos seres humanos que sufrimos.

TERE (IRÓNICA): ¿Y basas esta afirmación en tu amplia experiencia con los hombres?

CLARA (ENFADADA): ¡Tere, por favor!

ANNA (RESIGNADA): Cuando te pones así no hay quien te aguante.

TERE: Algunas vivís en la negación. Somos mamás de la UCI, no nos podemos permitir ese lujo.

ANNA: No me psicoanalices, ya no tengo edad y sabes que yo no romperé a llorar.

TERE: ¿Seguro?

Carmen se apea en una estación cercana a la playa. Hoy hace frío, un gélido, desapacible y gris día de invierno, ni siquiera los jubilados hacen gimnasia en el paseo marítimo. La brisa clava la sal en la piel, las nubes ocultan los barcos en el horizonte. Empleados del ayuntamiento limpian la arena. Carmen anda con los zapatos en la mano, el abrigo puesto, y en el corazón una pena tan grande que podría hundirla en el mar como un fardo. Tararea el bolero del metro, se le ha prendido: *Reloj, detén el tiempo en tus manos, haz esta noche perpetua, para que nunca se vaya de mí, para que nunca amanezca.*

CARMEN (EN UN SUSURRO): ¿Cuál es el porcentaje de niñas que regresan sin secuelas de un traumatismo craneoencefálico?

Ruido de cucharillas, rumor de carraspeos, conversaciones lejanas. Se impone el silencio en la mesa. A Carmen le gusta sentarse en la arena. *Reloj, detén tu camino, porque mi vida se apaga, ella es la estrella que alumbra mi ser, yo sin su amor no soy nada.* La arena húmeda le moja el abrigo. Tiene los pies fríos, el corazón helado, la cabeza despejada. Con los dedos de los pies desentierra una concha. Toma decisiones, hoy comerá en ese restaurante junto al mar en el que sirven comida mexicana, fajitas, y frijoles, a Sira le encantaba enrollar la fajita muy llena hasta que se le rompía. *Es la hora, reloj, detén el tiempo en tus manos, haz esta noche perpetua, para que nunca se vaya de mí, para que nunca amanezca.*

CARMEN: ¿Creéis que los médicos me lo dirán si se lo pregunto otra vez?

Clara coge la mano de Carmen. Carmen reconoce el gesto, entiende que comprende. Se reconoce en ella. Esas mujeres son de las suyas.

12

¿QUÉ HARÍAS?

La habitación 836 es muy similar a la 832. Anna y Carmen esperan a que los camilleros traigan a Nil. Anna ha dejado encima de la repisa el móvil azul, el móvil rojo, la tableta y los dos peluches favoritos de Nil: Tobías el elefante y Lluïsa la perrita. Descorre la cortina, mira hacia la calle, el compañero de habitación de Nil está en el quirófano, allí donde se agota la flecha naranja, de su presencia hablan una bolsa de deportes encima de una silla y unas zapatillas junto a la cama. La habitación es idéntica a la de Clara: la cortina separadora, las mesillas para la comida, dos armaritos para la ropa, un lavabo a compartir, el televisor que funciona con monedas.

—A veces Tere es muy talibán con lo de ser madre. Ese pobre hombre, el padre de la niña con ese cáncer impronunciable, hace lo que puede, la madre vete a saber dónde está y él no da más de sí, solo hace falta verle la cara. El problema de mujeres como Tere es que ponen el listón de ser madre tan alto, las obligaciones y las exigencias son tan brutales que ninguna mujer excepto ellas puede cumplir con un papel tan riguroso. Idolatra tanto a las madres que nadie está a la altura. Yo, desde luego, no lo estoy.

En el hospital, Nil suele pasar el día en una especie de duermevela, los ojos clavados en el techo, de vez en cuando mueve la mano en busca de la de su madre, gira la cabeza y la mira. A veces, Anna se pregunta en qué debe de pensar su hijo, para él la vida es enfermedad y dolor y una cama de hospital y, de vez en cuando, el hueco entre el cuello y el hombro de su madre. Una vez Anna fue a la escuela a explicar a sus compañeros por qué Nil no podía correr por el patio, Anna ha perdido la cuenta de cuántas veces ha tenido que explicar la osteogénesis imperfecta. El aula olía a sudor infantil y sonaba a algarabía. De las paredes y del techo colgaban autorretratos de los alumnos, el de Nil era un círculo que contenía dos circunferencias concéntricas que le hacían de ojos, una media circunferencia que era la boca y dos diminutos círculos que formaban la nariz. Cuatro circunferencias y una media circunferencia, todas concéntricas, ninguna tangente, ninguna secante, ni siquiera una interior. El Nil de papel sonreía, el Nil de cristal lo había dibujado con el pelo rojo y el rostro naranja, el Nil de papel parecía un niño jovial, alegre, extravertido, feliz. Tan pequeño, y ya había aprendido a mentir. Ante su audiencia, Anna repitió lo mismo de siempre: Nil es un niño muy especial porque se hace daño con más facilidad que los demás; si alguna vez queréis abrazar a Nil haced así, abrazaos a vosotros mismos, es como si lo abrazarais a él; si queréis darle un besito, mandádselo con un soplido, a Nil le encanta. Cuando terminó, la maestra ofreció a los niños la oportunidad de preguntar, una niña sugirió que le compraran a Nil huesos de plástico, que no se rompen; otra chiquilla les recomendó que usaran polvo de hada, así Nil podría volar. Un niño quiso saber si Nil podía jugar al fútbol desde la silla, una niña dijo que Nil era muy bueno al escondite y que cantaba canciones muy bonitas, y otra comentó que a ella le gustaba pintar nubes en las escayolas de Nil. De regreso a casa la furia invadía a Anna, Jesús la dejó estar, hablarle sería como tocar la colmena, la próxima vez hablas tú, estoy harta de palabrería y de cursilería, estoy hasta aquí de sonreír y de mentir, la maternidad es una mentira, la madre que parió al colágeno tipo 1. No digas eso, Anna, se atrevió a hablar Jesús, en realidad no lo piensas, te encanta ser madre.

—La verdad, creo, es que las madres hacemos lo que podemos. Ni más ni menos, igual que los padres. Yo estoy de acuerdo en que hay un vínculo natural entre nosotras y los niños, al fin y al cabo los hemos llevado nueve meses en la barriga, pero de ahí a mitificar a la madre todopoderosa y todoamorosa, como hace Tere, hay un trecho. Se puede ser madre y estar agotada, frustrada, harta, incluso se puede ser madre y arrepentirte de haberlo hecho, porque ser madre implica muchas cosas, y algunas de ellas son la incertidumbre y la renuncia. Estoy harta de oír hablar de la maternidad.

¿Cómo definirías ser madre en pocas palabras? Carmen es la que compraba la ropa a Sira, la que la llevaba a la peluquería, la que organizaba la agenda de las extraescolares: natación, atletismo, los dos años que jugó al fútbol, los cuatro de *ballet*. Oriol es el que ayudaba con los deberes, el que se adentraba con Sira a nado en el mar, el que la llevaba al cine en horarios matinales para que mamá pudiera descansar un poco de los dos. Cuando lloraba, Sira buscaba a Carmen; cuando reía, Sira buscaba a Oriol, siempre fue así, no había nada extraño en ello, a Carmen le parecía normal: mamá para unas cosas, papá para otras, ¿quién va a saber mejor que Carmen que Sira ya no está?

La puerta de la habitación 836 se abre sin previo aviso. Entran un camillero y una enfermera: hola, mamá, te traemos al pequeño Nil, se ha portado como un campeón, hemos cogido las curvas que parecía un piloto de Fórmula 1. La enfermera retira la sábana encimera y las mantas hacia los pies de la cama y prepara el salvacamas y la sábana entremetida. El camillero coloca la camilla junto a la cama, paralela y a la misma altura. La enfermera se sitúa en el lado externo de la cama y tira de la entremetida hacia sí mientras el camillero levanta a Nil por los hombros y lo deposita en la cama. Una vez acostado, la enfermera lo cubre con las sábanas y las mantas, arregla el salvacamas y la entremetida y comprueba las sondas, portasueros y oxígeno. Nil observa el techo, despierto pero sumido en sí mismo, si no fuera tan pequeño se diría que resignado, esta es la vida que conoce, no sabe que él es un caso entre quince mil, ¿cómo puede saberlo? Cuando la enfermera y el camillero se van, Anna coge una silla y se sienta junto a la cama, Nil se gira, busca el hueco que le pertenece entre el cuello y el hombro de su madre. La escena es tan íntima que Carmen se siente una intrusa en un momento que solo le pertenecen a Anna y a su hijo. Carmen susurra una despedida y se aleja hacia la puerta. Allí se gira.

—¿Tú lo dejarías ir?

Si lo supieras, si estuvieras segura, si no tuvieras ninguna duda, si fuera una certeza indiscutible, aunque solo la vieras tú, aunque a tu alrededor todo el mundo esté esperanzado e ilusionado, aunque los médicos no se mojen, aunque tu familia vaya por otro lado, aunque tu marido no lo vea, no lo admita, no lo acepte.

—¿A Nil?

Carmen asiente.

—Soy su madre. Haría lo que fuera necesario.

EN LA HABITACIÓN 832, Susana juega con la tableta. La niña Saima saluda con la manita a Carmen cuando la ve entrar. Su madre, vestido multicolor, pañuelo en la cabeza, sonríe con modestia. Susana desvía la mirada de la pantalla, ya no lleva mascarilla, está mucho mejor, pronto podrá volver a casa: Clara ha ido al oratorio, está rezando, creo.

El oratorio se encuentra al fondo del pasillo en la planta seis, ala de cirugía ambulatoria. La puerta de acceso es discreta, a su izquierda hay un cartel ilustrado con una cruz, una estrella de David y una media luna, nadie entra en el oratorio por equivocación, nadie se encuentra con Dios por despiste. La estancia es pequeña y fría, iluminada por una lámpara insuficiente y una docena de velas. El suelo está alfombrado, como todo mobiliario hay cuatro bancos y una mesa encima de la cual reposan varios libros gruesos y de aspecto usado, a través de dos ventanas se introduce el ruido del tráfico como un recordatorio de la vida terrenal. Carmen no es creyente, los templos no le gustan ni como turista, no recuerda la última vez que ha rezado, no sabría decir si alguna vez ha orado de corazón.

Clara está sentada en el extremo del último banco. Carmen se sienta junto a ella: no quisiera interrumpirte, Susana me ha dicho que estabas aquí. Clara se esfuerza en sonreír, tiene los ojos húmedos: no interrumpes nada, no te preocupes, ya no sé cómo hablarle a Dios.

—Estoy furiosa con Él.

Estaba enfadada, agobiada y con el bikini puesto cuando llegaron los policías y me dijeron que fue instantáneo, que mis padres no sufrieron. Estaba con el bikini y olía a protector solar, y mis últimos pensamientos hacia mis padres cuando aún estaban vivos y los primeros cuando ya estaban muertos fueron de agobio y de irritación, de enfado y de desdén. Cuando un coche que circulaba en contradirección impactó con ellos frontalmente al final de una curva, yo contaba las horas para irme a la playa. Y después, la leucemia. Y después, la recaída. Y después, la mano del encargado del súper sobre la rodilla. Y ahora, Bijou.

—No hay por qué, no hay plan, no hay motivos. Por tanto, no hay razones para rezarle.

Carmen asiente, entiende la furia y la frustración, cómo no va a comprenderla, tengo una hija que ya no está y tengo un marido que dice que mi hija respira, no abre los ojos, pero respira porque teme quedarse a solas consigo mismo. ¿Tú te morirás como mamá?, le preguntó Susana a Clara cuando tenía cuatro años. En el salón de casa la niña miraba los retratos de sus padres y los acariciaba con la yema de los dedos, mis otros papás, los llamaba. A *Happy Happy* Clara le preocupaba cómo crecería su hermana sin padres hasta que su cuerpo empezó a devorar transfusiones de sangre como la arena de la playa se empapa de agua, una preocupación mayor siempre devora a la menor.

—Tengo una amiga, una hermana en realidad, que quería ayu-

235

darme de todo corazón. Me propuso hacer algo. No me obligó, lo hice porque yo quise, y si me lo propuso es porque quería ayudarme. Y ahora estoy furiosa con ella. Sé que es injusto, pero no puedo evitarlo.

Tengo un marido que me ha pedido que defina lo que es la maternidad en pocas palabras y en cambio no me ha dicho qué considera él que es la paternidad porque con toda probabilidad no lo sabe.

—Tengo un dilema ante mí y no sé qué hacer. Y estoy furiosa conmigo misma y con el resto del mundo. Desde el accidente, con todo lo que nos ha caído, me he esforzado por mantenerme erguida y no perder el ánimo, eso es lo que se espera de mí, Clara es así, Clara siempre está ahí, Clara lo aguanta todo, Clara es *Happy Happy*. Y estoy harta. Porque no lo aguanto todo. Porque yo también me quiebro. Estoy furiosa porque no estoy autorizada a romperme, esa noción no le entra a nadie en la cabeza: por Dios, Clara no, ella siempre es positiva, optimista y alegre. Que les den.

Las manos entrelazadas y silencio. Pasa el tiempo en el oratorio, ninguna de las dos parece tener prisa por regresar a sus vidas, son dos peces insensatos que están convencidos de que la pecera es lo que queda al otro lado del cristal.

—A veces me entran ganas de hacer algo irreverente, chocante, no sé, escupir encima de un crucifijo, romper la Biblia a pedacitos, algo escatológico, tal vez. Lo que sea, pero que sea realmente extremo, y después enseñárselo a todo el mundo, y decirles: ¿veis? Clara también es así. Clara también puede ser una mala puta, en el otro sentido del término.

—Allí hay una Biblia. Podemos romperla juntas.

Las dos se ríen. Se levantan, Clara abre la puerta, deja pasar a Carmen, Clara se dirige a la planta ocho, ala infantil, hay actuación del Gran Méndez, Carmen prefiere vagar.

—Me gustaría preguntarte algo.

—Lo sé. Anna me lo ha dicho.

—¿Y? ¿Tú qué harías?

—Mi madre te diría que una madre sabe, que siempre encuentra la forma de hacer lo mejor para su hija. Siempre, por eso sois madres.

EN EL TEMPLO GASTRONÓMICO, en una mesa junto al ventanal. Las bandejas encima de la mesa. Ensalada; carne a la plancha. Tere bebe cerveza sin alcohol; Carmen no tiene hambre, le pasa a Tere el flan que incluye el menú. Tere sorbe un poco de la cerveza, se limpia los labios con la servilleta, Elmo mira a Carmen, el Monstruo de las Galletas inspecciona la cafetería: una veintena de mesas, carros para dejar las bandejas, dos cajas registradoras, fotografías de paisajes de ensueño en las paredes, luz artificial, eco reprimido de conversaciones de circunstancias.

—¿Y si no abre los ojos nunca más? ¿Qué haremos, entonces? ¿Se pasará años tumbada en la cama esperando a no sé qué? ¿Y si los abre pero no es ella? ¿Y si quien regresa es otra persona, un vegetal?

—Tú eres su madre. Solo tú tienes respuestas a estas preguntas.

Tere introduce la cuchara con delicadeza en el flan.

—¿Qué dicen los médicos?

Yo no les voy a prohibir que tengan esperanza.

—Ellos son así, nunca se mojan, jamás se ponen en la piel de las madres. ¿Y tú qué quieres hacer?

Carmen se muerde el labio, palabras impronunciables, sentimientos indescifrables.

—¿Quieres desconectarla? ¿Es eso lo que no te atreves a decir?

Ya está, alguien lo ha dicho: ¿quieres desconectarla? Esa era la pregunta, y Carmen sabe la respuesta, no necesita tiempo para pensársela: es la hora, reloj, ella se irá para siempre cuando amanezca otra vez. Carmen sabe la respuesta porque Sira es su niña, y su niña ya no está, ella lo nota, es su madre, su niña ya no está, ella lo sabe.

—¿Estás segura?

Carmen asiente, las olas que se le enredan en los dedos de los pies, una concha desenterrada de la arena.

—Claro que estás segura… Deja que te diga una cosa: una madre sabe más de su hija que los médicos con sus carreras universitarias, sus batas, su jerga, su hay que darnos tiempo, su nunca podemos estar seguros de lo que va a suceder. Si tú dices que tu niña no está, es que no está, de eso no hay duda.

Carmen asiente, piel con piel, saliva mezclada, aromas enredados, dos vidas, un único ser. Mamá y su niña.

—Y tu marido, ¿qué dice?

Pero también hay la posibilidad de que sí recobre la conciencia, ¿no?

—Vas a tener que ponerte de acuerdo con él, y no te será fácil. Dejar ir a tu Sira significa para él reconocer su parte en lo sucedido. Mientras haya alguna insensata esperanza, tu marido no tendrá que enfrentarse a su culpa.

No pudieron ser más de cinco minutos porque habías pedido otra cerveza y el camarero aún no te la había traído.

—Después, los dos tendréis que ir a hablar con la dirección del hospital. No sé qué dice la ley, pero he visto casos como el tuyo en la UCI pediátrica, casos incluso menos graves que el de tu niña. Si los dos padres os ponéis de acuerdo, la dirección del hospital creo que será receptiva. Por lo que cuentas, parece un caso claro. No es difícil para los médicos, ellos saben cómo retenernos colgando de un hilo y cómo dejarnos ir en paz. Cada día se aplica en los hospitales sedación paliativa, es legal, se le dan unos fármacos al paciente y ya está, se le deja ir sin dolor ni sufrimiento, se acaba el suplicio para el enfermo y para la familia. No sé si la sedación paliativa sería lo adecuado en el caso de Sira, eso tiene que decírtelo la dirección del hospital. Habla con ellos.

Permítanme que sea clara: hay una posibilidad muy alta de que Sira no recobre la conciencia. Un porcentaje considerable de pacientes con trauma craneoencefálico grave no sobrevive más de un año.

—¿Y si no? —pregunta Carmen.

—No creo que la dirección del hospital se oponga. Lo hacen aquí miles de veces. Una madre sabe, y ellos saben que una madre sabe. Supongo que os obligarán a seguir una serie de normas para cubrirse las espaldas.

—No me refiero al hospital, sino a Oriol.

Tere organiza los restos de la comida en la bandeja, Elmo a un lado, el Monstruo de las Galletas al otro, empleados con camisa a rayas blancas y rojas y pantalones oscuros, clientes con batas blancas, clientes con monos azules, clientes que dejan la comida a medias. Tere coge de la mano a Carmen.

—Tendrá que aceptar la realidad tal como es, los naipes se han repartido así, hay que aceptarlo sin lamentos estériles. No puedes permitir que su egoísmo se anteponga a tu niña.

—¿Y si no?

—Una madre sabe. Una madre siempre encuentra la forma de hacer lo mejor para su hija, por eso somos madres. Es nuestra responsabilidad.

Responsabilidad. Dime en pocas palabras qué es ser madre para ti, no te lo pienses, la primera palabra que se te ocurra. *Responsabilidad.* Carmen siente que la palabra la sacude. Ser madre es ejercer la responsabilidad. Una madre es responsable de su hija. Carmen es buena siendo responsable.

—Vamos fuera —propone Tere—. Que nos toque un poco el aire, me fumo un cigarrito, tú te fumas otro, damos una vuelta a la manzana y después nos abrazamos y nos damos un hartón de llorar, que a ti aún no te he visto llorar como Dios manda en todos estos días, una madre es capaz de dar todo sin recibir nada.

—¿Cómo era tu vida antes de Lucía?

—Normal, como cualquier otra, nada del otro mundo.

—Pero tu vida habrá cambiado.

—Sin duda.

—¿Echas de menos algo de tu vida anterior a Lucía?

—No soy de echar la mirada atrás.

—Pero es imposible que no haya cambiado nada. Por ejemplo: ¿ya trabajabas limpiando casas o tenías otro tipo de empleo?

—Tenía otro trabajo, me gustaba, pero tuve que dejarlo para poder cuidar de Lucía y ya está, fin de la historia.

—¿No echas de menos ese empleo que te gustaba?

—No.

—¿Qué haces para distraerte?

—Nada especial, veo la tele un poco por las noches, pero estoy tan cansada que me acuesto muy temprano, así que tampoco la veo mucho.

—¿Y no necesitas alejarte de vez en cuando del enorme trabajo que supone cuidar a Lucía?

—No. Lucía es mi vida, no necesito nada más, ni trabajo, ni distracción. Lucía es mucho más que mi responsabilidad, Lucía es mi vida entera.

13

PRENDER FUEGO EN LA BAÑERA

La lejía con detergente, dos en uno, desinfección y limpieza; el limpiacristales cristalino; el gel líquido concentrado ideal para superficies delicadas con olor a jabón tradicional; el limpiador desinfectante para suelos y superficies, el que purifica sin lejía; el limpiador antical; el quitagrasas, y el tres en uno de los baños: rapidez, brillo y olor. Cuando acude al trabajo, Tere llama primero al timbre, si no contesta nadie entonces abre la puerta con la llave que la señora le ha dado. Tere no llama *señora* a su empleadora cuando se dirige a ella, es demasiado joven, demasiado clase media y demasiado mujer de hoy para eso, pero cuando piensa en ella sí lo hace como *señora* para no olvidar el subtexto evidente que fluye por debajo de su relación: a una las cosas le van bien, a la otra no tanto, los naipes se han repartido así, hay que aceptarlo sin lamentos estériles, Tere siempre ha sido una fatalista. La señora es aún joven, es directora y socia de una guardería privada, el marido trabaja en una multinacional química, viaja mucho, tienen una niña de dos años, un ángel, una preciosidad: enséñame el Monstruo de las Galletas, Tere, ya ningún niño lo llama Triqui, un globo, dos globos, tres globos.

Cuando acude al trabajo, Tere entra en la casa, cierra tras de sí con llave y se detiene unos instantes en el recibidor para aspirar los olores de un hogar ajeno que, sin embargo, conoce como si fuera el suyo. La demora dura apenas unos segundos: la mano todavía en el pomo de la puerta, el abrigo puesto, los ojos cerrados, espirar, inspirar, el parqué, el *after shave* del marido, la infusión de la señora, los juguetes de madera de la niña, los cuadros, los restos de la cena de anoche, una copa en el fregadero con dos dedos de vino tinto. Tere se cambia de ropa –zuecos de plástico azules, pantalones, camiseta y bata blancos– en la habitación que sirve al mismo tiempo de cuarto de invitados, espacio de juego para la niña y cajón de sastre de trastos: el cesto de la ropa sucia, la plancha y la tabla, una bicicleta de adulto y un triciclo infantil rojo, muy *vintage*, una maravilla. Si hay alguien en casa empieza a limpiar por la cocina y la habitación de la niña, el resto de espacios los negocia según las necesidades de la señora. Si no hay nadie sigue siempre el mismo orden: despacho, habitación de la niña, habitación de los invitados, habitación de matrimonio, los dos baños, pasillos, cocina, salón, plancha. Si hay alguien en la casa se mueve en silencio, no habla si no le hablan, se esfuerza en inmiscuirse lo menos posible en la rutina familiar. Si no hay nadie, busca una emisora musical en la radio, se tumba en la cama del matrimonio, abre el armario de la señora, repasa con un dedo el corte de faldas y blusas, estudia al trasluz la firmeza del encaje de los sujetadores, se coloca encima de su propia ropa vestidos de flores y chaquetas con hombreras varias tallas menores que la suya, se mira en el espejo, juega a posar, se recuerda con ropa como esa, la melancolía es un recuerdo que se ignora.

La señora que limpiaba la casa de Tere y Jaime se llamaba Cecilia, cuando nació Lucía le regaló un amuleto de la suerte originario de su país, un colgante que la niña nunca llegó a llevar. Cuando Tere la despidió, Cecilia lloró con amargura: no es por mí, señora, es por usted, qué desgracia tan grande, sin marido y con una hija tan enferma. Cecilia y su hija adolescente ejercieron de camareras en la fiesta que Tere organizó para anunciar la buena noticia del

242

embarazo. A Jaime no le entusiasmaba la idea pero no se opuso: bebida abundante, baile, un *catering* de *sushi* y tempura, solo amigos, sin parientes, que eres una negada para el japonés, tía Manuela, que una fiesta así no es lo tuyo. Asistieron una treintena de personas ataviadas con vestidos y unos zapatos similares a los que años después Tere vería colgados en el armario de su señora. Tere se movía entre sus invitados como la mejor de las anfitrionas, era brillante e ingeniosa, compartía maldades, a los más íntimos les permitía que le tocaran la barriga: no se te nota nada, qué embustera eres, bueno, un poco sí se te ve, es lo que toca ¿no? Los recuerdos vistos a la luz del hoy son mentirosos, Tere había convertido aquella fiesta en el último momento de felicidad auténtica. Cuando enfocaba a Jaime lo veía enfrascado en una charla en apariencia muy trascendente con un grupito de amigos. Cigarros en el balcón, Jaime llevaba el peso de la conversación, gesticulaba mucho, lo cual no era habitual en él, resoplaba, alguna sonrisa se le torcía de vez en cuando. ¿Qué les contó Jaime a sus amigos?, se preguntaba a menudo Tere tumbada en la cama de la señora, más pequeña que la que compartió con su marido. ¿Les confesó que esta vaina de ser padre no iba con él pero que había cedido y había contribuido con su parte indispensable por la insistencia de su esposa? Había fotos y un vídeo del momento en que abrieron los regalos, Tere los destruyó junto a los demás vestigios de su matrimonio. Pero a los recuerdos no se les puede prender fuego en una bañera, al contrario, los recuerdos son las llamas. En las brasas de la memoria Tere ve a Jaime: su marido bostezaba mientras ella aplaudía al ir abriendo los regalos, una manta bordada, una pinza de plata para sujetar el chupete, cien fábulas de La Fontaine en una edición especial limitada y certificada, mira, Jaime, el lobo y el perro flaco, los ladrones y el asno, la liebre y la tortuga, los grabados han sido estampados con técnicas artesanas sobre papel hilo verjurado, el que escribe en el alma de un niño escribe para siempre.

En casa de la señora, Tere sabe dónde se guarda la ropa y la cubertería de las grandes ocasiones, los fármacos y las compresas, las facturas y los regalos de cumpleaños, las bragas y los calzoncillos, el hilo dental y los juguetes sexuales, el vino y las pastillas contra el insomnio. En casa de la señora Tere sabe qué se ha cenado durante la semana, si la niña ha ido al zoo, si el señor se dispone a emprender un viaje de trabajo, si él y la señora han hecho el amor y cuántas veces en los últimos siete días. En el salón, la señora y su marido han conectado un disco duro a un gran televisor de plasma. En él almacenan las fotografías y los vídeos familiares, muy bien organizados en años y meses, un trabajo tan meticuloso debe de ser cosa de ella, el desorden del cajón de los calcetines no indica que el marido de la señora sea ordenado. De vez en cuando Tere se sienta en el sofá y cotillea, ve el vídeo de la boda y las fotos del nacimiento de la niña. La señora lucía guapa y feliz en su boda, un bodorrio a juzgar por los vestidos, el tamaño de las mesas y la escandalera de los invitados: que se besen, que se besen, servilletas al aire. Cortaron al unísono el pastel con una espada, la señora y su marido; cuando llegó la hora del baile ella se contoneó con sus amigas al dictado de Tom Jones, se quitó el liguero ante la cámara, la pierna encima de la silla, el muslo a la vista, griterío de los invitados, *sexbomb, sexbomb you're my sexbomb*. Cuando nació la niña el marido de la señora la acompañó en todo momento, no había vídeos, solo fotos, decenas de ellas, algunas parecían pensadas para una revista médica, otras eran hermosas en su sencillez: la señora medio desnuda en plena contracción; el cuerpecito del bebé ensangrentado entre los pechos de su madre; la enfermera que pesaba y medía a la niña; el cordón umbilical que aún colgaba del bebé. Sentada en el sofá, mientras cotillea en vida ajena y en apariencia feliz, Tere envidia a la señora, Tere siempre ha sido una fatalista pero a veces, cuando nadie la ve, baja la guardia: qué tentación, abdicar, cómo sería si un día decidiera renunciar a la corona de jodida reina de Inglaterra de la UCI, un despertar sin parálisis cerebral, ni escoliosis, ni hemorragia intraventricular, ni espasticidad.

Jaime, a diferencia del marido de la señora, no asistió al nacimiento de su hija, tenía trabajo urgente que atender fuera del país.

Nada nuevo en la familia, Padre tampoco asistió al nacimiento de Tere, estaba asustado, solía disculparlo Madre, se fue con sus hermanos al bar para no verlo, eran otros tiempos, ya no se hacen hombres así. Jaime tardó varias semanas en ver a su hija en la UCIN, y cuando la cogió lo hizo como lo que era para él: una obligación, una carga, una concesión. No cambió, cuando tuvo a su niña en brazos a Jaime no se le transformó la cara, no se derritió, no se pirró por su niña, Lucía jamás pudo hacer lo que quiso con él porque su padre se fue para no volver cuando Lucía tenía once meses y Tere y la niña aparecieron con dos maletas en el rellano del piso de Madre. Allí, la habitación que compartía con Lucía había sido su cuarto en la niñez y la adolescencia. Allí había odiado en silencio a Padre por las manchas de cocido de garbanzos con chorizo en la camisa, por las ventosidades y por los eructos en la mesa, por las discusiones imaginarias, por los refranes, por los chistes que habían sido picantes años atrás, por las bravuconadas, por los gritos, por los insultos a Madre, por obligarla a hablarle de usted desde muy pequeña, porque nunca pudo hacer con él lo que ella quiso. En esa habitación que ahora compartía con Lucía, Tere cultivó durante años el resentimiento hacia Madre con la misma dedicación con la que se riega una flor en un balcón en la ciudad. La joven Tere odiaba a su madre por dócil, por complaciente, porque siempre disculpaba a Padre: está enfermo, sufre mucho, es el hígado, son los pulmones, lo consume no poder trabajar, depender tan joven de la pensión, tu padre es ladrador pero no muerde, jamás me ha puesto la mano encima ni lo hará, él es así, grita y grita, pero nos quiere mucho a las dos. En esa habitación en que la primera noche tras su regreso no pudo conciliar el sueño, Tere había diseñado sus planes para huir de esa vida y no regresar más que de visita. Toda una vida en realidad la llevó escapar de esa casa, de la halitosis de Madre, de la autoridad rancia de Padre, de las monedas que la tía Manuela le daba una vez a la semana —no le digas nada a tu madre, y mucho menos a tu padre—, de las Vírgenes y de los santos, del peluche del Monstruo de las Galletas que guardaba Madre en el armario, descolorido, desteñido, ya nadie llamaba Triqui al Monstruo de las Galletas, un globo, dos globos, tres globos. Tere tenía unos diez años cuando empezaron a emitir *Ábrete Sésamo* en televisión y odiaba ese peluche porque en casa no hubo televisor durante años por orden directa de su padre: para qué lo queremos, con la radio basta. Tere oía hablar a los niños de Triqui y ella no podía verlo, cuando se quejaba Madre recurría al mismo argumento con el que justificaba que no le comprara apenas ropa ni zapatos y que hasta los dieciocho años tuviera que depilarse a escondidas de Padre porque para quién te acicalas, a ver, para quién coño te rasuras: él nos quiere, es su carácter, tienes que entenderlo, debemos aceptarlo tal como es, ya no se hacen hombres así. La tía Manuela le regaló a la niña Tere ese peluche con buena intención, pero era de segunda mano, olía, era una triste consolación, ¿qué clase de hogar era ese que en el lugar donde en las casas normales había un televisor se alzaba un altar de santos, Vírgenes y fotos de muertos? En esa habitación en la que la primera mañana tras su regreso despertó derrotada, una maleta azul y otra roja y Lucía que lloraba en su cochecito, años atrás Tere le daba al peluche del Monstruo de las Galletas unas palizas de miedo.

Al salir de casa de la señora, Tere siempre se aseguraba de que la puerta quedaba bien cerrada con llave, la puerta mejor cerrada es aquella que puede volver a abrirse.

14

QUE SOLO TIENES QUE DECIRLO

Zafarrancho contra el silencio de la casa vacía. La lejía, el limpiacristales, el gel líquido concentrado, el limpiador, el quitagrasas y el tres en uno de los baños: rapidez, brillo y olor. A Oriol el tiempo le sobra, declararse esperanzado es la parte sencilla, lo difícil es esperar sin desesperar. El tiempo es un enemigo, se dilata y se expande, se nutre de dudas y de condicionales: y si, y si, y si. En el box de la UCI el tiempo pende de la cabeza rapada de Sira, aletarga los monitores y los sensores de los que depende su vida, a este paso el capitán Ahab jamás se enfrentará con Moby Dick. En casa es peor, en casa el tiempo se alía con el silencio y con la distancia con la que Oriol comparte cama y con los rescoldos de recuerdos agazapados en la habitación de Sira. En casa el tiempo es el techo blanco del dormitorio en penumbra y *Moby Dick* en la mesilla de noche y los anuncios en televisión. En casa el silencio permite a Oriol escucharse a sí mismo, y si, y si, y si: y si no hubiera dejado a Sira salir, y si hubiese salido con ella, y si hubiera ido yo a buscar el balón, ¿me lloraría Carmen si yo hubiera quedado tumbado en el asfalto?

Zafarrancho, pues. Oriol pone un recopilatorio de Dire Straits en el equipo de música, la primera canción es *Sultans of swing*, ca-

247

miseta sucia, vaqueros viejos, cuántas estaba de buen humor Oriol disfrutaba dándolo todo moviendo los dedos por el lomo de una guitarra imaginaria, mira que eres tonto a veces, papá, se reía de él Sira. Oriol se afana en limpiar el piso: los libros de las estanterías, los cubiertos en los cajones, la ropa en los armarios. Quita el polvo, barre, abrillanta los muebles, friega el suelo, vacía los altillos, pone en la lavadora las fundas de los sofás. Entre los cojines encuentra un par de monedas y bajo el mueble del lavabo, una canica, a saber por qué tortuosos caminos acabó allí, y cuándo sucedió. En la habitación que hace las funciones de despacho y cuarto de los trastos se atreve a abordar la gran tarea pendiente: un armario repleto de papeles, contratos, facturas, pagarés, recibís, presupuestos con IVA y sin IVA, hay que guardarlo todo, Carmen, nunca sabes cuándo necesitarás encontrar el papel con la factura de la reforma del baño de hace ocho años. En la papelería Oriol compra clasificadores, rotuladores de colores, cajas de cartón, carpetas de diferentes tamaños, papelitos adhesivos. Vacía la mesa del despacho, ordena los documentos por montoncitos, hay tantas clasificaciones posibles que pronto los papeles colonizan el suelo, la columna que más le gusta a Oriol es la que bautiza como *Varios*: una servilleta de papel manchada de alguna salsa con un garabato ilegible y una fecha, un mes de agosto de algún año más feliz; las entradas del concierto de Springsteen que le regaló Marina por un cumpleaños; felicitaciones antiguas de Navidad; postales de amigos que ya no lo son; una foto de Carmen, Sira y él mismo en un fotomatón del metro, los tres juntos en el estrecho cubículo, las cabezas muy juntas, amplias sonrisas, Sira era aún una niña, una tira de cuatro fotos.

Zafarrancho contra el silencio de la casa vacía, Oriol se demora en las habitaciones, se esmera en los lavabos, azota el colchón de la cama con tanta saña que le duelen los brazos y la respiración se le agita. En la cocina descubre platos que no recordaba, y en el altillo encuentra unas acuarelas que pintó cuando Carmen le convenció de que debía dejar fluir su lado artístico, que la burocracia en que se había convertido su trabajo amenazaba con enterrar al

Oriol alegre, creativo y un pelín ingenuo del que se había enamorado. En el salón descuelga los cuadros, limpia el marco con un paño, en el interior de un jarrón encuentra unos pendientes que años atrás Carmen se desesperó buscando. Y de vez en cuando Oriol mira el reloj y ahí siguen las manecillas, apenas se mueven, la hora de cenar que no llega nunca y la hora de acostarse que sin saber cómo se le echará encima, y con ella el techo de la habitación, los ecos de las conversaciones de los vecinos y los condicionales: y si, y si, y si.

Oriol evita la puerta entreabierta de la habitación de Sira, el delfín que compraron en el zoo y la serpiente con un sombrero de copa descansan en el armario de la habitación de matrimonio desde que regresaron del hospital. Oriol no entiende la habitación de Sira, no concibe que el espacio que ella ocupó ahora esté vacío, que la almohada y las sábanas huelan a Sira y en cambio Sira ya no huela a ella, hay que ser desalmado para robarle su olor a una chiquilla. Mientras trajina por la casa, Oriol ni siquiera mira la puerta entreabierta, acelera el paso cuando pasa frente a ella, ahí dentro hay sombras de alegría, hay ecos de risas, hay olas que besan las plantas de los pies de un bebé que nació en el Mediterráneo. En el montoncito de *Varios*: una chirigota dorada, un billete de dos mil pesetas con una caricatura dibujada, un dibujo infantil, papá, mamá y Sira, la ese del revés, fue la última letra que aprendió a escribir.

Golpes en la puerta. Oriol baja el volumen de la música, mira por la mirilla. Es el padre de Jana. Él también estaba allí, en el bar, ¿y si no hubiéramos pedido otra cerveza? ¿Y si tu hija no hubiese salido a charlar con mi hija? Oriol apenas ha hablado con él desde el accidente. El padre de Jana vuelve a llamar. Una vez. Dos veces. Tres veces. Con la palma de la mano. O tal vez sea con el puño. Oriol lo observa por la mirilla, el vecino tiene la mirada fija en la puerta, sé que estás ahí, dicen sus golpes.

—He visto luz y he pensado que tal vez te apetezca bajar a tomar algo.

Oriol acepta la propuesta. Hace frío en la calle, los dos andan acurrucados dentro de sus abrigos, no hablan, bocanadas de vaho surgen de su boca y nariz, sus pasos los llevan por inercia al bar, pasan junto a las dos manchas oscuras en el asfalto sin mirarlas, se detienen ante la puerta.

—Si lo prefieres, podemos ir a otro sitio.

Como respuesta, Oriol empuja la puerta y entra el primero, bienvenido a mi morada, entre libremente por su propia voluntad y deje parte de la felicidad que trae. Siente que el camarero deja de limpiar los vasos y se fija en él, un par de clientes lo observan al pasar, otro hace el gesto de decir algo pero se lo piensa mejor, hay palabras que deben permanecer indescifrables, sentimientos que son impronunciables. Oriol y el padre de Jana se sientan en una mesa al fondo del local, los abrigos en el respaldo de la silla, el camarero tarda menos de cinco minutos en traerles las cervezas. Beben a sorbos, hablan del tiempo, del Barça, de unas pintadas que han aparecido en el barrio que dicen que son de un artista extranjero famoso y que el ayuntamiento amenaza con borrar. El tiempo es un enemigo, los temas de conversación apenas si les duran, empiezan y acaban en un suspiro, cuando se les agotan Oriol pide con un gesto otra cerveza, desde la calle oyen a un niño gritar: cinco, cuatro, tres, dos, uno, ya, Oriol se pregunta quién ganará la carrera, si el semáforo en rojo o el semáforo en verde.

—Desde que fue al hospital Jana no deja de llorar.

A quién le importa lo que sentí al oír a la gente gritar, cuando salí del bar y vi a Sira en el suelo, cuando vinimos al hospital, cuando te llamaba y tú no contestabas, no había manera de que descolgaras el puto teléfono.

—Hoy no ha ido a clase, solo habla de Sira, le gustaría mucho verla.

A quién le importa lo que yo sentí entonces, a quién le importa lo que yo siento ahora. A ti, no.

—Está convencida de que Sira reconocería su voz. Quién sabe, cosas más raras se han visto, ¿no?

Que no me vaya arrastrando como un fantasma por los pasillos no implica que no eche de menos a mi niña.

—¿Crees que es posible que Jana visite a Sira, sin compromiso, claro, lo que digan los médicos?

No implica que no me pregunte continuamente y si, y si, y si.

—Le ha escrito un poema, ¿sabes?

Y si no hubiéramos ido a ver el partido al bar, y si nos hubiéramos quedado en casa, y si Carmen no hubiera tenido cena con sus compañeras de trabajo.

—Hablaré con Carmen. Pero no creo que le guste la idea. Además, desconozco si las normas de la UCI permiten a niños entrar, o las visitas de alguien que no sea pariente directo.

—Claro, igual no está autorizado, mucho movimiento no es bueno para los enfermos.

Repite conmigo, Jana: Traumatismos múltiples. Traumatismo craneoencefálico. Coma vigil.

—Le preguntaré a Carmen y te digo algo.

Otro gesto al camarero, otra cerveza, el silencio del bar lleno, hasta la mesa de Oriol llega con nitidez la voz del periodista que locuta las noticias en el televisor.

—¿Tú estás bien? —pregunta el padre de Jana.

Oriol asiente.

—Ya sabes que lo que quieras, que lo que necesites, que solo tienes que decirlo.

Oriol asiente.

—Y si quieres hablar… ya sabes.

Oriol asiente. En el montoncito de *Varios*, un billete del Interraíl, una foto de la Polaroid antes de que se acabara de romper, un retrato a boli de Carmen desnuda, se lo hizo después de morderse los labios para aguantar las lágrimas en el final de *Titanic*, soy el muro que te permite llorar, que nadie me vea.

Apuran las cervezas, se ponen los abrigos, se despiden del camarero, andan de regreso a casa envueltos por su propio vaho, el ascensor se detiene primero en la planta donde vive Oriol, un abrazo que dura un poco más de lo normal, golpes en la espalda, lo que quieras, lo que necesites. Oriol asiente, se pregunta cómo definiría el padre de Jana en pocas palabras qué es la paternidad para él.

—Y si quieres hablar… ya sabes.

HOMBRES TRANSPARENTES

1

SU ROSTRO ES UNA MELANCOLÍA

HAY NIÑOS QUE SANAN; hay niños que enferman; hay niños a los que golpea la vida. A la UCI ha llegado un niño que se muere, no hay otra forma de decirlo. Viene sin padre y sin madre, con abuela y abuelo. La madre está en la cárcel, explicará más tarde Tere, cosa de drogas, le pasó una enfermedad al niño, cosa de la pobreza, cosa de la miseria. ¿Y el padre? No hay padre. El rostro de la abuela es una gran arruga de dignidad y otra gran arruga de sufrimiento, por la hija, por el nieto, por sí misma. El gorro, la bata y las calzas le sientan raro en su porte elegante. ¿Sabrá ese niño quiénes son Epi, Blas, Coco y Caponata? En la calle, en el jardincito, el abuelo fuma tabaco negro, tabaco antiguo, tabaco fuerte, tabaco de tos y flema y pasado de moda. El rostro del abuelo es un columpio vacío, un cubo abandonado en la playa, un peluche tuerto, un balón deshinchado, una tarde de miércoles sin escuela, una visita al barbero del barrio sin los ojos como platos de un nieto clavados en la nuca: corte y afeitado, por favor, y Floïd al final.

Hay niños que sanan; hay niños que enferman; hay niños a los que golpea la vida. La niñita con la cabeza rapada, enferma de cáncer, que llegó en camilla, intubada, inconsciente y con el padre a su lado, se ha estabilizado y parece que saldrá de esta. No hay rastro de la madre, tal vez esté de viaje, tal vez haya bajado los brazos, qué vergüenza, dice Tere, qué desalmada, una madre tiene prohibido rendirse, no hay ninguna justificación. Al niño con el estómago hinchado que apareció de madrugada, al del color de muerte, al del fallo multiorgánico, lo mantienen vivo las máquinas pero ni siquiera ellas pueden hacer según qué milagros. En el ascensor, Carmen ha coincidido con la madre, una de esas mujeres a las que se les han agotado las lágrimas. Tu hija está en coma, le ha dicho esa mujer sin presentarse, tu hija está grave, ¿has pensado en donar su riñón? ¿Has pensado en donar su corazón? Mi hijo necesita un trasplante, tal vez dos, son más o menos de la misma edad, ¿has pensado en donar sus córneas y su hígado? ¿Y su páncreas? Carmen busca aire en la sala de espera. Allí está el padre del niño con el estómago hinchado, tumbado en el sofá, las manos como almohadas, no aparta la vista de los dibujos que cuelgan de las paredes: *Para la enfermera Castells, nunca te olvidaré, Pol; Para los médicos y las enfermeras de la UCI: sois mejores que Iron Man. Besos, Xavi.*

—*Toc, toc, toc.* ¿Se puede, mamá? —dice Tere junto a la cortina del box de la abuela del niño que se muere, no hay otra forma de decirlo—. Disculpa, ¿necesitas ayuda con esa silla? Hay que saberse el truco con estas sillas, si no acabas con el culo más grande que el Coliseo de Roma...

—Gracias, te lo agradezco, pero no soy mamá —responde la mujer, digna, y elegante a pesar de Epi, Blas, Coco y Caponata—. Soy abuela.

Tere sonríe, esa gran sonrisa suya que dice: tú eres de las nuestras. Tere posa la mano en el hombro de la señora del señor que fuma tabaco negro anticuado y cuyo rostro es una melancolía, una peonza que jamás gira, un triciclo con dos ruedas, una partida de la Oca arrastrada por la corriente.

—Aquí en la UCI todas somos mamás.

2

YA ESTÁ, YA LO HE DICHO

Para ayudar a los padres/madres *en este difícil momento, tenemos a vuestra disposición un equipo de apoyo psicológico gratuito. Os animamos a utilizarlo, ya que vuestro bienestar es primordial para el tratamiento de vuestros hijos/hijas.*

La psicóloga es muy joven. Informal, viste tejanos y una camisa blanca por fuera. Sonríe mucho. Habla de forma pausada. Se ha presentado, se llama Beatriz, trabaja para el hospital: estoy aquí para proporcionar apoyo, escucha y orientación. Todo el mundo ha insistido tanto, Oriol (tenemos que hacer algo, Carmen, no podemos seguir así), la abuela de Sira (tú marido y tú necesitáis ayuda, hija), su hermana (tienes que hablar con alguien que sepa por lo que estás pasando, hermanita), que al final Carmen ha accedido, no tiene más fuerzas para oponerse, total, qué más da.

Oriol y Carmen se sientan en triángulo con la psicóloga en un vértice. Oriol evita mirar a su mujer. Carmen piensa que Sira está sola en el box. La psicóloga repasa unos papeles, a Carmen le cae mal desde el principio: debe de haber acabado hace poco la facultad, es tan joven, ha vivido tan poco, no lleva anillo, no tiene aspecto de ser madre, qué sabrá ella de la piel con la piel, de la saliva

257

mezclada, de los aromas enredados, de dos vidas que son un único ser, de mamá y su niña.

—Tú debes de ser Oriol —dice la psicóloga, amplia sonrisa, dientes blanquísimos, siempre hay que mantener el contacto visual, eso deben de habérselo enseñado en la facultad, hay que preguntar el nombre y después usarlo siempre.

—Así es —responde Oriol, cortés.

Los hombres no están hechos para este sufrimiento, para esta paciencia, para los hospitales. A la media hora se remueven en la silla, a la hora y media les duele el culo, a las dos horas se imaginan cosas con las enfermeras, no pueden evitarlo.

—Y tú eres Carmen, ¿no?

Hombre transparente busca a mujer invisible para hacer cosas jamás vistas.

—He leído vuestro informe. Es terrible lo que os ha sucedido, cualquiera en vuestra situación sufriría lo indecible.

Hay que mostrar empatía, debe de ser el primer punto de la lista de cómo comportarse con tus pacientes. ¿Qué sabrás tú de nuestra situación, qué sabrás tú de los monitores, y de los tubos, de monitorización, de bombas de perfusión, del drenaje torácico para el pulmón dañado, de la sonda nasogástrica y de la sonda vesical, de Epi, Blas, Coco y Caponata, de traumatismos múltiples, del traumatismo craneoencefálico, del coma vigil?

—¿Cómo está Sira?

Escucha activa.

—Le han retirado la respiración asistida y respira por sí misma —contesta Oriol.

No abre los ojos, respira, pero no abre los ojos.

—Eso está muy bien. En este hospital hay grandes profesionales, vuestra hija está en las mejores manos.

Dar apoyo emocional.

—La verdad es que estamos muy contentos por el trato —dice Oriol.

Yo no les voy a prohibir que tengan esperanza.

—Bien. ¿Hay algo que queráis contarme?

Estimular que los pacientes expresen las emociones. Oriol carraspea.

—Desde que ocurrió el accidente...

No es un accidente, Oriol llama accidente a que un hijo de puta se saltara el semáforo en rojo, atropellara a Sira y después se diera a la fuga. Es cualquier cosa menos un accidente: una canallada, un crimen, una putada, una mierda, un desastre, una tragedia... El primer paso es llamar a las cosas por su nombre, pero ¿qué sabrá esta chica de todo esto? ¿Acaso sabe ella cómo llegar allí donde solo Sira puede habitar?

—... Carmen y yo tenemos problemas para comunicarnos. Siento que de repente nos hemos alejado y que ella para mí ahora es inaccesible. Por eso he pedido su ayuda, doctora...

—Puedes llamarme Beatriz.

Mostrar cercanía.

—Sí, Beatriz, disculpa. Como te decía, no encontramos la forma de comunicarnos, lo cual dificulta aún más una situación que ya de por sí es bastante complicada.

—¿En qué sentido crees que Carmen y tú no os comunicáis?

Mostrar interés genuino, palabras indescifrables, sentimientos impronunciables.

—No sé, hay muchos ejemplos...

Nos damos el relevo y poco más, hay macarrones en la nevera, he dejado puesta una lavadora.

—No hemos hablado aún de lo que sucedió, por ejemplo. No hemos hablado de cómo nos sentimos, al menos yo no he tenido la posibilidad de explicarle cómo me siento, y ella no me lo ha contado a mí.

Intercambiamos palabras que no son nada.

—No hemos hablado de qué puede suceder a partir de ahora ni de qué haremos con nuestras vidas mientras dure la recuperación de Sira.

Lo noto, soy su madre, mi niña ya no está.

—No hablamos de nada. Ese es el problema. Y yo me siento solo y rechazado, lo siento, Carmen, pero es así.

La psicóloga deja transcurrir unos segundos y gira el rostro muy despacio hacia Carmen, la sonrisa no decae en ningún momento, hay que usar de forma adecuada la comunicación no verbal.

—¿Y tú qué crees, Carmen? ¿Estás de acuerdo con lo que dice Oriol?

Tono de voz tranquilizador, que dé seguridad.

—Supongo.

—¿Supones?

Te has encerrado tras un muro, me tratas como si fuera un extraño, bastante difícil y duro y jodido es lo que nos ha sucedido como para que lo afrontemos solos.

—Por favor, Oriol. Deja que hable Carmen.

Transmitir en todo momento seguridad y que se tiene el control de la situación.

—¿Qué quieres decir cuando dices que supones?

Carmen se encoge de hombros.

—¿Puedes explicar qué quieres decir cuando dices que supones?

Un electricista va a la unidad de curas intensivas de un hospital.

—¿Significa que estás de acuerdo con Oriol? ¿Tú también crees que tu esposo y tú tenéis un problema de comunicación?

Aguanten la respiración, les dice, que voy a cambiar un par de fusibles.

—Supongo.

—¡Por favor! —exclama Oriol.

—Veo que no te apetece hablar —dice la psicóloga, aceptar las evasivas, respetar los silencios—. No pasa nada, Carmen, de verdad, nadie te obliga a hablar. Con que estés aquí es suficiente, demuestra que eres consciente de que estáis pasando por una situación difícil. Pedir ayuda es el primer paso para solucionar los problemas. Pero, si tienes algo que decir, este es un buen momento, te estamos escuchando.

Carmen mira a Oriol. Mira a la psicóloga. Los dos la miran a ella, por qué no, piensa Carmen, este es un momento tan bueno como cualquier otro.

—Quiero desconectar a Sira.

Ya está, ya lo he dicho. Es mi responsabilidad.

3

Y YO SOY SU PADRE

—SIRA YA NO ESTÁ, ORIOL. Soy su madre, lo noto, lo sé. Sira ya no está.

En el restaurante cercano al hospital, doce euros el menú, ensalada y escalibada de primero, salmón y un bistec a la plancha de segundo. No comerán postre ni tomarán café, no llegarán a ello.

—¿Y si no abre los ojos nunca más? ¿Qué haremos, entonces? ¿Se pasará años tumbada en la cama esperando a no sé qué? ¿Y si los abre pero no es ella? ¿Y si quien regresa es otra persona, un vegetal?

Carmen habla y gesticula, asume el peso de la conversación: llevamos toda una vida aquí, Sira no regresará, ni tú ni yo sabemos cómo ir adonde solo ella puede habitar, tenemos que tomar una decisión, lo entiendes, ¿verdad? Estás de acuerdo, ¿no? Tenemos que ir a hablar con la doctora, quién sabe si Sira sufre, nadie lo puede saber, pero vivir así no es vida, Oriol. Es verdad que respira, pero no abre los ojos y no los abrirá, soy su madre y sé que nuestra Sira, mi niña, tu niña, ya no está. No tiene sentido que alarguemos su dolor, es hora ya de dejarla ir: reloj, no marques las horas porque voy a enloquecer, ella se irá para siempre cuando amanezca otra vez. Carmen alarga la mano. Coge la diestra de Oriol. Oriol mira la mano de su mujer con extrañeza. El Oriol del que Carmen se enamoró sabía escuchar. Pero ese era otro Oriol, un Oriol al cual Carmen entendía, un Oriol sin bolsas de cruasanes ni un libro bajo el brazo, un Oriol que no confundía tacos con sinceridad, el Oriol de antes de los cinco minutos.

—No te reconozco.

Hay esperanza, dice Oriol, es cierto, no abre los ojos, pero respira. La doctora lo dijo, ¿no te acuerdas?: Yo no les voy a prohibir que tengan esperanza. Y también dijo: Es cierto que cuando hablamos de traumatismos craneoencefálicos como este jamás puede afirmarse con un cien por cien de exactitud que *a* o *b* vayan a suceder sí o sí. Nadie puede saberlo, ni la doctora, ni tú ni yo. Tú eres su madre, dices, y yo soy su padre, que parece que esta parte se te haya olvidado. Yo no noto que mi niña no está, cuando estoy con ella en el box me siento en la cama a su lado, le cojo la mano y le cuento qué tal en la escuela, cómo os echo de menos a ella y a ti, cómo añoro nuestra vida de antes, siempre antes: antes de que te fueras a cenar con las maestras de tu escuela; antes de que pidiera la cerveza al camarero; antes de que Sira y Jana salieran juntas a la calle; antes de que a aquellos niños se les escapara el balón a la calzada; antes de que el semáforo se pusiera verde; antes de que el semáforo se pusiera rojo. Me siento a su lado, le cojo la manita y recordamos las vacaciones en la playa, aquella ocasión en que se te voló el sombrero de paja, esa otra en que pinchamos una rueda y llegamos al hotel pasada la medianoche. Hablamos de cuando era pequeña, de cuando tú y yo éramos jóvenes, siempre antes. Hablo yo y ella me escucha, ella está allí, claro que está allí. No te entiendo, Carmen, no entiendo por qué me dices que no sabes ir adonde solo ella puede habitar porque yo cada día me siento allí con Sira, le cojo la mano y hablamos y hablamos y hablamos, y cuando la beso en la frente sé que mi niña espera a que los médicos encuentren la forma de traerla de regreso. Si ella puede esperar, nosotros debemos darle todo el tiempo que haga falta, reloj, detén el tiempo en tus manos, haz esta noche perpetua, para que nunca se vaya de mí, para que nunca amanezca.

—Debemos esforzarnos en ponernos de acuerdo en esto, Oriol. Debemos ir a una, bastante dura es esta situación como para que la afrontemos divididos.

Tienes razón, Oriol, cuando dices que me he encerrado detrás de un muro, es verdad que no hemos hablado de nosotros, de lo que ha sucedido ni de lo que va a suceder. Pero esto no va de ti ni de mí, habrá tiempo para nosotros, esto es sobre Sira. Te engañas, no es ella con quien hablas sino con su recuerdo; no es ella a la que aguardas, sino a la esperanza que mitiga tu dolor y que retrasa el momento de enfrentarte a ti mismo. Es verdad, Oriol, tú también padeces, tú también estás roto, tú también estás hecho una mierda, que no te arrastres por las esquinas, que no te pases el día entero en la UCI, que no adoptes una pose de mártir no significa que no estés jodido, joder, que ya lo sé, que ya sé que Sira también es tu hija, hostia.

—¿En serio, Carmen? ¿Por fin decides hablarme y es para pedirme esto?

No me hablas, no me miras, no me tocas, no me dejas que te toque, no me preguntas cómo estoy, me culpas de la muerte de mi hija y ahora me coges la mano y dices que quieres que hablemos, que nos pongamos de acuerdo, que vayamos a una. Quieres que te diga: sí, de acuerdo, vamos a desconectar a Sira, vamos a matarla. Porque eso es lo que quieres decir: vamos a matarla porque la espera se te hace insoportable, porque el dolor te ahoga, porque ese hijo de puta de un acelerón se llevó por delante a mi niña y a mi mujer. Te he perdido, Carmen. Pero a mi niña no la he perdido aún, no voy a dejarla ir porque tú no sepas vivir con el dolor ni seas capaz de convivir con la culpa. Porque es de culpa de lo que estamos hablando, es evidente que me culpas, yo estaba allí y tú no. Me culpas y hasta cierto punto lo encuentro normal, es humano, hay que culpar a alguien. Pero sé que me culpas porque así evitas recordar que no escuchaste ni leíste mis mensajes hasta después de las copas, cuando Sara farfulló una canción de moda descalza por la calle. Fue entonces cuando viste las decenas de llamadas perdidas y las docenas de notificaciones de mensajes. ¿Qué culpa tengo yo de eso? ¿Qué culpa tiene Sira?

—Estamos hablando de Sira, no de nosotros. No mezcles.

Carmen retira la mano. Oriol deja los cubiertos en la mesa. Carmen le rehúye la mirada. Oriol carraspea. Carmen respira hondo. Oriol consulta el móvil.

¿Y si no abre los ojos?

Los abrirá.

¿Qué haremos, entonces?

No lo sé.

¿Se pasará años tumbada en la cama esperando a no sé qué?

No.

¿Y si los abre pero no es ella? ¿Y si quien regresa es otra persona, un vegetal?

No.

Carmen se muerde el labio hasta sangrar. Oriol pide la cuenta. Carmen deja el salmón a medias. Oriol no quiere postre.

Mi niña ya no está.

No es verdad.

Soy su madre.

Y yo soy su padre.

Lo noto.

Y yo noto que está allí.

Lo sé.

No puedes saberlo.

Mi niña ya no está.

No es verdad.

—Oriol —dice Carmen, como quien dice *por favor*.

Oriol se levanta, se pone la chaqueta, dirige los ojos hacia la puerta del restaurante para no mirarla a ella.

—Me voy —dice, como quien dice *ya no te quiero*—. Mi hija me espera.

En el montoncito de *Varios*, una tarjeta de embarque del viaje a Venecia, asientos 20F y 20E, una lista garabateada de invitados a la boda, una impresión arrugada de la ecografía de las doce semanas.

4

EL HIJO DE PUTA

La agente de la Policía es mucho más joven de lo que Oriol se había imaginado en las conversaciones telefónicas. Es rubia, lleva el cabello recogido en una coleta, la camisa azul y la corbata oscura le dan un aspecto inusitadamente juvenil. Hace mucho tiempo que Oriol no pisa una comisaría, le sorprende la modernidad y la luminosidad, supone que habrá otras partes del edificio que harán bueno el cliché, la oscuridad, la humedad, el chirrido de las puertas al abrirse y al cerrarse. Pero mientras la policía lo guía a través de las mesas hacia un despacho, Oriol no sabe ver la diferencia entre la comisaría y otras oficinas más allá de los uniformes, los consejos de seguridad colgados en el tablón de anuncios y algún arma que de vez en cuando asoma.

—Buenas noticias: ya sabemos qué sucedió y quién era el conductor —dice la policía.

Oriol echa azúcar al café con leche de máquina que le ha servido la agente. Lo remueve con la cuchara de plástico, esta mujer debe de ser madre a pesar de ser tan joven, si no por qué tanta vehemencia, fue ella quien llamó por primera vez hijo de puta al conductor que atropelló a Sira. Oriol sorbe el café con leche, está muy caliente, se lastima los labios, piensa en Carmen, ¿será el hijo de puta bajito, calvito, barrigudo? Un arpón se le clava en el costado cuando piensa en su mujer, es la dentellada de la pérdida, otro silencio que añadir a la casa vacía, mi mujer quiere desconectar a mi hija, pero no pienso permitírselo, ¿puede creérselo, agente?

—¿Se acuerda de que le dije que un par de calles después de atropellar a su hija el vehículo impactó con otro coche? Gracias a ese detalle la Policía científica ha logrado seguir el rastro hasta dar con el vehículo…

La agente abre una carpeta oscura muy gruesa, con el nombre de Sira escrito en mayúsculas en la cubierta seguido de una combinación de letras y números. *El robo de identidad es uno de los delitos en auge en nuestra sociedad, protéjase con unos pasos muy sencillos*, dice uno de los consejos de seguridad que cuelgan del tablón de anuncios que es la única decoración del despacho, un póster ilustrado por la típica caricatura del caco enmascarado que le roba el rostro a un ciudadano de aspecto bonachón. Sin rostro, la cabeza del ciudadano es una mancha gris en un cuerpo encorbatado, un óvalo sin ojos, nariz ni boca, el horror sin atributos ni identidad. La policía extrae del interior de la carpeta varias fotografías, y por un momento Oriol teme que le mostrará el cuerpo de Sira ensangrentado y quebrado en el asfalto, el corrillo de mirones a su alrededor, Oriol arrodillado junto a ella, manchas de sangre en la camisa que no ha conseguido eliminar pese a que la ha lavado ya tres veces. Sin embargo, las instantáneas que le muestra la agente son las de dos coches, uno verde y otro blanco, las abolladuras en el capó, dos matrículas.

—Desde un principio esto nos extrañó, el atropello y el posterior impacto con otro coche, no es la conducta habitual.

—¿Iba bebido el conductor?

—No lo creemos.

Evite escribir su usuario y contraseña en vínculos extraños o desconocidos que le lleguen por correo electrónico, dice el primer consejo de seguridad para prevenir el robo de identidad, ¿quién puede ser tan desalmado como para hurtarle su olor a una chiquilla? La agente observa a Oriol mientras él ojea las fotografías, Oriol sabe que ella sabe lo que piensa: necesito saber quién es, ponerle cara, nombre y apellido al óvalo sin ojos, nariz ni boca, necesito culpar a alguien de carne y hueso y no a un hijo de puta abstracto, a un horror sin atributos ni identidad. ¿Piensa el hijo de puta alguna vez en Sira? ¿Puede vivir sabedor de lo que ha hecho? ¿O por el contrario vive su vida con la misma alegría o tristeza o indolencia o pasión de siempre?

—¿Qué sucedió?

—Es una chica menor de edad. Cogió sin permiso el coche de su madre por una historia rocambolesca, su novio la acababa de dejar por WhatsApp, vive fuera de Barcelona y ella quería verlo, convencerlo de que no la abandonara por otra.

—¿Una chica?

¿Verá el hijo de puta la televisión en camiseta imperio? ¿Será de los que gritan piropos por la ventanilla a las adolescentes?

—Sí.

—¿Menor de edad?

Lo que de verdad deseo es que se empotre contra un tráiler y muera atrapado entre los hierros del coche, que se dé cuenta de que se le escapa la vida a pedacitos, segundo a segundo, mientras los bomberos intentan llegar a él y no lo consiguen, venga a darle con el soldador y no hay manera, entre tanto hierro torcido, entre tanto amasijo.

—Diecisiete años recién cumplidos. Al principio pensamos que fue la madre, pero la historia no cuadraba, era muy extraño. Al final la chica confesó. Una tragedia.

¿Qué dirá Carmen cuando lo sepa? Una chica de diecisiete años con el corazón roto es el hijo de puta, una chica solo seis años mayor que Sira es la que ha destrozado sus vidas. ¿Cómo puede culpar a una chica de diecisiete años de tanta palabra indescifrable, de tanto sentimiento impronunciable? ¿Cómo puede una chica de diecisiete años con el corazón roto ser la culpable del silencio de la casa vacía?

—Conducía a lo loco, apenas si sabía cómo controlar el coche. Atropelló a su hija, entró en pánico, y en su huida chocó con el otro coche. Tuvo suerte de no matarse.

La policía tamborilea con los dedos la superficie de la carpeta, de nuevo cerrada. Oriol nota que de la agente surge una corriente de empatía hacia él y también hacia la otra familia, la otra parte de la tragedia. En algún lugar hay una madre como Carmen que pasa las noches en vela pensando en su hija, casi una niña que si Sira no despierta deberá vivir el resto de su vida con el peso de haber sido ella la que se saltó el semáforo en rojo y dejó a otra niña tumbada en el asfalto, ensangrentada y quebrada. A Oriol se le humedecen los ojos, a veces es mejor que el óvalo permanezca sin rasgos, que el horror sea una mancha gris desconocida, es irónico, pero ya echa de menos al hijo de puta.

—¿Qué sucederá ahora? —pregunta Oriol.

La agente se encoge de hombros.

—Nosotros, como policía, casi hemos acabado nuestro trabajo. Ahora es asunto de la justicia. No es lo mismo, por supuesto, si su hija sobrevive o…

La danza de los puntos suspensivos que Oriol tan bien conoce. Oriol mira la carpeta con el nombre de Sira escrito en mayúsculas seguido de una combinación de letras y números. Ahí dentro, piensa Oriol, hay un nombre, una dirección, un número de teléfono, tal vez unas fotos. La policía sigue su mirada, tamborilea los dedos encima de la carpeta.

—La madre de la conductora ha pedido conocerlos, a usted y a su esposa —dice la policía—. Por supuesto, nosotros no podemos desvelar su identidad, pero me ha pedido que les transmita su solidaridad y sus ánimos por la terrible situación en la que se encuentran.

No proporcione información personal a desconocidos, dice el segundo consejo de seguridad para prevenir el robo de identidad. Oriol mira a la policía, los puntos suspensivos aún danzan alrededor de su boca.

—Mi hija está mejorando, los médicos son optimistas, tenemos esperanza.

Mi mujer quiere desconectarla, ¿sabe?, pero yo no se lo permitiré. Yo sé que Sira está ahí y que tan solo espera a que los médicos encuentren la forma de traerla de regreso. Soy su padre y sé que mi niña regresará con nosotros.

—Eso sería una gran noticia. Para todos.

—Supongo que no puede darme el nombre y el número de teléfono de la madre de la chica, ¿verdad? Aunque ella quiera hablar con nosotros, no puede hacerlo, ¿no?

—En efecto, no puedo.

—Me gustaría hablar con ella, conocerla. Al fin y al cabo, tarde o temprano los abogados, o el juzgado, o quien sea nos dará esa información, en algún momento nos conoceremos, aunque sea en el juicio, ¿no?

La policía asiente, la corriente de empatía, los tres puntos suspensivos. La agente estudia a Oriol durante varios segundos de más. Separa la silla, se levanta, se dirige a la puerta.

—¿Quiere otro café?

—Sí.

La policía abandona el despacho, deja encima de la mesa la carpeta con el nombre de Sira escrito en la cubierta. Sería tan sencillo. Oriol mira el cartel de consejos contra el robo de identidad, el óvalo gris sin atributos ni identidad se le antoja su reflejo.

5

ANTE EL ESPEJO

Siempre positiva, optimista y alegre. En la habitación 832 de la planta ocho, ala infantil, *Happy Happy* Clara guarda la tableta y las libretas en la bolsa de deportes, Susana acomoda el canguro de madera en su propia mochila. Encima de la silla donde Carmen solía sentarse reposa el papel del alta firmado por el médico. Abajo, en recepción, aguarda Núria, el papeleo parece que no acaba nunca, juguetea con las llaves de su coche nuevo en la mano, se muere por perder de vista la bata, las calzas y a Epi, Blas, Coco y Caponata, hasta la coronilla de esa iconografía infantil tan cursi. En unos minutos, Clara y Susana bajarán a la calle, subirán al coche, regresarán a casa, a sus vidas. Clara se ha despedido de su compañera de habitación, la mujer del vestido multicolor y el pañuelo en la cabeza, se han intercambiado teléfonos, Susana ha besado en la frente a la pequeña Saima, todas juntas se han hecho un *selfie* con el Gran Méndez, la nariz de payaso coronaba la sonrisa de Susana. En el Templo Gastronómico, Clara ha abrazado a Tere y ha besado a Anna, han prometido llamarse para quedar en otro lado, fuera del hospital, en un restaurante donde se coma bien, sin clientes que dejan la comida a medias ni ruido de cucharillas ni rumor de carraspeos.

***

—*Let's get nasty, ok?*

La habitación del cliente de Clara era grande y lujosa. Jiro se quitó la chaqueta, se desanudó la corbata, se sirvió una copa, le sirvió otra a Clara, la besó en el cuello, le magreó los pechos por encima del vestido. Clara lo apartó, tengo que ir un momento al baño, cerró la puerta, el gran espejo le devolvió el reflejo de Bijou, el escote de vértigo, el vestido de noche verde, los taconazos. Los dedos de Clara buscaron en el interior del bolso: las llaves, la documentación, el móvil, los pañuelos, los preservativos, el espray de defensa personal, el espejo, el pintalabios, el maquillaje, el lápiz de ojos, el crucifijo. Se retocó la línea de los ojos y afianzó los labios, se alisó el vestido, se peinó con la mano, respiró hondo, se demoró unos segundos ante la puerta cerrada: siempre hay un instante en que se puede decir *no* en lugar de *sí*, *sí* en lugar de *no*. Y recuerda: nada debe suceder que tú no quieras que ocurra, eres tú quien manda en la cama.

Mientras esperaba a que saliera del baño, Jiro había dejado la habitación a media luz, había puesto música, se había servido otra copa, se había desnudado y se había tumbado en la cama. Era un hombre fuerte y fibrado, su pene erecto era más grande que el de Álex, la pareja que más tiempo le había durado a Clara, a cuenta de qué tenía que acordarse de Álex en ese momento, se había casado con otra y era padre de gemelos, nunca quiso asumir la responsabilidad de Susana. Jiro indicó a Clara que se desnudase. Ya no sonreía, su excitación era evidente, animal.

—*Slow, slow, let's get nasty, ok?*

A Jiro se le había olvidado su castellano roto y recurría a un inglés que a Clara le costaba seguir, entorpecido por el alcohol y la promesa del sexo inminente. Clara obedeció, allá tú, cuanto más tiempo, más dinero, porque de esto va la obra, dinero rápido y sin complicaciones, los taconazos, el vestido de noche verde, las medias.

273

—*Slow, slow, be a nasty girl.*

El sujetador, el tanga. Clara se sintió desnuda en el cuello, lista para ser mordida.

—*Turn around, let me take a look at you.*

Clara giró sobre sí misma, era una niña torpe en su primera lección de *ballet*, una adolescente tímida de estreno en la discoteca. Sintió frío, los pezones se le endurecieron, su corazón huía a la carrera.

—*You are gorgeous. I want to fuck you right now.*

Jiro la tumbó en la cama, Clara gimió y rio, sobreactuada: sé ruidosa, grita, pellízcale la espalda, eres una actriz en el escenario.

—*Turn around, I love your ass, I'm a back door man, myself.*

Clara dejó de esforzarse en entender lo que Jiro decía, se concentró en mantener el ritmo de lo que su cliente pedía, en interpretar los movimientos de su cuerpo, en seguir los caminos que abrían sus manos de dedos finos y largos. Boca arriba, Clara ocultaba su rostro en el hombro de su cliente; boca abajo, lo enterraba en la almohada, mordía la sábana, lograba mantenerse fiel al guion, no olvidaba ni los grititos ni los gemidos ni las carcajadas ni algún que otro arañazo y mordisquito ocasional.

—*Take the southern route, pipe me off.*

No entender lo que su cliente decía le proporcionaba a Clara una sensación de alejamiento, igual sí era solo sexo, a lo mejor era cierto que solo se trataba de su cuerpo. Bijou, eso sí lo entendía Clara, Jiro pronunciaba a menudo su otro nombre, Bijou, lo repetía como si fuera un mantra, Bijou, lo dijo tantas veces que perdió significado, se desgastó, se convirtió en un chicle sin sabor que se mastica por inercia. Bijou. Segundo Hombre follando a Segundo Nombre.

—*Do you want me to go down on you?*

De rodillas en la cama, a cuatro patas, de pie, tumbada en el suelo, sentada encima del rostro de su segundo hombre, ni un centímetro de la piel de Bijou se le escapó a Jiro, que al penetrarla arremetía con fuerza de adolescente; que la besó, la lamió, la mordió y la pellizcó; que aprovechó hasta el último céntimo del último euro que había pagado por ella, la mano del encargado del súper por encima de la rodilla.

—*Come! Come! Come, you bitch!* —gritó el ejecutivo de la multinacional japonesa en las últimas embestidas de su último clímax.

Y sin embargo, eso Jiro no pudo comprarlo.

HAPPY HAPPY CLARA Y CARMEN comparten un último té, Núria ha acompañado a Susana a despedirse de las enfermeras y del médico que la trató durante los años de la leucemia. En el Templo Gastronómico, en una mesa junto al ventanal, las manos entrelazadas alrededor de la taza de té caliente, Clara y Carmen se intercambian teléfonos, hablan de nimiedades, de la vuelta a la rutina, de si existe tal cosa, la rutina, a ojos de las mamás de la UCI ahí fuera no hay más que peces que están convencidos de que la pecera es lo que queda al otro lado del cristal, pobres insensatos.

—¿Qué vas a hacer con Oriol? —pregunta Clara.

Carmen se encoge de hombros. Carmen está agotada, qué va a hacer con Oriol, cómo le gustaría tener respuesta para esa pregunta, qué va a hacer con Oriol, no pudieron ser más de cinco minutos porque había pedido otra cerveza y el camarero aún no me la había traído. Qué va a hacer con su vida, en realidad esa es la pregunta, Carmen es el náufrago que nadó y nadó y se deja ahogar en la orilla, Carmen es una mamá más atrapada en el paréntesis, cuánta razón tiene Tere.

—Iremos a hablar con el hospital, aunque no creo que Oriol cambie de postura. Tendrías que verlo, Clara, no lo reconozco, parece otro, no me habla, no me mira, no me toca, no me deja que le toque. No sé quién es ese hombre con el que estoy casada, yo soy su padre, eso es lo único que dice, ya lo sé, joder, y yo soy su madre.

—¿Y si no os ponéis de acuerdo, qué?

—No lo sé. No creo que el hospital se decida a desconectarla sin que los dos padres lo pidan. No es justo que si no hay acuerdo se imponga su punto de vista. Esto no es una competición, estamos hablando de Sira, hay que tomar la mejor decisión para ella, y alargar esta situación es absurdo, ella ya no está, quién sabe si sufre, que no lo sepamos no significa que no suceda.

EN LA HABITACIÓN DE JIRO la incomodidad llegó tras el último gemido del ejecutivo, cuando la sangre abandonó su pene y el sopor poscoital lo embargó. Igual que en una película de sobremesa, Clara se cubrió con el edredón hasta la barbilla, como si su desnudez ya no fuera tolerable ni tolerada. Jiro se sirvió una copa, cambió la música, regresó a la cama, alisó la sábana, ninguno de los dos sabía qué hacer.

—No creas que hago esto a menudo —dijo, de regreso al castellano roto.

Clara entendió que debía irse. Recogió su ropa, se fue al baño, oyó que Jiro le ofrecía que se duchara. Clara se miró al espejo, despeinada y desaparecida la mentira del maquillaje se vio con el bikini puesto y apestando a protector solar, la hermana de Susana desnuda en una habitación de hotel de una categoría que no era la suya, un vestido de noche verde en una mano y en la otra un tanga a conjunto con el sujetador, vaya mierda de inversión, para lo que ha durado puesto no hacía falta gastarse tanto dinero. Clara se vistió rápido, vete en cuanto hayas acabado el servicio, ya no hay motivo para dar conversación ni para demorarse, vete, que tu cliente, como todos los hombres, después lo que quiere es dormir. Jiro la aguardaba fuera, se había puesto los pantalones del pijama. Clara vio que en un rincón se amontonaban las sábanas y las fundas de las almohadas, Jiro había rehecho la cama con otras limpias, fue entonces cuando Clara se dio cuenta de que no olía a protector solar sino a sexo y a semen y a saliva y a Jiro, sin duda lo primero que haría su cliente cuando ella se fuera sería ducharse. Jiro le dio unos billetes, Clara los contó, las cuentas siempre claras en tu cabeza, tienes que saber en todo momento a cuánto asciende la transacción, cuánto te han dado, cuánto has dado, a la tarifa pactada el ejecutivo añadió una propina generosa. Clara dobló varias veces los billetes, los guardó en el bolso, deseó buenas noches a Jiro, de nuevo un desconocido que en el caso improbable de que se cruzase con ella en la calle ni siquiera la miraría. El ejecutivo la acompañó a la puerta, ni se besaron ni se dieron la mano, buenas noches, la puerta se cerró con suavidad detrás de ella. En la calle, Clara dio la bienvenida al bofetón de frío que la recibió al salir por la puerta giratoria. Varios taxis aguardaban clientes, sin embargo se dirigió hacia el metro, no tenía cuerpo para juicios morales de taller mecánico.

En el metro, la vida encapsulada, en esa temprana hora bisagra de la madrugada se mezclaban los que empezaban a disfrutar de la noche y aquellos que regresaban a su casa después de turnos tardíos de trabajo. Clara se sentó al lado de dos mujeres un poco más jóvenes que ella, vestían uniforme de una cadena de restaurantes de comida rápida, olían a salsa de tomate y hamburguesa, una le contaba a la otra lo que le había sucedido a una amiga: es peluquera, el lugar donde trabajaba cerró y después de un par de meses en el paro, en julio, encontró trabajo en otra peluquería. No pagaban mal, solo la mitad era en negro, trabajó parte de junio, todo julio, y al final de la primera semana de agosto preguntó qué sucedía con el sueldo, que aún no le habían pagado ni un euro. Las dos propietarias echaron pelotas fuera, que si esto, que si lo otro, que si los del banco, que si estamos muy contentas contigo, joder, cómo no iban a estarlo, si mi amiga les abría la peluquería y la cerraba y echaba allí más horas que un reloj. Total, que así estuvieron dos semanas, sin que mi amiga viera ni un euro de lo que le debían, hasta que un día una de las jefas le dijo que todo iba muy mal y que iban a tener que despedirla, y que con suerte en un par de meses le pagarían por las semanas que había trabajado, pero solo la parte en blanco; el resto de horas, ni mentarlas. Mi amiga, tendrías que conocerla, es muy buena gente, pero no juegues con ella, porque si te la cruzas es la más cabrona de las cabronas, total, que dijo que vale, que lo entendía, que ningún problema. Esa noche, cuando como siempre las dos propietarias se fueron y la dejaron sola para el cierre, mi amiga encendió todas las luces de la peluquería y se fue sin cerrar la puerta. ¡Imagínate! Al día siguiente les habían robado todo, desde las butacas hasta el último secador, ¡incluso los enchufes!

Clara se regocijó en el placer que debió de sentir la peluquera vengativa. A Clara, siempre positiva, optimista y alegre, desde niña le hubiera gustado ser más cabrona que las cabronas con quien se lo mereciera, ser un poco más mala puta pero en el otro sentido, como la amiga peluquera de esa chica que olía a salsa de tomate y a hamburguesa. Eres demasiado buena, le solía decir su madre, así te harán daño, y sí, le habían hecho daño, pero ¿cómo se deja de ser demasiado buena? Las chicas buenas van al cielo y las malas vamos a todas partes, citaba Núria a alguien que Clara no conocía, e igual era cierto, varios billetes doblados dentro del bolso, el cuello recién mordido por el vampiro: ¿qué diría mi madre si me viera con el vestido de noche verde, los taconazos y el escote de vértigo, si oliera en mí el olor a semen de Jiro? ¿Y qué diría Susana? ¿Cómo le iba a explicar a Susana que de repente ya no tenían problemas de dinero?

En el andén de su parada, guardas de seguridad y empleados del metro rodeaban a una mujer que estaba tumbada en un banco, sin duda borracha. Clara reconoció a la mendiga con la que se había cruzado horas antes, cuando iba camino de ese instante en que se puede decir *no* en lugar de *sí*, *sí* en lugar de *no*. La mendiga se había vomitado encima, hedía a vino. Los guardas de seguridad intentaban incorporarla. Uno de los empleados del metro hablaba con alguien a través de un móvil, los taconazos de Clara resonaban en el andén, los guardas se giraron para repasarla. Clara apretó el paso, en la escalera mecánica se forzó a no mirar hacia el andén, donde más pronto que tarde los guardas de seguridad obligarían a la mendiga a levantarse para expulsarla al frío de la calle. ¿Dónde dormiría? ¿Qué le había sucedido para acabar tumbada en el banco de una estación de metro sumida en su propio vómito? De niña nadie quiere ser mendiga de mayor. Ni puta. ¿Qué diría su madre si la viera? ¿Qué le diría ella a su madre? Soy Bijou, mamá, no soy

Clara, huelo a sexo y a Jiro y llevo en mi bolso varios billetes doblados, dinero rápido y sin complicaciones. Soy Bijou, mamá, no soy
Clara, y me he quitado tu crucifijo y necesito llorar y abrazarme a
ti, que me consueles y que me digas que me quieres igual, ¿sabes
que después de irme ese japonés ha cambiado las sábanas en las que
me ha follado, el muy hijo de puta?

LLÁMAME, LE DICE CLARA A CARMEN, yo te llamaré seguro, llámame para lo que haga falta. Llámame cuando no puedas con la ira y
el dolor, cuando necesites reposo, cuando quieras escuchar un cuento de Pepa Llacuna, *Pepa Llacuna y las confesiones de la Paloma Men-
sajera, Pepa Llacuna y la aventura del niño que perdió la sonrisa, Pepa
Llacuna y el acordeón cajún de la reina de las hechiceras.* Llámame
porque yo te entiendo, cómo no te voy a entender, *let's get nasty.*
Llámame cuando necesites que alguien te diga si has muerto, sé de
lo que hablo, nunca más me he puesto un bikini. Llámame, porque
tú vas a necesitar ayuda, tú tienes un reloj, tu marido tiene otro, no
me gusta ser yo pero tampoco me gustaría ser tú, traumatismos
múltiples, traumatismo craneoencefálico, coma vigil, Sira no abre
los ojos, respira, pero no abre los ojos.

SUSANA NO ABRIÓ LOS OJOS cuando su hermana la besó. Dormía,
así que no vio el vestido de noche verde, los taconazos, el escote de
vértigo, los rastros del maquillaje, el desorden del peinado. Clara se
dirigió al baño, cerró la puerta, dejó correr el agua caliente hasta
que el vapor empañó el espejo, se desnudó, apelotonó la ropa en un
rincón: las medias, el sujetador, el tanga. El agua estaba muy caliente, dejó que le lastimara la piel, la sintió enrojecer, ella no podía
cambiar las sábanas, tan solo podía frotar hasta que doliera. Se
puso por encima un largo y viejo jersey de lana que años atrás le
había hecho su madre, con la manga limpió el vapor que empañaba
el espejo del baño, la primera impresión de Carmen había sido la

buena: *Happy Happy* Clara es de esas mujeres que sonríen mucho con la boca, muy poco, casi nada, con los ojos.

La puerta del baño se abrió. Núria entró, abrazó a Clara por la cintura, la besó en la mejilla, reposó la cabeza en su hombro, el escote de vértigo de su amiga le presionaba la espalda. Reflejadas en el espejo, una recién duchada, la otra recién llegada de un servicio, parecían dos hermanas que comparten confidencias, siempre amigas, tú y yo, siempre juntas. El cuerpo se le envaró a Clara, no quería dejarse abrazar, Núria olía a humo y a vino y a perfume y a sexo, Núria olía como Clara antes de la ducha, a *escort*, y Clara sintió náuseas, le repugnó reconocerse en el olor de otra.

—¿Qué? —preguntó Núria.

—¿Qué de qué? —replicó Clara.

—¿En qué piensas, por qué me miras así?

Clara se encogió de hombros.

—¿Todo bien?

—Sí.

—¿Necesitas hablar?

—No ahora.

—Mejor, me muero de sueño.

Núria bostezó, extendió los brazos, simuló reprimir la apertura de la boca, era un gesto muy suyo.

—¿Dónde está tu crucifijo? ¿Lo has perdido?

Un beso, un abrazo, llámame, seguro, lo haré, tú también, otro beso, otro abrazo, hasta la vista.

—No es lo mismo —dice Clara, la puerta automática del hospital se abre al detectar su presencia, la invita a irse para no regresar, tú, que puedes, huye—. Todas lo pensáis pero pocas lo decís con toda su crudeza, al menos a vuestras parejas. Yo sí puedo decirlo: no es lo mismo ser padre que ser madre, Tere tiene razón.

6

A LA ENFERMERA CASTELLS

En busca de aire antes de la reunión con la dirección del hospital y Oriol, Carmen ve a la enfermera Castells en el banco descolorido que fue verde. La jefa de planta de la UCI pediátrica consulta el móvil, piernas cruzadas, un paquete de tabaco y un mechero en el regazo, la mano izquierda sostiene el codo derecho, el cigarrillo pende entre los dedos.

—¿Puedo? —pregunta Carmen.

La Castells le deja espacio y le ofrece con la vista un cigarro. Carmen rehúsa, el mechero es rojo, la cajetilla es blanca y dorada, el cielo es plomizo. A Carmen le resulta extraño ver a la Castells fuera de la UCI, vestida con tejanos, un jersey amarillo y un abrigo oscuro, las manos ocupadas tan solo por un cigarrillo, sin papeles, sin jeringas, sin tubos, sin bolsas, sin mascarilla, sin calzas, sin bata, sin gorro, sin Epi, sin Blas, sin Coco, sin Caponata.

—El cigarro de antes —dice la Castells sin humor, *desaboría* como ella sola, seca como la mojama, sonreír de vez en cuando no le haría ningún mal—. Hace tiempo que intento dejarlo, pero lo máximo que consigo es dejar de comprar tabaco durante unos días para fumar el de compañeras y familiares de pacientes.

La mujer tras la enfermera parece más frágil, menos imponente e intimidante que la mujer en uniforme. Tiene patas de gallo, observa Carmen, y unas pequeñas pecas alrededor de la nariz. No lleva anillo, pero sí una pulsera de goma en solidaridad con los afectados por alguna enfermedad terrible. El cabello se le emblanquece sin remedio, pero tan cerca Carmen descubre unos hoyuelos que desconocía y un gesto exhausto que no identifica como propio de la Castells.

—¿Todo bien? —pregunta la jefa de planta.

—Como siempre. No abre los ojos, respira, pero no abre los ojos.

Dame un asidero, dime que has visto casos mucho peores, dime que tu instinto profesional te dice que Sira despertará, que no sabes por qué pero sabes que lo hará, que esto sucede cada día decenas de veces, que no te sorprendería.

—Esperar sin desesperar. Qué difícil es.

Callan. La mujer tras la enfermera, los tejanos, el jersey amarillo, el abrigo oscuro, no parece una puta roca, sino una versión humana de los dibujos de la sala de espera de la UCI pediátrica: *Para la enfermera Castells, gracias por curarme, Ramón; Para la enfermera Castells, las inyecciones me dolían pero te quiero igual, Julia.* Los retratos de la Castells suelen ser una línea vertical y una horizontal, dos rayitas en forma de *V* en las manos, ojos y boca muy grandes, una mujer fuerte y frágil al mismo tiempo, un ángel que bien te quiere y que para curarte te lastimará con sus jeringas, sus tubos, sus bolsas, su mascarilla, sus calzas, su bata, su gorro. En los retratos hechos a mano alzada, con bolígrafos, con ceras, con lapiceros, con rotuladores, la Castells siempre sonríe y es mucho más alta que los niños, del suelo de la UCI pediátrica crecen flores y árboles y del techo cuelga un sol sonriente, amarillo, rodeado de nubes perfectas en su irregularidad, un conjunto vacío trazado de un solo impulso. En los retratos dibujados en folios tamaño DIN A4, en cuartillas a rayas, en hojas cuadriculadas arrancadas de libretas, en servilletas de la cafetería, los niños siempre sonríen y los padres y las madres apenas aparecen, y cuando lo hacen son más pequeños que la Castells: no son héroes, no son ángeles, solo son padres, *Para la enfermera Castells, que tantos besos me ha dado, Paula; Para la enfermera Castells, hasta la próxima, te quiero, Rubén.*

—Tampoco debe de ser fácil para vosotras, ¿no? —dice Carmen.

La mujer tras la enfermera asiente sin mirarla, apaga el cigarro, se alisa el jersey amarillo. Consulta el móvil. ¿Quién habrá al otro lado del teléfono? ¿El marido perdido entre horarios imposibles? ¿El matrimonio roto que no cupo en esa mochila que cada día la Castells carga hasta su casa desde la UCI? ¿Una madre, tal vez, ya anciana? ¿Una hermana pequeña que sí tiene una vida normal, que puede ir al cine los fines de semana y pasear por las tardes cogida de la mano de alguien?

—Convivir con nosotras… —añade Carmen, y ahora sí coge un cigarro de la cajetilla de la Castells, no quiere regresar a la UCI, no quiere quedarse sola en el banco descolorido que fue verde—. Los niños, me refiero. La enfermedad, nosotras, las madres… No debe de ser fácil para vosotras, las enfermeras.

La Castells le pasa el mechero rojo. No se han movido del jardincito situado cerca de la parada de taxis, pero la mujer detrás de la enfermera ya se ha ido, la Castells aún viste los tejanos, el jersey amarillo y el abrigo oscuro, pero Carmen nota el cambio, como si hubiera cambiado el aire a su alrededor. Es como si la Castells llevara ya las calzas, la bata y el gorro, las manos ocupadas con papeles, jeringas, tubos, bolsas, sin rastro de los hoyuelos, profesional como suele cuando, al acabar su turno, visita antes de irse cada uno de los boxes para despedirse de los niños y sus madres hasta el día siguiente.

—Somos profesionales, estamos formadas para esto, es nuestro trabajo.

—¿Es verdad que la UCI pediátrica es el peor destino para una enfermera?

Un ligero encogimiento de hombros, una fugaz mirada hacia el interior del hospital, resulta evidente que la Castells no quiere hablar del tema, consulta el reloj. Aún faltan unos minutos para que empiece su turno pero busca una salida: ver según qué, hacer según qué, soportar según qué, no hay bastante dinero en el mundo que te lo compense, todos esos chiquillos, tan enfermos y tan jodidos, los de cáncer con el pelo rapado, los inmunos encerrados en su sala de aislamiento, que solo se les puede visitar con la mascarilla puesta.

—Hay quien dice algo así, es cierto. Pero oncología infantil tampoco es agradable. Ni Urgencias. La enfermedad, en general, no es agradable. Pero lo que sentimos nosotras no es comparable a lo que sufrís las madres y los padres.

La Castells se levanta del banco descolorido que fue verde. Guarda el móvil en el bolso. Y el tabaco. Y el mechero. Carmen no quiere quedarse sola, necesita un asidero, que la Castells le diga que ha visto casos mucho peores, que su instinto profesional le dice que Sira despertará, que no sabe por qué pero sabe que lo hará, que esto sucede cada día decenas de veces, que no le sorprendería.

—¿Qué ocurrió con esa niña? —pregunta Carmen, cualquier cosa por no dejarla ir, lo que sea por levantar puentes con la mujer detrás de la enfermera.

—¿Qué niña?

La calvita y delgadita, la de las piernas como alambres que se te murió en los brazos como se me está muriendo a mí Sira, esa por la que lloraste en el hombro de Tere, junto al Monstruo de las Galletas, esa niñita enferma de cáncer preciosa, valiente como ella sola, la que te regaló ese dibujo de unas enfermeras con la cabeza muy grande y un sol y unas nubes, un dibujo sin firma, un dibujo sin dedicatoria. ¿Quién era esa niña que te hizo llorar, cómo se llamaba esa niña por cuya muerte pediste la baja, por qué ella te hizo tambalear y resquebrajar, por qué ella te rompió, te dobló las rodillas, te desgarró la mochila, por qué ella y no otra, por qué ella y no mi Sira?

—La que te hizo el dibujo del mostrador de la entrada de la UCI.

La mujer detrás de la enfermera piensa, Carmen supone que

284

visualiza el dibujo, y con él la niñita, y con ella la muerte, y con ella el dolor.

—¿Ese dibujo? Es de mi sobrina, me lo regaló por mi cumpleaños.

La enfermera Castells se despide, murmuran que se verán arriba, cuando los tejanos, el jersey amarillo y el abrigo oscuro cuelguen del armario de la sala de enfermeras. Carmen la deja ir, apaga el cigarrillo en el suelo. Debería haberlo imaginado, las niñitas muertas no dibujan soles amarillos, nubes blancas, flores rojas, enfermeras cabezonas, mamás y papás felices. Debería haberlo supuesto, la mujer detrás de la enfermera no lleva mascarilla, ni calzas, ni bata, ni gorro. Debería saberlo, a estas alturas no hay asideros, solo esperanzas para quien quiere engañarse. De hecho, ya lo sabe: la vida puede ser en ocasiones una caricatura, pero nunca un dibujo infantil.

7

ENTRE ORIOL Y CARMEN

MI NIÑA YA NO ESTÁ.

No es verdad.

Soy su madre.

Y yo soy su padre.

Lo noto.

Y yo noto que está ahí.

Lo sé.

No puedes saberlo.

Mi niña ya no está.

No es verdad.

Oriol y Carmen están sentados en los incómodos sillones negros del despacho de la doctora de las bolsas bajo los ojos. Esta vez no los acompañan los otros médicos. No son necesarios. La doctora, la carpeta con el nombre de Sira escrito en mayúsculas en la cubierta y la soledad entre Oriol y Carmen. No hace falta nada más.

—El hospital puede estudiar la petición dado que el estado de Sira hace que su hija entre dentro de la categoría en la que tomamos en consideración este tipo de solicitudes.

—¿Usted qué opina? —pregunta Oriol, su rostro es un óvalo

gris a ojos de Carmen, sin atributos ni identidad, en eso los ha convertido una chica de diecisiete años con el corazón roto. La doctora lo percibe, ve que Carmen y su marido no se miran, no se hablan, no se tocan, las bolsas bajo sus ojos se agrandan.

—No estamos en la fase en que yo pueda emitir una opinión al respecto.

—Pero Sira puede recuperarse, ¿no? ¿No es cierto que cuando hablamos de traumatismos craneoencefálicos como este jamás puede afirmarse con un cien por cien de exactitud que *a* o *b* vayan a suceder sí o sí?

—¿Pero no es verdad también que hay una posibilidad muy alta de que Sira no recobre la conciencia?

—¿Y no es un hecho que su cerebro mantiene cierto control sobre su organismo?

—¿Pero no está comprobado que un porcentaje considerable de pacientes con trauma craneoencefálico grave como el de mi hija no sobrevive más de un año?

—¿Acaso no respira, no abre los ojos, pero respira?

—¿No es verdad que no abre los ojos, respira, pero no abre los ojos?

Carmen mira a Oriol. Oriol mira a la doctora. La doctora mira a Carmen.

—Como les decía, siempre dentro de la ley, el hospital tiene un protocolo. Nuestros especialistas pueden estudiar el caso de Sira y llegar a una conclusión desde el punto de vista médico y legal…

Carmen asiente: Tere y Clara tienen razón, no es lo mismo ser padre que ser madre, es la hora, reloj, no marques las horas porque voy a enloquecer, ella se irá para siempre cuando amanezca otra vez.

—Pero para ello es condición indispensable que los dos padres se pongan de acuerdo.

Oriol asiente: no voy a dejarla ir, no voy a soltarle la mano a mi niña porque tú no sepas vivir con el dolor ni seas capaz de convivir con la culpa, reloj, detén el tiempo en tus manos, haz esta noche perpetua, para que nunca se vaya de mí, para que nunca amanezca.

—Si los dos padres no se ponen de acuerdo, el hospital ni siquiera estudiará el caso.

Una madre sabe.

—Sira será en breve trasladada a planta para continuar con el tratamiento establecido.

Tú eres su madre, pero yo soy su padre.

—Déjenme que les recomiende que busquen ayuda. En el hospital tenemos especialistas en situaciones como en la que se encuentran ustedes.

¿Y si no abre los ojos?

Los abrirá.

¿Qué haremos, entonces?

No lo sé.

¿Se pasará años tumbada en la cama esperando a no sé qué?

No.

¿Y si los abre pero no es ella? ¿Y si quien regresa es otra persona, un vegetal?

No.

—Es de suma importancia que en situaciones tan dramáticas el matrimonio vaya a una...

—No es justo —la interrumpe Carmen.

—¿Perdón?

Que no es justo que, si no nos ponemos de acuerdo, él gane. Oriol ahora es *él*, no es su marido y el padre de Sira. Es *él*, un óvalo sin identidad ni atributos, un desconocido, un monstruo egoísta que solo piensa en sí mismo y no en su hija. Por tanto ya no importa si no se hablan, si no se miran, si no se tocan, no importa porque él esperó cinco minutos a que el camarero le trajera la cerveza, nada menos que cinco minutos, la vida y la muerte de su hija se dirimió en ese tiempo. Pero ni siquiera eso importa porque ya no existe *nosotros*, existe Oriol y existe Carmen. Y, entre ellos, la soledad.

La doctora mira a Carmen. Después mira a Oriol. Oriol mira a la doctora. La doctora suspira.

—Son las normas.

—¿Usted qué opina? —pregunta Carmen.

—Como he dicho antes, no estamos en la fase en que yo pueda emitir una opinión al respecto.

—Yo soy su madre.

—Yo soy su padre.

—Por eso deben ustedes ponerse de acuerdo.

Si no nos ponemos de acuerdo, él gana. No tiene sentido que alarguemos su dolor, ¿no lo ves, Oriol? Es hora de dejarla ir, no es tu reloj ni el mío, es el de Sira. ¿Por qué no lo entiendes, por qué te aferras a lo que ya no es, por qué habitas allí donde solo tú puedes estar, en una noche de sábado en la que la cena de maestras nunca sucedió, en la que no hubo fútbol por la tele, en la que Jana y Sira no salieron a la calle en el descanso a hablar de sus cosas, en la que a ninguno de los niños pequeños que juegan en el parque se le escapó el balón a la calzada, en la que ningún hijo de puta se puso al volante, aceleró y nos atropelló a Sira, a ti y a mí? A estas alturas solo queda esperanza para quien quiere esperanzarse, solo existe tu egoísmo de retenerla aquí, ¿por qué tu dolor debe imponerse al mío y al suyo?

—Entiendo que la situación en la que se encuentran es muy dura. El hospital tiene un servicio de ayuda y asesoramiento para circunstancias como la suya. Les recomiendo que lo usen.

¿Por qué te arrogas la voz de Sira, Carmen? ¿Por qué tu opinión debe pesar más que la mía? ¿Por qué mi hija tiene que pagar tu debilidad, tu trauma y tu fracaso para esperar sin desesperar? ¿Por qué mi voz no cuenta, por qué son tus sentimientos los impronunciables y no los míos, por qué mi silencio de la casa vacía tiene que ser más llevadero que el tuyo? ¿Por qué a ti se te permite ahogarte en el inmenso mar y de mí se da por supuesto que seré capaz de encontrar una balsa entre las olas que chocan entre sí con incontrastable violencia? No es justo. ¿Por qué tu dolor debe imponerse al mío y al suyo? ¿Por qué el precio de tu alivio tiene que ser la vida de mi hija?

—Por el bien de Sira, y por el de ustedes, las decisiones que tomen deben ser consensuadas. No es que sea su derecho como padres, Sira es su responsabilidad. Y deben ejercerla.

Responsabilidad. La palabra pesa tanto que tras pronunciarse solo cabe guardar silencio. Pueden oír el tráfico. Pueden oír pasos en el pasillo. Pueden oír el tictac del reloj que cuelga de la pared. Carmen teme que Oriol pueda oír incluso el tumulto de sus pensamientos. Responsabilidad. Es mi responsabilidad evitar que Carmen mate a Sira, sé que ella está ahí y que tan solo espera a que los médicos encuentren la forma de traerla de regreso, soy su padre y lo sé. Responsabilidad. Es mi responsabilidad que Sira no sufra, que el egoísmo de su padre no la dañe, soy buena en asumir la responsabilidad.

Carmen se levanta, cierra la puerta tras de sí al salir sin despedirse. Una madre sabe. Una madre siempre encuentra la forma de hacer lo mejor para su hija. Una madre es responsable de su hija.

Por eso somos madres.

8

QUIÉN ME LLORARÁ

CARMEN LLEGA A LA UCI en un torbellino tal que se marea, las rodillas se le doblan, el mundo es un tiovivo de cadáveres. En el cambiador de la entrada, se sienta en la pequeña banqueta, la bata, las calzas y el gorro. Epi, Blas, Coco y Caponata. Las enfermeras se mueven a su alrededor. Las piernas le pesan, los párpados la lastiman, qué tentación, dejar caer los platos. Hace acopio de valor, se incorpora, arrastra los pies al andar, como si no quisiera ir allí donde Sira habita: ojos cerrados, cabeza rapada, cuerpo vendado y enyesado. Intubada, traumatismos múltiples, traumatismo craneoencefálico, coma vigil. En el box, Carmen apoya la cabeza en el hueco entre Sira y el borde de la cama, la mano en el pecho de su niña. Sube y baja, ese es el único indicio de que aún hay vida en ella.

—Te añoro.

A Carmen apenas le cabe la cabeza en ese pequeño espacio, debe forzar tanto el cuello que al cabo de un tiempo le duele. Apoya la cabeza allí y cierra los ojos, se muerde el labio, busca el alivio y el refugio del silencio de la UCI pediátrica, ese silencio que no es tal. Tumbada junto a Sira se funden los sonidos: las órdenes de la Castells, los sueños agitados de los niños, las gargantas que tragan saliva, las toses, los mocos, las lágrimas. Se agotan también los sonidos de la esperanza contra toda esperanza, de los latidos desbocados del corazón, de las ojeras bajo los ojos, de las risas ahogadas de enfermeras: hombre transparente busca a mujer invisible para hacer cosas jamás vistas. Todos los sonidos se funden cuando Carmen apoya la cabeza junto al cuerpo de su Sira, cierra los ojos e intenta buscarla en los recuerdos. Pero la UCI ha devorado a Sira y ha aniquilado los recuerdos de Carmen, que no logra evocar el nombre de aquella niña que tanto enfadó a Sira cuando tenía tres años, aquella niña que en la escuela le dijo que tenía el pelo corto. ¿Gisela? ¿Melisa? ¿Edurne? ¿Martina? ¿Mar? Carmen aprieta los ojos hasta que le duelen, le cuesta recordar la voz de Sira, su olor y su tacto. Carmen busca y no encuentra su compasión, su empatía, su amor, su paz. Busca y busca, pero no encuentra a Oriol, ni el vermut de los sábados, ni el achuchón a primera hora, ni la colada del domingo. Cierra los ojos, y es peor vivir con los ojos cerrados que abiertos, porque en la oscuridad solo hay puertas cerradas que no quiere abrir, bienvenida a mi morada, entre libremente por su propia voluntad y deje parte de la felicidad que trae. Cuando abre los ojos, la lastima el rojo brillante de la nariz de payaso que le regaló el Gran Méndez.

—¿Dónde estás?

Donde solían estar los recuerdos, Carmen solo halla una silla en el bosque. Donde acostumbraba a jugar con Sira, las dos sentadas en el suelo rodeadas de muñequitos, un juego de té en miniatura y un balón de algodón gris y negro, solo encuentra un armario vacío y una araña muy pequeña que pasea por uno de los estantes.

—Ayúdame.

Ante Carmen, un desfiladero con vistas al inmenso mar, cuyas olas chocan entre sí con incontrastable violencia.

—Me he perdido.

Dame la mano, ayúdame, andemos las dos juntas, dime cómo puedo volver de donde estoy, guíame de regreso, dímelo, por favor, yo sola no sé ir, quiero que me des la mano, estoy sola.

—Te he perdido.

¿Quién me cuidará, quién me besará, quién me arrullará, quién me alegrará, quién me amará, quién me hará feliz, quién me hará compañía, quién me hará sufrir, quién me decepcionará, quién me enorgullecerá, quién me verá envejecer, quién me sanará, quién me enterrará, quién me velará, quién me llorará, quién me recordará, quién me cogerá de la mano y me dirá yo te ayudo, dime cómo, quién llegará allí donde solo yo podré habitar?

—*Toc, toc, toc.* ¿Se puede, mamá?

Tere descorre la cortina del box sin esperar respuesta. Se arrodilla en el suelo junto a Carmen, le pasa el brazo por encima del hombro, la besa en la mejilla.

—No es justo que gane él, que siempre ganen ellos —susurra Carmen.

—No te preocupes, encontraremos una solución. Una madre sabe.

9

(...)

—¿DÓNDE ESTÁ EL PADRE DE LUCÍA?

—No lo sé.

—¿Qué sucedió con él?

—(...)

—¿Te resulta difícil hablar de él?

—(...)

—¿Tere?

—Me engañó, me dejó, me robó y abandonó a su hija.

EN EL ESPEJO QUE CUBRÍA LA PUERTA ENTERA del armario de la habitación que compartía con Lucía, Tere observaba su cuerpo. Lucía emitía sonidos guturales, en un colgador la tía Manuela había dejado la ropa planchada: una blusa blanca, unos pantalones oscuros, una chaqueta azul, el blanco y el azul combinan bien en televisión, lo dice la de la tintorería. La camisa blanca era un regalo de la tía Manuela; los pantalones eran de Tere y la chaqueta pertenecía a la hermana mayor de Meiling, la del bar del Perico, que era más o menos de la misma constitución que Tere. En su bazar había comprado la tía Manuela el pintalabios, una barra púrpura *naked* brillo. En ropa interior, Tere vio a Jaime en el espejo, detrás de ella: le besaba el cuello, le cogía los pechos con ambas manos, le mordisqueaba el lóbulo de la oreja, sus dedos se introducían por debajo de las bragas, su lengua le lamía la nuca. Tere se demoró unos instantes para aspirar los olores de su hogar perdido, abrazada a sí misma, los ojos cerrados, espirar, inspirar, el café italiano que era su favorito, las flores de interior junto al televisor, las especias árabes en la cocina, el gel de baño de él, el perfume de ella, las sábanas recién salidas de la lavadora, el olor a cerrado del armario ropero: ya cambiarás, Jaime, ya me dirás que sí, ya verás, una niña, cuando la cojas en brazos tu niña hará contigo lo que ella quiera.

El sabor del pintalabios del bazar de la hermana de Meiling le recordó el de los infaustos jarabes de la niñez. Los pantalones se resistían a ser abrochados, la tripa desbordaba la cintura, el cansancio la observaba desde el otro lado del espejo: así que tú eres Tere, la graciosa, la enérgica, la apasionada, la madre que adora a su hija, la mujer que lucha por sus derechos, siempre estoy haciendo cosas que no puedo hacer, así es como logro hacerlas. El tatuaje del Monstruo de las Galletas se transparentaba a través de la camisa blanca, la chaqueta lo cubriría, no se abrocharía los pantalones, con el cinturón bastaría, vacaburra, marimacho, tortillera, bollera, foca, tijeritas, *feminazi*, bizarra. La última noche antes de irse Jaime la llevó a cenar a un restaurante caro junto al mar. Hablaron del futuro, él dijo que contratarían a una enfermera para las veinticuatro horas del día, que buscarían a los mejores médicos, que nada le faltaría a Lucía, que aún era muy pequeña para que los doctores supieran con precisión qué le sucedía. Que sí, que no mantenía erguida la cabeza cuando su madre la alzaba en brazos, que en brazos cruzaba en forma de tijera las piernas siempre agarrotadas, que la epilepsia. Pero aún es pronto, Tere, para la parálisis cerebral, la escoliosis y la punción raquídea, que Lucía todavía no ha regresado treinta y siete veces de la muerte, que yo esta noche estoy aquí, contigo, que luego iremos a casa y haremos el amor como solemos últimamente, las luces encendidas y los cuerpos apagados, y mañana por la mañana, cuando tú estés en la ducha, me iré sin despedirme, no me llevaré ropa, vaciaré tu joyero y dejaré en el parqué estos calzoncillos que llevo.

Ya dispuesta a salir por la puerta de casa, Madre le dijo que rezaría por ella. La tía Manuela le alisó la chaqueta, masculló algo ininteligible y se fue a la cocina. La hija de la vecina que estudia en el instituto la acompañó a la plaza, le hace ilusión ver cómo funciona esto de la televisión, el trayecto en el metro lo dedicaron a hablar de la Segunda Guerra Mundial, la chiquilla tiene que presentar un trabajo y está más perdida que Jesús en el día del padre. En el metro, la vida encapsulada, Tere no entendía por qué la gente estaba tan ocupada con su propia existencia, esa anciana que no quiere cenar con su yerno por Nochebuena, ese panadero que no ve a sus hijos porque trabaja de noche y duerme de día, esa mujer en plena depresión por la menopausia, que es levantarse por la mañana y echarse a llorar sin ninguna razón aparente, su marido ya no sabe qué hacer con ella, la da por imposible, cuando vuelvas a ser tú, avisa. Estoy embarazada, Jaime, era de noche, estaban sentados en la terraza de su casa, bebían a pequeños sorbos un vino exquisito obsequio de un cliente de su marido: estoy embarazada y soy feliz. Jaime dejó la copa de vino en el suelo, se levantó, se apoyó en la barandilla, su mirada vagó por los rascacielos, sonrió, besó a Tere, la abrazó: yo soy feliz porque tú eres feliz. Tere hundió la cabeza en su pecho, te dije que te cambiaría. Qué tonta, qué ilusa, qué ciega, tú no me engañaste, Jaime, me engañé yo a mí misma.

—ME ENGAÑÓ, ME DEJÓ, ME ROBÓ Y ABANDONÓ A SU HIJA.
—(...)
—(...)
—Terrible.
—(...)

—¿Cómo puede alguien…?

—… Y desde entonces no sé dónde está. Y por eso, a veces, me siento muy sola, aunque la mayoría del tiempo como en realidad me siento es enfadada. Y es muy cansado estar enfadada un día detrás de otro desde hace más de diez años. Un día me gustaría levantarme de la cama y no estar enfadada. No pido nada más, no pido dinero, no pido un trabajo digno, no pido cosas materiales. Solo pido levantarme un día de la cama y no estar enfadada, vivir sin este nudo que nunca se deshace. Casi diez años después no estoy dolida, no lo echo de menos, ya no me siento traicionada, no me sabe mal el aspecto práctico del asunto ni me hace daño por Lucía. Todo eso estuvo, y todo eso ya pasó, no sé si me explico. Ahora solo estoy muy enfadada. Y es tan agotador…

—¿Qué es lo que te enfada? ¿Que te abandonara? ¿Que abandonara a Lucía, dada la situación?

—No, nada de eso.

—¿Entonces?

—(…)

—¿Tere?

—(…)

—No tienes que contestar si no…

—Que me cambiara. Lo que de verdad me enfada es que por su culpa tengo manchas de garbanzos con chorizo en la blusa.

APAGADOS LOS FOCOS, el equipo de *A solas con Laura* aplaudió. Rika se acercó a su jefa y la besó, Rafi tomaba fotos con una pequeña cámara, los policías de guardia y los turistas también aplaudieron, gruesos lagrimones caían por la mejilla de la hija de la vecina. Tere intentó sacarse ella sola el cable del micrófono, no pudo, se hizo un nudo, maldijo, un operario le pidió que tuviera paciencia, que ese micrófono era muy caro, Tere se cagó en todos sus muertos. Laura se le acercó: has estado fantástica, eres un animal escénico, te comes la cámara, la audiencia te adorará, deja que te abrace, ya me da igual que me arruines el maquillaje. Con la cabeza en el hombro de la famosa periodista, Tere reparó en su zona de protesta, manipulada y tergiversada para que quedara mejor en pantalla, *Justicia para mi Lucía; No hay pan para tanto chorizo; La dependencia es un derecho, no caridad; No se aceptan limosnas, Handouts are not accepted, Almosen werden nicht akzeptiert, Charité n'est pas accepté, 配布資料は承っておりません, Dispense non sono accettati, Раздаточные материалы не принимаются.* Apoyado en la furgoneta, Tere vio a Jaime tal y como era el día que lo conoció en un hotel de Düsseldorf, sonrisa burlona, tan varonil que algo se le removió dentro, ese cuello lo muerdo yo aunque tenga que robárselo a una pobre desgraciada. Diez años, pensó Tere, diez años sin permitirle a Jaime un resquicio por el cual atormentarla, diez años en los que levantó una fortaleza en la que el sol no entraba por ninguna rendija, diez años de autocontrol y severidad extrema lanzados por la borda a lo grande, la madre de todos los momentos de flaqueza, la madre que parió a *A solas con Laura,* sobre todo sé tú misma, sé la Tere graciosa, enérgica, apasionada, sé la madre que adora a su hija, sé la mujer que lucha por sus derechos, sé Tere y todo irá bien. Y lo peor es que la única que se ha dado cuenta es la hija de la vecina, cómo llora, la chiquilla.

Tere se separó de Laura, se fue sin despedirse, andaba a paso vivo por las calles que recién estrenaban la decoración navideña, dejó atrás las fotos de Lucía, los recortes de periódicos, las fotocopias de las cartas oficiales de notificaciones oficiales con los sellos oficiales firmadas por cargos oficiales, los carteles escritos a mano en grandes letras mayúsculas. Un hermoso dibujo de una calavera que reinaba en el escaparate de un local de tatuajes le llamó la atención. Tere sintió un picor familiar en el hombro, comprobó cuánto dinero llevaba en el bolso, una campanilla sonó cuando empujó la puerta. Una chica muy joven con los brazos tatuados con caracteres árabes leía una revista sentada en un sillón similar al de una peluquería. El local, muy pequeño, estaba decorado con dibujos surgidos de las entrañas de la década de los ochenta. Encima de la mesa reposaban una docena de gruesos tomos con muestras de tatuajes.

—Me encanta tu Monstruo de las Galletas —dijo la muchacha.

—Quiero a Elmo —pidió Tere.

Tere se sentó en la silla. La tatuadora era eficaz, pero aun así dolía más de lo que recordaba. Cuando el Monstruo de las Galletas, el tatuador le explicó que el hombro es donde menos duele tatuarse porque allí hay más músculo. Tere llegó a la tienda con el certificado de divorcio caliente en el bolso: quiero un tatuaje para que todo el mundo vea que soy otra. El tatuador le mostró varias carpetas con dibujos de muestra. Uno de ellos era del Monstruo de las Galletas, simulaba ser un comecocos como el del videojuego que devoraba galletas en lugar de fantasmas: quedan muy bien en el brazo, el comecocos y la fila de galletas, si lo quieres más picante puede bajar por la espalda, del cuello hasta el final, o el principio, según como lo mires. No, dijo Tere, quiero el de verdad, quiero a Triqui, ya nadie lo llama así pero ese era su nombre cuando yo era niña, un globo, dos globos, tres globos, lo quiero en el hombro como si fuera ese cartel feminista, marcando bíceps. El Monstruo de las Galletas apenas dolió, Elmo, en cambio, sí, y a Tere le parecía bien, porque ocupada por el dolor no pensaba en las manchas de garbanzos con chorizo en la blusa, en *A solas con Laura* ni en el bar del Perico, que sin duda estaría a reventar el día en que emitieran el programa.

Horas después, la tatuadora terminó a Elmo y lo cubrió con un vendaje protector: retíralo en una hora, los próximos días lávalo al menos dos veces al día con jabón antibacterial y agua tibia, déjalo secar, evita rascarte, cuidado con las costras de sangre, ve a la farmacia y que te den un ungüento medicinal, si se te infecta ve al hospital, sesenta y seis veces hemos tenido que ingresar a Lucía, cuarenta y una en planta, veinticinco en la UCI pediátrica, treinta y siete veces ha regresado mi niña de la muerte.

Cuando Tere regresó a casa, la tía Manuela estaba sentada a oscuras en el salón, bajo alguna de sus nubes negras. A sus pies, la mochila negra, el macuto de color militar, la silla plegable, qué buena chica es la hija de la vecina, a ver si tenemos suerte y se aplica en los estudios. Madre llamó a Tere desde la cama. Estaba tumbada, la luz de la mesilla de noche encendida, el cabello blanquísimo despeinado, la tía Manuela no tenía paciencia para cepillárselo, la tía Manuela es una negada para el japonés. Tere apestaba a alcohol, en algún lugar había perdido la chaqueta de la hermana mayor de Meiling, se había rasgado una manga de la camisa blanca regalo de la tía Manuela, los dedos torpes apenas podían sostener el cepillo.

—Lo siento, Madre —dijo Tere.

—¿Por qué?

—No volverá a suceder.

—Lo sé, eres mi hija, faltaría más.

Tere la besó en la frente, demencia o amor de madre, qué más daba.

—¿Qué te has hecho en el brazo?

—Un recordatorio.

—Tu padre no aprueba los tatuajes en las mujeres, ya lo sabes.

—Lo sé. Ya hablaré yo con él, no te preocupes.

—Léeme algo. Me gusta que me leas.

—¿Por dónde vas?

—Ya he acabado, empieza por el principio.

Tere se quitó los zapatos y se tumbó en la cama junto a Madre. El tatuaje nuevo le picaba bajo el vendaje, resistió la tentación de rascarse, se colocó el tomo de *La isla misteriosa* encima de las rodillas, las palabras bailaban ante sus ojos, indescifrables e indómitas.

—*Tercera parte: El secreto de la isla. Capítulo primero:*

Hacía dos años y medio que los náufragos del globo habían sido arrojados a la isla de Lincoln, y aún no había podido establecerse ninguna comunicación entre ellos y sus semejantes. El periodista había intentado ponerse en relación con el mundo habitado, confiando en un ave aquella nota que contenía el secreto de su situación; pero esta era una probabilidad con la cual no podía contarse seriamente. Solo Ayr-

ton, y en las circunstancias que ya sabemos, había venido a aumentar el número de miembros de la pequeña colonia. Y he aquí que aquel mismo día 17 de octubre estos hombres se presentaban inopinadamente a la vista de la isla, en aquel mar siempre desierto.

Ya no se podía dudar. Allí había un buque. Pero ¿pasaría adelante o se detendría?

10

CLIC, CLIC

IR A FOTOGRAFIAR LA VIDA, llama Marina al juego. Desde el primer día que la conoció, Carmen estaba acostumbrada a ver a Marina con una cámara fotográfica, a la búsqueda de patrones geométricos donde el resto solo ve espacio, sombras en las baldosas, zapatos en los escalones, carteles en las paredes que juntos significan algo diferente que por separado. Carmen y Marina han quedado en recepción, a Carmen se le hace extraño ver a su cuñada con la barriga de las embarazadas, cuñada, me gustaría hablar contigo. Marina es traviesa, encantadora, una lianta. Su forma de anunciar el embarazo a la familia fue como ella: en plena comida familiar en casa de su madre se plantó en la mesa en sujetador y con la cara de un niño dibujada con rotulador en la barriga, dos círculos eran los ojos, una media circunferencia era la boca, unos garabatos querían representar el pelo, será clavadito a Oriol, ¿no creéis?, dijo Marina, y solo ellos dos, los hermanos del vínculo inquebrantable, rieron la broma.

—He estado tomando fotos del hospital. ¡Este lugar es fascinante! ¿Quieres verlas? —dice Marina como saludo.

Antes de que Carmen pueda negarse, Marina la obliga a sentarse a su lado, las piernas muy juntas, dos amigas de paseo por la

302

rambla un sábado de principios de mayo. En la pantalla de la cámara, Marina va pasando las fotos, una silla de ruedas en cuyo respaldo alguien ha escrito *ONCO* en grandes letras blancas, unos zuecos en unos pies cansados, manos enjoyadas que sujetan un bolso, bolsillos de camisa a rebosar de papeles, bufandas de lana, botines grises, corbatas rayadas, botones de camisa desalineados, enfermeras vestidas de calle, camareras en su cuarto de hora de descanso, conductores de ambulancia con los ojos cerrados, médicos de mal humor, pacientes que llegan tarde a la cita, una mochila escolar en un cuerpo enfermo, un superhéroe en el pecho del pijama, un hilillo de baba en la barbilla de un anciano que mira a través del ventanal de recepción.

—Muy artísticas —dice Carmen, como quien dice no sé qué decirte.

—He traído algo para ti —anuncia Marina.

Busca en el bolso, grande, colorido, floreado, hasta que encuentra una cámara pequeña, compacta, muy ligera. Carmen no entiende, no sabe ni cómo cogerla.

—¿Qué es esto?

—Una cámara. Vamos a jugar a fotografiar la vida, tú y yo.

Marina contagia ensueños, es la chica de los ojos marrones de la canción de Van Morrison, *sha la lala*. Marina es la debilidad de Oriol, pero nunca lo fue de Carmen, no se trataba de celos, o igual un poco sí, tanta complicidad sin reclamar nada a cambio mortifica a quien aspira a algo similar y jamás lo alcanza. A Carmen no le ha gustado nunca la fotografía, la vida a través del objetivo le parece una versión en miniatura de los mismos ojos hinchados, de las mismas agujas clavadas por miles en la garganta. Y aun así, se deja llevar por Marina, por qué no, Oriol está en el box con Sira acompañado de sus miradas, sus reproches, su indiferencia y su egoísmo, y Carmen ha olvidado por qué tiene que volver a esa casa en cuyo suelo Oriol acumula papeles en una columna que ha bautizado como *Varios*.

Marina aplaude como una colegiala cuando se percata de las

flechas de colores pintadas en el suelo, las migas de pan en el bosque, *red, orange, yellow, green, pink, purple and blue, that rainbow, that rainbow*. Juntas fotografían carteles, besos, caricias, abrazos, baldosas, colas, abrigos, gafas, periódicos en recepción, un cruasán en la bandeja, móviles, chupetes, zapatillas de fieltro, saludos, despedidas, malos augurios y un diagnóstico devastador. Algunas fotos son autorizadas, otras son robadas, ese instante de la vida del otro que tanto excita a Marina. A Carmen le da pudor, y apenas fotografía, y cuando Marina la apremia, capta objetos que no protestan.

—Voy a enseñarte un lugar especial que descubrí el otro día —dice Marina.

Guía a Carmen por la flecha azul. Suben y suben hasta lo que hay encima de la planta doce, allí la flecha azul llega a su fin tras una puerta que está cerrada. *No pasar*, dice un cartel, no hay dudas, no hay interpretaciones, *No pasar*. Marina sonríe, abre la puerta: ¿tú has visto algo? Hay otras escaleras tras la puerta, escalones de obra, pared sin estucar, grosero cemento, una bombilla en el techo, polvo en suspensión, un lugar cerrado al público. Marina sigue subiendo, mi madre siempre decía que andar sienta bien a las embarazadas, activa la circulación sanguínea, ayuda a controlar el peso, previene la hinchazón de pies y tobillos, contribuye a que el bebé se encaje, fortalece los músculos de las piernas, te hace sentir activa, llena de energía y de buen humor, ¿tú anduviste mucho en el embarazo de Sira? Las escaleras conducen a otra puerta, esta vez sin cartel, no es necesario, nadie debería estar allí. Marina la abre, el frío de la calle las sobrecoge, la claridad de la media mañana las deslumbra.

Se encuentran en la azotea del edificio. Carmen se asoma con cuidado, no hay barandilla de protección, no sufre de vértigo pero es de sentido común respetar las alturas. La vida desde la planta catorce se ve pequeña e insignificante, pobres insensatos, ahí abajo no hay más que peces que están convencidos de que la pecera es lo que queda al otro lado del cristal. Marina se sienta, los pies le cuelgan, apunta con la cámara al cielo, a esa altura a Carmen se le antoja tan lejano e inaccesible como a ras de suelo. *Clic, clic,* Marina fotografía las nubes y la ciudad, los afanosos pececitos se mueven ajenos al hecho de que un instante de su vida les es robado por una desconocida.

Carmen se sienta junto a Marina con precaución. Mueve los pies, sonríe, la sensación es liberadora, bailar con los pies en el vacío, algo parecido a una risa surge desde algún rincón infantil y muere poco antes de llegar a los labios. A esa altura, el fragor de la ciudad les llega en sordina, las motos irrespetuosas, los cláxones ansiosos, los autobuses perezosos. Los movimientos son una coreografía, un falso caos, vehículos y personas se interrelacionan en un vaivén con una cadencia dotada de su propio orden, de sus propias reglas.

—Hazme una foto a la manos —pide Marina.

Carmen enfoca, *clic, clic,* las dos sonríen, las manos de mamá.

—¡Uy! —exclama Marina—. ¡Se ha movido! ¡Qué patada me ha dado tu sobrino! Dame la mano...

A pesar del frío, Marina se sube el jersey y la camiseta, el ombligo se le ha vuelto del revés, Carmen no puede evitarlo, la mano se le va a la barriga, caliente, palpitante, piel de melocotón. No necesita esperar mucho, el bebé dentro de la barriga se mueve, Carmen nota el pataleo sin dificultad, esta vez una sonrisa logra alcanzar los labios.

—Es tu sobrino —dice Marina.

Carmen no la escucha. Tiene a Sira en brazos, la niña le busca la boca, le lame el rostro, la muerde sin dientes, la aspira. Entre risas, Carmen intenta separarla, pero Sira, un bebé de tres o cuatro meses de edad como mucho, se contorsiona, alarga el cuello, se agarra a las mejillas con sus manitas, parece mentira la fuerza que tiene con lo pequeña que es, y la boca regresa a sus mejillas, y Oriol llega y la separa, y Sira rompe a llorar hasta enrojecer, cuando Carmen acaba de limpiarse con una servilleta vuelve a cogerla en brazos, en pocos segundos la niña calla, la cara oculta en el hueco entre el cuello y el hombro de Carmen que le pertenece.

—Oriol me ha dicho que quieres matar a mi sobrina —dice Marina, como quien dice *te desprecio*.

Carmen separa la mano de la barriga de su cuñada. Se apoya con las manos en el suelo de la azotea para no perder el equilibrio. Marina mira al vacío, a esa altura los semáforos lo son todo, el flujo de la vida depende de ellos, rojo, amarillo, verde, las niñas cruzan en verde, los coches se detienen en rojo.

—No creo que esa sea la forma de decirlo…

—No, al parecer tú lo dices de otro forma —la interrumpe Marina—. Desenchufarla, desconectarla, cosas así. Pero aquí arriba estamos solas tú y yo, así que de mamá a futura a mamá podemos hablar sin tapujos, ¿no?

Carmen se incorpora, se separa del borde de la azotea, Marina permanece sentada, Carmen nunca la había visto así, desprovista de expresión, sin mueca ni mohínes, gélida.

—No creo que Sira sea asunto tuyo.

—Mi hermano sí lo es.

—No sé lo que te habrá dicho Oriol…

—Me da igual saber mucho, poco o nada. Tú quieres matar a mi sobrina porque ya no aguantas más o porque te sientes culpable de haber salido esa noche o porque quieres culpar a lo grande a Oriol de todos tus males o porque has perdido la ilusión y la esperanza y te has vuelto más rancia de lo que siempre fuiste, si es que algo así es posible. Da igual, el caso es que quieres hacerlo.

Es por responsabilidad, cuñada, ¿no lo entiendes? Si fuera por egoísmo haría como Oriol, me sentaría en el box, cogería de la mano a Sira e imaginaría conversaciones que son soliloquios, aquella vez en que se me voló el sombrero de paja, esa otra en que pinchamos una rueda y llegamos al hotel pasada la medianoche. Es por responsabilidad, porque ni Oriol ni yo importamos, solo importa Sira, y mi niña ya no está, lo sé porque soy su madre.

—Tú no puedes entenderlo. Ser madre es tener miedo en todo momento. Y tú eso aún no puedes entenderlo.

—Al parecer, nadie puede.

La puya de Marina duele. Después de hablar con la abuela y la tía de Sira, ambas escogieron muy bien sus palabras, recurrieron a circunloquios, suspiraron mucho y llenaron sus frases de silencios, pero se les entendió todo: coinciden con Oriol en que nunca puede afirmarse nada con rotundidad cuando se habla de traumatismos craneoencefálicos, que en estos casos jamás puede afirmarse con cien por cien de exactitud que *a* o *b* vayan a suceder sí o sí. ¿Cómo pueden? Son la madre y la hermana de Carmen, son la abuela y la tía de Sira. ¿Cómo son capaces de entender a Oriol y no comprender a Carmen? A Carmen solo le quedan Sira y las mamás de la UCI, esas mujeres son de las suyas, ellas sí la comprenden, cómo no van a hacerlo, la osteogénesis imperfecta, la leucemia linfoblástica aguda, la parálisis cerebral, ¿has pensado en donar su riñón? ¿Has pensado en donar su corazón?

—No es asunto tuyo.

—Cierto. Es un asunto tuyo, y de Oriol. Has expulsado a mi hermano de tu lado, lo tratas peor que a un extraño. Le estás haciendo mucho daño, tu actitud no tiene justificación, no estás sola en esto, Sira también es su hija.

En casa, en el montoncito de *Varios*, un secreto escrito a mano, un pósit que dice te llamo luego, un beso, un vale caducado de una sesión completa para dos en un balneario.

—¿Qué más da lo que yo quiera? El hospital nos ha dicho que si no nos ponemos de acuerdo tu hermano gana, ni siquiera estudiará si Sira da el perfil, él gana: continuaremos esperando para nada, seguiremos haciéndola sufrir solo para satisfacer su egoísmo, porque os pongáis como os pongáis, Sira ya no está.

—No puedes saberlo.

—Sí puedo. Soy su madre.

—Aun así, no puedes saberlo.

—Cuando seas madre me entenderás. Cuando seas madre sabrás que serlo es tener miedo en todo momento y asumir que tu hijo es tu responsabilidad.

Carmen enfoca a Marina y oprime el disparador de la cámara.

Clic, clic.

11

UN SECRETO ENTRE NOSOTRAS

Asediada por quienes solían formar su mundo, Carmen solo encuentra refugio y reposo en Sira. En el box, Carmen tararea una de las canciones que Anna solía cantar a su hijo, inventa la letra a medida que avanza, canta la historia de un oso, dos osos, tres osos que pasean por el bosque, y uno se cae por un agujero, y los otros dos acuden a rescatarlo, y el agujero es un tobogán, azul, muy largo, muy rápido, muy divertido, que va a parar a una playa en la que los osos juegan, ríen, se achuchan, se divierten, se agotan, se acuestan y se duermen en un colchón de conchas. Y los osos sueñan que vuelan, que viajan a las estrellas y más allá. Un oso, dos osos, tres osos, el segundo cayó por un agujero que era un tobogán, durmieron en un colchón de conchas y soñaron que conocían a la Osa Mayor.

—*Toc, toc, toc.* ¿Se puede, mamá? —dice Tere junto a la cortina del box—. Es hora de cenar.

—No tengo hambre.

Tere y Anna cuidan a Carmen, Anna la obliga a comer, Tere la ha llevado al cuartito situado junto a la sala de espera, la Castells abrió la puerta con una llave que guarda junto a una veintena más en el bolsillo de su bata: dúchate, descansa un poco, si no te vas a casa, al menos tómate un respiro. En el turno de Oriol con Sira, Carmen deambula por el hospital, se instala en la sala de espera de la UCI, tumbada en el sofá, las manos como almohadas, los dibujos animados que emite el televisor, la vista fija en los dibujos que cuelgan de las paredes: *A los médicos que curaron mis pulmones, Víctor; A las enfermeras que me daban caramelos, Olga.* Carmen ya no se quita la bata de Epi, Blas, Coco y Caponata durante todo el día, y así un día tras otro, abrigo por encima cuando baja a la calle, una camiseta por debajo en el box, el paréntesis ya es toda su vida, bienvenida a mi morada, entre libremente por su propia voluntad y deje parte de la felicidad que trae.

—Baja tú, Tere, mañana comeré, te lo prometo.

—Necesito que vengas conmigo, hay algo de lo que quiero hablarte y aquí no podemos hacerlo. Demasiados oídos.

Apostado en una esquina, Oriol ve pasar a la improbable hija de puta. Llama la atención su delgadez y su extrema palidez, a Oriol se le antoja incluso demacrada, tiene el andar desgarbado de la adolescencia, diecisiete años, una vida arruinada. En la foto policial, la hija de puta tiene el pelo largo, la mirada vulnerable y un nombre: Judith. En la calle, Judith se protege del frío con un abrigo negro que le llega por debajo de las rodillas, masca chicle, en la puerta del instituto fuma con un corrillo de amigas, de vez en cuando entra en una cafetería y se salta la primera clase. Algunos chicos la miran desde la distancia, tal vez uno de ellos sea el que le rompió el corazón, el muchacho que la abandonó, que la enloqueció, que la llevó a cometer el peor error de su corta vida, una de esas malas decisiones que marcan a fuego. En el box de Sira, cuando Moby Dick naufraga, Oriol se lamenta, cómo puede ser la hija de puta una chica de diecisiete años, ya sabía él que echaría de menos al hijo de puta.

***

310

En el Templo Gastronómico, en una mesa junto al ventanal. Las bandejas encima de la mesa. Ensalada; carne a la plancha. Tere bebe cerveza sin alcohol; Carmen no tiene hambre, le pasa a Tere el flan que incluye el menú.

—¿Sabes quién se ha presentado hoy aquí, en el hospital? —pregunta Tere.

—No.

—La ex de mi ex, la mujer con la que Jaime estaba casado antes de casarse conmigo.

—¿Cómo sabía que te encontraría aquí?

—Ha ido a mi casa, le ha contado una milonga a mi madre, mi tía Manuela no estaba, ella no lo hubiera permitido, buena es la tía Manuela, la hubiera echado a escobazos escaleras abajo. Pero Madre es Madre, se hace vieja, le ha contado no sé qué y ella le ha dicho que yo estaba aquí. Así que esta mañana, cuando he bajado a desayunar, me la he encontrado en recepción. Me ha reconocido al instante, no he podido escapar, aunque se ha puesto como una foca y ha envejecido fatal, yo también la he reconocido.

—¿Qué quería?

—Me vio en la tele, parece que no hay nadie que no me viera en la tele. Así se enteró de que Jaime me había dejado y que hace años que no sé nada de él.

—¿Ha venido a burlarse de ti? ¿Tantos años después?

—No. Ha venido a decirme dónde está Jaime. Ella sabe dónde está.

Tere saca del bolsillo del pantalón un papelito amarillo doblado varias veces.

—Aquí hay una dirección y un teléfono.

—¿De dónde?

—De Madrid.

—¿Y ella cómo sabe dónde está tu exmarido?

—Cosa de abogados y de su acuerdo de divorcio.

—¿Y por qué ha decidido darte esta información justo ahora?

—Según sus propias palabras, al principio de quedarse sola me odiaba, me acusaba de haber seducido a su marido, lo cual era cierto, en buena hora lo hice. Típico, la culpable era la mujer por seducir al hombre y no él por abandonarla. Con el tiempo parece que centró su ira en Jaime. Ahora dice que le hice el favor de su vida, la muy cabrona.

—¿Y qué vas a hacer? ¿Vas a llamarlo? ¿Vas a denunciarlo a la policía? Ese hombre te engañó, te dejó, te robó y abandonó a tu hija.

Tere sonríe. Carmen reconoce esa sonrisa. Esa mujer es de las suyas.

LA MADRE DE JUDITH, según el atestado policial, también se llama Judith. Oriol las ha visto salir juntas del portal de su edificio, se despiden con un ademán, alguna vez la madre hace el gesto de besar a su hija, pero ella es más rápida y se escabulle a tiempo. Judith madre trabaja de administrativa en una academia de idiomas, anda muy deprisa mientras habla por teléfono, su trabajo está cerca de casa, puede ir y volver andando. A media mañana, Judith sale a almorzar junto a dos compañeras más, hablan de lo que vieron en televisión la noche anterior, comentan alguna noticia intrascendente, comparten algún cotilleo o alguna crítica profesional, Judith no les dice a sus compañeras que en algún hospital de la ciudad lucha por la vida una niña de once años con traumatismos múltiples y traumatismo craneoencefálico, Oriol lo sabe porque en un par de ocasiones se ha sentado en la mesa más cercana y ha sorbido un cortado mientras Judith daba buena cuenta de un minibocadillo de jamón y dos cafés con leche. El trabajo de Judith también incluye atender a clientes potenciales, a gente que entra en la academia y se interesa por los precios, el método de estudio, los horarios. Judith es una buena vendedora, sonríe a lo anglosajón, mostrando una dentadura blanca y de aspecto sano, mira a los ojos del potencial cliente, no lo abruma pero tampoco le da respiro, que si el *first certificate,* que si el *proficiency,* que si todos los profesores son nativos, que si la conversación es el pilar de nuestro proyecto educativo, Oriol lo sabe porque ha abierto la puerta de la academia, se ha sentado en la mesa de Judith, ha dejado que lo mirase a los ojos, ha asentido cuando Judith le ha informado de la horquilla de precios, ¿está interesado en matricular a un adulto o a un menor? A un adulto, mi hija no está ahora para reforzar el inglés. En el box de Sira, cuando el capitán Ahab se confunde en una tormenta de palabras indescifrables y de sentimientos impronunciables, Oriol consulta el folleto informativo que le ha dado Judith, lo ilustran dos jóvenes charlando con el Big Ben de fondo, ¿sabéis que mi mujer quería matar a nuestra hija y que yo logré impedirlo?

En el jardincito de la entrada, Tere y Carmen se sientan en el banco descolorido que fue verde. Carmen se inclina para que Tere le encienda un cigarro.

—¿Has pensado qué vas a hacer con Sira?

Carmen exhala el humo.

—No hay nada que pensar. El hospital ha dejado muy claro que Oriol y yo nos tenemos que poner de acuerdo y eso no va a suceder. No puedo hacer nada.

—Eso no es cierto.

—El hospital ni siquiera estudiará la posibilidad de desconectarla si no lo pedimos Oriol y yo. No hay nada que yo pueda hacer.

—Pero Sira no está.

—Ya lo sé, no hace falta que me lo recuerdes.

—Tú eres su madre, tú sabes mejor qué le sucede a tu hija que tu marido o que los médicos. Si tú dices que no está es que no está.

—¿Y de qué me sirve?

—Sira es tu responsabilidad.

—Basta, por favor.

Carmen se frota el rostro con las manos, le gustaría llorar, las lágrimas podrían liberar la presión en el pecho, aliviar las mil agujas clavadas en la garganta. Pero las lágrimas la han traicionado cuando más las necesita, tanta injusticia, tanto egoísmo. Tere se sienta junta a ella, saca el papelito amarillo doblado varias veces, enciende el mechero, es rojo, la llama parpadea con timidez en la noche. Tere acerca el papelito al fuego, arde con rapidez, Tere lo sostiene con el dedo pulgar y el índice hasta que la llama los roza, después deja caer el papel al suelo, observa cómo se consume, pisa las cenizas.

—¿Qué haces?

—Lucía es mi responsabilidad, no la de ese hombre. No quiero ni necesito nada de él, no me voy a envolver en sus pantalones para justificar lo que me sucede, no recurriré a él para nada que afecte a mi Lucía.

—Pero...

—No hay peros. Sobreviví sin él, continuaré así. Y tú debes pensar si quieres hacer lo mismo.

—No te entiendo.

—Hay otras maneras de dejar ir a Sira. Una madre sabe. Una madre puede. Se me ha ocurrido una forma de hacerlo, llevo tanto tiempo de hospitales que podría licenciarme en medicina. Piénsalo, pero si de verdad quieres dejar ir a Sira, creo que sé cómo.

—¿Cómo vamos a desenchufarla nosotras?

—No estoy hablando de desconectarla.

ORIOL SIGUE Y OBSERVA A JUDITH MADRE Y A JUDITH HIJA, pero no se atreve a abordarlas, viven sus vidas ajenas a su escrutinio, no saben que un desconocido asalta con impunidad instantes de su vida. ¿Para qué? ¿Qué quiere decirles, qué necesita preguntarles? ¿Si duermen por las noches? ¿Si piensan en Sira? ¿Por qué pedisteis mis datos a la policía? Aquí estoy, soy el padre de la niña que se quedó quebrada en el asfalto. Cada mañana, cuando despierta en el silencio de la casa vacía, Oriol se dice a sí mismo que le dirá a Carmen que el hijo de puta es una chica con el corazón roto, que su madre es una mujer trabajadora y que no hay rastro del padre en el atestado policial. Cada vez que se cruza con Carmen en el cambiador de la UCI o en la recepción del hospital, cuando ve el óvalo vacío sin atributos ni identidad que ha usurpado el rostro de su esposa, a Oriol las palabras se le mueren, Carmen quiere matar a Sira y si no lo ha hecho es porque tú se lo has impedido. Cada noche, cuando acumula papeles en el montoncito de *Varios*, Oriol se dice que de mañana no pasa que se lo cuenta a Carmen, ella es la madre de Sira, tiene derecho a saberlo. Cada madrugada, cuando la vista se le ha agotado de escudriñar el techo de la habitación, piensa en Judith hija y en Judith madre, en sus vidas después del semáforo en verde y del semáforo en rojo, un corazón roto y cinco personas destrozadas. Piensa en ellas, y piensa en Carmen y en sí mismo, y en pleno insomnio fantasea con que Sira abre los ojos y que es él quien le da la buena noticia a Judith madre como quien regala un ramo de flores a una desconocida.

—¿A QUÉ TE REFIERES? ¿A matarla?

Oriol me ha dicho que quieres matar a mi sobrina.

—No, ayudarla. Se llama sedación paliativa, es legal, cada día se hacen decenas de ellas en todos los hospitales: se le inyectan unos fármacos al paciente y ya está, es rápido y sin complicaciones. Al paciente se le ayuda a irse sin dolor ni sufrimiento y así se acaba el suplicio para él y para la familia. Estoy convencida de que es lo que los médicos harían si tu marido no estuviera cegado por su egoísmo masculino, una madre y una hija sometidas a lo que quiere el hombre, un clásico.

—¿Y eso lo podemos hacer sin los médicos y sin la autorización de Oriol?

Un oso, dos osos, tres osos, el segundo cayó por un agujero que era un tobogán, durmieron en un colchón de conchas y soñaron que conocían a la Osa Mayor.

—Lo he estado pensando, he hecho un par de preguntas discretas y sí, creo que sí podemos ayudar a Sira sin que se sepa. Sería un secreto entre nosotras, las mamás de la UCI.

—¿Cómo?

Su responsabilidad. Sira es su responsabilidad.

—Tú piensa si quieres ayudar a Sira y, si decides que sí, hablamos.

Esperar sin desesperar, qué difícil es.

12

UNA CÁRCEL CON LAS PUERTAS ABIERTAS

Ante la puerta automática de Urgencias, de madrugada, Carmen fuma. Anda a grandes zancadas arriba y abajo por la rampa de acceso de las ambulancias, escudriña las sombras, apaga el cigarro a medias, lo aplasta con la suela del zapato, de inmediato enciende otro, creo que podemos ayudar a Sira sin que se sepa, Oriol me ha dicho que quieres matar a mi sobrina, Sira es mi responsabilidad. El temblor en la mandíbula, el nudo en el pecho, el labio a punto de sangrar de tanto morderlo, Carmen es la funambulista que se balancea para recuperar el equilibrio en el precipicio, bajo ella el inmenso mar, las olas que chocan entre sí con incontrastable violencia, siempre hay un segundo en que se puede decir *no* en lugar de *sí*, *sí* en lugar de *no*, tú piensa si quieres ayudar a Sira y, si decides que sí, hablamos.

Anna aparece en el jardincito cerca de la parada de taxis, el chándal de marca, las zapatillas de *running* con franjas fluorescentes. Desde el banco descolorido que fue verde se otea la entrada de Urgencias, ve a Carmen y se acuerda del ataúd que era demasiado grande para el nicho, del dolor, de la incomprensión y de la indefensión, de la noche en que Carmen y su marido cruzaron la puerta del hospital: qué miras tan absorta, a una de las nuestras, que

317

acaba de llegar. Anna baja a la puerta de Urgencias, deja que Carmen le prenda el cigarro, se sientan en la acera, la madrugada es muy fría, a esa hora no hay transeúntes en la calle, solo empleados de ambulancia y gente que baja de un taxi con una brecha sangrante en la frente.

—Mañana nos dan el alta —dice Anna.

Carmen ya lo sabe, se lo ha dicho Tere. *Mañana*, la palabra suena extraña dentro del paréntesis, donde siempre es hoy, otra cosa que el hijo de puta le ha robado a Carmen son los mañanas. Pero para Anna sí hay un mañana, y será mañana, además: Anna guardará el móvil azul y el móvil rojo en el bolso, la tableta en la mochila, Tobías el elefante y Lluïsa la perrita en la bolsa de deportes, el papel del alta firmado por el médico doblado dentro del bolso. Jesús esperará abajo en recepción, el papeleo sin fin lo impacientará, jugueteará con las llaves del coche en la mano, se morirá por perder de vista la bata, las calzas, Epi, Blas, Coco y Caponata, hasta la coronilla de esa iconografía infantil tan cursi. Anna y Nil bajarán a la calle, subirán al coche, regresarán a casa, a sus vidas. Anna se habrá despedido de su compañera de habitación, en el Templo Gastronómico, habrá abrazado a Tere y besado a Carmen, habrán prometido llamarse, quedar en otro lado, fuera del hospital, en un restaurante donde se coma bien, sin fotografías de paisajes de ensueño en las paredes ni luz artificial ni eco reprimido de conversaciones de circunstancias.

Todo eso sucederá mañana, pero esta madrugada fuman las dos en la acera de la entrada de Urgencias, una mujer sin mañanas, otra que teme al mañana, porque cuando Anna cruce con Nil la puerta del hospital, la tregua habrá terminado, Nil ya no será refugio, sino campo de batalla, Anna tendrá que afrontar el dolor de Jesús, *No es que me vaya, es que ya me fui y nunca regresé,* y la pasión de Miquel, *Lo confieso, abogada, sufro Annaestesia, ataques agudos de Annaestesia que me sobrevienen cuando menos lo espero a pesar de que paso el día entero esperándote.*

—Miquel me trajo al hospital desde su casa. Le pedí que me

318

esperara en el coche y no me hizo caso. En la sala de espera de la UCI hubo pleno: estaban Jesús, mis padres y Gemma, mi mejor amiga. ¿Te imaginas? Todos juntos allí, parecía un vodevil barato. Te prometo, Carmen, que nunca olvidaré la mirada de Jesús.

Había en esa mirada resentimiento, y humillación, un intento fracasado de indiferencia y una profunda incomprensión. Anna entró en la UCI sin hablar con nadie, Epi, Blas, Coco y Caponata la ampararon. En el box, Nil estaba despierto, alzó la mano y la dejó caer con suavidad en la mejilla de su madre, le gustaba quedarse dormido así, la cabeza en el hueco entre el cuello y el hombro de Anna, la mano en su mejilla, una nana improvisada de su madre. Anna intentó acompasar su respiración a la de Nil, pero no lo logró, el corazón le latía demasiado deprisa, le temblaban las manos, lo siento, Nil, perdóname. Tardó horas en salir del box, más tarde Gemma le diría que Miquel había intentado sentarse en una butaca de la sala de espera y que Jesús lo había echado con cajas destempladas, nunca había visto así a Jesús, Anna, en serio, hubo un momento en que me asusté.

—Cuando salí del box, en la sala de espera solo estaba Jesús. Ya no tenía esa mirada, al contrario, parecía un perrillo abandonado. Me puso al día de lo sucedido, una de las neumonías de cada invierno, tal vez más fuerte de lo habitual.

A Anna le enterneció el esfuerzo de Jesús para simular una normalidad que no existía. Anna lo escuchaba, pero en realidad lo observaba: Jesús, la roca, el cachas de su novio, el macho en el bosque, la gran cueva en la que caben Anna y Nil, parecía empequeñecido, zarandeado, golpeado y malherido, incapaz de comprender lo de *no sé si esto es el principio o el final de algo, solo sé que si no vivo me muero*. Al observarlo, Anna tenía que reprimir su instinto de abrazarlo y consolarlo, de acurrucar su corpachón y acariciarle el rostro, esta vez ella no era la solución para Jesús, sino el problema.

—Organizamos los turnos y la logística, él fue a casa a descansar, al día siguiente me trajo el chándal y las zapatillas, tardó dos días en sacar el tema, dos días enteros en los que yo tampoco me

319

atreví a decirle nada, dos días en los que Miquel me llamaba y me escribía al móvil y yo no le contestaba, dos días en que utilicé a Nil como excusa, piensa en Nil, cuida a Nil, céntrate en Nil, aíslate de todo lo que no sea Nil.

Por qué, preguntó Jesús al segundo día, por qué nos has hecho esto. Dijo *nos*, incluía a Nil en lo sucedido, y aquello enfadó a Anna, *nos*, ¿qué derecho tiene a hablar en primera persona del plural? Nil es mi hijo, yo soy su madre. Algún día, Jesús, podrías tomar alguna decisión, asumir la responsabilidad de algo, le dijo Anna. Y entonces le salió de muy dentro mucho más: que estaba cansada de ser la que tiraba del carro y la que movía su mundo, que estaba agotada de elegir, de decidir, de descartar. Le dijo que ella no era su madre, que tenía mucho trabajo y que a veces se sentía como si se moviera con una gran mochila a la espalda cargada de piedras, como si arrastrara una pesada bola, como si poner en marcha los mecanismos de su vida requiriera un esfuerzo cada vez más ingente. Y más cosas le dijo, ya puestos a sincerarse: que la rutina de su vida amenazaba con anegarla, que no se divertía con él, que solo les quedaba en común Nil y poco más, que no compensa renunciar a todo para volcarse en su hijo, que está muy bien que Jesús sea un gran padre, el mejor padre, pero que echaba de menos al cachas de su novio, que estaba atrapada en la paradoja de sentirse sola rodeada de gente todo el tiempo.

—¿Y él qué te dijo?

—Nada. Se fue. Al día siguiente, en el Templo Gastronómico, mientras desayunábamos, me dijo que tenía que decirme tres cosas. Las trajo apuntadas en un papel, imagínate, tardó veinticuatro horas en pensárselas y las escribió en un papel para no equivocarse y no decir nada de lo que pudiera arrepentirse, eso es lo que me dijo, una reacción tan de Jesús, te prometo que no sabía si sentirme furiosa o enamorada.

Tres cosas le dijo Jesús a Anna. La primera: que él no pretendía que Anna fuera su madre. La segunda: que lamentaba no estar a su altura, no ser lo bastante elocuente ni inteligente ni divertido ni hombre de mundo para ella. Que sentía ser de tan buen conformar, tenerla a ella presente en todo momento, esforzarse para que la convivencia fuera mejor y para que la vida de ella fuera más sencilla, pese a la presión del trabajo y de la enfermedad de Nil. Y la tercera: que lo que más lamentaba es que dijera que Nil no compensa, porque si dice eso no la reconoce, porque si en serio piensa así significa que ella no asume las responsabilidades de lo que implica la maternidad y se empeña como una niña grande en avivar la fantasía de una vida anterior que ya no sucederá, porque los sanfermines terminaron y ahora ni Anna ni Jesús importan, lo que importa es Nil y la familia, porque yo no me he movido, Anna, estoy donde siempre he estado, y allí esperaré a que regreses. Si es que regreso, dijo ella, para hacer daño. Y sí, hizo daño.

—Acordamos no volver a hablar del tema hasta que Nil saliera del hospital. Y así hemos pasado estos días, como si no sucediera nada. Mañana se acaba la ficción.

—¿Y Miquel?

—Miquel no está hecho para ser el Otro.

Miquel no tenía la conciencia de ser el Otro. El primer día se presentó en el hospital con flores, quería que Anna fuera a dormir a su casa cuando no estaba con Nil, se ofreció a participar en los turnos de guardia con el niño, te quiero y quiero estar contigo con todas las consecuencias, abogada. En una ocasión coincidieron él y Jesús en la sala de espera, miradas cruzadas, suspiros sarcásticos. Anna tuvo que interponerse entre los dos, les pidió que se fueran cada uno por su lado. Jesús le hizo caso pero Miquel no, Miquel se encaró con Jesús y le dijo que creciera y aceptara la realidad, que Anna ya no lo amaba, que ya no quería estar con él. Jesús no dijo nada y se fue porque eso es lo que Anna le había pedido. Miquel, en cambio, no tuvo en cuenta los deseos de Anna, y aquello la enfadó, no era amor, era posesión: le prohibió que regresase al hospital, le ordenó que nunca más volviera a dirigirle la palabra a Jesús, le exigió que dejara de comportarse como si tuviera algún derecho sobre ella y su familia.

—No es que tenga derecho, es que es mi deber, tú eres mi pareja, me dijo Miquel. Entonces yo le dije que si ese era el problema ya no éramos pareja. Y lo dejé allí mismo, en la sala de espera de la UCI. Le dije que hasta que Nil saliese del hospital no quería volver a verlo ni hablar con él. Desde entonces me llama y me escribe y yo lo esquivo. Debo reconocer, eso sí, que no ha vuelto al hospital. Mañana se acaba la tregua, a partir de mañana tendré que hablar con él, aclarar las cosas.

Aparece en la rampa de Urgencias el chico que se mueve en una silla de ruedas en cuyo respaldo alguien ha escrito *ONCO* en grandes letras blancas. También fuma, musita un saludo, se aleja por la acera, apenas lleva un jersey encima del pijama, debe de tener frío, piensa Carmen, sentir el frío debe de hacer que se sienta vivo, libre de la enfermedad, deduce Anna.

—Mi vida es un vodevil malo —suspira Anna—. Un vodevil en el que voy vestida con chándal y zapatillas deportivas, qué sofisticación…

Risas. Ruidosas y amargas, pero risas.

—¿Te imaginas la pantalla dividida en dos, Rock Hudson o Cary Grant o Richard Gere a un lado y yo al otro, con mi chándal, mis zapatillas, mi camiseta roja arrugada de la asociación de padres de la escuela? Qué glamur, alta comedia, adulterio de postín.

Espiral incontrolable de risa, un arrebato histérico que a duras penas esconde la angustia subyacente. No pueden parar de reír.

—Una abogada que tiene un hijo con una enfermedad rara le pone los cuernos a su marido con un hombre mayor que ella y la escena cumbre del triángulo amoroso se desarrolla en un jardincito situado junto a la entrada de un hospital, ella con su chándal arrugado. ¿Título de la película? *Sexo, amor y cutrez.*

Las risas son ya carcajadas, un conductor de ambulancia y una enfermera que se besan se giran para mirarlas.

—*Con chándal y a lo loco* —dice Carmen.

—*Pretty chándal.*

—*Cincuenta chándales de Anna.*

Lágrimas en las mejillas, lágrimas mentirosas.

Y después, silencio. Anna le ofrece un cigarro, Carmen se inclina para que Anna lo prenda. Más silencio. Acaban el cigarro. Anna ofrece otro a Carmen. Carmen acepta.

—¿Qué vas a hacer con Sira? —rompe el silencio Anna.

—¿Te ha dicho algo Tere?

—Me ha dicho que te ha propuesto algo pero que no puede decirme de qué se trata hasta que tú le digas que sí.

—¿No te ha dicho nada más?

—Sí. Que está convencida de que le dirás que sí.

Carmen ríe.

—La jodida reina de Inglaterra de la UCI —comenta.

—Esa es Tere.

—No sé si le voy a decir que sí.

Anna la abraza y la besa en la frente. Yo me voy mañana, y a ti te han robado tus mañanas, pero llámame, Carmen. Yo te llamaré seguro, llámame para lo que necesites, para lo que haga falta, cuando haga falta. Ya no somos extrañas, ya somos amigas, las mamás de la UCI nos ayudamos entre nosotras, *toc, toc, toc*, ¿se puede, mamá? Llámame porque yo voy a necesitar ayuda, a alguien con quien hablar que no me juzgue, que no conozca al cachas de mi marido, que comprenda lo que es la Annaestesia, que me entienda, cómo no me vas a entender, si no pudieron ser más de cinco minutos. Llámame, porque tú vas a necesitar ayuda, tú tienes un reloj, tu marido tiene otro, Sira no abre los ojos, respira, pero no abre los ojos.

—Tere tiene razón. A pesar de que puede ser muy bruta, en el fondo tiene razón. Una madre sabe —dice Anna.

—Aún no te lo he preguntado. Dímelo antes de irte, ¿cómo definirías ser madre en pocas palabras?

Anna se lo piensa. Reencontrarte con palabras olvidadas, descubrirte en el lado equivocado del diccionario. No.

—Lo escuché una vez en una canción: una cárcel con las puertas abiertas. Una prisión de la que la mayoría no quiere escapar, pero cárcel al fin y al cabo.

13

TU VECINA DE LA UCI

HAY NIÑOS QUE SANAN; hay niños que enferman; hay niños a los que golpea la vida. Ese niño que se moría, no había otra manera de decirlo, ese niño que llegó sin padre ni madre, con abuela y abuelo, se aferra a la vida. Mejora. Igual lo suben a planta. Igual sale de esta. Al rostro de la abuela le ha salido una tercera arruga: a las de la dignidad y el sufrimiento se les ha añadido una tercera de agotamiento, de dolor, de hasta aquí hemos llegado, de ya no tengo edad para Epi, Blas, Coco y Caponata, de estoy vacía de tanto dar, de no entiendo por qué un niño tan pequeño tiene que sufrir tanto, de un no vivir es un sinvivir y este sinvivir no es vivir. En la calle, en el jardincito, el abuelo fuma su tabaco negro de tos y flema. El rostro del abuelo es un suspiro de nostalgia, un coche de juguete sin puertas, un tirachinas doblado hacia adentro, una muñeca sin cabellera, un dado con los números borrados, una pizarra sin tiza.

Hay niños que sanan; hay niños que enferman; hay niños a los que golpea la vida. La niñita con la cabeza rapada, enferma de cáncer, que llegó en camilla, intubada, inconsciente, con el padre a su lado, sin rastro de la madre, esa niñita que se estabilizó y que parecía que podía salir de esta, murió de madrugada, en brazos de la Castells, *desaboría* como ella sola, seca como la mojama, ojos irritados, una piedra más en su mochila. El padre estaba en casa, descansaba unas horas, nadie lo relevó nunca, siempre junto a su hija hasta que la muerte, cruel, aprovechó la brecha abierta por el cansancio. La madre jamás apareció, qué desalmada, le dijo Carmen a Tere, una madre tiene prohibido rendirse, no hay ninguna justificación, esa niña era su responsabilidad. Una sola noche el padre claudicó, y esa noche su hija se le murió en brazos de la Castells, la vida puede ser en ocasiones una caricatura, pero nunca un dibujo infantil. Al niño con el estómago hinchado que apareció de madrugada, el del color de muerte, el del fallo multiorgánico, el de la madre que le dijo a Carmen: tu hija está en coma, ¿has pensado en donar su riñón?, ese niño murió mientras su madre y su padre se echaban en cara a gritos su dolor en la sala de espera: *Para las enfermeras y médicos de la UCI, un besazo, Ruth; Para mis amigas de la UCI, que me han salvado, Rubén.* Ni siquiera las máquinas pueden hacer según qué milagros, musitó Tere.

Hay niños que sanan; hay niños que enferman; hay niños a los que golpea la vida. Una niña de la edad de Sira, once años ya, pronto llegará la adolescencia, aparece de madrugada en la UCI inconsciente en la camilla, intubada, enyesada, aferrada a los sonidos de máquinas que ni su madre ni su padre comprenden. Ella llega vestida con chándal, él de traje caro y corbata desanudada. Ella se cruza de brazos, él se mesa los cabellos, ella observa a las enfermeras y los médicos trabajar en su hija, él prefiere no mirar, introduce las manos en los bolsillos y de inmediato las retira. Al romper el día, él se va, ella se queda; incapaz de dormir, devora con los dientes lo poco que le queda de uñas.

—*Toc, toc, toc.* ¿Se puede, mamá? —dice Carmen junto a la cortina del box—. Disculpa, ¿necesitas ayuda con esa silla? Hay que saberse el truco con estas sillas, si no acabas con el culo más grande que el Coliseo de Roma… Soy Carmen, tu vecina de la UCI.

LA BRUJA MALVADA

1

LA JODIDA REINA DE INGLATERRA DE LA UCI

Una madre debe estar con su hijo. *Los médicos curan, las madres cuidan. Una madre sabe.* Tere empapeló el hospital de panfletos que ella misma había hecho y fotocopiado decenas de veces. Los ilustró con una fotografía de Lucía cuando era más pequeña, dolorosa en sus miembros crispados, en su mirada hacia otro mundo. Reunió a las madres y las arengó en la sala de espera de la UCI, *A las enfermeras de la UCI, gracias, simplemente gracias y mil veces gracias, la mamá de Elías; A las enfermeras y médicos de la UCI, que Dios ilumine vuestros pasos, Ghada.* Se manifestaron en la calle, se congregaron en la puerta del director, montaron turnos, lo abucheaban a la entrada y a la salida. Anna estuvo allí, se manifestó con Tere y con las otras madres, a veces Tere exagera, Carmen, pero aquellos días no había ni un solo padre, solo madres, tías y abuelas, solo mujeres.

Las lugartenientes de Tere en la protesta fueron la tía Manuela y Alice, la mamá inglesa. Cuando la protesta llevaba ya más de un mes y a Tere la habían entrevistado en televisión y en varios diarios, la tía Manuela fue al Templo Gastronómico a desayunar. Cargaba en el bolso unos espráis que le habían prestado unos chicos del barrio, Tere quería escribir en uno de los muros del hospital la frase *Una madre sabe* en amarillo fluorescente, muy grande, muy vistoso, que lo viera todo el mundo, los chicos del barrio se habían ofrecido a hacer la pintada ellos mismos, pero Tere se había negado, Lucía era su responsabilidad, ella era su madre. La tía Manuela se sentó en la única mesa vacía, le dolían los pies, en ocasiones le gustaría ser capaz de encontrar consuelo en los santos y vírgenes del altar, maldito ateísmo, en eso sí envidiaba a su hermana.

—Con todo el respeto por la situación en que se encuentra su hija, esa Tere es una vacaburra. Y una marimacho, vaya jaleo ha organizado, estamos en todos los medios, mi secretaria no da abasto de llamadas de periodistas. Afrontamos, como hospital, una grave crisis de relaciones públicas.

En una mesa cercana, el director del hospital charlaba con una mujer, traje de chaqueta, mechas rubias en la cabellera castaña, encajaba cada uno de los insultos a Tere con una sonrisa. La tía Manuela reconoció al director, el traje, la corbata, la voz pusilánime, la carrerita con la que entraba y salía del despacho para evitar a las mamás de la UCI, los abucheos y sobre todo las miradas, eso era lo que de verdad le dolía a aquel hombre, las miradas de las madres.

—Y más cosas te llamó —le dijo la tía Manuela a Tere más tarde—. Tortillera, bollera, foca, tijeritas, *feminazi*.

Y eso no fue lo peor.

Tere conocía al director desde el primer diagnóstico de Lucía. Entonces ostentaba un cargo rimbombante, con muchas mayúsculas, Coordinador de Atención y Ayuda a Familias de Enfermos Crónicos Multipatológicos, un trampolín para escalar en la jerarquía del hospital. Como tal, años atrás, recibió a Tere en su despacho, ante sí, abierta, una carpeta con el nombre de su bebé, *LUCÍA*, escrito en mayúsculas en la cubierta con un rotulador grueso y negro. Expeditivo, amable, atento, resultaba evidente que el futuro director se tenía a sí mismo por alguien eficaz en su trabajo, su escritorio presentaba el grado justo de desorden de quien piensa rápido y ejecuta de forma diligente, las grandes dichas provienen del cielo y las pequeñas, del trabajo. El futuro director explicó a Tere que Lucía necesitará toda su vida la colaboración de un equipo multidisciplinar, social, psicológico, sanitario y educativo que deberá trabajar de forma muy estrecha con la familia en cada faceta de su desarrollo, desde las ayudas ortopédicas hasta la búsqueda de un centro escolar, en caso de que Lucía pueda ser escolarizada. Lucía también necesitará la ayuda de un fisioterapeuta para mejorar el estado muscular y evitar deformidades que requieran tratamiento ortopédico. Hay que poner en marcha de forma inmediata un plan de rehabilitación que incluirá un programa de estimulación temprana múltiple con el objetivo de que Lucía desarrolle al máximo su potencial psicomotor. El plan debe ser polifacético, no limitarse a la parte del desarrollo físico, sino que el objetivo debe ser propiciar la interacción personal y social de Lucía. La intención es proporcionar los instrumentos básicos que estimulen los procesos de maduración y aprendizaje de la niña. Lucía aún es un bebé y nadie sabe hacia dónde evolucionará su condición.. Hay que fomentar su espíritu de curiosidad y su capacidad de observación para que pueda comprender e interpretar el mundo que la rodea, al futuro director le encantaba escucharse a sí mismo y que nadie lo entendiera, somos esclavos de lo que decimos y señores de nuestros silencios. Tradicionalmente, concluyó el director, este tipo de enfermos recibía tratamientos exclusivamente físicos, pero ahora se le da mucha importancia al proceso sociocultural para que aprendan los diferentes papeles, hábitos y comportamientos necesarios para hacer frente a las responsabilidades cotidianas. Por eso es tan importante el papel de la familia, concluyó. Y le entregó a Tere una docena de folletos informativos y guías prácticas.

Cuando el futuro director dejó de hablar para tomar aire, Tere metió baza: dígame, ¿cuándo va a casarse conmigo? O, mejor, sin necesidad de pasar por el altar o por el juzgado ni de embarcarnos en asuntos del corazón, de sexo o de convivencia que todo lo enmierdan: ¿cuándo me pasará usted una pensión? Seré sincera: no estoy interesada en su amor, sino en su dinero y en su tiempo. Lucía va a necesitar cuidados continuos toda su vida, mi marido se fue hace un par de meses, vació las cuentas corrientes y mi joyero, las deudas de la empresa y la hipoteca están a mi nombre, no tengo más familia que Madre, que ya está mayor y que cualquier día de estos nos da un susto, y mi tía Manuela, que sí, que es como una mula, igual de fuerte, igual de tozuda, pero que bastante tiene con cuidar de Madre y de sí misma. Dígame, doctor, por favor, cómo vamos a hacer entre todos estas cosas tan bien explicadas que usted me acaba de decir, hay que ver qué bien suenan estas palabras. Si sigo trabajando no podré cuidar de Lucía, si dejo el trabajo no podré pagar las deudas; si trabajo tendré que contratar a una cuidadora para que esté con Lucía el tiempo que yo estoy en el trabajo, y no puedo pagarla, y si dejo el trabajo Lucía y yo no tendremos con qué comer. Explíqueme cómo lo vamos a hacer entre todos, acláreme en qué turno se quedará usted con Lucía para que yo vaya a trabajar, o al gimnasio o a terapia, qué parte de las deudas cubrirá usted, cuánto va a pasarme al mes para costear los fármacos, los pañales, la crema hidratante, los pañuelos de papel y las toallitas húmedas. No son planes polifacéticos lo que necesito, sino tiempo y dinero, y no puedo permitirme perder ni lo uno ni lo otro, parálisis cerebral, escoliosis, punción raquídea, estreñimiento crónico y bronquitis.

Tere no podía asegurarlo, pero cuando empezó la protesta de madres ante su despacho, estaba convencida de que el director la había reconocido y había recordado el apuro que le había hecho pasar, la vergüenza de quedarse plantado en su despacho con la palabra en la boca, la carpeta en la mesa y la puerta abierta, la insondable estupidez del burócrata y su ruindad, de ahí lo de vacaburra y lo de marimacho. Tras pensar varios días qué hacer, Tere envió a Alice al despacho del director para que lo invitara a comer a casa de Madre, fuera del hospital y de los focos, una reunión para llegar a un acuerdo, esta protesta de mamás no le conviene al hospital y nosotras ya estamos agotadas. El director aceptó.

A la tía Manuela no le gustó la idea, pero fue al mercado, compró chorizo, tocino, pollo, verduras, morcilla y pimentón dulce, la noche anterior dejó los garbanzos en remojo, el día de la comida se levantó a las seis de la mañana. Al rato Tere apareció en la cocina en pijama y bata, se sentó en el taburete junto a la minúscula salida de aire, encendió un cigarro, la tía Manuela le sirvió un café con leche, no era italiano pero le supo a gloria.

—Estoy cansada —dijo Tere.

—Lo sé —dijo la tía Manuela.

El director se presentó puntual, traía una botella de vino caro, arrugó la nariz cuando lo asaltó la mezcolanza de olores del hogar de Tere, disimuló muy mal el estupor ante el altar de Madre. En la mesa, sin embargo, el director comió a dos carrillos, elogió el cocido, repitió, le pidió a la tía Manuela que le escribiera la receta en un papelito, si el cocido le ha gustado, espere al postre, dijo Tere. La conversación giró alrededor del papel de la familia en el tratamiento de los enfermos crónicos, el director del hospital dijo que la madre y el padre son primordiales, por eso deben buscar ayuda, intentar seguir con sus vidas.

—Es imposible que nada cambie con un diagnóstico como el de Lucía, lo sé, pero sin ustedes la niña no saldrá adelante, deben cuidarse, recibir ayuda, ir a terapia, contactar con otros padres que se encuentren en una situación similar a la suya.

—Pero no podemos estar en la UCI con nuestras niñas.

El director se removió en la silla.

—No es tan simple. Los médicos, las enfermeras… Pero estoy seguro de que podemos encontrar una salida a este pequeño atolladero en el que nos encontramos.

—Espere, los negocios después del postre. Es casero.

Tere se ausentó unos minutos. Cuando regresó de la cocina cargaba una bandeja cubierta por papel de aluminio, lo hemos preparado Lucía y yo pensando en usted. Tere depositó la bandeja en la mesa ante el director del hospital: haga usted los honores. El director apagó el cigarro, a ver qué manjar digno de un templo gastronómico habéis preparado. Apartó el papel de aluminio, un penetrante olor a mierda invadió el salón, el pañal sucio de excrementos y orina de Lucía abierto encima de una bandejita de pastelería estaba caliente, pesaba, hedía. Mierda, exclamó el director, más estupefacto que asqueado. Mierda, exclamó de nuevo, y del impulso con el que se levantó derribó la silla.

—Exacto: mierda. ¿No le parece bizarro?

Las personas no tienen poder para hacerte daño a menos que tú se lo permitas.

—Pienso empapelar cada día de mierda de Lucía su hospital hasta que se nos permita a las madres estar con nuestras hijas en la UCI las veinticuatro horas del día. Día y noche, los siete días de la semana. No hay más salida a este pequeño atolladero en el que nos encontramos que su derrota a manos de esta vacaburra.

El director del hospital abandonó la casa de Madre entre gritos e insultos. Dos meses después, el consejo de administración votó a favor de permitir la presencia de las madres en la UCI pediátrica de forma ininterrumpida. «A diferencia de otros hospitales, en nuestra Unidad el papel de las familias en el tratamiento de los niños y las niñas es primordial. Por eso, no están limitadas las horas de visita, salvo expresa orden médica, una medida en la que somos pioneros en el país. Nuestro objetivo es hacer partícipe a la familia del tratamiento y mantenerla cerca del paciente para que los niños y las niñas sientan que la Unidad es una parte de su hogar», dijo el director en una entrevista a un diario de la ciudad.

—La mierda flota —comentó Tere al leer la entrevista.

—Eres la jodida reina de Inglaterra de esta UCI —replicó Alice.

Tere reflexionó unos segundos.

—Me gusta más la puta ama. Suena más castizo.

Anna, Tere y Alice rieron, cómo lloraba Alice el día del entierro de su hija, cómo lloraba.

2

HAN DE CRUZARLO MIS OJOS

Shhh, Shhh, Plas, Plas. Shhh, Shhh, Plas, Plas. A la entrada del hospital, Carmen se encuentra con el Gran Méndez, abrigo gris, pantalones de pana, gorra calada hasta las orejas, Carmen tiene la tentación de mirarlo por detrás, a ver si por la vida también anda con una gran sonrisa en el trasero. El Gran Méndez, Juan en la calle, sonríe al verla, su sonrisa sin el maquillaje se adivina apocada y tímida, nadie diría que lo suyo, jovencitas, fue la copla, *No me llames Dolores, llámame Lola, que ese nombre en tus labios sabe a amapola.*

—Me ha alegrado usted el día, hermosa dama, con su sola presencia.

Carmen abraza al Gran Méndez, usted sí que me ha alegrado el día, le diría Carmen, exhausta de tanto dar vueltas, desgastada de tanto morderse el labio, tú piensa si quieres ayudar a Sira y, si decides que sí, hablamos. Y Carmen piensa, no hace otra cosa, en el box observa los monitores y ya no ve cifras, pulsaciones y ritmos, en sus paseos por el hospital ha extraviado las migas de pan, Carmen piensa y no puede decidirse, ¿y eso lo podemos hacer sin los médicos y sin la autorización de Oriol?

—Jovencita, discúlpame la franqueza, pero andas como si te persiguiera un fantasma.

No, Juan, soy un boxeador noqueado, un guardameta goleado, un pasajero que ve alejarse su tren con el billete en la mano, una mujer cuya hija no está y la jodida reina de Inglaterra de la UCI se ha ofrecido a ayudarla a dejarla ir, ¿cómo vamos a desenchufarla nosotras?, le pregunté. No estoy hablando de desconectarla, me contestó.

—¿Estás bien? ¿Está tu hija bien?

Carmen niega con la cabeza, cómo explicárselo, yo sé que Sira no está, Oriol cree que habla con ella de veranos ya perdidos y Tere dice que cada día se hacen decenas de sedaciones paliativas en los hospitales, que se le inyectan unos fármacos al paciente y ya está, rápido y sin complicaciones, como si existiera tal cosa, la muerte rápida y sin complicaciones.

—Esperar sin desesperar, qué difícil es. Acompáñame, te enseñaré mi lugar favorito del hospital.

Carmen sigue al Gran Méndez como uno de esos niños que palmean y sisean, *Shhh, Shhh, Plas, Plas. Shhh, Shhh, Plas, Plas.* En recepción, una administrativa le guarda el abrigo, la gorra y la bolsa donde lleva el traje de payaso, las pelotas de goma y los zapatones naranjas. Ella, joven, rubia, bonita, le dice *cariño*, él le pregunta a qué hora acaba el turno, ella responde que ya sabe que tiene novio, él replica que si acaso ese es el problema de ese suertudo, los dos se ríen, es usted tremendo, Juan, seguro que era de esos marinos que tenían una amante en cada puerto, *si te llamas Francisco, llámate Antonio, que Antonio se llamaba mi primer novio.*

El Gran Méndez guía a Carmen por el sendero azul, hacia abajo por las escaleras. A medida que descienden, dejan de ver batas blancas y estetoscopios que cuelgan del cuello, se cruzan con monos azules y cinturones portaherramientas, la temperatura baja, huele a humedad. La última puerta es de madera, tiene gruesas manchas de pintura blanca, el Gran Méndez la empuja. Carmen se introduce en la oscuridad; la negrura, el fresco y la humedad la alivian. El Gran Méndez encuentra el interruptor, la luz mortecina procedente de una bombilla sin lámpara rompe de amarillo el negro, atraviesan un sótano muy grande con gruesas columnas en el que se acumulan cables, grandes recipientes oxidados, televisores antiguos, teléfonos sin números, teclados sin letras, cajas de cartón de uniformes pasados de moda.

—Aquí está.

La pared situada al fondo de la estancia parece un muro de ladrillos, nadie se tomó la molestia de pintarlo ni de embellecerlo. Del muro cuelgan decenas de fotografías y notas redactadas a mano, decenas de caligrafías, de nombres y de rostros: ancianos y niños, hombres y mujeres, algunos llevan las batas de hospital o pijama, otros visten de calle. Carmen se acerca al muro, lee las notas, se cubre la boca con la mano.

—Son mensajes de gratitud. Como los dibujos de la sala de espera de la UCI, pero de todo el hospital. Lo llamo el muro de los agradecimientos —dice el Gran Méndez.

Hay cáncer de todo tipo en el muro. Hay VIH, diabetes, neumopatías crónicas, problemas de nutrición, enfermedades raras y degenerativas, afecciones mentales, cardiopatía isquémica, accidentes cerebrovasculares, infecciones de las vías respiratorias bajas y todo el espectro de enfermedades cardiovasculares. Hay también en el muro miedo y dolor, entre líneas puede palparse el sufrimiento que se esconde tras el agradecimiento.

—¿Y por qué algo así está perdido en las catacumbas del hospital y no en recepción, a la vista de todos?

—No lo sé. Tengo una teoría: no es un muro oficial, es un muro sincero. Necesitas haber pasado mucho tiempo en este hospital para saber de su existencia, y si eres médico o enfermera necesitas haber establecido una buena relación con tus pacientes para que te hagan partícipe del secreto. Los agradecimientos reales, los sentimientos auténticos, son discretos, uno no va aireándolos por ahí.

Carmen roza las fotos con la yema de los dedos. Muchas de ellas tienen un aspecto antiguo, no sería de extrañar que, tiempo después de haber colgado su agradecimiento en el muro, algunos de los retratados hubieran fallecido, hay victorias que solo son la antesala de un nuevo combate, Sira respira, no abre los ojos, pero respira. Carmen lee las notas, citan al médico, la especialidad y la enfermedad, *gracias* es la palabra que más se repite, *gracias* rompe de amarillo el negro.

—Mucha de esta gente desesperó mientras esperaba. Mucha de esta gente pensó que no lo lograría. Algunos se equivocaron. A lo mejor, tú estás equivocada.

Tere está convencida de que le dirás que sí.

—A lo mejor, tiempo es todo lo que necesitas.

¿Y si no abre los ojos?

Los abrirá.

¿Qué haremos, entonces?

No lo sé.

¿Se pasará años tumbada en la cama esperando a no sé qué?

No.

¿Y si los abre pero no es ella? ¿Y si quien regresa es otra persona, un vegetal?

No.

—A lo mejor tú y tu hija acabáis colgando una nota en este muro. Si es así, me gustaría estar contigo ese día.

Mi niña ya no está.

No es verdad.

Soy su madre.

Y yo soy su padre.

Lo noto.

Y yo noto que está allí.

Lo sé.

No puedes saberlo.

Mi niña ya no está.

No es verdad.

—¿Tienes hijos? —pregunta Carmen.

El Gran Méndez carraspea, apoya una mano en el muro.

—Tuve uno.

—¿Qué es de él?

—Murió en el parto.

Carmen ve las gotas de sudor que se abren paso en el maquillaje de payaso. La Carmen de siempre le dice que se detenga, que se calle, que es obvio que recordar le duele al Gran Méndez. Pero la Carmen que habita en el paréntesis necesita saber.

—Lo siento. Tú y tu mujer debisteis de pasarlo muy mal.

La sonrisa apocada y tímida regresa al rostro del Gran Méndez, es la mentira del maquillaje, jovencitas: un poco de color y *voilà*, ya soy feliz, ya soy otro.

—Ella también murió en el parto.

El niño vino de nalgas una verbena de Sant Joan, la comadrona era primeriza, el aliento del doctor olía a vino, de la calle llegaban las sombras danzarinas de la hoguera, el estruendo de la pirotecnia, los compases de la orquesta aficionada formada por jóvenes del barrio, *De noche y de día solo pienso en ti, que eres la vida pa' mí.* Fueron varias horas de parto, de carnicería, charcos de sangre en el suelo, varias veces el niño estuvo a punto de perderse, otras veces fue la esposa del Gran Méndez la que tentada estuvo de dejarse ir. Si hay que elegir, ¿a quién prefiere?, le preguntó al Gran Méndez el doctor, sangre hasta los codos y en las mejillas; a mi esposa, a quién si no. Ambos hombres compartieron un trago de coñac de la petaca del Gran Méndez antes de que el médico regresara a la habitación donde su esposa y su hijo, piel con piel, saliva mezclada, aromas enredados, dos vidas, un único ser, luchaban por sus vidas.

—Murieron los dos, uno detrás de otro.

Y el Gran Méndez se arrodilló en la cama, abrazó el cadáver de su esposa, la besó en los labios, le peinó los cabellos enganchados en la frente, le dibujó una sonrisa en la boca, le cantó al oído, *aunque ponga una tapia y tras la tapia un foso, han de saltarlos tus brazos y han de cruzarlos mis ojos.* Y el Gran Méndez se inclinó sobre el capazo, repasó con un dedo la mejilla del bebé ensangrentado, le acarició los pies y las manos, tan pequeñas, tan frágiles, en tan breve tiempo lo quiso como nunca había querido, como nunca volvería a querer, *cuando acaricias silbando los hierros de mi ventana, de tanto y tanto quererte el corazón se me para.*

—¿Cómo definirías la paternidad en pocas palabras? —pregunta Carmen. Sabe que no debería haberle preguntado algo así, intuye que el recuerdo hiere, que despierta en el Gran Méndez palabras y sentimientos que deberían permanecer enterrados, indescifrables e impronunciables. Pero necesita oírselo decir: *muerte*, dime que para ti la paternidad es muerte, dame el último empujón, toma la decisión por mí, Oriol va diciendo por ahí que quiero matar a nuestra hija.

El Gran Méndez busca la respuesta en el bolsillo del pantalón y se la muestra a Carmen.

—Una nariz de payaso, jovencita. Siempre llevo una encima, por si me encuentro a algún niño en el autobús.

3

SOLO SERÉ UN RECUERDO

ORIOL ESPERA CINCO MINUTOS a que el camarero le traiga otra cerveza y aborda a Judith. La madre de la adolescente del corazón roto que atropelló a Sira ha aprovechado la tarde para ir de rebajas, es lo que tiene que la hija ya sea mayor para enamorarse, desengañarse, enloquecer de amor y coger sin permiso el coche materno, que los adultos recuperan el tiempo robado por la maternidad. Judith madre salió de la academia donde trabaja, enfiló hacia el metro, se dirigió al centro de la ciudad, Oriol empezó a seguirla sin saber muy bien por qué, unos cuantos metros de distancia, la vista fija en las pantorrillas de Judith madre, viste una falda tejana, medias negras, plumón rojo, ideal para que el padre de la niña a la cual su hija atropelló para después darse a la fuga pueda seguirla sin dificultades entre la multitud. Judith madre entró en varias tiendas de ropa, curioseó entre blusas y jerséis, en un par de ocasiones desapareció en los probadores, Oriol simulaba interés en ropa femenina, en un par de tiendas las dependientas le preguntaron si podían ayudarle en algo, Oriol se azoró, dijo que no y salió a la calle para esperar allí a Judith madre, fuera al menos no sentiría la tentación de acercarse al probador, descorrer la cortina, darle su opinión sobre cómo le sientan las prendas. En un gran centro comercial, Judith madre dedicó media hora a curiosear en el departamento de lencería, no hay rastro del padre de Judith hija en el atestado policial, ¿qué habrá sido de él? Al Oriol que le incomoda el juego de ir a fotografiar la vida, al que le desasosiega la intimidad del estudio de un desconocido a través del objetivo, a ese Oriol, sin embargo, le place el seguimiento y la observación de Judith madre, las pantorrillas dentro de las medias, los sujetadores blancos y negros, un cuarto de hora en el probador de la tienda de lencería y dos bolsitas de papel en la mano al abandonar el centro comercial, si me viera Marina ahora, cómo se reiría de mí.

En la cafetería donde Judith madre ha decidido darse un respiro, Oriol decide abordarla. Pide la cerveza al camarero y piensa formas de presentarse: hola, no me conoces pero yo a ti sí; o tal vez, hola, soy el padre de Sira, ¿sabes quién es Sira?; o quizás, hola, creo que necesitamos conocernos. No encuentra la fórmula, los cinco minutos han pasado, la cerveza ya está delante de él, Oriol la sorbe, siempre hay un segundo en que se puede decir *no* en lugar de *sí*, *sí* en lugar de *no*, a saber qué puertas abrirá la decisión de Oriol, y qué más da, en el montoncito de *Varios:* un menú arrugado de la pizzería favorita de Carmen, una cita con el dentista de febrero del 2003, un papelito con las dosis de Dalsy y Apiretal de cuando Sira pesaba diecinueve kilos.

—¿Puedo sentarme?

Judith mira a ese hombre que le es desconocido y que, sin embargo, le suena de algo, tal vez por su trabajo en la academia de inglés. En un acto reflejo deja caer la mano encima del bolso, se acerca al pecho el móvil.

—¿Te conozco?

Oriol se sienta sin esperar autorización, cómo decirlo, nos conocemos desde que tu hija se saltó un semáforo en rojo y envió a la mía a la UCI.

—La policía me dijo que queríais conocernos, así que aquí estoy.

Oriol aguarda a que la comprensión se aposente en Judith. Es

una mujer expresiva, en sucesión su rostro refleja primero desconfianza y después duda, incredulidad, entendimiento y asombro.

—¿Eres el padre de la niña?

Oriol asiente. Sorbe la cerveza. La niña. En la vida de Judith
solo hay una niña que cuente, Sira, igual que en la de Oriol.

—Se llama Sira. Tiene once años.

—¿Cómo está?

Traumatismos múltiples, traumatismo craneoencefálico, coma
vigil.

—En la UCI. Lucha por vivir.

A Judith se le humedecen los ojos.

—Pero ¿está viva?

Si tú supieras, su madre quería matarla, pero yo se lo impedí.

—Sí.

Ahora Judith llora sin tapujos, gruesas lágrimas acompañadas
por gemidos, el camarero los observa desde la barra, duda si inter-
venir, cuando alguien ve a un extraño llorar se parte entre el instinto de consolar y la convención de no inmiscuirse en los asuntos de
los demás. Oriol le da un pañuelo de papel a Judith, gracias, dice
una y otra vez la madre de la adolescente que atropelló a Sira, gracias a Dios que está viva.

Salen a la calle. Pasean sin rumbo y hablan como si el hecho de
conocerse hubiese derrumbado un dique que les impedía dejar fluir
las palabras. Andan y hablan, se detienen en los semáforos por instinto, los otros transeúntes tienen que esquivarlos, hablan como si
tuvieran prisa por decírselo todo. Oriol le habla de Sira y del box de
la UCI, de los tubos y los monitores y la doctora de las bolsas bajo los
ojos, de lo difícil que es esperar sin desesperar, de las vacaciones en
la playa y de aquella vez que a Carmen se le voló el sombrero de paja.
Judith le cuenta que el chaval es hijo de una familia amiga de toda
la vida, que vive en un pueblo con costa, que nadie sabía que su
hija salía con él, mucho menos que estuviese enamorada, que nunca
sabes con una hija adolescente qué se oculta bajo esos auriculares
tan grandes que le ocultan media cara.

Andan por callejuelas y avenidas, por paseos y plazoletas. Andan hasta que se les acaba la ciudad, los pies se duelen dentro de los zapatos, ansían hundirse en la arena de la playa a pesar del frío. Tan cerca de la acera del paseo marítimo, el mar es una mancha oscura que brama, un óvalo sin ojos, nariz ni boca, la obsesión sin atributos ni identidad que alberga la locura del capitán Ahab. Judith se sienta en un bordillo, es como si el dolor del mundo se le concentrara en los pies, tanto andar ha hecho mella en ella, se descalza y se los acaricia.

—Bajé al garaje y vi que el coche estaba abollado, no entendí nada, pensé que algún vecino lo había golpeado al maniobrar y se había ido sin decirme nada, el muy cabrón. Recuerdo que pensé eso, el muy cabrón, incluso acusé dentro de mí al del cuarto, hace tiempo que no nos hablamos ni en el ascensor, es un borde. El día que sucedió Judith se había encerrado en su habitación al regresar de la calle, lo hace a menudo, así que no le di importancia, a su padre le hace lo mismo los fines de semana que le toca estar con él, no me lo he tomado nunca como algo personal. Así que yo seguí con mi vida y ella con la suya, ignorante de lo que había sucedido, mi hija había atropellado a la tuya y yo no sabía nada, ¿puedes creértelo? Hasta que un día llegó la policía, dos agentes, un hombre y una mujer, me pidieron ver el coche, yo ni siquiera lo había llevado al garaje, no había encontrado el momento, imagínate, qué genio criminal el mío. Los policías estudiaron el coche, vieron el golpe, se miraron entre ellos y me pidieron que los acompañase a la comisaría. Al principio creían que yo era la conductora. Pero cuando llamé a mi hija y le dije qué sucedía y dónde estaba, se derrumbó, rompió a llorar al otro lado del teléfono, confesó lo que había hecho, colgó antes de que yo pudiera decirle nada y se plantó en la comisaría llorando y gritando que era ella la que conducía el coche, que me dejaran en paz, que era ella.

—¿Te hubieses incriminado?

—Por supuesto, es mi hija. Ahora por las noches no duermo pensando en qué le va a suceder, en si irá a prisión o a un correccional, yo qué sé. Me asusta que haya arruinado su vida antes ni siquiera de haber empezado a vivirla.

Hace demasiado frío en la playa, regresan a la ciudad, se detienen en un pequeño bar, piden un bocadillo tardío y una cerveza, a Judith le incomodan las bolsas de la compra, Oriol se ofrece a llevárselas, apenas pesan, dentro hay la lencería negra y blanca que Judith ha comprado en los grandes almacenes.

—Mi hija tiene ataques de pánico, desde pequeña hay situaciones que la bloquean, entonces respira con dificultades, no es capaz de usar la razón. Nuestro divorcio no la ha ayudado, fue… duro. No pretendo disculparla, entiéndeme, solo te lo cuento para que tengas en cuenta el contexto, aquel chaval le envió un mensaje, le dijo que la dejaba, que estaba con otra, le envió una foto besándose con esta otra y mi Judith experimentó unos sentimientos que le eran desconocidos e incontrolables. Y se rompió.

Oriol siente que es él ahora quien se rompe. ¿Qué sentido tiene, una chica de diecisiete años proclive a los ataques de pánico, una niña de once años que espera a que su semáforo se ponga en verde como la han enseñado a hacer desde pequeña? Es un absurdo, hubiera sido más sencillo si el hijo de puta hubiese sido bajito, calvito y barrigudo, que viera la televisión en camiseta imperio, que gritara piropos por la ventanilla a las adolescentes que cruzan por el paso de cebra. Así podría odiarlo, y a Oriol se le antoja que vivir se le haría más fácil si pudiera detestar a alguien, pero si no puede odiar a Judith ni a su hija solo le queda *Moby Dick* como un peso muerto en el bolsillo del abrigo.

—Necesito beber algo.

Entran en el primer local nocturno que encuentran, ron con Coca-Cola para los dos, Oriol confiesa que su encuentro no ha sido casual, que desde hace tiempo las observa a las dos, a la madre y a la hija, que incluso entró a la academia de inglés y se hizo pasar por un cliente, que necesitaba hacer acopio de fuerzas, que para él no era sencillo abordarla y presentarse y escucharla y hablarle, que ahora se alegra de haberlo hecho, en ocasiones es más fácil abrirse a extraños que a cercanos, no hay tantos vínculos sentimentales, la relación es una hoja en blanco a la espera de que se escriban las normas que la regirán.

—Mi mujer quiere matar a mi hija, ¿sabes? Quiere desconectarla, y si no lo ha hecho es porque yo no estoy de acuerdo, y sin acuerdo de los padres el hospital ni siquiera estudia si el paciente ya es irrecuperable. Esto que nos ha sucedido, el atropello, el accidente, nos ha aniquilado, ya no somos nosotros, está ella, y estoy yo, eso es todo, no me habla, no me mira, no me toca, no deja que la toque. Es probable que los problemas vinieran de antes, pero ahora nos han estallado en la cara, no solo Sira y tu hija se rompieron esa noche, yo y Carmen también acabamos quebrados encima de la acera. Ella me culpa a mí de lo sucedido, ¿sabes? Ya no es capaz de esperar más y quiere que termine todo. En cambio yo no quiero que termine porque en cuanto acabe en realidad empezará el resto de nuestras vidas, ahora al menos vivimos en un paréntesis en el que no necesitamos tomar decisiones.

Tres ron con Coca-Cola más, entrada la madrugada el camarero les pide que se vayan, que tiene que cerrar, que solo quedan ellos en el bar, que es la noche de un día laborable, que hay poca clientela.

—Para mí, lo peor es el despertar. El silencio de la casa vacía —dice Oriol.

—Para mí, lo peor es la puerta cerrada de la habitación de mi hija —dice Judith.

Ha bajado la temperatura, hace mucho frío, ni siquiera el alcohol sirve para calentarlos, Oriol propone coger un taxi y acompañar a Judith a su casa, la mujer acepta, al fin y al cabo es él quien lleva las bolsas de la compra. En el taxi callan, como si les avergonzara hablar ante el conductor, en cada semáforo sienten a través del espejo retrovisor la mirada del taxista fija en ellos, el juicio moral, las preguntas, ya no tenéis edad para estas horas, ¿sois adúlteros o divorciados en busca de otra oportunidad? Nada de eso, no te lo vas a creer, su hija atropelló a la mía, la dejó en coma tumbada en el asfalto y se dio a la fuga.

En el portal de la casa de Judith, el alcohol hace trastabillar las lenguas, los dos se sienten de súbito torpes, Judith no encuentra las llaves en el bolso, a Oriol se le cae el encendedor al suelo, se agacha a recogerlo y al incorporarse su rostro está demasiado cerca del de Judith, sus labios se encuentran primero, después sus brazos, sus cuerpos son los últimos, en el ascensor Judith le dice que antes del amanecer deberá marcharse, que no quiere que su hija se lo encuentre en la cocina a la hora del desayuno, Oriol le dice que no se preocupe, antes del amanecer solo seré un recuerdo, reloj, detén el tiempo en tus manos, haz esta noche perpetua, para que nunca se vaya de mí, para que nunca amanezca.

—Para mí la paternidad es esperanza —dirá Oriol después, un dedo que recorre el contorno del óvalo del rostro de ella, los ojos de color almendra, la nariz grande y puntiaguda, los labios agrietados por el frío, labios que saben a coco.

—Para la mí la maternidad es incertidumbre —replicará Judith, la mejilla apoyada en el pecho de él, un dedo enredado en sus cabellos, que blanquean en las sienes.

4

DE LAS MÍAS

AGUA CALIENTE A CHORRO EN LA CABEZA. Carmen cierra los ojos. El agua caliente la revive. El cuartito de las enfermeras situado junto a la sala de espera no es mucho mayor que la habitación de Sira en casa, pero está bien organizado: dos plegatines, un par de sillas, la ducha. La toalla está marcada con el nombre del hospital. Carmen la dobla con cuidado después de secarse. Tere, la jodida reina de Inglaterra de la UCI.

Agua caliente a chorro en la espalda. Carmen se cepilla el cabello sentada en uno de los plegatines. Resiste la apremiante tentación de tumbarse, Tere la espera en recepción. Carmen se cepilla el cabello y lucha contra el recuerdo de las ocasiones en que ha hecho lo mismo con la melena de Sira. ¿Cómo se llamaba esa niña que a los tres años le dijo a Sira que tenía el pelo corto? ¿Gisela? ¿Melisa? ¿Edurne? ¿Martina? ¿Mar? Rebusca en sus recuerdos, la pregunta la obsesiona de esa forma con la que las cosas importantes que en realidad carecen de importancia tienden a copar los pensamientos.

Agua caliente a chorro en las piernas. Desde la última reunión con la doctora con bolsas bajo los ojos, Oriol y Carmen no se hablan más allá de unos cuantos monosílabos. Carmen se pregunta si Oriol la echa de menos, tal vez sí. Ella no piensa en su marido, está demasiado ocupada y demasiado enfadada con él por esos malditos cinco minutos y por su egoísmo, es injusto que Sira tenga que pagar las debilidades de su padre, seguro que Oriol no se acuerda de cómo se llamaba la niña que tanto enfadó a Sira a los tres años cuando le dijo que no tenía el pelo largo, ¿cómo va a acordarse?

Agua caliente a chorro en la cara. Hay un espejo circular detrás de la puerta del cuartito de las enfermeras. Carmen se observa. No encuentra rastro de sí misma. Sí, son sus ojos, sus labios, sus pómulos, sus cejas, sus orejas, sus dos lunares, sus patas de gallo, sus manchitas, sus espinillas, su frente, pero no hay rastro de sus sentimientos, sus alegrías, ilusiones y proyectos. Carmen no ve a Carmen en el espejo, Carmen solo ve a una mujer sin nariz de payaso.

Mi niña ya no está.

Soy su madre.

Lo noto.

Lo sé.

Mi niña ya no está.

Agua caliente a chorro en los pechos. Decidir duele, pero hacerlo libera, es salir del laberinto, es inspirar profundo tras sacar la cabeza del mar, es volver a andar en línea recta tras vagar en círculos. Carmen se viste. Encima de la toalla doblada está su reloj, no marques las horas porque voy a enloquecer, ella se irá para siempre cuando amanezca otra vez. En el jardincito cerca de la parada de taxis la espera Tere: una madre sabe, una madre puede, piensa si quieres ayudar a Sira y, si decides que sí, hablamos.

—Estaba convencida de que dirías que sí. Desde el primer día que te vi supe que tú eres una de las nuestras.

5

CLORURO DE POTASIO

—Me gusta tu tatuaje, Tere, es muy original, peculiar.

—Gracias.

—¿Por qué te lo hiciste?

—Fue un arrebato.

—¿Por qué el Monstruo de las Galletas?

—A Lucía le gusta.

—¿Cómo lo sabes, si Lucía no puede comunicarse?

—Yo sí me comunico con ella, una madre siempre se comunica con sus hijos, de una forma u otra.

—Pero los médicos…

—Los médicos saben de medicina; de mi hija nadie sabe tanto como yo. Yo sé que a ella le gusta mi tatuaje, y por eso me lo hice.

—¿Te das cuenta de que todo lo que haces y dices lo justificas con Lucía?

—Mi vida es Lucía, yo sin Lucía no soy nadie.

—¿Cuál es la esperanza de vida de Lucía, según los médicos?

—No puede saberse.

—Pero ¿es la normal?

—No, no lo es. Ella es muy propensa a fallos cardiacos y respiratorios.

—¿Piensas en la muerte, Tere? En la muerte de Lucía, quiero decir.

—No hay mucho que pensar. Si Lucía muere, yo me muero con ella.

En un parque infantil cercano al hospital, casi a medianoche. Tere se balancea en uno de los columpios. Hace frío, Tere ha olvidado el abrigo en la UCI, camiseta de tirantes, Elmo en el hombro derecho, el Monstruo de las Galletas en el izquierdo, cada pocos segundos Tere espira una gran bocanada de vaho blanco y compacto, su bruma interior. De noche, un parque infantil en la ciudad se le antoja tristeza. Los niños y las madres lo han abandonado, y el alegre alboroto de las tardes da paso a ese silencio que crece en la ausencia de la algarabía infantil, un silencio viejo y agotado, ese silencio que conocen bien las aulas en verano, los hogares en los que la adolescencia ha borrado la niñez dibujada a carboncillo. Sentada en el columpio, el lento balanceo, los pies que dibujan un surco en la arena, Tere es la madre a la que los hijos se le han ido de casa, tantos años después de nuevo sola, cuando ya se ha perdido la costumbre, cuando una ya no se conoce ni a sí misma: qué hago yo ahora con tanto tiempo en mis manos. De noche, un parque infantil en la ciudad, cuando los jóvenes se sientan en el respaldo de los bancos, los pies en el asiento, los porros y las litronas a mano, es una metáfora retorcida, un paquete sin regalo dentro, formas extrañas que chirrían al fresco nocturno, qué hace esa veinteañera en lo alto del tobogán, qué beben esos dos chicos en el balancín, las rodillas a la altura de la barbilla, su lugar ya no es ese, no es divertido ni como parodia de la infancia a la que no regresarán. De noche, un parque infantil en la ciudad se le antoja tristeza, como el silencio de la casa vacía. Anna: ¿No teníamos otro lugar donde quedar que no fuera en un parque?

A Tere le divierte ver a las mamás fuera de la UCI. El primer cambio sustancial es el aspecto, fuera del paréntesis se recupera el peinado y la vestimenta habituales. Anna aparece con unos tejanos un poco ceñidos, un jersey de cuello alto verde, una bufanda azul, un abrigo largo hasta los pies, unas botas hasta las rodillas. Tere, en cambio, viste siempre igual, en la UCI y fuera de ella, qué sentido tiene cambiar a diario de atuendo, Tere necesita ropa cómoda para cuidar de su Lucía las veinticuatro horas del día. Fuera de la UCI, hay cambios más profundos que el de la ropa. Tere lo ha visto en muchas ocasiones, madres que sobrevivieron a Epi, Blas, Coco y Caponata gracias a su ayuda y que, sin embargo, cuando coincidieron al otro lado de la pecera, en el metro, en el autobús, en las calles del centro, simularon no conocerla, desviaron la mirada, cambiaron de acera, recibieron una llamada en el móvil, se concentraron en su libro. Tere no tiene piedad con esas madres, fija los ojos en ellas, no deja de observarlas hasta que cambian de asiento o deciden apearse antes de hora. Algunas se ruborizan, otras no resisten la presión y simulan que son ellas las que han reconocido a Tere, cómo estás, cómo está tu niña, como siempre, todo y nada al mismo tiempo, ¿y la tuya?, muy bien, una recuperación perfecta, confiamos en no tener que regresar jamás a ese lugar. Las mujeres que simulan no conocer a Tere suelen ser madres de una única estancia a la UCI, accidentes, complicaciones puntuales, sus hijos no son multipatológicos ni crónicos, es como si quisieran borrar de su vida los días vividos dentro del paréntesis, es como si Tere fuera un espectro vestido con gorro, bata y calzas que se les hubiera aparecido a plena luz del día para llevarlas de regreso al box y a la sala de espera de la UCI, *A las enfermeras y médicos de la UCI, no me cabe en un dibujo todo lo que os quiero, Carles; A las otras mamás de la UCI, si no nos ayudamos entre nosotras, no sobreviviremos a la enfermedad, el dolor y la muerte, Tere.*

Al poco llega *Happy Happy* Clara, manos en los bolsillos, en apariencia tan juvenil y tan despreocupada, engaña tanto.

CLARA: Me encantan los parques infantiles de noche.

Con esta luz de las farolas, con esta luna, cuando ya no hay niños, cuando los mayores les damos usos insospechados, parejas enamoradas, jóvenes en busca de límites, conversaciones trascendentes, es como si cada noche los parques crecieran hasta la edad adulta y cada mañana volvieran a la infancia, qué bonito sería poder hacer eso, ¿os imagináis?

CLARA: Sube conmigo, Anna, vamos a lanzarnos las dos por el tobogán, ¿cuánto hace que no juegas como una niña? ¡Miradme!

Anna declina la oferta. Las tres mujeres se ponen al día: Nil, bien; Susana, perfecta; Lucía, lo de siempre, todo y nada al mismo tiempo, aún nos quedan unos cuantos días en el hospital, no os preocupéis, yo sé que mi Lucía de esta sale, soy su madre, y estas cosas las madres las sabemos.

ANNA: ¿Y Carmen? ¿Cómo está?

TERE: Necesita nuestra ayuda.

ANNA: Lo que sea.

CLARA: ¿Para qué?

Ya lo sabéis, por este motivo hemos quedado en un parque infantil casi a medianoche, para conspirar, pero si necesitáis oír las palabras, las pronunciaré: Carmen quiere dejar ir a su Sira, darle paz, es su responsabilidad como madre hacer lo mejor por su hija. Pero no puede hacerlo sin nuestra ayuda.

TERE: El suyo es un caso claro, nosotras hemos visto muchas situaciones similares en la UCI durante estos años. Pero el marido de Carmen no quiere ni oír hablar del tema. Mi opinión es que él se siente culpable y que si deja ir a la niña entonces tendrá que enfrentarse a su culpa. Así que Carmen está atrapada. Es injusto, a Sira la trasladarán a la planta de cuidados paliativos cualquier día de estos y allí la tendrán no sé cuánto tiempo cuando resulta obvio que no despertará jamás. Es una injusticia. Por eso Carmen necesita nuestra ayuda.

Tere se balancea con un poco más de fuerza. Lucía nunca ha ido a un parque ni se ha peleado con otras niñas mientras guarda cola a la espera de que llegue su turno. Lucía nunca ha llorado porque no quiere bajarse del columpio, ni ha reído a gritos, despeinada, mientras su padre la empuja: más alto, papá, más alto. Para Tere, un parque infantil es una falsa añoranza.

TERE: Ayuda para asumir su responsabilidad, para dejar ir a su Sira, que es lo que toca hacer. Es lo único decente, dadas las circunstancias, es lo que harían los médicos si ese hombre no fuera tan egoísta y pensara en su hija y no en sí mismo.

CLARA: ¿Cómo vamos a ayudar nosotras a Carmen a desenchufar a su hija?

ANNA: ¿Qué podemos hacer nosotras que no hagan los médicos?

TERE: Sedación paliativa.

Silencio. Nil nunca ha ido a un parque, un empujón o un frenazo mal coordinado en el tobogán bastarían para fracturarlo. Nil no sabe lo que es el viento en el rostro mientras el columpio gana velocidad, Nil nunca ha oteado el horizonte desde lo alto del tobogán, soy el rey del mundo. Para Anna, un parque infantil es una trampa.

CLARA: A la hija de Carmen no se le puede aplicar la sedación paliativa.

Tiene razón, las tres lo saben muy bien. La sedación paliativa se aplica a pacientes cuya muerte se prevé muy próxima y a los que se quiere garantizar un traspaso dulce: su medicación habitual, mórficos para el dolor y sedantes por si hay agitación. Ese no es el caso de Sira. Ella respira, no abre los ojos, pero respira.

ANNA: Legalmente Carmen no puede hacer algo así, solo los médicos pueden. Estoy de acuerdo en que es injusto que no prevalezca la opinión de la madre, pero el padre de la niña también tiene derechos.

TERE: ¿Y los derechos de la niña?

ANNA: ¿Cuántos años tiene? ¿Once? ¿Doce? Es menor de edad.

TERE: Razón de más. Es una niña que sufre, y el egoísmo del padre la hace sufrir más.

ANNA: Tal vez podríamos hablar con el marido de Carmen, explicarle cómo se siente ella, hacerle recapacitar.

TERE: No servirá de nada.

CLARA: Tampoco sé si debemos inmiscuirnos, al fin y al cabo el marido de Carmen no nos conoce de nada ni nosotras lo conocemos a él. De hecho, a Carmen solo la conocemos de la UCI.

TERE: Es una madre, como nosotras. Con eso a mí me basta. ¿A vosotras no? ¿Con quién estáis? ¿Con el padre o con la madre?

CLARA: Esto no es un chiste de los tuyos, es un asunto muy grave.

TERE: Lo sé, es el asunto más grave posible, el sufrimiento de una niña indefensa. Por eso os pregunto con quién estáis.

CLARA: (…)

ANNA: (…)

TERE: Yo estoy con la madre. Siempre. Estamos hablando de dejar ir a una niña que sufre.

CLARA: Eso es un eufemismo.

TERE: No, es la verdad. La sedación paliativa es legal, lo sabéis tan bien como yo…

CLARA: Cuando la practican los médicos.

TERE: Nosotras podemos hacerlo.

Silencio. Susana dejó de ir a los parques cuando su cuerpo empezó a devorar transfusiones de sangre como la arena de la playa se empapa de agua. De regreso a casa, la cabeza rapada, el *port-a-cath*, la debilidad, observaba a los otros niños jugar a través de la ventanilla del coche, sobre todo no queremos infecciones. Para Susana y Clara, un parque es una cámara de aislamiento a la que no les está permitido entrar.

ANNA: ¿Qué quieres decir?

CLARA: ¿Nosotras?

TERE: Lo he estado pensando, he pensado uno de esos planes en cadena en los que una mano no sabe lo que hace la otra. Cada una tenemos asignado un papel. Creo que podemos ayudar a que Carmen lo haga sin riesgos, llevamos tanto tiempo en la UCI que de algunas cosas sabemos tanto o más que los médicos y las enfermeras.

ANNA: ¿Qué plan? ¿Con qué fármacos se hace lo que dices?

Tere: He hecho preguntas. Me he informado. Con cien miliequivalentes de cloruro de potasio debería bastar.

Tere miente, hace mucho tiempo que lo sabe todo sobre el cloruro de potasio, no necesita preguntarle a nadie. Una madre tiene que saber para poder cumplir con su responsabilidad, por si llega la hora de renunciar a la corona de jodida reina de Inglaterra de la UCI.

Tere: El cloruro de potasio causa una fibrilación ventricular, segundos después de inyectárselo el corazón de Sira dejaría de funcionar.

Anna: ¿Cómo lo harías para que los médicos no se den cuenta de lo que has hecho?

Tere: El traumatismo craneoencefálico es nuestra coartada. Cuando se sufre uno el corazón puede fallar en cualquier momento, así que no sería una muerte que levantara sospechas. Las enfermeras y los médicos de la UCI intentarían reanimar a la niña, no podrían, y atribuirían la causa del fallecimiento a una parada cardiaca vinculada al traumatismo. Si no hay ningún indicio que haga sospechar a los médicos y si ninguno de los padres solicita una autopsia, el hospital no efectuará una. ¿Por qué tendrían los médicos o el marido de Carmen que sospechar?

Anna: A no ser que encuentren en el box una jeringa con restos de cloruro de potasio. Tu plan, así, de entrada, tiene tres problemas: lograr el cloruro, introducirlo en la UCI y después esconder la jeringa.

Tere: Tengo soluciones para esos problemas.

Anna: No habría mucho tiempo, además. He visto en la UCI fallos cardiacos. La niña de Alice, ¿os acordáis? Murió así.

Clara: Yo no estaba.

Tere: Yo sí. Me acuerdo muy bien.

En la UCI pediátrica todos los pacientes están monitorizados. La hija de Alice dio un respingo, en la pantalla de un monitor una línea vertical se convirtió en horizontal y en ese mismo instante saltó una alarma en el monitor del control de enfermería. Las enfermeras acudieron a la carrera al box, tardaron veinte segundos, treinta a lo sumo. Alice gritaba y lloraba, Tere y Anna se la llevaron fuera de la UCI, no hacía mucho que el hospital había autorizado la presencia ininterrumpida de madres, la Castells las despidió con una mirada que lo decía todo, qué os pensáis que es la UCI, la UCI es esto.

ANNA: Carmen no tendrá tiempo de esconder los frascos del cloruro y la jeringa. Sonarán las alarmas en el box y en la sala de control y las enfermeras acudirán para intentar una reanimación cardiopulmonar, una terapia eléctrica, lo que sea. Estarán allí muy rápido.

TERE: No podrán reanimarla.

ANNA: Pero verán la jeringa, sospecharán lo sucedido.

TERE: No necesariamente.

CLARA: ¿Os estáis escuchando? Inyectarle cloruro de potasio a una niña no es una sedación paliativa. Ni eutanasia. Es matar a esa niña, da igual su estado. Es un asunto muy grave, Carmen y quien la ayude puede acabar en la cárcel.

Silencio. *Lo que de verdad me enfada es que por su culpa tengo manchas de garbanzos con chorizo en la blusa.*

TERE: Hacedme un favor: preguntaos qué quisierais que hiciéramos el resto de nosotras si os encontrarais en esta situación y pidierais nuestra ayuda. Preguntáoslo. No es justo que Carmen no pueda dejar ir a su hija. Creo que mi plan funcionará sin que nadie corra ningún riesgo. Carmen quiere dejarla ir, y os podéis imaginar qué dura es una decisión como esta. Pero Carmen ha decidido hacerlo y necesita ayuda. Yo voy a ayudarla, y no tenemos mucho tiempo, así que vosotras ahora y aquí tenéis que decirme si vais a ayudarme a ayudarla. Si no queréis, lo entiendo, y estoy segura de que Carmen lo comprenderá. Lo único que tenéis que hacer es iros por donde habéis venido, ya encontraré la forma de hacerlo sin vosotras, no pasa nada.

Las manos entrelazadas en las cadenas del tobogán, frivolidades geométricas, las justas. Cómo te definirías, le preguntaron hace

357

años a Anna en una entrevista de trabajo, y ya entonces respondió: como una de esas muñecas rusas, como una matrioshka.

ANNA: Si yo estuviera en la situación de Carmen, me gustaría que alguien me ayudara.

Happy Happy Clara, siempre positiva, optimista y alegre, mira a la cúspide del tobogán, qué bonito sería crecer cada noche hasta la edad adulta y regresar por la mañana a la infancia, gritar: ¡miradme! y deslizarse por el tobogán con un gritito de placer, *let's get nasty.*

CLARA: No es justo lo que le sucede a Carmen. Pero no quiero implicarme en este asunto, no puedo arriesgarme a dejar sola a Susana. Decidle a Carmen que lo siento.

Ruido de cucharillas, rumor de carraspeos, conversaciones lejanas, se impone el silencio en la mesa. Tere se acerca a *Happy Happy* Clara, la abraza, no pasa nada, yo sé que tú eres una de las nuestras, no pasa nada. Sonrisas de circunstancias, besos, abrazos, achuchones, nos llamamos, nos vemos, os quiero. *Happy Happy* Clara se aleja sin girarse ni una sola vez.

TERE: Hablaré con ella. Nos acabará ayudando. La necesitamos.

ANNA: ¿Podemos ir a un sitio normal con calefacción a conspirar? Estoy tiritando…

Tere se frota los brazos, incluso ella, de vez en cuando, siente el frío.

TERE: ¿Sigues en contacto con ese examante tuyo?

Anna abre el bolso, le muestra el móvil azul.

TERE: Esto sí que no me lo esperaba, me parece que después de conspirar tienes muchas cosas importantes que contarme…

6

TU MEJOR BESO

CARMEN ABRE LA PUERTA DE SU PISO. Hay luz en el salón, Oriol está en casa. Carmen se demora en el descansillo. Oye una voz despreocupada y alegre de mujer y unas risas. Tras unos segundos de vacilación, se decide a entrar. Oriol está sentado en el sofá, los pies encima de la mesita, en la mano el mando a distancia, no dice nada cuando la ve. Carmen se detiene en la puerta como si necesitara una invitación para entrar en el salón de su propia casa, una vez aniquilado el nosotros ya no hay nada en común, ni el sofá ni el mando a distancia del televisor, bienvenido a mi morada, entre libremente por su propia voluntad y deje parte de la felicidad que trae.

—No te esperaba —comenta Oriol.

—Yo tampoco esperaba venir —responde Carmen.

Carmen se sienta en el otro extremo del sofá, solo hay un cojín entre los dos, una distancia de seguridad aceptable, un cojín lo puede ser todo. ¿Sabes, Oriol? Estaba en el box, con la cabeza apoyada en un huequecito entre el borde de la cama y el cuerpo de Sira, observaba con aprensión la nariz de payaso del Gran Méndez como si en cualquier momento fuera a morderme, y entonces apareció Tere: *toc, toc, toc* ¿se puede, mamá? Le vi la cara y supe qué quería decirme.

359

—¿Te acuerdas? —pregunta Oriol, señalando hacia el televisor.

Claro que se acuerda. *Mi familia*, se llamaba. Fue el proyecto del curso pasado de Sira. *Mi familia*: grabar durante un año la vida familiar para al final editar un documental de veinte minutos, la vida de los adultos vista por una niña de diez años. A Sira le apasionaba el *zoom* de la cámara que Carmen le regaló a Oriol un par de años antes. El documental estaba repleto de primerísimos primeros planos de Carmen y Oriol, de sus ojos, de sus manos, de sus bocas cuando hablaban, cuando reían, cuando se echaban de menos. Oriol ayudó a Sira a editarlo y a montarlo, la asesoró con la música y se bajó de Internet un programa para diseñar los grafismos de los títulos de crédito. Carmen la ayudó con el guion, así la alumna aprende método, paciencia y capacidad de resumir. Ese era uno de los objetivos del proyecto, aprender a resumir, explicar casi un año de vida familiar en veinte minutos. *Mi familia*, ese era el título del documental de Sira en el que la niña no aparecía en ningún plano: soy la directora, mamá, el profesor dice que los directores no deben dejarse ver en sus películas.

—En proyectos así acaban trabajando más los padres que los niños —dice Oriol, y ambos sonríen, un chiste profesional, los dos son profesores, eso aún lo tienen en común.

Al principio Oriol y Carmen actuaban cuando veían a Sira con la cámara: la novedad, las ganas de complacer a la niña, ya se le pasará. Pero no se le pasó. Sira era, es, testaruda, responsable y constante. Cogió la cámara y no la soltó. Así que al principio Carmen y Oriol actuaban ante la cámara, pero primero se acostumbraron y más tarde se olvidaron de que su hija los grababa, y Sira, tan testaruda, tan responsable, tan constante, grabó y grabó y grabó. Llenó varias tarjetas de memoria: mi familia en casa, mi familia durante las vacaciones de Navidad, el cumpleaños de mamá, el de papá, el mío, en casa de la abuela, de excursión, tiempo de ver la tele, de compras, en el mecánico, en el mercado, la reunión de vecinos, en cama con la gripe, en pijama, en la montaña en diciembre, en la playa en abril, en el coche, en el metro, en el centro de la ciudad, en el pueblo, con el pelo largo, con el pelo corto, con barba, afeitado, afeitándose, dormida en el sofá, los pies en la mesilla, divertidos, aburridos, enfadados, papá en mi habitación, mamá en su habitación, mi padre, mi madre, mi familia, horas y horas de grabación de la vida de Oriol, de Carmen y de Sira.

—¿Qué haces aquí? Pensaba que ibas a pasar la noche en el hospital, como siempre.

Carmen mira la pantalla, se ve a sí misma sentada en el mismo extremo del sofá, el cabello más largo, menos ojeras, mejor color, mejor aspecto, más rellenita, ha adelgazado. Habla con Sira, tiene un libro en el regazo. Oriol, al otro lado del sofá, lee. Sira los graba, *zoom* a las manos de Carmen, *zoom* a los ojos de Oriol, plano abierto, Oriol habla sin levantar la vista de su libro: ¿y si dejas de grabarnos un rato? Carmen ríe: ¿qué interés puede tener grabarnos mientras leemos? Me interesa todo, mamá, sois mi familia.

—¿Tú te acuerdas de cómo se llamaba esa niña que a los tres años le dijo a Sira que no tenía el pelo largo? —pregunta Carmen.

—Martina —responde Oriol sin vacilar—. Sira se enfadó muchísimo y lo recordó durante mucho tiempo.

En el televisor, Carmen deja el libro en la mesita al lado de la tableta, se levanta, sale de campo, la atención de Sira se centra en Oriol, su rostro ocupa la pantalla, lee ajeno a su hija y a la cámara, Oriol siempre ha tenido una gran capacidad de concentración, en esto Sira se le parecía, se le parece. La imagen es muy nítida, se le ven los poros en las mejillas, las cejas que ya son blancas, las huellas de dedos en los cristales de las gafas. Sonríe, papá, y Oriol sonríe desganado, sin dedicarle una mirada a su niña, que le ha pedido que le sonría y él le ha hecho caso como quien pisa una hoja en otoño camino del trabajo. El televisor se funde a negro.

—Estoy muy cansada —miente Carmen. Tere ha aparecido en el box y le ha dicho: mañana. Y así, con una simple palabra, como una bruja, le ha devuelto a Carmen los mañanas que el hijo de puta le robó junto al olor de su niña y el amor de su marido. Mañana.

Oriol deja el mando del televisor encima de la mesa y se despereza. Están en casa, en el salón que les perteneció a los dos, pero no tienen en común más que esas imágenes grabadas por Sira, recuerdos de la era digital. No sabemos cómo, pero las cosas suceden, y de repente un día te cruzas con la persona con la que decidiste compartir tu vida en el cambiador de la UCI y no os habláis más que para decir hola, qué tal, que si la lavadora, que si los macarrones. Y lo peor es que tanto silencio y tanto castigo al otro es lo que parece normal, qué otra cosa vamos a hacer. Tienes que decírselo, piensa Oriol por enésima vez, tiene derecho a saber quién es Judith hija y quién es Judith madre, no puedes ocultárselo durante más tiempo, ¿por qué no se lo has dicho ya? Tiene que saber que incluso en lo del hijo de puta estaba equivocada, tú y tu necesidad de odiar, Carmen, tu necesidad de culpar.

—Me sentará bien dormir. Y he pensado que tal vez quisieras hacerme el favor de pasar hoy la noche con Sira.

—Estar con mi hija no es hacerte ningún favor —dice Oriol.

Carmen se muerde el labio. No quiere más discusiones ni reproches. No esta noche.

—Lo sé. ¿Puedes ir hoy al hospital, estar con Sira, dormir con ella?

Oriol la observa. Desconfía. Carmen se siente desnuda y expuesta, tiene la sensación de que Oriol ve a través de ella, que detecta la inflexión en su voz, que sospecha. Que Carmen recuerde, es la primera vez que miente a Oriol más allá de los pequeños embustes que hacen viable el día a día, y algo se le rompe dentro. Es por ti, quisiera decirle, te miento por ti y por Sira, te miento porque mi niña, tu niña, se habrá ido para siempre cuando amanezca otra vez, y así el tuyo será su último beso de buenos días.

—Por supuesto. Duerme, descansa, tómate el tiempo que necesites.

No te he dicho que el hijo de puta es una niña de diecisiete años porque ya no sé cómo hablarte ni cómo escucharte. No te lo he dicho porque temo que detectes en una inflexión de mi voz que te miento, algo se me rompe dentro solo de pensarlo, estoy seguro de que si te hablo de Judith lo sabrás al instante, y no sé que traición te dolerá más, si el sexo o la empatía hacia quien se supone que debemos odiar. Sí, me he acostado con la madre de la hija de puta y si me preguntas no sé si lo hice porque me gusta ella o porque quiero hacerte daño a ti, por tanto reproche y tanto rechazo, por haberme dejado solo en el peor momento, nunca, Carmen, nunca me lo hubiera esperado de ti. O tal vez es más sencillo, y simplemente necesito cuidar a alguien, que alguien cuide de mí.

—Hazme un favor, Oriol: dale tu mejor beso de mi parte.

De mañana no pasa, mañana le diré lo de Judith.

—Le daré dos, uno tuyo y uno mío.

De mañana no pasa, Oriol.

7

PEPA LLACUNA

YA ES MAÑANA. Carmen releva a Oriol, coinciden en el cambiador de la entrada de la UCI, la ya habitual frialdad y distancia, Carmen no le pregunta si le ha dado su mejor beso a Sira, nada le dice del canguro de madera de la hermana de *Happy Happy* Clara escondido bajo la bata, Tere le ha explicado que el juguete tiene un compartimento oculto imperceptible a simple vista, tienes que introducirlo en la UCI sin que nadie te vea. Ya a solas, Carmen se muerde el labio hasta sangrar. La bata, las calzas y el gorro. La pequeña banqueta. Las enfermeras que se mueven a su alrededor. El pasillo. La luz blanca. Las cortinas de los boxes. La Castells en el mostrador. El dibujo de su sobrina. Epi, Blas, Coco y Caponata. Carmen logra introducir el canguro sin problemas. Misión cumplida.

Ojos cerrados, cabeza rapada, cuerpo vendado y enyesado. Intubada, traumatismos múltiples, traumatismo craneoencefálico, coma vigil. Carmen corre la cortina del box, apoya la mano en el pecho de Sira. Se mueve despacio. Carmen localiza el tubo del suero. Lo sigue con la vista, transcurre sinuoso desde la bolsa hasta la muñeca de Sira. Abre el compartimento oculto del canguro. Caen encima de la cama una jeringa y unas cuartillas dobladas. Carmen esconde la jeringa bajo la almohada de Sira. Es fácil, le ha contado Tere: hay que cerrar el equipo de suero para evitar que la medicación fluya hacia arriba, una vez inyectado el cloruro de potasio hay que volver a abrirlo para que siga circulando el suero. En unos segundos sonarán las alarmas en el box y en el control de enfermería, ese es el tiempo disponible para esconder la jeringa en el compartimento del canguro. Y Sira ya no estará, cien miliequivalentes de cloruro de potasio y Sira tendrá una fibrilación ventricular y una parada cardiaca. No sufrirá, no sentirá nada.

—Se llamaba Martina. Esa niña, la de tu cabello. Yo no me acordaba, pero tu padre sí.

Carmen ha introducido otro objeto en la UCI. Es un pañuelo. Antes de ir al hospital, lo ha empapado de mar en la playa. Ahora, Carmen le moja las plantas de los pies a su niña con el agua del Mediterráneo. Es sencillo, dice Tere, solo hay que inyectar el líquido en el tubo y ya está. Es rápido, cien miliequivalentes de cloruro de potasio, como si existiera tal cosa, una muerte rápida y sencilla. Carmen jamás había oído hablar de esa unidad de medida, miliequivalentes, pero al parecer eso es todo lo necesario, cien miliequivalentes y Sira se irá. Un fuerte temblor la sacude. Se frota el rostro, tranquilízate, esto es lo mejor, esto es lo que Sira necesita, Sira no sufrirá porque ya no está.

Carmen se fija en las cuartillas que han caído del compartimento del canguro. Es un cuento, se titula *Pepa Llacuna y la entrevista a la bruja malvada*, está escrito a mano, la caligrafía de Clara es como ella: bonita, positiva, optimista, alegre, una sonrisa ante la adversidad. Carmen extiende las cuartillas encima de la cama. Sin pretenderlo, sin saber por qué, tal vez por cobardía, o por miedo, o por compartir algo más de tiempo con su hija, Carmen empieza a leer en voz alta:

—Me llamo Pepa Llacuna y soy periodista. Ser reportera es un gran oficio, gracias a él he podido viajar y conocer a mucha gente, he escuchado sus historias, las he escrito y así he conseguido que otras personas las conocieran. He visitado ciudades muy lejanas y he vivido muchas aventuras. En una gran ciudad llamada Nueva York almorcé con la bestia del asfalto, que ronroneaba cuando alguien le acariciaba el lomo. En una gran ciudad del desierto llamada Bagdad entrevisté a la hermosa princesa Sherezade, que me contó mil y una historias, a cual mejor, y me regaló un colgante en forma de espada que desde entonces siempre llevo conmigo. En Nueva Orleans, la reina de las hechiceras me introdujo en los secretos de la cocina criolla, del acordeón cajún y del viento del Mississippi, y me regaló un colgante en forma de saxofón con el que, si sabes cómo hacerlo, puedes tocar la música de las brujas. En Alaska, los esquimales del Círculo Polar me enseñaron el idioma de los osos polares y con su rey jugué cien partidas al ajedrez y todas las perdí. En la lejana Pekín aprendí a hablar con dibujos, en la selva africana las hechiceras de la tribu me enseñaron a susurrar, a tararear, a cantar y a reír, y en las grandes ciudades de Europa descubrí a apreciar la compañía y la soledad.

»Una vez llegué en avioneta a una isla muy grande que se llama Madagascar. En la pista de aterrizaje me esperaba un anciano arrugado y con una prominente joroba. «Ven conmigo», me dijo, «yo soy tu guía». Así que lo seguí, y me guio por unos caminos que se alejaban del aeropuerto y se introducían en un bosque. Anduvimos mucho tiempo, hasta que llegamos a una cabaña muy pequeña que alguien había construido en un claro del bosque. «Está ahí dentro», me dijo el jorobado, y cuando me dispuse a agradecerle que me hubiera conducido hasta allí ya no encontré a nadie. Muerta de miedo (no me avergüenzo de decirlo), me acerqué a la cabaña. La puerta estaba abierta. La única iluminación en el interior procedía de una pequeña vela. Cuando mi vista se acostumbró a la oscuridad, me di cuenta de que no estaba sola: frente a mí, sentada en una silla, las orejas muy grandes, la nariz puntiaguda, la piel de color verde como las aceitunas, sus dos hombros decorados con un tatuaje rojo y otro azul, se encontraba la bruja malvada. «Gracias por venir, periodista Pepa Llacuna», me dijo la bruja, «hace tiempo que quiero conceder una entrevista para que el mundo sepa la verdad de mi historia. Pero todos me temen, tú eres la única periodista que se ha atrevido a visitarme». A mí también me daba miedo, pero me asustaba aún más confesárselo. Por eso, me limité a decirle lo que digo siempre cuando empiezo una entrevista: «Cuéntame tu historia».

NUNCA SE SABE CON QUIÉN TE PUEDES ENCONTRAR en el centro de la ciudad. Acostumbrada a la disciplina de hierro de los amantes, a la clandestinidad como norma, a los saludos con la mirada, a las furtivas caricias con la mano, a Anna besar a Miquel en plena calle se le hacía extraño, tenía que reprimir el impulso de acortar el beso y de mirar por encima de su hombro, nada bueno suele suceder cuando los planos se superponen, las rectas se cortan y las curvas se unen por un punto. En la cafetería cercana al hotel de sus citas intempestivas, la puerta corredera, la tapicería de los asientos de la recepción, el olor del ambientador de la habitación, el roce de las sábanas en sus pechos, Anna sorbía un café con leche, Miquel mordisqueaba una ensaimada, el móvil azul encima de la mesa, el rojo, carente ya de sentido, reposaba en el fondo de un cajón. Miquel tenía restos de la ensaimada en la comisura de los labios, Anna se los limpió con una servilleta, Miquel le acarició la mano, ya no era el Otro.

—¿Qué quieres hacer este fin de semana?

El fin de semana. A Anna planificar le daba vértigo, su vida se limitaba al día a día. Levantarse en casa de Miquel muy temprano. Ir a su casa, aún la llamaba así, su casa. Desayunar con Nil. Soportar el reproche silencioso de Jesús. Llevar a Nil a la escuela. Trabajar. Enfrentarse al dolor mal reprimido de Jesús. Ir a buscar a Nil a la escuela. Jugar con él. Bañarlo. Acostarlo. Cantarle al oído: la ranchera de Nil y su mamá, el tango triste de la mamá triste, el *twist* del niño que salpica en la bañera. Despedirse de Jesús. Soportar su mirada de mascota maltratada. Llegar muy de noche a casa de Miquel, *no sé si esto es el principio o el final de algo, solo sé que si no vivo me muero.*

Al regresar a casa después de la estancia en el hospital Jesús lo intentó, le dijo que la perdonaba, habló de buscar ayuda profesional, de volver a empezar, de luchar por su matrimonio, de darse una segunda oportunidad. Pero Anna ya había tomado una decisión: no más teléfono rojo, no más teléfono azul, mientras duró lo de Miquel Anna no tuvo remordimientos, desde que acabó lo de Miquel no había dejado de tenerlos. De nada le sirvieron a Jesús las súplicas: lo dejé todo por ti, éramos tan jóvenes, no me he arrepentido jamás ni un segundo. El chantaje emocional tampoco erosionó la resolución de Anna: qué sucederá con Nil, cómo puedes abandonarnos a mí y a tu hijo, tu egoísmo te ha convertido en una mala madre… Qué sabrá Jesús de la relación de una madre con su hijo, piel con piel, saliva mezclada, aromas enredados, dos vidas, un único ser. Días después del alta de Nil, Anna puso en marcha la maquinaria del divorcio, nunca más un mensaje la madrugada de un sábado: *Estoy en Urgencias, Nil tiene cuarenta y uno de fiebre;* nunca más otro mensaje un sábado a media tarde: *Estamos en la UCI. Neumonía. Ven cuando puedas.* Nunca más el sentimiento de culpabilidad ni el agotamiento de la que tira en solitario del carro, quiero la custodia completa, Jesús.

—He pensado que podemos ir a una tienda de muebles que conozco a mirar algo para la habitación de Nil —propuso Miquel.

En casa de Miquel, Han Solo y Marguerite cambiaban muebles de sitio, vaciaban espacios y después los llenaban de algo diferente, imaginaban pinturas en las paredes y alfombras en el suelo junto a un sofá nuevo, *la Annaestesia me ha convertido en un interiorista impetuoso y disparatado que a arrebatos cambia de sitio muebles, cuadros, figuritas y libros.* En casa de Miquel, preparaban para Nil una habitación sin obstáculos, más grande y con más luz que la que tenía hasta ahora: aquí irá un armario, allí la cama con las barras protectoras, en ese rincón la butaca donde Nil buscará el hueco que le pertenece entre el cuello y el hombro de su madre. En casa de Miquel, Anna había ocupado parte del armario y una repisa entera del cuarto de baño. La abogada amiga que les llevaba el papeleo del divorcio le aconsejó que no abandonase el hogar conyugal, que por ahora lo lleváis de forma civilizada, pero tu marido no está bien, se retuerce las manos cuando habla, le han salido ojeras bajo los ojos en unos pocos días, la buena educación y la madurez pueden evaporarse en cualquier momento, esto puede acabar muy mal. Anna no lo creía necesario, por muy dolido que esté Jesús, es Jesús, es un hombre fácil, se adapta a todo, ¿te apetece un bocadillo de chistorra? Lo que tú quieras, mientras sea contigo.

—¿Me has traído lo que te pedí? —preguntó Anna.

Levantarse en casa de Miquel muy temprano. Ir a su casa. Desayunar con Nil. Soportar el reproche silencioso de Jesús. Llevar a Nil a la escuela. Trabajar. Enfrentarse al dolor mal reprimido de Jesús. Ir a buscar a Nil a la escuela. Jugar con él. Bañarlo. Acostarlo. Cantarle al oído: el *reggae* del remordimiento, el chachachá del confío que sabrás perdonarme, el aria del volver a empezar. Despedirse de Jesús. Soportar su mirada de mascota maltratada. Llegar muy de noche a casa de Miquel, *sé que soy una cobarde y que no te lo mereces, pero es la única forma de la que soy capaz de hacerlo, ya no puedo seguir así, sin mirarte a la cara, porque si el rostro miente los ojos delatan.* Tras el fervor del reencuentro y la dicha de la decisión, en casa de Miquel se acabó la Annaestesia tan rápido como había surgido, el agotamiento, la incertidumbre y los remordimientos por Nil cerraron el porche con vistas a la noche, ser Marguerite desnuda bajo la manta resultaba más sencillo y excitante que ser Anna en pijama bajo el edredón. Ni a ella ni a Miquel les era ya necesario detener el coche en el lugar más discreto de una estación de servicio para buscarse, tocarse, sobarse, magrearse, arañarse y lamerse, esos puntos en común, esos ángulos inesperados. Al llegar a casa por la noche, Anna ya no olía a semen impregnado en la piel, sino a sudor, cansancio y vestigios del desodorante de la mañana. Pasada la medianoche, cuando después del sexo Miquel la besaba en la frente y apagaba la luz, Marguerite susurraba: ¿te acuerdas, Anna, de la puerta corredera, la tapicería de los asientos de la recepción, el olor del ambientador de la habitación, el roce de las sábanas en nuestros pechos? A Anna ya no le importaba saber si lo de Asta-rita por Adriana en *La Romana* es amor verdadero o enfermiza obsesión, la añoranza de Nil le oprimía la boca del estómago: ¿y si llora por la noche?, ¿y si me llama y yo no estoy?

—No vas a decirme para qué lo quieres, ¿no? —dijo Miquel mientras le pasaba un paquete por encima de la mesa. Una jeringa, un frasco sin etiqueta.

Anna guardó el paquete en el bolso.

—¿Qué te parece si el domingo invitas a comer a tus hijos?

Cómo te definirías, le preguntaron una vez a Anna. Como una de esas muñecas rusas, respondió.

A CARMEN LE TIEMBLA LA VOZ. Contar cuentos nunca ha sido lo suyo, no sabe hacerlo, los lee en tono monocorde, los inventa muy mal, aburridos y previsibles. Siente la presencia de la jeringa bajo la almohada de Sira. Allí está, a la espera de que Carmen se decida a inyectar el líquido en el tubo. Es rápido, cien miliequivalentes de cloruro de potasio y Sira tendrá una fibrilación ventricular y una parada cardiaca. Cien miliequivalentes y Sira se irá. Pero Carmen no se decide. Y lee a su Sira.

—Soy víctima de una gran injusticia, empezó a contar la bruja malvada. Hace mucho tiempo, yo vivía tranquila y feliz en una cabaña en lo más profundo del bosque, rodeada de hermosas plan-tas, recios árboles y animales libres cuyo idioma me esmeraba en aprender. Perseguidas por ser brujas, mujeres y verdes, de pequeña mi familia había sido muy pobre y todas habíamos pasado mucha hambre, así que me dije que de mayor jamás me sucedería algo así, que construiría un hogar para mí que perduraría. Por ese motivo, las paredes de mi cabaña estaban hechas de pan, las ventanas eran láminas de azúcar braseado, los muebles los había construido de chocolate y por todas partes había caramelos dulces y sabrosos, mazapán y bizcocho. De esta forma, siempre que tenía hambre, lo único que tenía que hacer era comerme un trozo de la pared, que después reponía con más pan que cocía en un horno mágico que había pertenecido a mi madre y antes que ella a mi abuela y antes que ella a mi bisabuela y así hasta donde alcanza la memoria.

»Te decía, periodista, que yo vivía feliz y tranquila en mi cabaña del bosque hasta que llegaron a mi puerta dos hermanos, un niño y una niña, cuyos nombres no pronunciaré. Vestían harapos, iban descalzos, y estaban hambrientos y muy asustados. Yo los acogí en mi cabaña, pues siempre he pensado que los niños extraviados no son más que víctimas del desatino de los padres. ¡Qué ingenua fui! Hospitalaria, ofrecí a aquellos niños el calor de la lumbre, un baño, alimentos abundantes y ropa limpia y nueva. Ellos me contaron una triste historia: que sus padres eran muy pobres, que como no podían alimentarlos habían decidido abandonarlos en el bosque, que ellos habían hecho un camino de migas de pan para regresar a su hogar, pero que los pájaros del bosque se las habían comido, que se habían encontrado solos, perdidos y asustados en la espesura.

»Hay ocasiones, periodista, en que los buenos sentimientos anulan tu buen juicio. Yo sabía que no había pájaros en el bosque que comieran migas de pan secas, y desde el primer momento me di cuenta de que aquellos niños observaban las paredes de mi cabaña no con hambre, sino con avaricia. Pero decidí desoír mi propia voz, y les ofrecí alojamiento y comida tan solo a cambio de su compañía. Pasaron días y semanas, en los que dediqué las mañanas a enseñarles los senderos ocultos del bosque y las tardes a introducirlos en los misterios de la cocina, la magia que convierte los frutos de la naturaleza en los manjares que nos alimentan y nos deleitan, porque sí, periodista, todo el mundo sabe que soy una bruja malvada, pero muy pocos conocen que también soy una excelsa cocinera. Por las noches, antes de dormir, contaba a los dos hermanos cuentos de heroínas ya olvidadas, de princesas que mataron a dragones, de niñas que, armadas tan solo con sus escobas, protegieron a su gente contra malvados y poderosos ejércitos.

»Visto con la perspectiva que da el tiempo, sé que vi las señales de mi infortunio y que, por tanto, no hice nada para evitarlo. Los dos hermanos susurraban entre sí cuando se creían a solas y callaban ante mi presencia. La niña imitaba mi forma de andar, y al niño le repugnaba el color de mi piel. Una tarde estábamos cocinando cuando la niña me dijo que el horno no funcionaba. Me agaché para ver qué sucedía y, entonces, la niña me empujó dentro y cerró la puerta.

»No sé cuánto tiempo pasé así; el miedo, periodista, confunde. Fue mucho, demasiado, en cualquier caso. Me sacaron de allí una turba de hombres. Pude entender que los niños, gracias a los secretos del bosque que yo les había enseñado, habían regresado a su aldea. Allí contaron que una bruja malvada habitaba en el bosque, en una cabaña llena de tesoros. Aquellos hombres, encabezados por el padre que había abandonado a los niños, arrasaron mi cabaña, se llevaron mis tesoros de niñez, destrozaron mi horno, quemaron mis libros, rasgaron mis ropas. Me llamaron bruja malvada, me acusaron de querer comerme a los niños, levantaron una pira en un claro del bosque donde planeaban quemarme. Te ahorraré detalles, periodista, tan solo te diré que dos buenos amigos, un jabalí y un águila, me salvaron. Mientras huía a lomos del águila, tuve tiempo de ver desde el cielo a los dos infaustos hermanos comiéndose a dos carrillos mi cama de nube de algodón. Para no olvidar jamás lo que me había sucedido, me grabé en mi hombro el tatuaje rojo.

CLARA DESCENDIÓ DESPACIO LAS ESCALERAS DE LA ESTACIÓN, el abrigo doblado en el brazo, el bolso en el hombro izquierdo, una bolsa de supermercado en la mano derecha. A su diestra el metro ganó velocidad a medida que se introducía en el túnel. La vida encapsulada, decenas de personas se repartían en los dos andenes ocupadas en sus propias existencias: una peluquera despeinada planeaba ir al cine, un funcionario de baja pensaba en su nieto recién nacido, un adolescente consultaba el móvil por si ella había contestado. Dentro del vagón, la calefacción la acaloró, sintió que la blusa se le enganchaba a la espalda, se quitó el abrigo y lo dejó encima de las rodillas, enfrente de ella un hombre de mediana edad con ínfulas de modernidad apoyaba los pies en el asiento delantero, a su lado una mujer se maquillaba. Clara evitó mirarla, se concentró en consultar el correo en su móvil nuevo: ningún mensaje para ella, varios para Bijou, la prostituta era más popular que la autora de los cuentos de Pepa Llacuna.

Días atrás, en el salón de casa, las manos entrelazadas alrededor de una taza de café caliente, Clara le pidió a Núria que se buscara otro piso: siempre amigas, tú y yo, siempre juntas, pero necesito que te vayas. A Núria la decisión la desconcertó, le disgustó, la lastimó. A Clara le dolía tanto como a ella, pero qué esperabas, Núria, no hay dinero rápido y sin complicaciones, no existe tal cosa, siempre hay consecuencias. En pijama, abrazada a las rodillas, Clara se mecía en un leve balanceo que la calmaba: necesito que te alejes de mí, Núria, porque de lo contrario me alejaré yo de ti.

Clara agradeció el bofetón de frío al salir por la boca del metro, el sudor se le congeló en la espalda, la piel se le tornó naranja. Núria tenía planes: en verano podrían ir juntas las tres a Eurodisney, en Semana Santa tal vez podría llevar a Susana a Londres, a Clara le sentará bien tomarse unos días de descanso para cuidarse a ella misma, sin hija y sin amiga, el piso para ella, seguro que a Susana le haría ilusión, ¿te acuerdas cuando fantaseábamos con que viviríamos juntas allí, aprenderíamos inglés, callejearíamos por Portobello? En el salón de casa, las manos entrelazadas alrededor de la taza de café caliente, Clara escuchaba a su amiga y no la entendía: dime, Núria, cómo vamos a justificarle a Susana que de repente tenemos dinero para permitirnos algo así, cómo vamos a explicarle los vestidos a la altura de los muslos, los escotes, el perfume en la repisa del baño, los tangas de fantasía en el cesto de la colada, Susana ya no es una niña. Núria se encogió de hombros, Núria se mojó los labios antes de hablar: igual te disgusta lo que te voy a decir, igual es meterme donde no me incumbe, pero precisamente porque ya no es una niña quizá lo mejor sería decirle la verdad del mundo en el que vive. En la cocina de casa, las manos entrelazadas alrededor de la taza de café caliente: tienes razón, Núria, es meterte donde no te incumbe.

En el jardincito junto a la entrada del hospital, Tere esperaba a Clara, Elmo a su izquierda, el Monstruo de las Galletas a su derecha. Las dos mujeres se abrazaron y se besaron, qué tal Susana, perfecta, como una rosa, ¿qué tal tu Lucía?, lo de siempre, todo y nada al mismo tiempo, en unos días me han dicho que la pasarán a planta, aún no sabemos cuándo podremos ir a casa. Esa misma noche Bijou tenía un cliente, llevaba más de media docena desde Jiro, esta vez era un empresario entrado en la sesentena, viudo reciente. La agenda de Bijou florecía, los ingresos crecían, cuando Clara se desprendía de la ropa en una cama desconocida sentía la desnudez prendida en su cuello, las cuentas siempre claras en tu cabeza, tienes que saber en todo momento a cuánto asciende la transacción, cuánto te han dado, cuánto has dado. En el salón de casa, las manos entrelazadas alrededor de la taza de café caliente: tienes que entenderlo, Núria, tú creaste a Bijou, ¿a quién si no voy a culpar?

—¿Cómo está Carmen? —preguntó Clara.

—Decidida

—Dale un beso de mi parte.

—¿No quieres dárselo tú?

—No.

—¿Lo has traído?

Un par de días atrás, sonó el flamante teléfono nuevo de Clara. Era Tere, sé que no quieres implicarte y no te pido que lo hagas, solo necesito que me prestes tu canguro, el del compartimento secreto. En el jardincito junto a la entrada del hospital, siempre hay un segundo en que se puede decir *no* en lugar de *sí*, *sí* en lugar de *no*, Clara le entregó a Tere el canguro de madera, la besó de nuevo en ambas mejillas para despedirse, y le dijo:

—No hace falta que me lo devuelvas.

***

374

CARMEN IMPOSTA LA VOZ como había escuchado a Clara en la habitación 832 de la planta ocho, ala infantil. Pepa Llacuna habla con un tono suave que genera confianza, alegre pero con un punto de distanciamiento. La bruja malvada tiene, cómo no, una voz quejumbrosa, pero no es atemorizadora, durante un breve instante las palabras se le quiebran, traicionan el secreto de su vulnerabilidad. Carmen consulta el reloj, pronto habrá cambio de guardia: hazlo rápido, de inmediato, cuanto más tardes más te costará, cien miliequivalentes de cloruro de potasio es todo lo que hace falta para dejar ir a Sira. Pero Carmen no se decide. Y le lee a su niña:

—El águila me dejó en un cruce de caminos de un reino lejano, me deseó buena suerte en el idioma de las rapaces y se fue. Yo estaba allí, sola, hambrienta, asustada y desharrapada. Anduve días y días por aldeas y ciudades de aquel reino, y en todas partes me maltrataban y me insultaban, a sus oídos había llegado la historia de una malvada bruja de piel verde que había querido cocinar en su horno a dos dulces niños, tal es el poder de la mentira, que es más veloz que la más rauda de las águilas. Desterrada del mundo de los humanos, regresé al bosque, donde los animales me alimentaron y me invitaron a vivir en una alta torre que alguien había construido muchos años atrás y que con el tiempo había caído en el olvido. Allí empecé la tarea de construir un horno mágico como el que había pertenecido a mi madre y antes que ella a mi abuela y antes que ella a mi bisabuela y así hasta donde alcanza la memoria. Viví de aquella manera una larga temporada, y no puedo decir que fui feliz, pues la añoranza de lo perdido humedecía a diario mis ojos, pero tampoco sería justo decir que fui infeliz.

»Una mañana, en un riachuelo cercano, encontré a una muchacha. Era muy hermosa, alta y esbelta, con una larguísima cabellera rubia que se recogía en unas elaboradas trenzas. Lloraba desconsolada, y a pesar de que al verme no pudo reprimir un gesto de repugnancia, yo me apresté a escucharla y ayudarla. Su historia, ay, no era muy original. Era la hija de un noble de la ciudad más cercana.

Su existencia transcurría sin tribulaciones hasta que un joven la vio en la calle y se enamoró de ella. Empezó entonces a enviarle mensajes, a organizarle serenatas nocturnas, a componerle poemas de escasa gracia. *Te amo, te adoro, serás mía*, le escribía su enamorado, pero ella ni lo amaba ni lo adoraba, ni siquiera le gustaba, y no planeaba pertenecer a nadie más que a ella misma. Pero el joven no entendía que *no* significa *no*, e insistía e insistía, hasta el punto de que la muchacha primero dejó de acudir a bailes para no coincidir con él, después abandonó la escuela para que él no se sentara a su lado, más tarde se recluyó en su casa para que su admirador no le cantara a cada paso que, sin ella, se sentía morir. Sus amigas, su madre, incluso su padre, le imploraban que le diera una oportunidad al joven, que se lo estaba trabajando, que se lo estaba ganando, como si el amor fuera un asunto de perseverancia, como si el asunto no fuera mucho más sencillo: a ella, él no le gustaba. Hasta que, harta, decidió huir, y por ese motivo apareció en aquel riachuelo cercano a mi torre.

»Yo la acogí en mi hogar, qué otra cosa podía hacer, ¿acaso tú hubieras obrado diferente, periodista? La refugié, la alimenté y la vestí. Pasaron varios días así, en los que dediqué las mañanas a enseñarle los senderos ocultos del bosque y las tardes a introducirla en los misterios de la cocina. Por las noches, antes de dormir, le contaba cuentos de cazadoras intrépidas, de reinas que se sacrificaron por el bienestar de su pueblo, de cocineras de piel verde que aprendieron a volar para huir más rápido. Hasta que un día, como habrás supuesto, amanecimos sitiadas en nuestra torre por un ejército de caballeros armados como si fueran a la guerra. Los capitaneaban el padre de la muchacha y el joven enamorado. Asaltaron la torre, periodista, y te ahorraré los detalles. Tan solo te diré que después dijeron que yo había secuestrado a la muchacha, celosa de su belleza, y que los asaltantes lograron escalar la torre gracias a que ella desenredó su frondosa cabellera y pudieron utilizarla como una escalera. Qué disparate. De nuevo decenas de hombres saquearon mis escasas pertenencias, de nuevo levantaron una pira para quemarme viva, de nuevo salvaron mi vida dos buenos amigos, el lobo feroz y el zorro astuto. Para no olvidar jamás lo que me había sucedido, me grabé en mi hombro el tatuaje azul. Peor fue el destino de la muchacha: se casó con su joven enamorado.

DE MAÑANA, SÍ PASÓ. Oriol se ha despedido de Carmen en el cambiador de la entrada de la UCI, la ya habitual frialdad y distancia, se han dado el relevo y poco más, esta vez él tampoco ha encontrado la forma de hablarle de Judith madre y de Judith hija. Camino de la parada del autobús, Oriol se lamenta, Carmen tiene derecho a saber que una niña de diecisiete años con el corazón roto no puede ser una hija de puta, pero no sé cómo decírtelo, nos quedamos sin palabras que signifiquen lo mismo para los dos y ahora ya solo hablamos de lavadoras y macarrones.

En el autobús Oriol se pone las gafas de sol. Se sienta junto a la ventana. Le da pereza poner en marcha el móvil. Cierra los ojos. En un arrebato baja en la primera parada. Anda un par de manzanas y entra en una estación del metro. En el vagón, la vida encapsulada, Oriol no entiende por qué la gente está tan ocupada con su propia existencia, la monitora infantil que anhela no tener que entablar conversaciones adultas, la doctora que no sabe qué es lo que le duele, la cantante que se quedó sin voz, la pareja de universitarios que han decidido saltarse las clases porque están enamorados.

Oriol se apea en una estación cercana a la playa, *Moby Dick* como un peso muerto en el bolsillo de su abrigo. En el paseo marítimo esquiva a los turistas que se desplazan en ingenios motorizados. En la arena, un par de mujeres valientes, bien entradas en la sesentena, desafían en bañador al invierno. Es un radiante día soleado, sin nubes en el cielo, pero gélido. Oriol baja a la arena, se descalza, siente un escalofrío cuando los dedos de sus pies se mezclan con la arena. Se tumba, a pesar del abrigo el frío se le cala por la espalda. Cierra los ojos para protegerse del sol. Ve tres puntos suspensivos danzando en la puerta de Urgencias. Ve a Sira excavando en la orilla, un cubo de Peppa Pig, una pala verde, un rastrillo azul. Ve el sombrero de paja de Carmen mecido por el viento, alejándose mar adentro. Ve un semáforo en verde y un semáforo en rojo. Ve el óvalo del rostro de Judith, los ojos de color almendra, los labios que saben a coco.

Oriol se frota los ojos por debajo de las gafas. Siente el apremio de llamar a Judith. Quiero oír su voz. Quiero verla, tocarla, dejar que me toque. Quiero besarla. Quiero penetrarla. Quiero cuidarla. Quiero que me cuide. Quiero dejar de ser solo un recuerdo.

Deja de engañarte.

Deja de engañarla.

Admítelo.

Lo admito.

Llámala.

¿A quién?

A Judith, a quién si no.

El móvil vibra cuando lo enciende. Varios mensajes aparecen al mismo tiempo en la pantalla. Mensajes de Marina. *Te espero en Urgencias*, decía el primer mensaje, que en realidad era el último. *Estoy de parto, tu sobrino llega antes de hora*, decía el segundo. Oriol mira la hora del último mensaje. La una y cuarto de la madrugada. En el montoncito de *Varios*: una bolsa de plástico con dos botones de repuesto de una camisa; una entrada rasgada del cine, *Love actually* en sesión de las cuatro y cinco; una nota doblada y descolorida: *Hoy llegaré tarde, he quedado con mi hermana, un beso, te quiero, Oriol.*

IMAGINA, PERIODISTA, MI SITUACIÓN: sola, perseguida, sin nada en este mundo. Pronto la historia de la joven doncella de larga cabellera secuestrada por una horrenda y malvada bruja se esparció por los confines del mundo. No había aldea ni ciudad en la que los niños no me tiraran piedras, en la que los hombres no quisieran quemarme viva, en la que las mujeres no cerraran las puertas de sus casas a mi paso. ¿Te sorprende, acaso, la resolución que tomé? Si me querían malvada, malvada me iban a tener. Reconstruí mi horno, pero ya no lo usé para cocinar manjares, sino para elaborar hechizos: de desamor, de dolor, de tortura, de sufrimiento. Aprendí a robarle la voz a las doncellas y a romperle el corazón a los enamoradizos, a vivir de noche y a maquinar conjuros de día. Recluté a otras brujas, verdes, negras, rojas. Danzábamos las noches de luna llena, robábamos niños las noches de luna nueva. Escribí libros nuevos en tinta negra y páginas oscuras. Me vengué de los dos hermanos que arrasaron mi cabaña de bizcocho y mazapán y los convertí en adultos aburridos y amargados que nunca sabrán lo que es soñar. Me vengué del joven enamorado, al que condené a no amar de corazón nunca jamás. Me convertí en un mito, en una leyenda, la bruja malvada, un cuento que narran las madres a sus hijos al acostarlos, una sombra que sobrevuela en escoba en lo más oscuro de la noche.

Y, sin embargo, periodista, echo de menos mi horno y mis recetas y mi cabaña de pan y azúcar en lo más profundo del bosque. Añoro el aroma de las especias flotando por los aposentos de mi hogar, el crepitar de la cebolla en la sartén, el burbujeo del caldo en la olla. Soy la bruja malvada, pero a veces me gustaría borrar mi tatuaje rojo y mi tatuaje azul y volver a ser una niña de piel verde que corre por el bosque. Por eso, periodista, espero que tú cuentes mi verdadera historia a todo el mundo para que así se sepa que aunque alguien sea diferente, fea y con aspecto feroz, hay que escuchar su versión antes de decidir quién es la mala y quién es la buena del cuento. Para mí ya es demasiado tarde, pero hay muchas otras brujas en el mundo para las que el cuento no ha hecho más que empezar.

EL FIN DEL CUENTO ES EL FIN DEL TIEMPO. Carmen intenta dormir, pero no puede. Se arrodilla y besa las mejillas de Sira. Le coge las manitas, tan frías, para dejarlas caer de inmediato. Apoya la cabeza en su pecho, se incorpora, vuelve a postrarse, le acaricia la frente, se imagina que le peina el cabello con el cepillo negro. Echa de menos a Oriol, susurra su nombre, quisiera que estuviera en el box con ella, compartir la responsabilidad con él. Murmura el nombre de Sira, le besa los dedos de las manos, posa su manita en su mejilla. Repite su nombre una y otra vez, Sira, Sira, Sira, y nunca pierde sentido, Sira, Sira, Sira. Intenta empezar de nuevo el cuento, pero el tiempo ya no es un bolero, el reloj se ha detenido. Coge la jeringa de debajo de la almohada, la noche perpetua ha terminado y el amanecer ha traído consigo cien miliequivalentes de cloruro de potasio. Bajo la luz de la UCI pediátrica solo quedan Sira y Carmen, una jeringa en su mano, el tubo del suero en la otra y el canguro destripado encima de la cama.

Mamá y su niña.

Piel con piel.

Saliva mezclada.

Aromas enredados.

Dos vidas.

Un único ser.

Pero Carmen no puede. Sus dedos no la obedecen, no es capaz de inyectar el cloruro de potasio, no tiene la voluntad necesaria, quién me cuidará, quién me besará, quién me arrullará. Carmen deja caer la jeringa encima de la cama y rompe a llorar como no había hecho desde que había recibido el primer mensaje, *Te espero en Urgencias*, que en realidad era el último.

—Perdóname.

Junto a un monitor, la nariz de payaso del Gran Méndez parece refulgir.

8

TOC, TOC, TOC (2)

—*TOC, TOC, TOC.* ¿SE PUEDE, MAMÁ?

Marina está sentada con la espalda apoyada en la almohada, casi dormida, medio desnuda con la bata hospitalaria, rostro demacrado, en la muñeca una pulsera de papel con un código de números. Hay dos ramos de flores que huelen a vida y una silla en la que la madre de Marina y Oriol está sentada con su nieto en brazos. La abuela le susurra palabras sin sentido, *arroro ró, arrara rá*, simula que intenta dormir al niño, en realidad no quisiera despertar nunca de este momento. Oriol se demora unos instantes en la puerta: Sira tardó doce horas en llegar, fue un parto natural, sin epidural, Carmen lloró cuando la enfermera la depositó encima de sus pechos. La fotografía favorita de Oriol de las que tomó durante el parto muestra el monitor que informaba de las constantes vitales de madre e hija y, en primer plano, la mano crispada de Carmen sujeta a la barra de la cama, los nudillos blancos, la pura imagen de una contracción, un instante robado a la naturaleza, os cuidaré a las dos, le dijo Oriol a Carmen mientras abrazaba por primera vez a Sira.

Y ahora, el silencio de la casa vacía.

—Vaya, el hermano pródigo ha llegado —dice Marina, sin

381

énfasis en la voz, *Te espero en Urgencias,* decía el primer mensaje; *Estoy de parto, tu sobrino llega antes de hora,* decía el segundo.

La hermana de Oriol ya no parece tan traviesa, encantadora ni lianta, *sha la lala,* una cosa es dibujar con un rotulador un niño en la barriga, dos círculos son los ojos, una media circunferencia es la boca, y otra muy diferente parirlo. Ha sido un parto largo, extenuante y exigente, suerte de la epidural, si los hombres tuvieseis que dar a luz, hace tiempo que se hubiera inventado el parto sin dolor. Un mensaje con la información básica ya corre desde hace horas por los móviles de parientes y amigos: el bebé pesa dos kilos setecientos, la madre está bien pero cansada, ha sido un parto natural sin complicaciones, no hay referencia a ningún padre orgulloso pero da igual, el pequeño Oriol ya está entre nosotros, Dios sabe que nos merecemos buenas noticias, con lo de Sira, pobrecita...

Y los puntos suspensivos, que danzan.

—*TOC, TOC, TOC.* ¿SE PUEDE, MAMÁ?

El cuerpo inclinado en una postura incómoda, la cabeza apoyada en un huequecito al borde de la cama, las sábanas mojadas por las lágrimas, la jeringa encima de Sira. Tere descorre la cortina del box. Mira a Carmen, ve la jeringa que sube y baja al ritmo del pecho de Sira, no hace falta hablar. Tere corre la cortina, se arrodilla junto a Carmen, le aparta el cabello de los ojos, le seca las mejillas.

—No puedo hacerlo...

Tere se lleva el dedo índice a la nariz: baja la voz, podrían oírte. Coge la jeringa. Es fácil, hay que cerrar el equipo de suero para evitar que la medicación fluya hacia arriba, una vez inyectado el cloruro de potasio hay que volver a abrirlo para que siga circulando el suero. En unos segundos sonarán las alarmas en el box y en el control de enfermería, ese es el tiempo disponible para esconder la jeringa en el compartimento oculto del canguro, solo unos segundos. Y Sira ya no estará, cien miliequivalentes de cloruro de potasio y Sira tendrá una fibrilación ventricular y una parada cardiaca. No sufrirá, no sentirá nada.

—¿Quieres que lo haga yo?

A Carmen se le secan los ojos, se aparta de Tere, abre y cierra la boca en busca de palabras indescifrables, mira a Sira, mira a Tere, mira la jeringa que Tere sostiene en su mano, cuántos sentimientos impronunciables.

—¿Lo harías por mí? —susurra.

—¿Tú quieres que lo haga?

—¿Tú lo harías?

—¿Somos madres, no?

Carmen se muerde el labio, la nariz de payaso del Gran Méndez junto al monitor.

—No puedo.

—Yo te ayudo si tú quieres.

—Por favor…

—Pídemelo.

—Por favor…

—Carmen, necesito oírte pedírmelo.

Silencio. Duda. Quebranto. Desgarro.

—Te has perdido el espectáculo —dice Marina.

Nada dice el mensaje informativo que corre por los móviles de parientes y amigos de la soledad de Marina en el taxi, ni del rostro aterrorizado del conductor en el espejo del retrovisor, esta es capaz de parir en el coche, ni de las horas en el paritorio, como otra enfermera me pregunte dónde está el papá, juro que me voy a parir a otro hospital. Oriol había prometido a Marina que la acompañaría en el parto, que la cogería de la mano durante las contracciones, que fotografiaría el nacimiento de su sobrino, que se arrogaría un papel en la obra, solo Oriol sabe cómo se quedó embarazada Marina, no se lo ha dicho ni a Carmen.

—Estaba con Sira, no tenía el móvil conmigo —dice Oriol—. Lo siento…

—Lo he imaginado.

—¿Quieres conocer a tu sobrino? —pregunta la feliz abuela.

Oriol coge al recién nacido, lo abraza, lo aspira, el olor de los bebés, su suavidad, el calor que exhalan, el pañal que le va tan grande, le rodea el tobillo una pulsera de papel con el mismo código de números que la de Marina, piel con piel, saliva mezclada, aromas enredados, dos vidas, un único ser. Con su sobrino en brazos, palabras indescifrables y sentimientos impronunciables asaltan a Oriol, os cuidaré a las dos, no pudieron ser más de cinco minutos porque había pedido otra cerveza y el camarero aún no me la había traído, el silencio de la casa vacía, el óvalo del rostro de Judith, para mí la maternidad es incertidumbre, para mí la paternidad es esperanza.

—Ayúdanos —dice Carmen.

Como quien sube en el último segundo al tren en marcha que quisiera perder. Como quien murmura sí quiero mientras implora que al fondo de la iglesia él grite no. Como quien se aclara la voz y se seca las lágrimas antes de descolgar y responder todo bien a la pregunta qué tal va todo.

Tere coge la jeringa. Al otro lado de la cortina del box, Lucía respira en su cama, parálisis cerebral, escoliosis, neumonía, anemia, diplejía, disartria. Tere piensa en Lucía y al hacerlo cae sobre ella la certidumbre de la fibrilación ventricular y la parada cardiaca. No sufriría, no sentiría nada. Sería tan sencillo, abdicar, solo hay que inyectar el líquido en el tubo. Sería fácil, tanto como acercar un papelito a la llama parpadeante de un mechero, sostenerlo con el dedo pulgar y el índice hasta que la llama los roce, dejar caer el papel al suelo, observar cómo se consume, pisar las cenizas. Es tan tentador, ceder a la debilidad, no resistirse más, permitir que Jaime le bese el cuello y le coja los pechos con ambas manos. Sería tan sencillo, dejarse llevar, regresar a su box con la jeringa y el canguro, correr la cortina, despedirse de su Lucía, renunciar al trono de jodida reina de Inglaterra de la UCI.

Sería tan fácil, dejar caer los platos.

9

CÓMO NO VAN A SABERLO

Pero no será.

—Despídete de Sira —dice Tere.

Carmen se postra en la cama, acaricia la mejilla de Sira, le coge la mano, tan fría, ella que es como su madre, manos calientes y pies fríos. Cuánta razón tiene Tere, no sabes que has muerto hasta que alguien te lo dice.

—No tengas miedo, dame la mano, yo te ayudo.

Es Carmen quien en realidad tiene miedo, es Carmen la que necesita el contacto de Sira, es Carmen la que habita en un lugar al que nadie más puede llegar. Tere lo sabe, reconoce el miedo, lo entiende, cómo no va a entenderlo, esa mujer es una de las suyas. Cierra el equipo del suero. Con la mano izquierda coge el tubo, con la derecha se dispone a presionar el émbolo hasta el fondo. Carmen llora, cómo no va a hacerlo, una madre tiene la obligación de ser responsable de su hija, aunque duela, aunque rasgue, aunque ayerme, aunque quiebre.

—No.

—Ahora, no. Aparta al bebé de mí, por favor —dice Marina.

La feliz abuela del pequeño Oriol ha bajado a la cafetería a

386

desayunar, no ha preguntado por Sira, no hay que tenérselo en cuenta, ha sido una noche muy intensa. Oriol le acerca el bebé a su hermana, creo que tiene hambre. Marina lo mira como si fuera un objeto extraño, ha agotado su repertorio de muecas y mohínes, ya no es un ataque inesperado de risa histérica en un banco del paseo marítimo.

—Ahora no —repite Marina—. Llama a una enfermera.

Oriol devuelve a su sobrino a la cuna, su nombre, *Oriol*, escrito en un tarjetón con un rotulador grueso, negro, en mayúsculas. El bebé se mueve y ronronea, es tan pequeño que parece que se va a romper en cualquier momento, los ojos cerrados, los labios con hilillos de saliva, las manos son dos puñitos de dedos enclenques.

—¿Va todo bien?

No, nada va bien. Marina se siente rasgada y herida, a medio cerrar, de súbito vacía. Apenas ha acunado a su hijo desde que nació, ha pedido a las enfermeras que lo alimenten las primeras horas, necesita dormir, descansar, recuperar fuerzas, le queda toda una vida por delante. Pero no puedo dormir, Oriol, cierro los ojos y el sueño no llega, me tumbo en la cama y el corazón se me desboca, estoy de los nervios, estoy histérica, la leche no me sube, me duele todo, el bebé apenas ha llorado, pero tengo miedo de no soportar su llanto, qué voy a hacer, hermanito, no sé cómo lo voy a hacer, no sé ni por dónde empezar a ser madre, Carmen tiene toda la razón.

—¿En qué?

—No —repite la enfermera Castells.

La jefa de planta ha descorrido la cortina del box. Es la última ronda previa al cambio de turno, es su costumbre antes de irse visitar cada uno de los boxes para despedirse de los niños y de sus madres hasta el día siguiente. La Castells ve a Carmen postrada en la cama. Ve a Tere con el tubo del suero en una mano y la jeringa en la otra. Reconoce al canguro de Susana a los pies de Sira. No, dice, con firmeza, sin levantar la voz. No, dice, con el mismo aplomo con el que tantos años atrás, mientras abría un resquicio en la puerta de la UCIN, le dijo a Tere: entra, solo unos minutos, que no me vea la jefa de planta.

Tere la siguió hasta el box en el que se encontraba Lucía, apenas un bebé que sin saber cómo se le había ido por sus senderos interiores. Los puntos de la cesárea aún le molestaban después de días de dormir en las sillas de hospital. Las enfermeras de la UCIN ya la conocían por su nombre, y algunos médicos habían empezado a rehuirla cuando la veían apostada en la puerta de la Unidad. Tere no estaba preparada para lo que se encontró en el cubículo, el cuerpecito amoratado cubierto por un ínfimo pañal, tantos cables que salían y entraban de alguien tan diminuto, parecía que no hubiera espacio para uno más. «¿Quieres cogerla?», preguntó la Castells, y Tere no supo qué decir, así que la enfermera la hizo sentar en una silla, deshizo la maraña de cables que se enredaba en el cuerpo de Lucía y la levantó de la cunita monitorizada. «A los bebés les hace bien sentir el contacto de la piel de los adultos, sobre todo de su madre. Los bebés necesitan la piel de su madre, es así», susurró la Castells mientras depositaba a Lucía en el pecho de Tere, piel con piel. Tere dejó que los ojos se le cerraran y, por primera vez desde que había sentido la ausencia de Lucía, halló reposo. A oscuras en la UCIN, no necesitaba ser ni fuerte ni valiente, allí, con el dedo atrapado en la manita de Lucía, podía ser una mujer asustada. Fundida a negro, Epi, Blas, Coco y Caponata, podía echar de menos a Jaime, sentir vértigo por su ausencia, acomodarse en su pecho, sentir su mano encima de su muslo. La presión de la mano de Lucía en su dedo la reconfortaba. Se sumergió aún más en su propia oscuridad y no tardó en percibir, muy a lo lejos, el latido del corazón del bebé alrededor de su dedo. La niña pesaba muy poco. Su pechito pronto acompasó la respiración con la suya. Tere sintió que quería pasarse la vida entera de aquella forma con Lucía, arrullándola, sintiéndola. Ayúdame, pensó, ayúdame a cuidar de ti. «Dime, Tere», le preguntó la Castells: «¿No tienes quien te releve? ¿No tienes quien te dé un poco de descanso? ¿No tienes marido? ¿No tiene Lucía padre?».

—No —dice la Castells.

Y muy despacio se acerca a Tere. Es una distancia muy corta, pero Tere aún sostiene en una mano el tubo del suero y en la otra la jeringa, así que la Castells ante todo quiere evitar brusquedades y sobresaltos. Tere la observa moverse hacia ella, la Castells anda tan despacio que le da tiempo de mirar a Carmen, extraviada en su dolor, postrada ante Sira como si aquello no tuviera nada que ver con ella. Tere vuelve a fijarse en la Castells, y ahora la enfermera está mucho más cerca, así que es ahora o nunca, sería tan sencillo, basta con presionar el émbolo hasta el fondo y ya está, una vez inyectado el cloruro de potasio tan solo hay que volver a abrir el equipo para que siga circulando el suero. Tere comprende que la irrupción de la Castells en el box lo cambia todo, que con su testimonio el cloruro de potasio no serviría solo para ayudar a Sira y a Carmen, sino que presionar el émbolo sobre el cual descansa su dedo pulgar sería otra forma de renunciar a la corona de jodida reina de Inglaterra de la UCI. Con mucha más fuerza que antes la certidumbre de la fibrilación ventricular y la parada cardiaca regresan a Tere, abdicar, dimitir, renunciar, darse de baja, rendirse, la Castells cuidará de Lucía hasta que llegue el día en que sea imposible hacerla regresar de sus senderos interiores. Sería tan sencillo, dejarse llevar, la tentación es intolerable, el dedo pulgar le tiembla en el émbolo. No, Castells, no tengo quien me releve, no tengo quien me dé un poco de descanso, tengo marido pero se fue, Lucía tiene un padre que la abandonó y hace poco quemé con la llama de un mechero rojo un papelito amarillo, con un par de ovarios, esa soy yo, la jodida reina de Inglaterra de la UCI, me guste o no.

SER MADRE ES TENER MIEDO TODO EL TIEMPO. Eso es lo que piensa Carmen, y cuando me lo dijo le repliqué que no era cierto, pero ahora sí la entiendo, cómo no la voy a entender, la cara asustada del taxista, las contracciones, la epidural, ¿dónde está el papá?, *sha la lala*. No sé qué me dice mi bebé, no reconozco cuándo tiene hambre y cuándo le duele algo, no sé si le gusto o si me gusta, no sé qué hijo será ni qué madre seré yo. ¿Y si enferma? ¿Y si tiene un accidente? ¿Y si me pasa lo mismo que os ha pasado a vosotros? ¿Y si soy yo la que tiene un accidente? ¿Qué será de él? ¿Y si lo hago mal? ¿Seré capaz de ejercer mi responsabilidad aunque a veces due-la, aunque en ocasiones no quiera hacerlo? Nadie me ha enseñado cómo se hace, con leer libros no basta. ¿Y si soy una madre como mamá? ¿Y si me sale un hijo como yo? ¿Y si me arrepiento de ser ma-dre? ¿Qué haré entonces, Oriol? Imaginaba que cuando naciera, que cuando me lo pusieran encima y lo abrazara y lo besara y lo oliera, me embargaría un amor como el que nunca antes había sentido, eso dice todo el mundo, eso se ve en las películas, y sin embargo lo único que siento es miedo a lo que yo pueda hacer, a lo que él pueda hacer, a lo que nos pueda suceder, hay tanto que des-conozco, hay tanto que puede ocurrir...

Oriol vuelve a coger a su sobrino, se sienta en la cama, acaricia la frente de Marina, le seca las lágrimas de las mejillas, claro que la en-tiende, cómo no va a entenderla. Deposita el bebé encima del pecho de su madre, coge la cámara que hay en la repisa encima de la cama, enfoca las manos de Marina alrededor del cuerpecito del nuevo Oriol, *clic, clic,* las manos de mamá, ir a fotografiar la vida llamaba su hermana al juego cuando podía permitirse verlo a través del obje-tivo, no es verdad lo que te dijo Carmen, o al menos no es mi verdad.

La vacilación traiciona a Tere, ya no tiene tiempo, la decisión ya no está en sus manos, hubiera sido muy sencillo pero ya da igual. Muy despacio, la Castells alcanza a Tere, y con la misma cautela con la que se ha movido, *desaboría* como ella sola, seca como la mo-jama, fuerte como una puta roca, la abraza, se funde con ella. Su mano izquierda busca la diestra de Tere, le quita la jeringa sin ha-llar resistencia, la guarda en el bolsillo de su bata. Y abraza más fuerte a Tere, tú me abrazaste y yo lloré en tu hombro, ¿te acuerdas? Lloré porque una niñita preciosa con cáncer, un cielo, valiente como ella sola, calvita, delgadita, las piernas como alambres, se me murió en los brazos, y me desgarró tanto que aún duele y por eso voy mintiendo por ahí y digo que fue mi sobrina la que me regaló el dibujo del mostrador de la UCI, ese dibujo de unas enfermeras con la cabeza muy grande y un sol y unas nubes, un dibujo sin firma, un dibujo sin dedicatoria.

—¿Cuál es tu verdad? —pregunta Marina.

—Que ya nunca volverás a estar sola —responde Oriol.

Tere reposa la cabeza en el hombro de la Castells, cierra los ojos, por unos instantes, en la oscuridad de la UCI, halla reposo.

—Lo sé, Tere, lo sé —susurra la enfermera.

Cómo no va a saberlo.

Barcelona-Jerusalén, febrero del 2017

NOTA DEL AUTOR

El 13 de mayo del 2013 publiqué en *El Periódico de Catalunya* un reportaje titulado «¿Llegar a fin de mes? Un milagro». En plena crisis, el artículo contaba cómo afectaban los recortes de la ley de dependencia a un matrimonio de Barcelona con dos hijos, un niño de tres años y una niña de un año. El niño, A., era un enfermo crónico. Entonces, escribí:

Nacido prematuro, los tres años de vida de A. han girado alrededor de palabras como ecografía, obstrucción de uretra, parto provocado, cánulas, portacat, tubos, deformación en las válvulas, megavejiga, trasplantes, sedación, uréteres, catéteres, cirujanos, UCI, boxes, cardio, nefro, intubaciones, traqueotomía, hemodiálisis, epilepsia, estenosis, vena cava, angiotac, prótesis de vena, trombos en el riñón, luxación de cadera, masa muscular, puntos interiores descosidos, hemorragias, enfermeras, plasmaféresis, analíticas, anticuerpos, succión, dermodiálisis, diuresis... (...) Son palabras que los padres de A. van citando con soltura en un largo relato que empieza con una obstrucción de las vías urinarias en el feto y que, a fecha de hoy, se resume así: A. ha sufrido dos trasplantes de riñón (a los trece meses de edad y hace medio año), tiene parálisis diafragmática, un pulmón más pequeño que el otro, sufre epilepsia y estenosis de la vena cava y no puede andar porque es-

tuvo seis meses enyesado a consecuencia de una luxación de la cadera
durante el parto. Con tiempo, andará. De ahí que necesite rehabilita-
ción. Y atención continua. Y medicación para el problema renal y la epi-
lepsia. Y regulares visitas al hospital del Vall de Hebron.

La de periodista es una profesión privilegiada. Los padres de A.
me concedieron una larga entrevista en su casa y, con ello, me
abrieron una ventana a su vida. En un momento de la entrevista, la
madre me contó lo importante que era la solidaridad entre las mujeres en el hospital para continuar con el día a día. La idea de esta
novela nace de ese reportaje. Sin embargo, el primer impulso no
fue escribir una novela, sino otro reportaje titulado «El club de las
mamás de la UCI».

Pronto me di cuenta de que el periodismo en esta ocasión no
iba a ser el vehículo adecuado para contar la historia de solidaridad
entre mujeres, entre madres, que buscaba. La ficción, en cambio,
permite explorar caminos que al periodismo le están vedados. Pero
para convertir el reportaje sobre el club de las mamás de la UCI en
una novela era necesario matar al periodista.

Es por este motivo que la decisión más trascendental en el proceso de creación de esta novela fue renunciar: a visitar UCI pediá-
tricas, a buscar a mamás de la UCI, a entrevistar a familias con
niños enfermos crónicos, a asomarme a vidas ajenas. Si basaba la
novela en casos reales, la fuerza de sus historias sería tal que estaba
asegurado el fracaso en la construcción de una narración de ficción. Un gran reportaje novelado no es una novela.

Así, pues, ninguna de las historias contadas en esta novela es
real. Lo cual significa que la información médica que aparece en el
texto es fruto de una investigación puramente teórica, no he conocido a niños con los huesos de cristal ni he entrevistado a adolescentes supervivientes de leucemia, ya que lo que pretendía era crear a

mis propios Nil, Sira y Susana, no contar las historias de auténticos Nils, Siras y Susanas. El riesgo de cometer errores es así más alto, y los que sin duda aparecen en el texto son atribuibles por completo a mi impericia y no a las fuentes documentales que he consultado.

La UCI pediátrica, su descripción y sus normas se basan enormemente en la información expuesta en las webs de centros como el Hospital de Nens de Barcelona, el Hospital Tisch de Nueva York, el Hospital Nisa Pardo de Aravaca y la Clínica Universitaria de Concepción de Colombia.

Para la información general sobre medicina pediátrica y sobre algunas situaciones concretas de los niños que aparecen enfermos en la novela, las principales fuentes utilizadas han sido la Asociación Española de Pediatría, la US National Library of Medecine y los portales Enfermepedia, Bebés y Más Kids Health de la Nemours Foundation. Sobre las necesidades sociales de los niños enfermos crónicos, resultaron muy útiles el *Manual de atención al alumnado con necesidades específicas de apoyo educativo por padecer enfermedades raras y crónicas*, de los autores Pilar Aguirre Barco, María del Carmen Angulo Domínguez, Estrella Guerrero Solana, Isabel Motero Vázquez e Inmaculada Prieto Díaz, editado por la Junta de Andalucía.

Para construir el cuadro médico de Sira, se ha usado información, datos y cifras del centro de daño cerebral de Hospitales Nisa y Discapnet. En lo referente a la sedación, se ha consultado el artículo «Guía de la sedación paliativa» de la Organización Médica Colegial y la información ofrecida por la Sociedad Española de Cuidados Paliativos.

La historia de Lucía se inspira en el caso real de la lucha de una madre por recibir prestaciones públicas, leído en *El Porvenir de Castilla-La Mancha* («Ha fallecido Leonel, el niño gran dependien-

395

te que no tuvo derecho a una prestación económica», 27 de marzo de 2014) y *20 Minutos* («Muere un niño dependiente de 13 años al que Castilla-La Mancha solo daba prestación preventiva», 28 de marzo de 2014). La información sobre la parálisis cerebral se nutre de la Confederación ASPACE, Fundación Belén y el portal My child without limits. Sobre la escoliosis, se ha consultado el National Institute of Arthritis and Musculoskeletal and Skin Deseases de EE. UU., la Associació de Malalts d'Escoliosis, Scoliosis Associates y Illinois Spine & Scoliosis Center. La información sobre el botón gástrico surge de *Guía de la Sección de Gastroenterología, Hepatología y Nutrición* (Hospital Sant Joan de Déu, Barcelona, citado en Guía Metabólica).

Para documentarme sobre la enfermedad de Nil consulté las webs de la Osteogenesis Imperfecta Foundation, la Health Library del New York Presbyterian Hospital, la Asociación Nacional Huesos de Cristal, Osteogenesis Imperfecta Federation Europe y el blog Osteogénesis Imperfecta. La principal fuente de información sobre la leucemia de Susana ha sido, cómo no, la Fundación Josep Carreras. También consulté las webs del National Cancer Institute de Estados Unidos, la American Cancer Society y la Asociación Española Contra el Cáncer.

Hay otras fuentes documentales sobre asuntos no médicos que conviene citar. Para describir el funcionamiento de los servicios de prostitución que ofrecen Clara y Núria fue muy valiosa la información recogida en el reportaje «Quiero ser puta. Curso exprés para aspirantes independientes» (*El Periódico de Catalunya,* 16 de febrero de 2014). Las frases de autoayuda de Tere son en su mayoría proverbios turcos, indios, rusos y árabes y refranes españoles. Hay algunas de cosecha propia y otras que son citas atribuidas a Pablo Neruda («Es tan corto el amor y es tan largo el olvido»), Confucio («Cada cosa tiene su belleza, pero no todos pueden verla»), Aristóteles («No se puede ser y no ser algo al mismo tiempo y bajo el mismo aspecto»), Thomas Edison («El fracaso consiste en no persistir, en desanimarse después de un error, en no levantarse después de caerse»), Ramón Gómez de la Serna («Aburrirse es besar a la muerte»), Mahatma Ghandi («Un esfuerzo total es una victoria completa»), Platón («Teme a la vejez, pues nunca viene sola»), Sófocles («Una mentira nunca vive hasta hacerse vieja») y Gustave Flaubert («La melancolía es un recuerdo que se ignora»).

La edición de *La isla misteriosa*, de Julio Verne, que Tere lee a su madre es la de la editorial Molino, con traducción de Joaquín Gallardo, publicada en 1986. Para contar los chistes, Tere se basa en el boca a boca y en esa fuente de conocimiento sin fin que es Internet.

Anna, fan sin concesiones del cine de Martin Scorsese, tomó la idea del teléfono rojo y el azul de la película *Infiltrados*. Sin embargo, pese a ser una consumada cinéfila, la versión de *Everybody needs somebody to love* que pone música a su *affaire* no es la célebre de los Blues Brothers, sino la de Solomon Burke. *Anna Stesia*, de Prince, la acompaña allí donde va. La versión de *My way* que bailan Clara y Jiro se parece más a la de Aretha Franklin que a la de Frank Sinatra. Las otras canciones que forman la banda sonora de la novela son *Brown eyed girl*, de Van Morrison; *Sexbomb*, de Tom Jones; *Sultans of swing*, de Dire Straits; *Paseo por la negra flor*, de Radio Futura (*Y la vi de lejos / caminar por la arena / los zapatos en la mano / y en la cara una pena / y una lágrima suya / como dijo Peret / en la arena cayó*); *Romance del Curro 'el Palmo'*, de Joan Manuel Serrat (*Entre tú y yo, la soledad y un manojillo de escarcha*); *Media verónica*, de Andrés Calamaro (*La vida es una cárcel con las puertas abiertas*); *El reloj*, el clásico bolero de Roberto Cantoral, que, sin desmerecer el original, solo puedo imaginar en versión de Lucho Gatica (*No más nos queda esta noche para vivir nuestro amor. Y tu tictac me recuerda mi irremediable dolor*). Y, por supuesto, las coplas: *No me llames Dolores, llámame Lola,* la inmortal copla de Quintero y León en versión de Conchita Piquer (*Aunque pongan una tapia y tras de la tapia un foso, han de saltarlos tus brazos y han de cruzarlos mis ojos*); *Ay pena, penita, pena,* de Quintero, León y Quiroga, cedida por Lola Flores al Gran Méndez, y *Ojos verdes,* de León, Valverde y Quiroga, infalible con las abuelas del área Materno-Infantil.

Esta novela tampoco sería la que es sin la ayuda de unas cuantas personas. A Jordi Cañete y Ainhoa Conde deben la enfermera Castells y la cirujana con bolsas bajo los ojos su eficacia y yo, todo lo que sé sobre el cloruro de potasio. A José Manuel Carrión tengo que agradecerle que le prestara a Madre parte del altar de su madre. Matilde Pérez Boronat, Inma Santos Herrera, Cristina Camarero, Eugenio García Gascón y Aloña Zubizarreta leyeron algunas de las versiones del manuscrito y aportaron comentarios indispensables para llegar a la versión final. Josep Saurí es capaz de ser, al mismo tiempo, el más paciente de los amigos y un crítico de altura. A Andrés Gomis, *in memoriam,* debo mi recuerdo, agradecimiento y algunos comentarios muy valiosos. Mi agente, Víctor Hurtado, me ayudó a que no naufragara en la UCI como un barco en el inmenso mar. Y este libro no existiría sin el trabajo de mi editora, Elena García-Aranda, y su equipo.